ようこそ最強のはたらかない魔王軍へ！

～闇堕ちさせた姫騎士に魔王軍が掌握されました～

永松洸志

ファンタジア文庫

2963

口絵・本文イラスト　手島ｎａｒｉ。

勇敢なる
我が魔王軍の兵たちよ、
戦え！
六面の立方体を
その手に掲げ、
勝利を掴み取れ！

魔王
アーヴィン＝ロキアル＝レイジィ

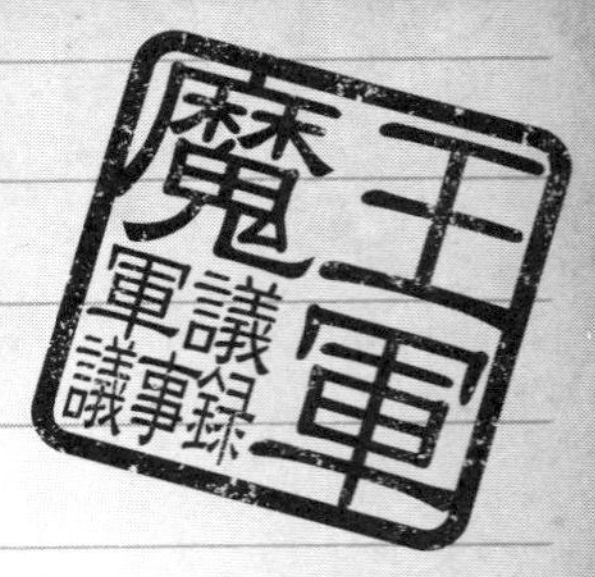

作戦会議に
ゲームとダイスを
持ち込まないように。

魔王軍総司令官
シーナ=アルバート

プロローグ

「フハハ、よくぞきた勇者どもよ。さあ、我が腕の中で息絶えるがよい！」

同時に天窓の外で雷鳴が鳴り響いた。

魔王城、玉座の間。

玉座の前に悠然と立つ魔王は漆黒のローブを翻し、三人の戦士に向かって手をかざす。

決まった……。仰々しく口上を述べた魔王――アーヴィンは内心で恰好をつける。

対する三人の戦士――安っぽいレザーアーマーを身に着けたオークたちは互いに豚鼻を突き合わせ「えっと……」「おい、言えよ」「セリフなんだっけ」とひそひそと相談し合っている。

やがて一人のオークが一歩を踏み出し、手に持った斧を突き付けて、

「じ、邪悪な魔王め、その手に……手に……――あのすみません、セリフなんでしたっけ？」

オークは申し訳なさそうに後ろ頭を掻き、こちらに訊ねてくる。

アーヴィンは、ハァとため息を吐き、どかっと玉座にもたれかかった。

「あのな、さっき打ち合わせしたろ。『邪悪な魔王め、その手にかけた罪なき人々のため、ここで討たせてもらう』だよ。つーか別にそういうのはノリでいいんだって。それっぽければいいの」

「えー」「おい怒られてんぞ」「俺のせい？」とブヒブヒと言いながらオークたちは肘を小突き合っていた。

そんな息の合わないオークたちを眺めながら、アーヴィンは二度目のため息を吐いた。

せっかく集めたのにこれでは台無しだ。

無論、この三人のオークたちは別にアーヴィンを本気で討ち取りに来たわけでも、漫才をしに来たわけでもない。オークたちはアーヴィンの率いる魔王軍の兵士だ。

普段から修練場でトランプやらＴＲＰＧやらして暇なオークたちを集め、こうして勇者が来た時の予行練習をしていたのだが、肝心の勇者役がこの体たらくでは雰囲気が出ない。

「あのー、魔王様。これって何の意味があるんですか？」

「そうですよ」「せっかくＴＲＰＧのラスボスの戦闘途中だったのに」とぶーぶーと文句を垂れてきた。こいつらは何もわかっていない。

「何言ってんだお前ら。本当に勇者が攻めてきたらどうすんだ。予行練習は必要だろ」

「魔王様、でもそれじゃあ、別に口上から始めなくても戦闘から始めればいいじゃないですか。模擬戦とか」「そーっすよ」「ＴＲＰＧでいいじゃないっすか」

「それじゃダメだ」

「なんでっすか？」

「本番で噛んだら恥ずかしいだろ！」

「「「……」」」

何言ってんのこの人……。みたいな痛々しい目でこちらを見ないでほしい。いや、もし本当に勇者が玉座の間まで来て「覚悟！」みたいなことになった時、

「フハハよくぞ来た勇者ども、さあ我がう、腕の中で息絶えるがよぃ（裏声）」

みたいなことになったら台無しどころじゃない。勇者に同情されるとか、嫌すぎる。それでもって、仲間の僧侶に情けの回復魔法とかされたら恥ずかしくて自爆魔法でも唱えてしまいそうになる。

――それはさておき、アーヴィンはゴホンと咳払いし、

「じゃあ次、オレが負けた時のパターンやっから、戦闘は一旦パスして」

「え？」「わざわざ負けた時とかやるんすか？」「そろそろＴＲＰＧをやりに帰りたいんすけど」

「当たり前だろ。お前ら同人誌とかの読み物、読んだことねぇの？」

「魔王様がよく読んでるやつっすか？」「あれ人間の国にしか売ってないんでしょ？」「前に魔王様から借りたやつなら読んだことあるっすけど」

王都製の読み物——その中でも絵と文字が一緒になった読み物は『漫画』や『同人誌』と人間たちは言っていた。えっちなものも多いが、中には熱い魔王対勇者の読み物があった。

「後で貸してやっから読んどけ。やられた時に『ぎょえー』とか『ぐふっ……っ！』とかそんなんじゃカッコつかねぇだろ？　んで——そのあと勝った時のパターンもやっから」

「えー……」「まじすか」「帰りたいんすけど」

露骨に嫌な顔をされた。

やっぱりこいつら相手では雰囲気が出ない。そもそもオークを予行練習相手に選んだのは間違いだった。我が魔王領にはいないが、それこそ人間の姫騎士とか、冒険者とか——とにかく人間相手でないと盛り上がらない。

どうすっかな、と思案していると、正面の大扉が重々しい音を立てて片方だけゆっくりと開いた。

入ってきたのは両手で抱(だ)きかかえられそうなくらいに小さなドラゴンだった。金色の鱗(うろこ)に小さな双角(そうかく)。ぱたぱたと小さく動く可愛(かわい)い翼(つばさ)。玉座から大扉まで遠くて、姿しかわからないが、この城にドラゴンは一人しかいない。

アーヴィンの右腕――魔王補佐(ほさ)官のミトラ＝ドランだ。

「あ、魔王様ここにいましたか」

こちらの姿に気づくと、ミニドラゴンのミトラは一生懸命(いっしょうけんめい)に翼を動かして空中をゆっくりと飛びながらこちらに向かってきた。

「ようミトラ。なんか用か」

「はい、少し報告したいことが――というよりオークのみなさんと何してたんです？」

ちょこんと生えた小さな手を口元に当て、くりくりっとした金色の瞳(ひとみ)をこちらに向けるミトラ。

「ああ、ちょっとした予行練習だよ」

と言いつつアーヴィンは視線を逸(そ)らしてしまう。ミトラとは旧知の仲であるがゆえに、『勇者が来た時のために恥ずかしい思いをしたくないから練習してました』なんて言うのはこっ恥(ぱ)ずかしい。

とオークの一人がおずおずと手を挙げ、

「あの〜、お忙しいなら俺たちは帰っていいですか？」

ミトラは何か用があると言っていたし、ミトラの目の前で予行練習をやる勇気はない。仕方がない。予行練習はまたの機会にしよう。

「ああ、もういいぞ」

と告げると「じゃあお疲れーっす」「お先失礼しまーす」「はあ、もう最悪」とおのおの嬉しそうにぺこぺこお辞儀しながら帰っていく。あと三人目の奴、あとで覚えてろよ。

「――で、ミトラ、用ってなんだ？」

あ、そうでした。とミトラが小さな手をパンと合わせて、

「ワルドー山脈前線砦周辺に数名の人間の騎士を見たという連絡がありました。おそらく王都からの斥候だと思いますが、一応砦の警備には様子を見るように、と通達しておきました」

「騎士？　冒険者じゃなくて？」

騎士なら王都製の白銀のアーマーを着けている。十中八九、王都聖騎士団の騎士だろう。正規の斥候だとすると厄介だ。

「はい。それと警備兵の見間違いかもしれませんが、騎士の中に銀髪の女騎士がいたそうです。もしかすると一番隊隊長のシーナ＝アルバートかもしれません」

「誰だそれ」

「王都では有名な姫騎士です。王族の血を引いていて、剣の腕も立つとか」

そんな名のある姫騎士がわざわざ山を越えて斥候に来るはずがない。だとすればこれはただの斥候ではなく、少数精鋭で砦を落としに来たのかもしれない。

「いかがします？」

ふむ、とアーヴィンは顎に手を当て、一計を案じた後、すっと立った。

「砦にはオレが行く。万が一もあるから城の警備を強化しておいてくれ。最悪、交戦になる。援軍もいつでも出せるように手配しておいてくれ」

と命令を飛ばすと、ミトラはパッと明るい顔になって、

「さすが魔王様です！　かっこいいです！」

「じゃあ行ってくる」

とアーヴィンは背中に力を入れると、ローブの下から一対の黒い翼が生えた。デーモン族の象徴たる悪魔の翼。この翼さえあれば、馬で半日かかるような道でも一瞬で飛んでいくことができる。

アーヴィンは床を蹴り、飛翔すると、天窓を開けて外へと飛びたった。空は相変わらず曇天のままだ。いつ雨が降り出してもおかしくない。

援軍？　交戦？　そういうのはどうでもいい。アーヴィンの頭の中にあるのはただ一つ。

（やっと本物の人間相手に対勇者の予行練習ができる）

第一章　やめときゃよかった

つい数時間前まで曇天だった空は一部、青空が見えていた。

「妙ね」

薄暗い砦の中を三人の騎士が歩いていた。その中で先頭を行くのは女騎士――シーナ＝アルバートだった。

腰まで伸ばした銀色の髪、しゅっと伸びる肢体、大人と呼ぶには若干幼さが残った顔つきをしている。だがそれでも成長期直後の立派な体をしていた。大きく実った胸に、腹部にはライトアーマー、細い腕にはガントレット、足にはグリーブを着けている。それぞれ魔法によりエンチャントを施しているため、見た目以上に装甲値は高い。

ここはワルドー山脈魔王領前線砦。東の人間の国――王都アーフィルと西の魔族の国を縦に二分する三千メトル級のワルドー山脈。その山脈より西の山の中腹に位置するのがこの魔王領にある前線砦だ。

王都聖騎士団に所属しているシーナ一行はこの前線砦の調査のためにやってきていた。

外から見た時も思ったが、魔族の気配がなさすぎる。

廊下は薄暗く、明かりは一切ない。

ここは数千人程度なら収容できる中規模の砦のようだ。ただ外観も内部も手入れをしていないのか、ところどころ壁の石が欠けている。

「ふーん、どうやら無人のようだね。シーナ」

背後に控えていた男の騎士――スヴェン＝バルザットがゆっくりとシーナの肩に手を置こうとする。しかし、すぐにシーナはスヴェンの手を払った。

「やめてスヴェン。今は作戦行動中よ」

「つれないなぁ、シーナ。僕たちは婚約者同士じゃないか」

長く伸ばしたさらさらの髪を手でバッと払い、仰々しくやれやれといった風に首を振るスヴェン。

それを見てシーナはふぅとため息を吐く。スヴェンは別に悪い奴ではないのだが、こういうおちゃらけたところはあまり好きではない。婚約というのも、本人の希望というより、親が縁談を進めていたというところが強い。

スヴェンがプロポーズをしてきて、返事を保留している間に、親が勝手に縁談を了承していた。そんなことをされたら断れるわけがない。別に嫌いなわけではないし。

「それでどうします？　シーナ隊長。無人でしたって報告しに帰りますか？」

スヴェンの隣に立っていた仲間の女騎士マリナが口元に指を当て、言った。

「いえ、無人じゃないわ。見て」

とシーナは屈み込んだ。石の地面をゆっくりと撫でる。

「ここに足跡があるわ。ここにも――ここにも。大きさから言って、おそらくオークかトロル。しかも一匹や二匹じゃない。何十匹もここにいたはずよ。それに壁の松明――」

今度は立ち上がって壁掛け松明に手をかざす。

「ほんのり温かい。ほんの数時間前までここに魔族がいた証拠よ」

「ふむふむ、だからさっき『妙』だと言ったんだね」

スヴェンがしたり顔で訊ねてくる。

「そうね。敵はあたしたちに気づいていて誘っているのかも」

（だとしたらどうして中に入れたの？）

中に誘って逃がさないためだろうか。捕虜にして、王都の情報を得ようとしているのかもしれない。

ならばこのまま進むのは危険かもしれない。

少なくとも前線砦の調査としては十分な成果だ。砦を守っている魔族の種類や数はわからなかったが、ここにいたるまでの順路、砦の内部や進入路までこと細かに情報を得ることができた。

撤退しよう——そう告げようとした時、スヴェンが何やら前方を指差した。

「あれは……扉だね。あそこまで見てみる？」

ところどころ縁の金属部分が錆びた木製の扉だった。手入れはあまりされていないようだ。

「……入ってみて危なかったら即撤退。いいわね」

シーナの確認に、スヴェンとマリナはこくりと頷く。

生唾を呑み込み、シーナはゆっくりと扉を押し開ける。

「んっ、かたい……」

ぎぎぎと金属が擦れ合う耳障りな音を立て、扉は開いた。

バタンと扉を閉め、ゆっくりと見回す。

——中は思ったよりも広かった。長方形の縦長の部屋で、床には赤い絨毯が敷かれている。

作戦会議室か何かなのだろうか。だが部屋には家具らしい家具は何もない。

入り口正面には壁一面の格子状の窓ガラス。ガラスの前には一脚の椅子が——。

「誰⁉」

シーナの発した鋭い声に、スヴェンとマリナはお互いに腰の剣を引き抜く。

ガラスの前の一脚の椅子。そこには足を組み、悠然と座る一人の魔族の姿があった。

（デーモン族？）

逆光になっており、顔まではわからないが、姿は見える。

人間とほぼ変わらない体躯をした中肉中背の男。呑み込まれてしまいそうなほど黒いローブに身を包んでいる。一目見ただけでは、人間と変わらない。――だが人間と明らかに違う。

その背からは禍々しい漆黒の翼が生えており、頭にはこぶしサイズほどの一対の角が生えていた。

この容姿は魔族の中でも上位の存在。デーモン族に他ならない。

やはり待ち構えていた。

デーモン族の男が放つ鋭い殺気がシーナの肌に刺さる。ただ敵は座っているだけなのに、この威圧感は何だ？　額から冷や汗が流れる。

レイピアにかけるシーナの手はびくびくと震えていた。

デーモンの男はすっと立ち上がり、ローブを翻した。

そして第一声を放つ。

「フハハ、よくぞ来た！　我が名はアーヴィン＝ロキアル＝レイジィ！　魔王だ！」

※

「フハハ、よくぞ来た！　我が名はアーヴィン＝ロキアル＝レイジィ！　魔王だ！」

（嚙まずに言えた！）

口上をなんとか述べることができたアーヴィンの眼前には三人の騎士が立っていた。女、男、女。見たところ、王都聖騎士団の恰好をしている。それぞれ別に重装備というわけではない。女はライトアーマーとガントレットとグリーブだけ。男も比較的に軽めの鎧を着ている。

更に言葉を継ごうとした直前――。

「あなたは何者なの!?」

正面に立つ女騎士が声を上げた。

銀の長髪をした女騎士だ。若い。人間ならまだ十七か八くらいだろう。

せっかく盛り上がっていたのに水を差さないでほしい。それにちゃんと『魔王』と言ったのに、聞いていないのだろうか。

「あのなぁ、魔王って言っただろ。一応ここの領地を束ねてるボス的なアレなんだけど」

「そんな奴がここにいるわけないでしょ！」

真っ向から否定された。ひどい。

「お前たちがここに来るって報告があったから待っててやったんだろうが」

わざわざ見張りのオークたちを帰らせたりもした。もし戦闘とかになって、オークに負傷者を出したくなかったし、逆に騎士たちがオークたちに返り討ちに遭いでもしたら、せっかく待っていたかいもなくなるからだ。

「……シーナここは一旦引くべきだ」

男騎士が女騎士に耳打ちをしていた。どうやら正面に立つ女騎士の名前はシーナというようだ。

（ミトラの言った通りだな）

王都聖騎士団では有名なシーナ＝アルバート。人間の中で強いと噂される騎士。どれくらい強いのか少しは気になる。

戦闘もそうだが、その前にすべきことがある。

（さあ、どうするか……）

せっかく見つけた貴重な人間のリハーサル相手だ。魔王らしくカッコよく振る舞えるか、三日三晩考えた戦闘直前の口上を噛まずに言えるか、今から少し緊張——。

「逃げるわよ！」

（って逃げるのかよ！）

シーナの号令で一斉に扉に向かって駆けだした。だが——。

「開かない！　シーナ、開かないぞ」

「いやだわ、シーナ隊長どうしましょう」

もう一人の女騎士と男騎士が扉をダンダンと叩いている。

（あー、そういやその扉建て付け悪かったっけ？）

扉が歪んでいるため、たまにオークたちが全力を込めても開かない時があるらしい。

「くっ、謀ったわね！　魔法で閉じ込めるなんて」

シーナがキッと睨みつけてくる。そんなことしてませんが。

「仕方ない……やるわよ、スヴェン、マリナ！　相手は幸い魔族一体、あたしたちでも勝てるはずっ」

シーナはレイピアを抜き放った。どうやら戦う気になったらしい。

なんだか釈然としないが、戦うのならこちらも手加減できない。

ただ派手な魔法を使うわけにはいかない。なにせ、この砦は百年前から改修らしい改修をしていない。つまり老朽化が進んでいて、ちょっとした衝撃でも崩れかねない。

本当は前からミトラに『改修した方がいいですよ』と言われ続けていたが、『いやめんどくさいし』と断り続けていた。

なので、今回は魔法ではなく、剣で戦わせてもらう。

アーヴィンは虚空に黒い渦を発生させ、そこに手を突っ込んだ。

超簡易式空間転移魔法だ。離れた場所の物質を直接この場に持ってくることができる。ただし生き物は転移不可能で、こちらから送ることもできない。

アーヴィンは黒い渦から、一振りのブロードソードを取り出した。

これは先週、人間の国の王都まで変装して遊びに行った時についでに買ってきたものだ。武器屋のおっちゃんは『これで斬れないものはねェ！』と豪語していたから、その後、城で切れ味増加の魔法エンチャントをかけてやった。

まだ試し斬りはしてないが、おそらく鉄くらいなら斬れるだろう。名付けて『魔剣アーヴィンソード』。

「行くわよ！　スヴェン、マリナ、援護をお願い！」

先んじてシーナが突っ込んできた。低く腰を落とし、弩から放たれた矢のごとく、レイピアの一突きを浴びせてくる。

（あぶね！）

アーヴィンは翼を使って大きく後方に飛びのく。

しかしシーナは休まず、一歩で再び間合いを詰め、レイピアの一突きを繰り出す。

「ちょちょっ！　タンマタンマ！」

今度はアーヴィンは、手に持っていた魔剣アーヴィンソードでレイピアの一撃を力の限り払いのけた。

一瞬体勢の崩れたシーナは無理せず、アーヴィンから距離を取る。

「あぶねーな、髪の毛ちょっと切れ——あーっ！」

斬られた髪の毛の端を触って気付いた。ローブの襟のところが少しだけ斬られている。

先ほどの刺突の時だ。体は斬られなかったが、ローブが犠牲になってしまったようだ。

「くっそー、これ結構高いんだぞ！」

まあ着られなくはないし、あんまり目立たないから、貫かれるよりマシだ。けど気になってしまう。

アーヴィンがちらちらと切れ端を気にしていると、シーナが「くっ」とこちらを睨みつけ、

「あたしをバカにしてるの!?」

「これでも結構マジなんだがな」

「でもあたしの一撃をかわした……。あんたただの魔族じゃないわね」

「魔王だっつったろ。ちゃんと話は聞いとけ」

実際、アーヴィンの動体視力と反射神経があったからこそ避けられた。並の魔族なら初撃でやられていただろう。

シーナが目を細め、レイピアを構え直す。

「いいわ……次は討つ」

（マジモードかよ）

正直に言うと剣術は苦手だ。先ほど以上の刺突を無傷で受けきれる自信はない。

（傷つきたくねぇし、でもかと言って魔法はな……）

老朽化の進む室内で大きな魔法は――。

「シーナ、離れて！　僕の魔法で――っ」

男騎士の声にシーナが横に飛びのく。

「え？　お、おいちょっと待て、派手な魔法は――」

遅かった。短い詠唱の後、男騎士とアーヴィンの間の空間に小さな爆発が連続して巻き起こる。徐々に爆発がこちらに迫ってくる。

（よりによって爆発魔法かよ！）

人間の魔法はあまり知らないが、これはマズイ。かといって受けるわけにはいかない。

「他人の領地だからって好き勝手しやがって……っ」

アーヴィンは魔剣アーヴィンソードで空間を薙ぎ払い爆発をかき消そうとした。

しかし直前、ひと際大きな爆発が目の前で起こり――。

ゴゴゴ……。

まるで地震でも起きたかのように細かい震動が部屋を揺らした。

「な、なんだ！」

魔法を放った本人は何もわかっていないようだ。もう一人の女騎士は「きゃあっ」と頭を抱えて、その場にうずくまっていた。

「な、なに――えっ？」

シーナは天井を見上げる。

ぴし……ぴし……天井の一部に亀裂が入る。老朽化した砦にそんなひびが入ったら天井を支えられるはずがなく、アーヴィンの周辺の天井が音を立てて、無残にも崩れ落ちる。

「きゃあああぁぁ！」

近くにいたシーナが悲鳴を上げ、頭を覆った。

「ち、仕方ねぇな」

このままではシーナまで瓦礫の下敷きだ。いくら相手が敵である王都聖騎士団とはいえ、自分の領地で人死にを出したくはない。

アーヴィンは手をかざし、シーナを中心に球形の魔法障壁を張った。降り注ぐはずだった瓦礫は障壁に阻まれ、近場にがらがらと落ちていく。

埃が混じった土煙が部屋を覆う。視界がほとんど遮られている。

「けほけほ」

アーヴィンは思わず土煙を吸ってしまう。シーナを守ることを優先したため、自分に張る魔法障壁を忘れていた。おかげで腕に瓦礫がいくつか直撃し、痛い。この程度で死ぬほどやわじゃないが、ジンジンする。

土煙が収まり、視界が晴れると、アーヴィンは惨状を見てため息を吐かざるを得なかった。

「こりゃひでぇ」

瓦礫によって部屋が入り口側と窓側に完全に分断されてしまった。こちらからでは向こうにいる男騎士と女騎士の姿が見えない。

それに天井だけでなく、壁にもぽっかりと穴が空いて、風が吹き込んでくる。周辺の森が中からはっきりと見える。

「うぅん……」

一瞬気を失っていたらしいシーナが、ゆっくりと体を起こした。

こちらの姿を視認すると、再びレイピアを突き付けてくる。こんなことになっても戦意があるのはさすが誉れある姫騎士と言ったところか。

――まだやる気か。と言いかけたその時、

「大丈夫かい？　マリナ」

男騎士の声だ。と同時にもう一人の女騎士の声も聞こえてきた。

「はい、私は無事です。スヴェン様は無事ですか？」

どうやら男騎士はスヴェン、女騎士はマリナというらしい。

「心配ないよ。君が無事でよかった」

「でもシーナ隊長が瓦礫に……大丈夫なのでしょうか？」

「ふっ、心配ないさ。爆発からは離れていたし、聖騎士団御用達の耐衝撃エンチャントライトアーマーもある。多少怪我を負って気絶しているかもしれないけど、死んではいないさ」

「でも……痛っ」

「足をひねったのかい？　僕、薬水があるから――ちょっと染みるよ」

「きゃ――ありがとうございます。スヴェン様」

……どうやら瓦礫の向こう側では男女のいちゃいちゃが繰り広げられているみたいだ。一方的に男から言い寄っているようにも見えるが、女の方も満更ではなさそうだ。

「え？　スヴェン？」

こちらにレイピアを向けていたシーナも、どうやらあちらの様子が気になるようだ。瓦礫の間にできた隙間から顔を覗かせていた。

アーヴィンもどこかに隙間がないか探し――指二本分空いている空間があった。そこから向こうの様子を見る。

倒れたマリナを抱きかかえるように、スヴェンが片膝をついていた。そこだけを切り取るとまるでヒロイックファンタジーに出てくるような男女だった。こいつらうちの領地に何しに来たんだ。

「私は大丈夫ですから、シーナ隊長を早く……」

「無理しないで。シーナは大丈夫だよ、きっと。あの痛い魔族もさっきの落盤で死んだだろうし」

男の方はシーナのことを全く心配していない様子だった。それよりも誰が痛い魔族だ。

誰が。

「スヴェンどうして助けに来ないのよ」

隣では シーナが怪訝な顔をしていた。

「スヴェン様、ダメです……。今はこんなことしてる場合じゃ……それにスヴェン様にはシーナ隊長という婚約者がいるではないですか」

「ふふ、いいんだよ。身持ちが堅くてやらせてくれない彼女と違って、君の方がかわいいと思うよ。だから、いいだろ？」

「ダメ……スヴェン様、んっ」

半ば強引にスヴェンはマリナへとキスをした。

「――っ！」

シーナが驚いたように体をびくっと震わせた。

――なるほど、読めてきた。

スヴェンと、ここにいるシーナは婚約者同士らしい。そしてマリナはスヴェンの愛人ということらしい。見た目押しが弱そうな彼女だから付け入られたのだろう――自分は、自分の領地の砦で何を見せられているのだろうか。

「そんな……スヴェン……どうして」

シーナが瓦礫にもたれかかったその時――。

不安定だった瓦礫の山ががらがらと再び崩れ出した。

「きゃっ」

「マリナ、僕の後ろに」

天井近くまで積みあがっていた瓦礫はあっさりと崩れた。壁になっていた瓦礫がなくなり、お互いの姿がはっきりとわかるようになってしまった。そしてスヴェンさんはちゃっかりと紳士ポイントを稼いでいるご様子だ。

シーナの姿に気づいたスヴェンとマリナは、ハッと慌てて距離を取った。

「どういうこと？　スヴェン、今、マリナとキスしてなかった？」

ゆらっ、と放心状態のシーナが抑揚のない声でスヴェンを問い詰める。ちょっと怖い。

「い、いや違う。これは彼女の顔に傷があったから看ようとしただけで……」

見苦しい言い訳をするスヴェン。シーナは「嘘っ」と声を張り上げ、

「さっき、あたしはやらせてくれないって言って、マリナとキスしてた！」

「っ」

スヴェンの額から冷や汗が流れ落ちる。だからなんで自分の領地でこんなドロドロした何かを見せられなくてはならないのだ。

「スヴェン答え——あうっ」

シーナが瓦礫を乗り越えてスヴェンに詰め寄ろうとした時だった。

崩れた天井からこぶしサイズの瓦礫が落ちてきて、シーナの後頭部にクリーンヒットしてしまった。シーナはそのまま瓦礫の上に俯せに倒れてしまった。気絶したのだろう。

「——に、逃げよう！」

スヴェンがとっさに叫ぶ。「えっ」とマリナ。「でもシーナ隊長は」

「まだそこに魔族が生きてる！　さあ早く！」

「おいちょっと待て、この姫騎士も持ってけよ！」

とアーヴィンは言い掛けるもスヴェンは無視。

困惑するマリナの手を取って、爆発魔法で壁に空いた穴から外に飛び出して行ってしまった。ここは一応二階だが、耐衝撃のエンチャントがかかった鎧ならその程度の衝撃で足をくじいたりはしないだろう。

「……どうすんだよ、これ」

視線を落としたアーヴィン。そこには未だ起きないシーナが倒れたままだった。

（ほっとけ、ないよな）

ハァ、とため息を吐くしかないアーヴィンだった。

魔王城。賓客用の寝室。

レースカーテンの付いたダブルベッドに、木の香りがする古風なカバノキの机。ドレッサーにクローゼット。床には埃一つない、赤い絨毯が敷かれている。

薄いカーテンがかかった窓ガラスからは夕方の斜光が部屋に降り注いでいる。

さながらここは王族の姫様の部屋だ。城のメイド係であるラミアたちが毎日掃除してくれているため、いつでも綺麗である。

姫様——と言えるのか、ベッドの上には眠れる姫騎士が仰向けになっていた。額にはアーヴィンが置いた濡れタオルがある。

机から椅子を引っ張ってきてアーヴィンは側で姫騎士——シーナを眺めていた。

さすがに人間とはいえ女性を着替えさせるわけにもいかず、土煙で汚れたライトアーマーのまま寝かせている。

メイドラミアに頼んでもよかったが、その場合「どうして人間が魔王城に⁉」という疑念をいちいち晴らすのが面倒くさかった。

（気持ちよさそうに寝やがって）

すー、すー、と静かな客室に寝息が響く。

それにしても綺麗な顔立ちだ。先の戦闘で多少、顔は汚れていたが、それでも十分に美しいと思えるくらいに、整った顔だ。

人間の世界はよくわからないが、聖騎士団の中でもモテたのかもしれない。あのスヴェンというたらし以外にも結婚の申し込みとか、あったのだろうか。剣の実力もあるから、同性からも人気だったのかもしれない。

ぬるくなった濡れタオルを新しいものに替える。床に置いた桶の中には、水と氷結魔法で生成した氷とキンキンのタオルが入っている。

「う……うぅん……」

シーナの眉間がぴくっと動いた。ようやくお目覚めか。シーナがうっすらとおぼろげに瞼を開いていく。

「ここ……は？」

あたしは誰？　と言われたらどうしよう、などと心配しつつ、アーヴィンは天井をぼんやりと眺めるシーナに声をかけた。

「ここは魔王城。オレの城だ。んで、お前はワルドー山脈の前線砦で気絶して、ここに運ばれたってわけ」

矢継ぎ早に喋ってしまったが、ちゃんと脳に届いただろうか。

「まお……しろ？　あたし、なんで気絶して……」

ゆっくりと上体を起こすシーナ。頭を手で押さえていた。まだはっきりしない様子だ。

「覚えてねぇか？　お前、うちの砦に来てたろ。確か……スヴェンとマリナとかいう騎士と一緒に」

「スヴェン……マリナ……っ！」

その名を口にした途端、シーナはカッと目を見開き、

「そう、そうよ！　スヴェンは⁉　マリナは⁉　あの二人キスしてた！　なんで⁉　あの二人、どこに行ったの⁉」

覚醒はしたが錯乱しているようだ。

「あいつらならお前を置いて逃げたよ。たぶん浮気が上にバレるのが嫌だったんじゃねぇか」

「うそ……嘘よ！　スヴェンがあたしを置いて逃げるなんて！」

アーヴィンはシーナの肩に手を置き、

「落ち着けって、なんか見捨てられたみたいだぞ、おま――」

パンっ！　と悪意をもって手を払われた。さらに被っていた掛け布団をこちらの顔に投

げつけてくる。

「うぶっ！　おまっ、なにしやがる！」

アーヴィンが布団を手で払いのけると、シーナはいつの間にかベッドの反対側に立っていた。

「あんた、よく見たらあの時のデーモン族ね。あたしに何したの！」

「何もしてねぇよ。ってかお前、まず感謝しろ。砦で瓦礫の下敷きになりそうだったのを助けてやったんだぞ」

「そんなの頼んでない」

そりゃあ向こうからしたらこちらは敵だ。人間界の教育では子供の時から魔族は敵、悪、倒すべき存在と言われてきている。児童向けの英雄譚も大抵、悪い魔族を討伐するものばかりだったはずだ。

だが、こうして真っ向から理由もなく拒絶されるのには、少々、怒りを覚える。

「とりあえず落ち着け、な」

アーヴィンは回り込んで、シーナをなだめようとする。ただ錯乱しているだけかもしれない。

しかし返ってきたのはシーナのミドルキックだった。グリーブ越しの蹴りがヒットした

アーヴィンは吹き飛ばされ、仰向けになる。

「お、おま……誰が介抱したと思って」

ちょっと痛い。さすがに金属で蹴られると吐き気までしそうになる。

「魔族の施しなんていらないわ！」

手に持っていた濡れタオルを、アーヴィンの顔に叩きつけてくる。

ブチっ。

「そこまで魔族が嫌いかコノヤロー！　そうか、そうですか、わかりましたよォ！　じゃあお前に本当の魔族ってやつを教えてやる！」

「やってみなさいよ！」

ならやってやる。

アーヴィンは空中に黒い渦を発生させ、中からエンチャント付きの鎖を取り出し、シーナへと投げつけた。

「きゃぁ！　何よこれ！」

まるで生きた蛇のように鎖はシーナの体に巻き付き、全身を縛り上げた。

「フハハ！　拘束用魔具だ。人間の力じゃほどけまい！」

「離しなさい！　このコウモリ魔族！」

ひどい暴言だ。それも含めてその体にたっぷりと教え込まなければならない。

アーヴィンはシーナに巻き付いた鎖をひょいと手でつまみ上げる。

「どこに連れていくつもりよ！」

「お前に魔族の恐ろしさってやつを思い知らせてやる」

シーナを連れて、アーヴィンは部屋から出て行った。


床も壁も無機質な冷たい石で覆われた部屋。明かりは壁にかけられた松明だけで、それ以外の光源はない。

ここは魔王城の地下牢。風は一切通らず、じめっとした空気が蔓延している。部屋の隅は苔生しており、檻の鉄格子は錆びだらけだ。

その牢の中央――天井から両手を鎖でつながれた姫騎士が立っていた。もはやこうなっては抵抗もできないだろう。

「くっ、あたしをどうするつもりよ！」

じゃらじゃらと鎖が音を立てる。

これから何をされるかわからない恐怖と興奮からか、シーナの頰はほんのり朱に染まり、荒々(あらあら)しく肩で息をしている。

「仕置きをすると言っただろう。ふっふっふ、地下牢、姫騎士ときたらやることはわかるよな？」

「な、なにを……」

「決まってるだろう。闇堕(やみお)ちさせて我が魔王軍に引き入れてやる！」

「や、闇堕ち……？」

「そうだ」

「――ってなにそれ？」

ガクッ。

思わず崩(くず)れ落ちてしまった。知らない？　姫騎士として生を受けておきながら、闇堕ちをご存じない？

「お前も読み物くらい読むだろ？　ほら、城下町で売ってる同人誌とか」

同人誌。一般的(いっぱん)には絵師の描(えが)いた絵にセリフを付け冊子にしたものだ。それを専門の魔術師に頼み、複製魔法で絵を複製し、製本している。

時折、アーヴィンは暇(ひま)を見つけては変装して城下町で同人誌を買いあさっている。

その中の一つに『姫騎士の闇堕ち本』なるものがあり、薄暗い地下牢で高圧的な姫騎士にあんなことやこんなことをして、心を堕とし、魔王に服従させるというものだった。

――まさにこのシチュエーション。だが、当の姫騎士は、

「読み物は読むけど、同人誌って薄汚れたいやらしい書物でしょ⁉　そんなの読むわけないじゃない！」

などとこれから自分の身に起きることがわからない様子だ。なんだか本で読んだようなイメージと違う。

アーヴィンが読んだ同人誌では二パターンあり、一つは『いや、やめてこないで！』と恐怖におののき、やがては快楽に身を任せるパターン。もう一つは『くっ殺せ』と毅然とした態度を取るも最後は『従いまひゅ～』と堕ちるパターン。

『――ってなにそれ？』と真顔で言うような同人誌はなかった。

仕方ないのでアーヴィンは説明した。

「闇堕ちってのは、簡単に言うと、お前を魔族にして、魔王軍に寝返らせることだ。お前の心が堕ちれば後はオレが淫紋を刻んで魔族にできる」

「あたしを魔族に……？」

「そうだ。魔族はいいぞ。人間なんかより怪我の治癒が早いし、魔力は多い、身体能力も飛躍的に伸びる。元々凄腕の剣士なら、その実力は数十倍も伸びるだろうな。そうだな

……闇堕ちさせた暁には、その力を使ってへとへとになるまで働かせてやろう」

せっかくだから軍を纏める仕事をしてもらおう。シーナは元々王都聖騎士団でも隊長を務めており、部下を纏めることくらいはやっていたはずだ。

あの纏まりのないオークたちをシーナに全部丸投げして、自分は部屋でお菓子を食べながら同人誌でも読んでおこう。我ながらいい案だ。

「そんなことするわけないじゃない！　あたしを寝返らせる？　ふざけないで、誰が魔族なんかに！」

「そんな強がりもいつまで言っていられるかな？」

同人誌では『快楽堕ち』と言って気持ちよくなったところで、すんなりと服従していたが、実際のところは少し違う。

服従の義と言って、下腹部に淫紋と呼ばれる紋章を刻み付けることで闇堕ちが成立する。厳密には同人誌の闇堕ちとは性質が違う。ただ刻むだけでは成立しない。心を堕とす必要がある。

アーヴィンはパチンと指を鳴らした。

するとあらかじめ呼んでおいた三名のオークたちがぞろぞろと地下牢へと入ってくる。

「な、なによ……」

巨漢のオークに圧倒されてか、シーナの表情に曇りが見える。額から汗が流れているのが肉眼でもはっきりと見える。

「あの、なんか用っすか魔王様」「さっきまで寝てたんすけど」「だる……」なんだか三人とも腑抜けた感じだ。どうしてもっとやる気を出さないのか。

「わかるだろ？　お前ら。地下牢、姫騎士、オークときたらやることは一つだ。さあやれ！」と手をかざして命令するも、三人のオークはそれぞれキョトンとごつい首を傾げる。

「は？」「えっと……」「ちょっと何言ってるかわかんないっす」

こいつら正気か？

こんな絶好のシチュエーションは他にないぞ。

オークにとっては垂涎もののシーンのはずだ。だがいちいち説明しないとわからないなら仕方ない。

「今からこいつに仕打ちをするんだ。こいつは姫騎士、お前らはオーク、つまり——わかるだろ？　ちょっとこいつの、む、胸とかそういうのを触って気持ちよくさせるんだよ」

言ってて恥ずかしくなった。それに気づいたオークたちは、

「なんか顔赤くないすか魔王様」「なんかちょっとチキってません？」「ああそういうことっすか」

なんでこっちが恥ずかしがらなければならない。

「いいからやれ。これは罰なんだからな」

へいへい、とオークたちはシーナへと向き直る。

びくっと一瞬、体を跳ね上げさせたシーナは、ようやくこれから何をされるのか察したらしい。

「い、いや……こ、来ないで」

涙目になってオークを見上げていた。じゃら……と空しく鎖が音を立てる。

………なんだか罪悪感が芽生えてきた。やってはいけないことをやっているような気がする。

だがこれは仕打ち。

生意気な口を叩いたシーナへの仕打ちなのだ。決してやましい気持ちがあってやっているのではない。

オークの一人がシーナの鎧に手をかける。「ひっ」と明らかに恐怖している声がシーナの口から洩れる。

――とその時、オークたち三人が申し訳なさそうにこちらに振り返った。

「あの……魔王様、彼女嫌がってるじゃないですか」

「……え？」

まあ確かにそうだろうけれども。

「嫌がっているのに無理やりいたずらするってのは、ちょっと……」「俺、母ちゃんから相手の嫌がるようなことはするなって教えられましたし」「そうそう、魔王様には罪悪感ってものがないんすか？」

お前らオークだよな？

アーヴィンは指先でぽりぽりと頬を掻き、

「ま、そりゃ……オレも、多少はあるけど……ってかお前ら、こういう場面で興奮とかしないのか？」

少なくとも同人誌のオークは『ぐふふ……』とか下卑た笑い声をあげて、ノリノリで姫騎士にいたずらをしていた。

「興奮？」「いや……」「するわけないじゃないですか」

「しないの⁉」

オークだよなぁ⁉

「じゃあ逆に聞くっすけど、魔王様は女オークや女ゴブリンに欲情ってしますか」

「…………しないな」

妙に納得してしまった。つまり美的感覚の違いということか。

言われてみれば、百年と少し生きてきたが、オークたちが人間の女を襲うなんてことはなかった気がする。

同人誌でのオークがあまりにもリアルだったから、つい勘違いをしてしまった。

「「ふぅ……」」

シーナとアーヴィンはほぼ同時に安堵のため息を吐いた。「え？」という怪訝な目でシーナに睨まれたが無視だ。

ま、まあ失敗してしまったものは仕方がない。気を取り直して別の案を試すとしよう。

何も闇堕ちにオークが必須というわけではない。

要は快楽堕ちをさせればいいのだ。とりあえず心が服従すれば実際は何でもいいが、快楽が一番簡単な方法だろう。

「来い、キラーアイ！」

と叫ぶと『そいつ』はやってきた。

「ひいっ」

シーナが牢の外側——鉄格子辺りの地面にいる『そいつ』を見て小さな悲鳴を上げた。

石畳の床の上に、巨大な目玉があった。人の頭くらいはあるだろう。その目玉からはいくつもの触手が生えていた。いうなればそいつは魔法生物。魔族と違って普通の生殖で生まれてきたわけではなく、魔王軍が誇る魔道研究所で誕生した人工的な生き物だ。

この触手を使って今度はシーナを快楽堕ちさせてやろう。

魔法生物――キラーアイが地下牢の壁を這いずり、天井に達し――丁度シーナの頭上で止まった。

うねうねとした触手がシーナの眼前にたらーんと垂らされる。

「ひっ」

生理的に受け付けないのだろうか。オークを見た時とは別の意味で震えているようだった。ぬめぬめとした触手がぴたっとシーナの頬に触れた。

「ひぃぃ……」

ぞわぞわ、とシーナが鳥肌を立てる。これだけで十分効果がありそうだ。

キラーアイを必要以上に怖がっているようだが、彼は別にそんなに怖い存在ではない。

本来のキラーアイの仕事は偵察任務にある。

目玉から小さな目玉を生み出し、それを遠方に配置することで、遠くの景色や情報を直接この場に映し出すことができる。

これはとても便利なもので、例えば王都に放っておけば、新刊の同人誌が出た時などにはすぐに買いに行くこともできる。

「魔道研究所が造り出した魔法生物キラーアイだ。さすがのお前も何をされるか理解したらしいな？」

うにゅうにゅと蠢く触手。シーナの目はその触手に釘付けだ。

「やっやめ……」

「わかってるなキラーアイ、その触手でシーナを悦ばせてやれ」

と命令すると、ＯＫ、という意思表示でキラーアイが触手の一本をグッと立てた。意外と愛嬌のある奴だ。

「いや！　やめて！」

嫌がるシーナ。しゅるしゅると触手がシーナの艶めかしい体を這い回り、やがて数本の触手がインナーの中へと入っていく。

うん……まあ、これくらいなら仕打ちとしては十分だ。やっぱりオークにやらせるのはちょっと気が引ける。

インナーに侵入した触手はシーナの胸、腰へとたどり着く。服の上からでも形が変わるのがわかるくらいに揉み回されているようだ。なんだか、見ているこっちが恥ずかしくなりそうだ。

さすがにここまでされると、いくら強情なシーナとはいえ――。

「ふ、ふふ……あっはっはっ！　ひぃーっひっひ、いや、やめ……あっはっはっは！」

……なんか彼女、笑ってない？

涙目だった彼女が本当の意味で涙目になって体をよじっていた。

「や、やめ……っ、これっ、こそばゆ――、いーっひっひっ」

なんだか思っていたのと違うが、仕置きとしては十分に効果を発揮して――いるのだろうか。

「よし、一旦やめろ」

と命令すると素直にキラーアイはシーナの服の中から触手を引き抜いた。撫で廻されたからか、シーナの服が少し着崩れていた。

「はぁ……はぁ……」

解放されたシーナはぐったりとしていた。意外とダメージがあったようだ。

「どうだ？　服従しようって気になったか」

と訊ねるとキッと睨み返された。

「誰が！　あんなことしておいて！」

あまり効果はないかもしれない。

拷問なら意味はあるが、これでは敵愾心を煽るだけだ。こそばゆいのであなたに従いますは何か違う。

頭上ではキラーアイが申し訳なさそうに、触手をしゅんと垂らした。いや君は悪くない。ちょっと人間の体の構造をあまり知らなかっただけなんだ。

——だが、困った。

いつの間にか隣ではオークたちが床に座り込んで、トランプで遊んでいた。こいつらには頼めないし、闇堕ちさせるのが難しくなってきた。

こちらが手詰まりなのを察したのか、シーナが「ふんっ」と意気揚々と鼻を鳴らした。

「魔族っていうのも大したことないわね。こんな人をくすぐる程度の魔法生物しか造れないの？」

魔族に対してだけでなくキラーアイをもなじるなんてひどすぎる。この子は意外とナイーブなんだぞ。

そんな無能発言に怒ったのか、自分の力を見せつけるように、突如キラーアイの目玉が光を発した。

その光を壁へと投映すると、そこにはレンガ造りの街並みが映し出された。これはキラーアイの子機が見ている王都の風景だ。

「これ……どういうこと？」

シーナがその風景を見て、驚いていた。無理もない。キラーアイのことは人間には知られていない。こんな諜報活動が平然と行われていたと知られたら、子機が一斉に駆除され、最新刊の情報が得られなくなってしまう。

「ここアルカティアの街……？」

どうやら映像の中のことについて驚いていたようだ。

アルカティアの街。一度行ったことがある。ワルドー山脈東のふもとにある大きな街だ。

──見たところ、子機はどこかの路地裏のゴミ箱の上にいるようだ。狭い路地から表の大通りが映し出されている。馬車やコート姿の紳士淑女が街を行き交っている。

やがて子機はレンガ造りの壁を上り、三階か四階のベランダへとたどり着いた。大窓から部屋の一室を覗いている。

映された部屋は簡素なワンルームだった。どこかの宿だろうか。ダブルベッドにサイドテーブルに机。目立った家具はそれくらいしかない。

壁には王都製の剣と鎧が立てかけられている。

そのベッドの上に一組の男女が座っていた。こちらに背を向けているが──この後ろ姿には見覚えがある。

「っ！　スヴェン！　……マリナ？」

砦にいた男騎士と女騎士だ。

砦で逃げられてから、だいたい半日くらい経っている。その間に街まで戻って宿を取ったのだろう。二人は鎧を脱いでインナー姿でいた。

ガラス越しに声が聞こえてくる。

『シーナ隊長、本当に大丈夫なのでしょうか？』

『ふふ、あの状況であの魔族がいたんだ。殺されているか――最悪拷問だろうね。罪悪感でもあるのかい？』

『はい……もっとどうにかできたんじゃないかって……』

「スヴェン、なんで……」

シーナがぽつりと呟く。

婚約者が死んでいるかもしれないのに、このスヴェンという男はなぜここまで冷徹にシーナを切り捨てられるのだ。

『スヴェン様はどうしてシーナ隊長と婚約を結んだんですか……？　その様子じゃあまり好きじゃないように見えますけど』

『ふっ、別に嫌いじゃないさ。あんな性格じゃなかったら、もっと可愛がってあげたんだけどね。ただ彼女はあのダリウス団長の娘だ。騎士団で出世するには何かと便利だったしね。彼女がクソ真面目だというのは本当に参ったけどね。キスもさせてくれないし』

『そうだったんですね……あの、気になったんですけど、シーナ隊長とはどういう出会いだったんですか？』

『簡単さ。半年ちょっと前に彼女、山賊討伐の任務に行って失敗したんだ。山賊に殺されるかもしれないってところで、僕が登場。その場にいた山賊を追い払って、シーナを助けた――なかなかドラマチックな展開だろう？』

「へー、そんなことしてたのか、お前」

アーヴィンは話を聞きながら、シーナをちらっと見た。

「……あれは、あたしが油断してたから。一歩間違えればスヴェンだって危なかった」

どうしてこんな男と婚約なんてしたのかと疑問に思っていたが、どうやらシーナにとってスヴェンは命の恩人らしい。

『まあ当然、山賊っていうのは僕が雇った奴らだけどね』

「っ!?」

スヴェンの言葉を耳にして、シーナが大きく目を見開いた。

『そうでもしないと彼女、僕に全然心を開こうとしなかったからね。まあその後も何度もアプローチしてようやく、さ。けどキス一つさせてくれないし、こうしていなくなってくれたのは幸いかもしれない。今から団への報告を考えておかないとね。——そうだな、シーナが僕らを逃がすために囮になった……。こんなんでどうだろう』

「嘘よ、嘘！　スヴェンがこんな……あの時も、全部……そんな……」

映像ではスヴェンがマリナにキスを迫っていた。マリナも断り切れないという感じでそれを受け入れていた。

よくもまあ、スヴェンとかいう男もここまで割り切れたものだ。すぐに別の女に鞍替えするとは——もしかすると日常的に浮気をしていたのかもしれない。

「あんたの魔法でしょ！　これ！　あたしに幻覚魔法を見せているんだわ！」

シーナがこちらを睨みつけてくる。そんなわけがない。キラーアイが勝手に映した映像だ——もしかしてキラーアイはこうなるのがわかって映したのか？

「こんなの幻覚よ。あんたが作り出したげん——」

言いかけて、シーナの言葉が詰まる。映像を見て固まっていた。どうしたのだろうと、アーヴィンもつられて映像を見る。

マリナをベッドに押し倒すスヴェンの姿。この映像の窓ガラスからではスヴェンの背中しかわからない。

「あのハンカチ……」

「ハンカチ？」

スヴェンのズボン――そのお尻のポケットに一枚の黄色い布の一部が見える。「あれがどうかしたのかよ」

「あれ……先月あたしが誕生日にあげたもの。そんな、じゃあこれ……」

これが現実だと受け入れたのだろうか。

と、その時だった。

シーナの体から黒い霧が発生し始めた。これは瘴気だ。上級魔族なら誰でも体に有しているものだ。

闇堕ちというものを成功させるには、シーナの心を堕とす必要がある。その際に心が堕ちた証明となるのがこの瘴気だ。人間がこれを出したということは、心が絶望し、堕ちたということだ。

「やばいっすよ魔王様」「え、え、どうしたんすか彼女」「ちょ、なんとかしてくださいよっ」

トランプをしていたオークたちが騒ぎ出した。

「いや、なんとかって。オレもまさか本当に堕ちるとは思わなかったし……」

いやまさか、この映像で堕ちるとは思わなかった。これはいうなれば快楽堕ちではなく絶望堕ちだ。突然の出来事にあたふたしてしまう。

えっとどうすればよかったっけ？　確か、下腹部に淫紋を刻むのだったか？　順序を思い出していると、

「早く……しなさい……」

「え？」

だらんと項垂れていたシーナがゆっくりと面を上げ、睨みつけるようにこちらを見つめてくる。

「あなたの魔法で……淫紋とかいうのを刻むんでしょ？　魔族になれば今よりもっと強くなれるんでしょ……？」

「まあ人間より魔族の方が身体的にも、魔力的にも強いっちゃ強いけど。得てどうすんの？」

「早くしなさい！」

地下牢にシーナの咆哮が響き渡る。「こ、こえー」「なにこの姉ちゃん」「やばいっすよね」オークたちまで不気味なシーナの威圧感に押されている。

「わ、わかった――えーと、確か……」

アーヴィンはシーナの下腹部に手を当てる。腹部を覆うライトアーマーの下にはインナーしか着けていない。そのインナーを少しめくり、直接腹に手を置く。

柔らかくて温かい。こうして触っていると細い腰だというのが直にわかる。

アーヴィンは右手に魔力を集中させた。

――魔族には呪文の詠唱は必要ない。人間の魔法は発声により呪文という意味のある言葉を生み出すが、魔族の魔法の根源はイメージ力だ。頭でイメージした魔法が体内の瘴気を魔法として具現化させる。

今回の場合は闇堕ちの淫紋。イメージはシーナから湧き出る瘴気をシーナ自身の体に定着させること。そのための『印』を刻み付ける。

ぼうっ、と掌に淡い赤の光が発生し、その光がシーナの下腹部へと移行する。

「うぅ……」

小さくシーナが呻く。痛いのだろうか。アーヴィンも初めてやるから、これを受けて人間がどんな痛みを受けるのかわからない。

「ん……ぁ……はぁ……はぁ」

シーナの艶めかしい息がアーヴィンの首元に当たる。心なしかシーナの頬がほんのり上気していた。

——ほどなくしてシーナの下腹部にハートマークを基調とした淫紋が刻み付けられた。印の形のデザインは同人誌がモデルだ。デザインの文句は同人誌を描いた人間に言ってほしい。

シーナからほとばしっていた瘴気がみるみるうちにシーナ自身へと溶けていく。やがて黒い瘴気は全てシーナへと吸収された。

「…………どうだ？」

シーナはだらんとしたまま俯いていた。一言も発さない。

アーヴィンがゆっくりと顔を覗き込もうとすると——。

バキンっ！　え？　バキンっ？

一瞬何の音かわからなかった。次の瞬間にはアーヴィンはシーナに胸倉を摑みあげられていた。アーヴィンの体が石の壁に叩きつけられる。

「スヴェンの下に案内しなさい！」

シーナの瞳が赤い。赤い瞳は魔族の象徴だ。闇堕ちによる魔族化は成功したようだ。

——いやそれよりも、あなた、両手を鎖で縛られてませんでした？　——ふとシーナの足元に目をやると無残にも引き千切られた鎖が落ちていた。

「うえっ⁉　千切ったの⁉」

「早く案内しなさい！」

目がマジだ。オークたちなんて牢の隅っこに移動して、三人纏まってガタガタと震えている。

違う。何かが違う。

闇堕ちしたら魔王様に絶対服従——ではなかったのか。

胸倉を締め上げられながらアーヴィンは思った。

——やめときゃよかった。

アーヴィンの翼は人一人抱えても速度が落ちることはない。ただ腕が痛くなるだけだ。

現在アーヴィンはシーナの腹に手を回して抱きかかえている。

——山を越え東側の人間の領地の上空に着く。そこから数分と飛ばない内に眼下に城塞都市が見えた。

「あれか。スヴェンが宿泊してるっていうアルカティアの街は」

夕方、日が西へと沈む頃合い。あと一時間もしない内に人間の領地全体は魔王領より早く夜の帳が下りるだろう。

「たぶん、スヴェンが泊(とま)ってる宿はあたしたちが前日に泊ったところよ。街の東の方に降りて」

アーヴィンは高度をゆっくりと落としてく。誰(だれ)かに見られたら大騒(おおさわ)ぎなので、なるべくバレないように適度に高度を保つ。

「あっ、あそこ！　降りて！」

レンガ造りの街並み——その一角をシーナが指さした。

アーヴィンは言われるがままにスヴェンが泊っているであろう宿の屋上へと降りる。屋上には何本も物干(ものほ)し竿(ざお)があった。普段はここでベッドのシーツを干すのだろう。宿に間違いなさそうだ。

「なあ、何階なんだ？」

屋上からちらっと、下の通りを見下ろす。

人通りは映像で見た時よりも少ない。どうやらピークは過ぎたようだ。それでもちらほらと通行人がいる。

「四階よ。ここから二階下」

「了解(りょうかい)」

再びシーナを抱え、屋上からベランダへとゆっくり降りていく。二階下のベランダに着く。カーテンが閉まっていた。アーヴィンたちが来るまでに閉めたのだろう。おかげで外にいるアーヴィンたちに気づかれなくて済む。

——さて、どうするか、と思案する。

正直、アーヴィンは『足』として使われただけで、このまま帰っても別に問題ない。けれどシーナのことも気になるし、せっかく闇堕ちさせたのに、じゃあこれで——と別れるのもなんだか勿体ない。魔族化した人間なんて見るのは初めてだし、もっと——。

パリンっ！　え？　パリン？

気づくとシーナがベランダの窓ガラスを蹴破っていた。猪ですかあなたは。

当然だが、中で横になっていたスヴェンとマリナは目を丸くしてこちらを見ていた。声も出ないようだった。

スヴェンはパンイチ姿。マリナはまだ脱ぐ前だったのか、インナーのままだった。

「スヴェン、これはどういうこと？」

シーナが一歩を踏みだす。同時にピシっ、と散らばったガラス片を鉄の靴底で踏みつぶす。

「し、シーナ？　な、なんで君がここに？　そ、それにそいつはあの時の魔族……」

どうも、こんにちは。あの時の魔族です。

「スヴェン、答えて！　あなたなんでマリナと一緒にいるの？」

これは言い訳できない。パンイチで女とベッドにいることが何を意味するのか。

「ち、違う。こ、これは――そう！　君を助けに行く作戦会議をしていたんだ！　これから援軍を連れて君を魔王領から奪還しようと……」

「見苦しい言い訳はやめて！　あたし見てたんだから！」

と言うと、ベランダに引き返し、何やら丸いものを片手で掴んで、スヴェンへと見せた。

「この魔法生物で」

シーナが掴んでいたのはキラーアイの子機だった。やめたげて！　子機ちゃん涙目になってるから！

「な、なんだ、その生き物は」

「これが見た映像は本体の魔法生物が投映することができるの。これでスヴェンがここで何をしてたのか見てたんだから！」

「いや、それは……」

スヴェンが視線を泳がせていると――。

『あの……スヴェンさん、何かありましたか？　そちらでガラスが割れたような音が……』

扉の外で誰かがノックをした。ここの宿の従業員だろうか。だとするとこの状況はあまりよろしくない。アーヴィンがふとベランダから見下ろすと、何人か人溜まりができて、こちらを指差していた。さすがに目立ち過ぎだ。

「あ、いや、なんでも――」

扉に向かって返事をしようとするスヴェンに――。

「スヴェン！　ちゃんと説明して！　あたしを騙してたの⁉　半年前、山賊にあたしを襲わせて自作自演したっていうのは本当のことなの⁉」

畳みかけるように追及するシーナ。

――もう帰ってもいいかな？　アーヴィンは心の中で思った。なんでこんな修羅場を見せられなくてはならないのか。

『大丈夫ですか⁉　スヴェンさん、入りますよ！』

心配した従業員がマスターキーを使って、部屋に入ってきた。

「な、なんですか……これ？　ま、魔族⁉」

男の従業員は現場を見て、軽い混乱状態に陥っていた。

確かに黒い翼を生やした魔族がこんなところにいたらただの襲撃だと勘違いするだろう。あながち間違っていない。

「そ、そうだ魔族……」

スヴェンが何やら呟いた。

「魔族だ！　シーナは魔族に寝返ったんだ！」

ここぞとばかりに叫び出した。従業員も「え？」と目を見開いている。

「み、見ろ！　シーナの瞳は赤！　赤い瞳は魔族の証！　シーナは魔族になったんだ！」

突然何を言い出すのか、この男は。

しかし、ふと思った。

ここでシーナを魔族扱いし、排斥することはスヴェンにとって何の利になるのか。

答えは簡単だ。スヴェンの『浮気』をなかったことにできる。この場でスヴェンがシーナの言葉を受け入れるというのは同時に浮気を認めるということ。

そんな不貞行為を働いた騎士に――誠実であるはずの騎士に、王都聖騎士団が何の処罰も与えずにいるわけがない。

しかしここでシーナを魔族扱いすれば、シーナの言葉はスヴェンを嵌めるための妄言だと切り捨てられる可能性がある。

人間の魔族に対する負の感情は強い。

アーヴィンがシーナを介抱した時もそうだった。シーナ自身、魔族であるアーヴィンの言葉に一切耳を貸さなかった。

（きたねぇ）

　つまるところ、保身だ。

　スヴェンは聖騎士団から除名されたくないから、婚約者であるはずのシーナを切り捨てた。そういうことだ。

「な、なにを……」

　シーナは動揺している。こう切り返されることを想定していなかったのだろう。

　畳みかけるようにスヴェンが従業員にこう告げた。

「今すぐ衛士隊と街にいる王都聖騎士団に連絡を！　魔族が街に攻めてきた！」

　一瞬惚けていた従業員は、その言葉で我に返り「は、はぃ！」と逃げるように部屋から姿を消した。

「スヴェン……あなたって人は……っ」

「うるさい魔族の手先め――そ、そうか！　わかったぞ、貴様はシーナではないな！　本物のシーナを殺害し、魔族の魔法で成り代わっていたのだ！　だ、団長の娘ならば国の内情を一般騎士より知ることができるからな！」

　言いたい放題である。

　レイピアを構えようとするシーナの肩に手を置き、アーヴィンはおもむろに前に出た。

「スヴェンっていったか？　自分の不貞行為ぐらい認めたらどうだ？」

「魔族風情に説教されるいわれはない！」

それはごもっとも。

だが言わずにはいられなかった。正々堂々と戦え、と。別に剣を合わせるだけが騎士ではない。

――そうこうしている間に、ベランダの外がより慌ただしくなった。

（衛士隊が来たな）

国外に対する軍事力である王都聖騎士団と違い、衛士隊は内部の治安維持部隊だ。騎士団ほどは強くないが、厄介なことには変わりない。

あまり騒ぎを大きくしたくない。ここで魔王の力を存分に振るい『フハハ、愚かな人間どもよ！』と魔王らしく蹂躙する――なんてことが許されるのはＴＲＰＧの世界だけだ。

できれば穏便に済ませたい。今後も同人誌を買いに王都には行くだろうし、顔が騎士団と衛士隊に知れ渡るのは避けたい。

「スヴェン、あなたがそんな男だとは知らなかったわ。王都聖騎士団一番隊隊長シーナ＝アルバートの名において、不貞行為を働いたスヴェン＝バルザットを王都聖騎士団特例条法により拘束します！」

シーナは引くつもりはないらしい。しかしあまりにも無謀だ。

魔王の力があるアーヴィンならいざ知らず、シーナだけでこれから来るであろう衛士隊と王都聖騎士団を相手にするのは無理だ。

シーナが人間なら、スヴェンの不貞行為を暴くことも、戦うこともせずに済むかもしれないが――今のシーナはスヴェンの言う通り魔族だ。

魔族にとってここは敵地。仮にこの場をしのげたとしても、この先、この地で生き残れる保証はない。

（オレの……せいだよな）

最終的にはシーナに促されて闇堕ちさせたとはいえ、魔族にしてしまったのは事実だ。

じゃあ僕帰るんで――と言って一人だけすたこらさっさと逃げるのは後味が悪いし、恰好がつかない。

「魔族がいるというのはここか！」

扉の外に衛士隊が到着した。ざっと見るだけで十人弱はいる。外にもそれ以上いるだろう。

「ち……しゃあねぇな」

「え……ちょ、きゃあっ」

アーヴィンはシーナを脇に抱え、ベランダから外へと飛び立った。

「ま、待て！」「魔族を逃がすな！」

仕事熱心な衛士隊のみなさんは上空を飛ぶアーヴィンを必死に追いかけて来るが、無駄だ。

さっさと空へと飛翔したアーヴィンは十分な高度へ達した後、全力で魔王城へ向けて加速した。

あっと言う間に街は遠のき、眼下にはワルドー山脈ふもとの樹海が広がった。

山脈の中腹を越え――頂上付近に達したところで、夕日の光が目に飛び込んだ。

「……」

脇に抱えたシーナはぐったりしたまま、何も話さない。あまりにも速く飛び過ぎて気絶でもしたのだろうか。

「お、おいシーナ？　――いてっ！」

と顔を覗き込もうとすると、突然、頭をあげられた。顎にシーナの頭部がクリーンヒットしてしまう。

「ゆ――っ」

「ゆ？」

「――っるさない！　絶対許さない！　あのスケコマシ！　あたしが団長の娘だから近づいた？　キスもさせてくれない？　――人をなんだと思ってんのよぉぉぉっ！」

「ちょ、ちょ！　暴れんなって！　落ちるから！」

シーナは夕日に向かって全力で叫ぶ。

溜まりに溜まった心の膿を声で全て吐き出した。そんな感じである。

ひとしきり叫んだシーナは「はぁはぁ」と荒々しく息をついていた。ここ上空だから酸欠で窒息するぞ。

叫んでから、シーナはまた項垂れるようにしゅんとなった。

「燃焼したか？」

訊ねると、シーナは独り言のように口を開いた。

「……スヴェンのことはね、本当に信用してたのよ。あたし、十二歳で騎士団学校に飛び級入学したの、その時周りはみんな十五歳。そんな中で友達なんてできるわけない、あたしは学校で孤立した」

自嘲気味にふふっと笑うシーナ。その気持ちは立場が違うが、わかる気がする。

「そのまま独りぼっちで十六で卒業。その年に王都聖騎士団に入って、一年も経たずにあたしは隊長になった――けど、騎士団内でもあたしは学校と同じような気持ちだった」

隊を纏める立場であるシーナと軍を纏める立場であるアーヴィン。

種族は違えど、その胸に秘める思いや気持ちは共感できる。アーヴィンもそうだった。

自分の場合は孤独になるのが嫌で、無理やりオークたちを遊びに連れまわしているが、本当の意味で友人と言える人は、一人しかいない。

「そんな時よ。スヴェンだけがあたしを特別扱いしなかった。立場的には部下だったんだけど、年上のスヴェンはあたしに色々とよくしてくれた。恋──とは違ったのだと思う。ただ友人として一緒にいたかっただけなんだと思う。だからスヴェンから告白された時は──正直戸惑ったけど、断ってその関係が崩れるのが怖かったのだと思う」

しおらしくシーナは呟く。

先ほどまで宿で息まいていたシーナとは大違いだ。一日色々なことがあって疲れた反動が来たのもあるだろう。

──そんなシーナが腕の中でふるふると震えだした。

「そう……あの時も、あの時もあの時もあの時も──」

「え？　し、シーナ？」

再びカッと頭を上げ、

「ぜっっっっっんぶ、あたしを誑し込むための罠だったのよ！　最初から全部！　自作自演してまで団長の娘の婿（むこ）っていうステータスが欲（ほ）しかったのよ！　あいつが許せない以上にそのことを見抜（みぬ）けなかったあたしが許せないぃぃぃぃっ！」

キーンっと耳鳴りがする。すぐ近くで叫ばないでほしい。

「――いいわ、やってやるわよ」

「……なにを？」

「あんたの軍に入ってやるって言ってんのよ！」

……どうしてそういう結論になったんだ？

スヴェンを許さない！　からあんたの軍に入るという考えの道順がわからない。

「入るって、魔族になって行き場がないから雇（やと）ってくださいっていう特殊（とくしゅ）ツンデレパターンか？」

「意味不明なこと言ってんじゃないわよ。あんた、元々あたしを魔王軍に入れてこき使うって言ってたじゃない」

「まあ言ったけど」

「こき使われてやろうじゃない。それであんたの軍を纏め上げて、あのスケコマシに復（ふく）讐（しゅう）するのよ」

それはつまりうちの軍をスヴェンへの復讐の道具にするってことか。

「いや、それはちょっと――」

「うるさい！　元はといえばあんたのせいなんだからね！　あたしを魔族なんかにさせたから」

「いやいやそれを言うならお前がうちの領土に攻めてきたんだろ」

「あんたがあたしを攫って城に連れてったんでしょ！　そもそもあたしたち、あんたから逃げようとしてたのに、あんたが魔法で扉を閉じるのが悪いんじゃない」

それは建て付けの問題です。なんて言っても信じないだろうし、こんな不毛な水掛け論をしたところで、シーナが魔族になって、王都聖騎士団と敵対した事実は変わらない。

「どちらにせよ、スヴェンはやる気よ。さっきも聞いてたでしょ。あいつが上にあんたとあたしのことを進言すれば、すぐに王都聖騎士団が動くわ。そうなれば戦いは避けられない」

スヴェンの行動次第だが、そうなる可能性を否定できない。

「だからそれまでにあんたの軍をあたしが強くしてやろうって言ってるの。あんたにとっても悪い話じゃないはずよ」

そう言われるとますます否定できない。そもそもこき使う予定ではあったし、本人がやると言ってるなら願ったり叶ったりだ。

「——ってわけで、今日からよろしく。言っとくけど、あんたに服従する気はないし、あんたのことは憎い魔族としか思ってないから」

魔王とすら思ってくれないのか。

はぁ、と深くため息を吐き、夕日に向かって顔を上げた。

——今日一日で学んだことがある。

マジメっぽい女がヒステリーを起こすと怖い。

第二章　なんでこうなった……

あの騒動から一日が経った。

やっかいな拾い物をしてしまったものだ。

姫騎士シーナ＝アルバート。一応王族の分家の血を引いているらしい。高貴な家柄でスタイルも良く剣の腕もいい。

同人誌的には最高だが、問題は中身だ。

理想と現実は違うというか――普通、闇堕ちした姫騎士は魔王に絶対服従とかじゃないのだろうか。

――心配だ。

心に一抹の不安を抱えながら、アーヴィンは薄暗い石の階段を上っていく。

光源は壁掛け松明しかない。地下から地上へ上がる階段だ。

上っていくと石の天井に突き当たった。アーヴィンは天井の石を持ち上げ、横にスライドさせる。

同時に、天窓から降り注ぐ朝の陽光が目に飛び込んできた。思わず目を焼かれ、瞼を閉じる。

ここは玉座の間だ。隠し階段を玉座の裏に作り、その先に自室を作ったのだ。

やはり魔王たるもの玉座の裏の隠し階段は欠かせない。ファンタジーものＴＲＰＧでは鉄板の隠し階段だ。

アーヴィンは玉座に回り込み、どかっと腰をかける。

ほどなくして正面の大扉が開く。入ってきたのはミトラだった。

「あっ、魔王様、おはようございますっ」

「おおミトラか――って、今日はその姿か」

いつもは小さなドラゴンの姿なのだが、今日は人間の姿になっていた。

身長はアーヴィンよりも頭一つ分低い。年の離れた妹と言っても通じるくらいだ。顔立ちも幼く、金色の瞳はくりくりっとしていて、可愛らしい。胸はペタンコで腰回りも見た目通りだ。危ないおじさんに誘拐されてもおかしくない。

そのミトラが楽しそうにてててっと駆けてきた。

「はいっ、えへへ、先週買ったワンピースなんですけど……似合ってますか？」

ミトラが白いワンピースの裾をつまんで、くるりと回った。恥ずかしそうに頰を朱色に染め、上目遣いでこちらを見つめてくる。

見せびらかしたかったのだろう。人間になっても消えない、背中に生えた小さな翼と、ワンピースからのぞかせる尻尾がぴょこぴょこと嬉しそうに揺れていた。

「ああ、似合ってる」

と素直に感想を言うと、ぱあっと明るくなって、「えへへ〜」とデレデレした顔になった。

「そうだ、ミトラ。シーナ見なかったか？」

「シーナ、さん？　ってあの姫騎士さんのことですか？」

そういえば言ってない。昨日、アルカティアの街から帰ってきて、すぐに自室に戻って寝たのだった。ミトラにはシーナのことを言っていない。

「昨日、まあ色々あって。いや、マジで色々あって、そのシーナを闇堕ちさせて魔王軍に引き入れたんだよ」

まあ嘘は言ってない。服従してるかどうかは別として。

「すごいじゃないですか、魔王様！　あの有名な姫騎士を寝返らせるなんて！　一体どんな手を使ったんです？」

「まあ……色々」

触手とか浮気現場とか。言っても通じなさそうだし、ミトラには純粋なままでいてほし

い。

とその時、再び玉座の間の大扉が開いた。「お、重い……この扉……」と文句を言いながら入ってきたのは、件の姫騎士シーナ＝アルバートだった。

「あっ！　ここにいた！　アーヴィン！」

こちらを視認するとクレームを言いに来た買い物客のような態度でつかつかと歩み寄ってきた。威圧感がすごい。

「ちょっとあんたに言いたいことが——って誰？　そのかわいい子」

シーナはミトラをじっと見つめていた——と思ったら、ハッと目を見開き、

「まさか……あんたにそんな性癖があったなんて、軽蔑するわ！」

「は？」

「王都かアルカティアの街から攫ってきたんでしょ！　このヘンタイ！」

「ちょ、待て待て！　よく見ろ！　人間じゃなくて龍族だ、龍族」

人間姿のミトラにも子供のこぶしサイズの小さな二本角と立派な翼と尻尾が生えている。

ちょっと恥ずかしそうにもじもじしながら、ミトラはぺこりとお辞儀をする。

「ミトラ＝ドランです。よろしくお願いします」

その初々しい様子に発情でもしたのか、「かわいい～」とシーナは甲高い声を上げ、

「よろしくね。あたしはシーナ＝アルバート。成り行きだけど今日からあたしも魔王軍の一員だから」

とミトラと握手を交わすと、シーナは首を傾げた。

「でも龍族って龍の姿じゃないの？　人間の姿にもなれるの？」

「知らないのか？　龍族はみんな人化の術で人間の姿になれるんだぞ」

「へぇ、知らなかった」

「姫騎士のくせに情弱だな」

「うるさいわね。王都じゃ龍なんてめったに見ないから、知らなかったの」

まあ、龍族が人間の国周辺に現れたらそれだけで天災呼ばわりだ。頻繁に目撃しているわけがない。

「――んで、お前何しに来たんだ？　ミトラ愛でに来たのか？」

「忘れてた！　そうよ、あんたわかってて押し付けたでしょ！」

「押し付けた？」

「とぼけないで！　あのオーク集団のことよ！　あんなひどいとは思わなかったわよ！」

ずかずかと歩み寄って来る。胸倉を掴みあげてきそうな勢いだ。玉座に座る魔王に対して目の前で仁王立ち――これ、お前の国の王だったら絞首刑ものじゃないか？

「ひどいって？」

「どいつもこいつも修練場でトランプやらボードゲームやら——誰もまともに仕事してないじゃない！」

そんなことだろうと思った。あいつらには基本自由にさせている。最低限の見張りの仕事くらいさせて、後は適当にやっててくれと言っている。

「ちょっと来なさい！」

「ちょ、待て待て！　引っ張んなって！」

埒が明かないと思ったのか、シーナに襟首掴まれずるずると引きずられる。お前の国ではこの行為は晒し首にならないのか⁉

「魔王様、お仕事ですか？　いってらっしゃーい」

何も知らないミトラはブンブンとこちらに向かって手を振っていた。

その姿を最後に、大扉がバタンと閉まる。

「歩くから、引っ張んなって！」

シーナを振り払い、アーヴィンは襟を正す。せっかくの一張羅のローブが伸びたらどうする。

何も言わずにシーナはずんずんと廊下を突き進む。

玉座の間から直進――正門前のエントランスに出て、右折。さらに廊下を突き進んだところにオーク修練場の扉があった。

シーナは躊躇なく、修練場の扉を開ける。

そこに広がっていた光景は――わいわいがやがやとそこかしこに絨毯を敷いてトランプやらTRPGやらを楽しむオークたちの姿だった。

本来修練場にあるべき、打ち込み稽古用の藁人形や、剣、メイスや武具の数々は部屋の隅にまとめて積み上げられ、埃を被っていた。もう長年使われていない。

「どういうことよ！　これ！」

「どうって……」

いつも通りだ。ほぼ毎日、このオークたちはここで遊んでいる。たまに見張りに行ったり、城内食堂で食事をしたり、宿舎に行って寝たりするくらいだ。

扉の前で立ち尽くしていると、一人のオークがこちらの姿に気づいた。

「あっ、魔王様、ちっす！　今からTRPGのセッションするんすけど、キャラシートあるなら一緒にやります？」

いつものダンジョン系のTRPGだ。キャラクターシートを使って、戦闘したり、お宝を手に入れて武具を買い、自キャラを強化して遊ぶゲームだ。

「おう、やってくっか——ぐげっ」

「なんでナチュラルに溶け込もうとしてんのよ！」

シーナに後ろ首を直接鷲掴みにされた。痛い痛い、爪食い込んでるから。

「あ、なんか忙しそうっすね、すみません」とオークは申し訳なさそうに、元の席に戻っていった。

「けほけほっ……ったく、言っただろオレ、お前に指揮任せるって」

「聞いたけど、ここまでとは聞いてない！」

確かにちょっとオークたちは最近、遊び過ぎている。最低限の見張りをしない奴もチラホラ出てきているし、よく城壁や見張り塔に城下町で買ったお菓子の食べかすが落ちてたりする。廊下にもたまに落ちていて、よくメイドラミアが掃除してくれている。

「まあ多少はこっちも困ってんだよ」

「もっと深刻になりなさいよ！　こんな練度で他国に攻め込まれたら一溜まりもないわよ！」

「ここ百年間平和だったし、別に大丈夫だろ」

「大丈夫じゃない！　ホントに全部のオークがここで遊んでるの!?」

「いやいや、中にはマジメなオークもいるし、城下町の見回りとかそいつらに任せてるわ。ここにいんのはまあ、常駐組？　みたいな」

「頭が痛い……。よくこんな体制でクーデターが起きなかったわね」

「まあオレも多少心配はしてるし、後はお前に任せるわ」

いちいち声を張ってオークたちに命令するのが面倒くさい。アーヴィンは背を向けて修練場から出て行こうとする。

「どこ行くのよ！」

「読みたい同人誌溜まってんだよ。しばらく引き籠るからあとよろしく～」

まだまだ読みたい本はいっぱいある。そもそもシーナを引き入れたのは楽したかったからだ。一緒にオークをどうこうしようとは思わない。

「ちょ、待ちなさい！」

摑んで来ようとする手をひょいっと避け、アーヴィンは「じゃ任せるわ」と翼を使って、廊下を飛んで行った。

――残されたシーナはぎりりと歯を食いしばる。

「あの魔王～、あたしに全部嫌なこと押し付けて～。いいわよやってやるわよ！　全部あたしがやればいいんでしょ！」

全てはスヴェンへの復讐のため。利用できるものは全て利用する。

シーナによる魔王軍の改革が始まった……。

※

「全部没収よ！」

まずさっそく行ったのは、修練場の浄化。そこかしこで遊び惚けているオークたちのキャラシートやらトランプやらを回収。

「ちょ、女！　なにするんだ！」「オレのキャラシート返せ！」

立ち上がり襲ってくるオークたちを、

「ハッ」

置いてあった木剣で一薙ぎ。「ぐえっ」と怠けたオークたちはそれだけで倒れてしまう。

魔族の力を手に入れたから、さらに膂力も増幅しているようだ。

さらに回収した遊び道具をその辺の地面に置き――。

「――火の意思よ。我は命ずる、力をここに顕現せよ――『ファイヤアロー』！」

ぼっ、と全て燃やしてしまう。これでもう遊べない。

「な、なにしやがる」「オレの夢の結晶を！」

それでも向かってくるオークたち。うるさい、こういう時に黙らせるのに効果があるのは――。

　ドンっ！

　シーナは修練場の壁を思いっきりこぶしで殴った。ぴしっ、と一部陥没し、天井からぱらぱらと砂が落ちてくる。

「文句ある？」

「「「ありません」」」

　よろしい。オークも人間も素直が一番だ。

　周りが黙ったところで、シーナは睥睨して言った。

「言うのが遅れたわね。あたしはシーナ＝アルバート。本日付けでこの魔王軍の一部指揮を魔王アーヴィン＝ロキアル＝レイジィに託されました。あたしの言葉は今後魔王の言葉だと思い行動しなさい。わかったら返事！」

「「「はい」」」

　素直でよろしい。

「じゃああたしは一旦、城を見学してくるから、一時間でここを片付けておくように。いいわね」

「「「わかりました」」」

シーナは修練場を去っていく。

――――。

――。

しかし一時間後……。

「全然片付いてないじゃない！」

戻って来た修練場は入って来た時のままだった。

さっき焼いたはずのトランプはどっかから持ってきたのか、絨毯を敷きなおしてまた遊んでいた。

「あんたたちね……」

「あっ、やべ」「戻ってきた」「片せ片せっ」まるで修学旅行中の男子学生のような誤魔化し方でオークたちは片付けを開始する。

はぁ、反省してない。これではまた一時間後に同じことを繰り返すだろう。

――シーナの受難はこれだけでは終わらなかった。

「誰も見張りいないじゃない！」

城の見張り塔（とう）、城壁、城内、どこにも見張りのオークはいない。アーヴィンは『最低限やってくれたら――』とか吐（ぬ）かしていたが、これでは最低限どころではない。

さらに武具庫を覗（のぞ）くと――。

「全部錆（さ）びてるじゃない！」

剣、メイス、兜（かぶと）――壁に立てかけられたあらゆる金属武具は錆び付いていて使い物にならなかった。

「しかも壁掛（かべか）け松明（たいまつ）湿（しめ）ってて使い物にならないし……」

これでは暗い武具庫も全部見ようとは思わない。

ならば、とシーナは木剣を持って実力行使でオークたちを従わせるが、どのオークも一旦は仕事に向かうも、いざ見張り塔や城壁に行ったら、今度はそこで遊んでいた。

（もうどうすんのよ、これ……）

そんなこんなで三日が過ぎてしまった。

――――。

――。

城内食堂。この魔王城に来て唯一癒しになるのがここだった。

夜も更け、昼間は数百匹のオークが入れる広い食堂はカウンター席だけが開放されていた。光源はカウンターに置いてあるロウソクのみ。

ここは夜の間だけ、バーとして機能しているようだ。マスターは人間――ではなく、上半身は女性、下半身は蛇の体をしたラミアという魔族だ。白いカットシャツを着たラミアはカウンター越しだと普通の人間にも見える。

ハァ……とこの数日で何回めかわからないため息を吐く。カウンターにもたれ掛かって、窓の外に浮かぶ月を見やる。

カラン……とグラスの氷が解ける音を聞くと、今日一日疲れたことが半分くらい癒されるようだ。

十七歳なのでまだお酒は飲めない。代わりに飲んでいるのはブドウ風味の変わった飲み物だった。どことなく酒気を帯びている気がする。

「マスター、これなんて飲み物なの？」

ふとボーっとグラスを眺めながらそんなことを呟くように聞いていた。

マスターのラミアはキュッキュッとグラスを拭きながら、答えた。

「リームの実とブドウをすり潰してできた飲み物です。ブドウ酒のようなものですね。水と一対一で割ってます」

「ブドウ酒？　ってお酒じゃない！」

ノンアルコールと言ったのに。

「すみません、語弊がありました。ブドウ酒のような飲み物ではありますが、正確には酒ではありません。ただリームの実には酒を飲んだ時のようなほわっとした気分が味わえる成分が含まれております」

リームの実なんて聞いたことがない。少なくとも人間の国では出回っていない実だ。

「それ、危ないやつじゃないの？」

「そうであったらこんなところで提供なんてしていません。これはオークたちが酒に溺れて自堕落にならないよう、魔王様が手配した飲み物です。れっきとした魔族の嗜みです」

ノンアルコールで下戸な大人から子供まで人気の飲み物です、とラミアは付け加えた。

初めて聞いた、リームの実なんて。

忘れそうになるが、ここは魔王領だ。土地が違えば、知らない食べ物や飲み物も出てくるだろう。

（あたし、魔族のことについて何にも知らないかもしれない）

騎士団学校で習った魔族像は、凶悪で狂暴、人間を無差別に襲う危険な種族。一部言葉を喋る魔族はいるが、全て人間のことを家畜程度にしか思っていない。——そう教えられてきた。

だが実際どうだろう。

あの修練場で遊んでいたオークも、このラミアも、姿が違うだけでやっていることは人間と変わらない。仕事の合間にサボる騎士なんて王都聖騎士団にもいくらでもいた。

とその時、食堂の扉が開いて、二匹のオークがカウンター席まで歩いてきた。

「マスター、リームブドウ酒」「俺も」

と注文すると、ほどなくしてシーナと同じ飲み物がオークにも提供された。

「……ん、あっ、シーナさん！　ちっす！」「うわっ、気づかなかった！」

二匹のオークたちは改まった態度で立ち上がって敬礼していた。

「別に改まらなくていいわ。今日の仕事は終わったんでしょう」

「はい、そうですけど……今日はすみません」

「え？」

素直に謝るなんて珍しい。遊んでいたことを反省しているのだろうか。

「今日、見張りの時間に五分も遅れてしまって」

五分遅れどころか、見張りに来てすらいないオークが――。

と考えたところで思い当たる。ちゃんと働いているオークがちらほらいた。

（そういえばアーヴィンが言ってたわね）

中にはマジメに働いてるオークもいる、と。顔立ちはみんな豚鼻だから見分けがつかないが、どうやら本当にマジメなオークもいるようだ。

「あなたたちは比較的マジメだけど、なんであんたたちはこの城で働こうと思ったの？」

「働こうっていうか……俺ら――全員かどうか知らないっすけど、基本的にこの城にいるオークはみんな魔王様に拾われたんす」「うんうん」

隣でもう一匹のオークが頷いていた。

「拾われた？」

「はい、みんな、野盗に落ちぶれるしか生きてけないような貧乏オークだったんすよ。それを魔王様が『城で働かないか』って誘ってくれたっす」「そっすそっす」

（アーヴィンが？）

あのぐーたらでいい加減なアーヴィンが、オークたちを救ったというのか。到底信じられない。アーヴィンだったら「面倒くさい」と言ってそんなことはしなさそうだ。

「みんなって……それって何匹くらいいるの？」

「あの……その『匹』っていうのはやめてくれませんか？　俺ら魔獣じゃないんで」

え？　とシーナは驚いてしまう。

「匹なんて獣みたいな数え方、元人間だったらわかるっすよね？　人間だって魔族に『匹』なんて数えられたらイヤじゃないっすか」

「あ……」

今更ながら自分がとんでもない失礼を働いていることに気づいた。逆の立場になればすぐにわかることだった。

それともう一つ気になることができた。

「魔獣と違うって……魔獣だったら『匹』でいいの？」

魔獣と魔族の違いなんて、四足歩行か二足歩行の違いしかない――と王都では教えられてきた。だが、

「全然違うっすよ。魔族は俺らみたいに知性があって意思疎通ができるっす。ちょうどマスターみたいなラミア族も魔族っす」「そうそう」

「で、魔獣っていうのは文字通り獣っす。飼いならされた奴もいるっすけど、基本は山や森に群れで生息していて、人間も魔族も構わず襲う害獣っす。よく俺ら魔王軍も、周辺の村が魔獣の被害に遭ったら、討伐に駆り出されるっすよ」「けっこう強いっす」

知らなかった。

リームの実、魔族と魔獣、数え方。今までシーナは人間の価値観でしか彼らと当たってきていなかった。

そんな人間の言葉なんて誰が耳を貸すものか。シーナは今更ながらに気づいた。

「あ、じゃあ俺らこれで」「マスター、勘定置いとくっす」

と軽く会釈してからオークたち『二人』は食堂から出て行った。

（あたし、何にも知らなかった）

魔族を統べる。その上に立つ者。

シーナは改めて決意した。

※

あれから二週間が経った。

積んでいた同人誌はあらかた読むことができた。

自室の隠し階段から出てくると、同時に天窓から光が差し込んできた。

久々に浴びる日の光だ。目が痛い。

アーヴィンは回り込んで玉座に腰掛け、ふぅ、とため息を吐く。

今頃シーナはどうしているだろうか。

おそらく『みんな言うこと聞いて～』と泣き言を言っているに違いない。

様子を見るついでにからかおうと思って、アーヴィンは立ち上がり、ゆっくりと大扉に向かって歩いていく。

すると、ゴゴゴ、と重低音を響かせ、アーヴィンの目の前で大扉が開いた。そこから出てきたのは可愛らしい金髪の少女だった。この子のことはよく知っている。

「ミトラか、久しぶりだな」

「あ、魔王様、やっとお目覚めですか？」

今日もドラゴンではなく人の姿だった。

「やっと全部、読みたいもん読めたし、そろそろいいかなって――それよりシーナはどうしてる？」

「今、修練場にいますよ」

「ちゃんとあいつ仕事してんだな」

「ええ、さすが魔王様です！　あんな人材を人間からヘッドハンティングしてくるなんて」

そんなにすごいのか。元々優秀な姫騎士らしいから、オークを纏めるのもお手の物だったのかもしれない。

「まあ偶然だな偶然」

押しかけられたともいう。

「様子、見てみます？　なかなかすごいですよ」

「じゃあ行ってみるか」

ミトラに先導され、廊下を突き進む。

すると、反対側から見知らぬ女性が一人歩いてきた。

（ん、誰だ？）

褐色のダークエルフだ。普段は森の中に集落を作っており、この城で雇ってはいなかったはずだ。なぜかシーナが着ていたような騎士用のライトアーマーを身に着けている。

そのダークエルフがこちらに気づくと驚いたように口元に手を当て、

「きゃあ、魔王様ですか⁉」

「ああ……そうだけど」

なんだかアイドル魔族に出会った女のような反応だ。

「お、おはようございますっ」

「あ、ああ……」

「しつれいしますっ」

とペコリと頭を下げてから、たたっと走り去っていった。

「ダメですよ、魔王様、ちゃんと挨拶しないと」

「え？　ああ」

(あんな奴いたっけ？)

疑問に思いながら、エントランスへ出て修練場への廊下へと差し掛かると、今度はまた知らない女の子が廊下の甲冑を拭いていた。

見た目は人間でいうと十五、六歳くらいの女の子。青と黒を基調としたメイド服を身に着けており、角も翼も生えていないため、パッと見た限りでは人間と姿形は変わりない。

だがあの女の子も魔族だ。服の袖から垣間見える肌は異常なくらいに白い。あれは泣き虫魔族バンシーの特徴だ。

うんしょ、うんしょ、とつま先立ちで甲冑の兜を拭いていたバンシーがこちらに気づくと、ビクッと跳ねあがり、

「ま、魔王様ですか？　お、おはようございます」

おどおどした様子で甲冑の陰に隠れてそう挨拶した。バンシーは普段、気が弱く初対面の相手にはこういう態度を取ってしまうらしい。

「ああ、おはよう」

とだけ言うと、「失礼しますっ」と逃げるようにささっと去ってしまった。

「ダメですよ、魔王様。怖がらせちゃ」

「オレのせい？」

ミトラに諫められながら、首を傾げる。

（バンシーもいたっけな）

メイド服を着ていたから、魔王城のメイドなのだろう。ラミア以外に雇っていた覚えはないのだが。

廊下を突き進むと、やがて修練場の扉の前までやってきた。

「ん？　この扉こんなに綺麗だったか？」

「そうですか？　こんな感じだったと思いますけど」

まあ二週間ここに来ていないし、普段から扉を注意して見ることなんてないから、思い違いかもしれない。

さあシーナはどうしているだろうか。

あの勝ち気な性格のシーナのことだ、高圧的にオークたちを纏めようとするも、言うことを聞いてくれないと内心涙目になっていることだろう。

と想像しつつ、アーヴィンは扉を押し開ける。

――そこに広がっていたのは思いがけない光景だった。


「おはようございます！　シーナ司令官！」


「………………は？」

一分の狂いもなく綺麗に整列するオークたちが、壇上にいるシーナに向かってびしっと敬礼していた。

シーナは敬礼をオークたちに返し、ぐるっと睥睨してから口を開いていた。

「今日は昨日と同じく第一隊は城内警備、第二隊は市中見回り。それから第三隊は砦にいる第四隊と警備を代わってちょうだい。第五隊の一班から八班は周辺の村で被害を出してる魔獣の掃討。詳しくは昨日通達した通りね。それと、第五隊の九班、十班は昨晩ダークエルフとケンカした罰として、一週間、城全てのトイレ掃除と庭掃除。武具の手入れもお願いね。以上！」

「はっ！」

矢継ぎ早に告げるシーナに向かってオークたちは再度敬礼。シーナの解散を合図に、おのおの四方へと散っていく。

「…………は？　え？」

アーヴィンは口をぽかんと開けて見つめていた。途中入り口で通りかかるオークたちに「ちわっす。魔王様。これから警備行ってきます！」と元気よく挨拶された。

（オレの知ってるオークじゃないんだけど）

よく見るとみんなボロ腰巻の半裸姿ではなく、一丁前にライトアーマーやらチェインメイルを身に着けている。いつそんなものを仕入れたのだろうか。

「いつもこんな感じなんで、細かい人事とか雑務が多くて大変なんですよ」

と隣でミトラが笑った。

「いやいや、そういう問題じゃないだろ……」

ＴＲＰＧにトランプ遊びをしているオークたちはどこに行った？　神隠しにでもあったのか？

入り口でアーヴィンがどうしようかと戸惑っていると、

「あら、アーヴィンじゃない。あんた二週間もどこに行ってたのよ」

先ほどまで壇上で指揮を執っていたシーナがつかつかと歩いてきた。

「いや、まあ——ってか、お前これどういうことだ⁉」

ん？　とシーナは首を傾げ、「どういうことって？」

「オークたちがお前にかしずいてることだよ！　どんな催眠魔法使ったんだ⁉」

「使ってないわよ。そんなの——あっ、ミトラちゃんおはよう」

とシーナがミトラの頭を撫でようとする。しかしその直前、ミトラはささっと避ける。

「わ、わたしを撫でていいのは魔王様だけなんです！」

「もー、かわいいなぁ、ミトラちゃんは」

とデレデレするシーナ。ミトラも嫌がっているように見えるが、本気で拒絶しているわけではなさそうだ。

（なんか仲良くなってない？）

引き籠っていた二週間で何があったのだ？

「シーナ、お前何やったんだよ」

「何って、あんたが魔王軍を自分の代わりに指揮してくれって言ったんじゃない。だから言われた通り纏め上げただけよ」

「纏め上げたって……これ……」

劇的に変わりすぎだ。オークたちがマジメに打ち込み稽古しているところなんて初めて見た。

とその時、入り口から、先ほど廊下で見かけたダークエルフが修練場に入ってきた。

「あ、魔王様。おはようございます」

「お、おう」

知らないダークエルフに丁寧にお辞儀をされ、戸惑ってしまうアーヴィン。ダークエルフはシーナの方へと向き直り、

「あの、シーナ様。先週に発注した武器のことですが――今日中に城に届くそうです」

「わかった。納品の確認はあなたに任せるわ」

「それと、北方砦を警備しているオークたちの異動の件ですが、人員はこれで間違いないでしょうか？」

と言ってダークエルフはシーナに紙を渡す。

「……ええ、いいわ。これで進めてちょうだい。あたしはこれから魔道研究所の方に交渉に行くから、後は任せたわ」

「かしこまりました、シーナ様。――それでは魔王様、失礼します」

と敬礼をした後、ダークエルフは去っていった。やけに礼儀正しい。

「……お前の仕業か、あのダークエルフ」

「ああ、伝え忘れてたわね。あんたずっといなかったし。あたしの独断で軍に必要な兵力を雇い入れたの。ダークエルフは剣術と魔術に秀でてるし、バンシーは幻覚魔法を使えて、ちゃんと家事をこなしてくれるし、おかげで助かってるわ」

周りを見渡すと、修練場には結構な数のダークエルフがいた。オークと違うから一目でわかる。その誰もがこちらを見て、何やら内緒話をしていた。

「ほら、あれ。司令の隣にいるの魔王様よ」

「きゃーっ、私初めて生で見たわ」

「立派なご尊顔。あれが司令を闇堕ちさせた顔ね」

耳がいいから全部聞こえてしまう。

「おいシーナ。なんかあいつらオレをリスペクトしてないか？」

「さあ？」と首を傾げるシーナ。

アーヴィンの疑問に答えてくれたのはミトラだった。

「彼女たちにとって闇堕ちは特別な意味を持つらしいです。人間の姫騎士を闇堕ちさせたって聞いて、魔王様のことを尊敬しているんですよ」

と言いつつ、ダークエルフたちに対して「うー」と威嚇していた。

そんなものなのか。ダークエルフの感性はわからない。

確かにこの世界には『エルフ』という種族がいる。

色白のエルフと褐色のダークエルフとの違いは肌の色だけじゃない。

魔族の血が入っているかどうかだ。ダークエルフはみんなエルフ族と魔族の混血である。

それだから——なのだろうか、闇堕ちという行為に特別な想いを抱く——こともあるらしい。

「でも、なんか悪くないな」

とニヤついていると、

「もう！　魔王様ったらデレデレしすぎです！　もう知りません！」

ぷんぷんとミトラはぷいっとそっぽを向いてしまった。なんでこいつは怒っているのだろうか。

シーナはその様子を見て、ハァと息を吐く。

「まあ、あの子たち結構働いてくれるし、あんたのおかげで仕事意欲も高いしね」

人をダシにして雇い入れたのか。客寄せ魔王じゃないんだぞ。

「ってか金はどうした？　雇うにも金がいるだろ」

「この城、宝物庫あったじゃない？」

確かにあった。長年入っていないが、先代魔王である父が集めていた宝石やら家具やらを入れていた。

「それがどうしたんだ？」

「全部売ったから」

「それ親父の遺産なんだけど！」

一応遺品なんだが。

「あんたのせいでしょ。本来は諸侯魔族から上納金が毎月送られてくるはずなのに、滞ってる諸侯もいるって聞いたわよ」

魔王領には強い力を持つ魔族が諸侯として各地を治めている。それらは先代魔王――父の部下だった魔族だ。

「認められてねぇんだろ。親父が討たれて、なし崩し的に魔王になったオレは」

「……深い事情？」

「別に。魔族ってのは強い奴に従うのが当たり前なんだ。実力至上主義。諸侯らは親父が強い奴と認めてたから従ってた。で、オレは弱いと思われてるから従ってない」

魔族の本能というやつだ。自分が強ければ諸侯連中も上納金を払ってくれていたはずだ。

「ふーん、魔族って面倒なのね」

と、別のダークエルフがシーナに「あのちょっと相談が」と話しかけた。まるで上司だ。いやその通りなのだろうけど。

「魔王様、どうします？」

ミトラに袖を引っ張られる。

「どうしろって言われてもな……」

とその時、数人のオークたちがこちらにのしのしと歩いてきた。

「あの～、魔王様」

「ん、なんだ？」

「俺ら、あの時のオークなんすけど……」「どうも」「ちっす」

手にモップやバケツを持った三人のオークが話しかけてきた。

一瞬、なんのことだかわからなかったが、すぐに思い出した。このオークたちには見覚えがある。シーナを闇堕ちさせた時に連れてきたオーク三人衆だ。

「で、どうしたんだ」

「魔王様、どうにかしてください！　シーナ司令官、横暴です！　俺たちの要望を全然聞いてくれないんすよ！」

離れたところでシーナはまだダークエルフと会話をしていた。こちらの声は聞こえていないようだ。

「お前らは従ってないのか？」

「俺ら、第五隊の九班っす。他に十班にもシーナ司令官に異議を唱えてる奴らはいるっす」

「何人くらい？」

「ざっと五十人くらいっす」

少ない、がやはり全員が全員、シーナにかしずいているわけではないようだ。

「それで、オレに何かしてほしいのか？」

「見てください、あれ」

指差した先には数人のダークエルフと一人のオークがいた。

「オークさん、力がおありでしたら、こっち手伝ってくれません？」

「何を手伝うんだよ」

「今日、納品してくる武器と防具、合わせて百。全部運びこんでもらえませんか？」

——と、オークを便利な労働力としかみてないダークエルフたちがいた。

他にも、オークに武器の手入れを無理やり手伝わせているダークエルフや、オークを打ち込み稽古の練習台にしているダークエルフもいた。

見たところ、オークたちはみんな尻に敷かれているみたいだ。

「なんとかしてくださいよぉ～」

と厚い脂肪のオークたちに泣きつかれる。ちょ、暑いから離れて。

「まあ、確かにやり過ぎだな。ってかそろそろ離れて、暑いし臭い」

仕方がない。部下のために一肌脱ごう。

「おい、シーナ」

ダークエルフとの会話が終わったシーナはこちらを振り向く。

「なによ」

「オークたちがシーナのやり方は横暴だって抗議してるぞ。ダークエルフたちに尻に敷かれてるって」

「仕事ができる人に仕事を与える。できない人はできる人に仕事をもらう。当然でしょ？オークは腕力はあるんだけど、オツムが弱いから、説明してもあんまり理解してくれないのよ」

「だから使うなら使うでちゃんとした待遇にしてやれってことだよ」

「別に仕事自体の待遇を差別してるつもりはないわ。それと休憩時間を増やしてくれとかいう要望は却下。もう十分に休み時間と休日は与えてるんだから、それで納得しなさいよね」

まった。

――じゃああたしは魔道研究所に交渉に行くから。とシーナは修練場から出て行ってしまった。

ダメみたいだ。どうにかしてやりたいが、シーナを止めるだけの理由が今のアーヴィンにはない。

「は、反乱だ……」

「え？」

「俺ら、反乱するぞ！」「もう圧政に屈しない！」「司令官がなんだ！　元人間のくせに！」

おぉーっ、と三人のオークが雄叫びを上げる。これはマズイ。

「いやいや、待て待て。そこまではやり過ぎだ。お前らここでクーデター起こしてみろ、絶対解雇処分だぞ」

というか、魔王の目の前で反乱発言はいかがなものか。

今ここで窘めても、火に油を注ぐようなものだ。

それならもう、本人に伝えてそれとなくオークたちの待遇をよくしてもらう他にない。

オークたちを横目にそっと修練場を抜け、シーナを追いかけた。

思いのほか近くにいた。また別のダークエルフの仕事の相談に乗っていたようだ。

アーヴィンが近づくと、ダークエルフと会話を終えたシーナがこちらに振り向いた。

「どうしたの？　さっきそっちから反乱とか聞こえてたけど」

「その通りだよ。オークたちがお前の改革に異を唱えてる。許さねぇって息巻いてるぞ」

「改革って――あたしはちゃんと不当でない労働時間と休息を与えてるわ。それでも労働に対して抗議するつもりなら、まず反乱とかじゃなく、直接交渉に来なさいって言っておいて」

　突き放すようなシーナの言葉に、アーヴィンは自分のことではないとはいえ、ムッとしてしまう。

「そもそもお前の改革は急すぎるんだ。いきなりダークエルフ雇ったり、バンシー雇ったりしたらオークたちの居場所がなくなるだろ」

　甘えているようなことを言っているのはわかっている。

　だが、規律に縛られた魔王軍を見るとどうしてもアーヴィンの父――先代魔王のやり方と被って見えてしまう。

　百年と少し前、最強の魔王軍を従えていた魔王オルヴェイン。その頃の魔王軍は軍規が全てだった。娯楽は一切禁じられ、まともな休日を与えられず、規律違反をした者は即刻断罪。死刑すらあった。

　そんな魔王軍を従えていた父は――あっけなく人間の騎士に討たれた。少数精鋭で城に乗り込まれ、玉座の間で魔王オルヴェインは散っていったのだ。

その後、人間の国のさらに東から侵略行為があったとのことで、領地から人間は撤退していった。魔王軍も、弔い合戦のため逆に侵略しようと声を上げていた者、再侵攻に耐えるため砦の建築を推した者、戦いはもう嫌だ、と武器を捨てる者、色々な魔族が当時にはいた。

結局、今の形に落ち着いたのはそれから二十年経った頃だった。

(親父とは違うってのにな)

シーナのやり方を全て否定するわけではない。

オークたちがやる気を出せるならそれはそれでいいと思う。ただ、やりすぎは良くないと思っているだけだ。

シーナはフゥと息を吐いた。

「言ってないから知らないと思うけど、王都じゃ、近頃魔王領に侵攻するって議題が上がってたのよ」

「初耳だぞ」

「当たり前でしょ。魔王が王都の侵攻案を知ってたら一大事じゃない」

それもそうだ。

「――でも、全員が賛成ってわけじゃなかった。なにせ、百年近く魔王領の奥地には踏み込んでないし――冒険者やトレジャーハンターもワルドー山脈までしか魔王領に入ってない。とにかく情報が足りなかったから、侵攻するって話も可決はしなかったの」

「じゃあ魔王領の情報があったら――ああ、それでお前らか」

「そう」と嘆息するシーナ。

思えば、シーナたちは二週間前、ワルドー山脈前線砦に来ていた。斥候か何かだ、とミトラは言っていた。あれは侵攻のための情報集めだったのだ。

「とりあえず要所である砦の内部。あんたに邪魔されたけど、十分な情報と砦内部の地理は得たから、強硬派が今でも侵攻案を進めているかもしれない――いえ、もしかするとあたしのせいでスヴェンが案を進めていてもおかしくないわ」

確かにスヴェンがどう動くかわからない。魔族と化したシーナを討伐という名目で侵略してくる可能性もある。そもそもシーナが魔王軍を再編しているのも、それに対抗するためでもあった。

わかったでしょ、とシーナは言う。

アーヴィンは頷いた。

「理由はわかった。だが、だからといってオークたちはどうするつもりだよ。今は少ないかもしれないけど、従っているオークの中にも不満を持ってる奴はいるかもしれないだろ」

「それは問題だけど、あんたがそれとなく悩み聞いといてよ」

「なんでオレが！」

「オークと仲いいんでしょ？　あたしが指揮して、あんたが相談役——ほら適材適所」

自分、魔王なんだけど。

「あんたもぐーたらばっかりしてないでちゃんと働きなさい。それより、もういい？　あたし、これから用があるから」

「どこ行くんだよ」

「魔道研究所よ。今日、武具が納品されてくるんだけど、エンチャントしてもらうように頼みに行くの」

魔道研究所は城内にある魔法や薬術を研究するデーモンの機関だ。武具のエンチャントもお手の物だろう。

「忙しそうだな、司令官どのは」

「何その安っぽい煽り。先週届いた武具にもエンチャントしてもらう約束だったんだけど、まだしてもらってないのよね。催促しないといけないから、あたしもう行くわね」

と言い残して、シーナは去っていった。

それはもうお願いではなくて、命令では？　まあ魔道研究所も魔王軍の一部で、シーナは（勝手に名乗っているが）司令官。命令する立場であることは間違いない。

「武具って……勝手に発注したのか？」

勝手な奴だ。あれじゃ仲間から孤立してもおかしくない。

「さて」

これからどうするか。もう疲れたし、

「寝るか」

さっさと自室に籠って寝てしまおう。

半日以上寝てしまった。もうすっかり日が暮れて、夜になっていた。

寝汗もびっしょりかいてしまったので、アーヴィンは城の中に造った温泉へと入りに来ていた。

「ふぅ～～～」

ちゃぽん……と湯船に浸かり、幸せのため息を吐いた。

マイ温泉。

誰でも入れるわけではない。ここはアーヴィンのアーヴィンによるアーヴィンのための温泉だ。ちなみにオークはここではなく、宿舎近くの大浴場を使っている。そのためここは文字通りアーヴィン専用というわけだ。

天然の温泉ではないのは少々残念だが、何十人も入ることのできる広い空間に、落ち着いた風合いのタイルの壁、さらに天窓から外を眺めることもできるのは最高だ。

夜空が見える。耳を澄ますと、湯船に温水が流れる音と、中庭から虫の鳴く声が聞こえる。

シーナにはオークたちをどうにかしてくれと頼まれたが、そんなことを言われてもオークたちの待遇を変えない限り無理だ。

まあ、しばらく様子を見てみよう。シーナも考えを改めるかもしれない。

(そろそろ出るか)

長風呂はしない主義だ。アーヴィンはさっと湯船から上がり、腰に白タオルを巻く。

そのまま歩いていき、脱衣所への扉をガラっと開いて——。

「…………」

女だ。女がいる。

それも何十人も。その誰もがブラにパンツの下着姿。褐色の肌をしているからダークエルフたちだ。みんなが着替えの手を止めて、こちらを見ている。

止まっていたのは一瞬だけ、すぐにダークエルフたちはこちらの体を舐めまわすように見てから、

「あらあら、魔王様」「ふふふ、たくましいお体ですね」

とまんざらでもない様子でほほ笑んでいた。

（え？　なんでここにダークエルフがいるんだ？）

「きゃあっ、ちょ、ちょっと！　アーヴィン⁉」

中には恥ずかしがる女も――シーナだった。一人だけ肌が白いと思ったら姫騎士様のシーナだ。ダークエルフたちと同様に服を脱ぎ、バスタオルを持った姿で目の前にいた。ばっちり下腹部に刻まれた淫紋も見えてしまっている。

「なんでここにいるのよ！」

「いや、だってここ、オレの――」

「出てけ！」

「ぐえっ」

魔族の力を有したシーナの腕力には逆らえなかった。さすが鉄の鎖を引きちぎった力だ。

シーナに腕を掴まれ、そのまま温泉の入り口の外へと投げ飛ばされる。

床に頭をぶつけ、仰向けになって倒れる。

自分の恰好を見てすぐさま我に返る。

「ちょ、待て！　オレの服！」

今はタオル一枚の姿だ。インナーとローブがカゴに入ったままだ。

『裸見た罰よ！　しばらくそのままでいなさい！』

入り口の引き戸越しにシーナが叫ぶ。

温泉の入り口の看板を見ると、そこには『女性専用』といつの間にか書かれていた。

「おま、ここオレの温泉だぞ！　何勝手に――」

「あんた一人が占有していい広さじゃないでしょ！　どうせ軍のお金を使って建てたんなら、城の兵に還元しなさい！」

「じゃあオレも入る時間残しとけよ！」

「ない！　あんたは男なんだからオークと一緒に宿舎の風呂使いなさいよ」

いやだ。彼らには悪いが、あそこは臭すぎる。

「ふざけんな。オレの風呂返せ」

「うっさい！　あっち行きなさい！」

扉を開けたシーナは桶を一発アーヴィンの顔に投げつけ、再び扉を閉める。

がちゃん！　と扉までロックされてしまった。

「あんまりだ……」

せめて相談してくれたらいいのに。勝手に占有され、これでは納得できない。

自室で着替えよ、と思ってとぼとぼ歩きだした時だった。

窓の外に見える焼却炉から煙が上っていた。よく見るとバンシーがいた。何か不用なものでも燃やしているのだろうか。

（あ、あれは……あっ⁉）

バンシーの足元――その不用なものというのは、ボードゲームにトランプ、それにＴＲＰＧのルールブックだった。

遊び道具全部燃やすつもりか。

アーヴィンは窓を開け、慌てて外に飛び出す。

「ちょ、ちょっと待て、それ燃やすのか」

こちらの姿を見たバンシーは「きゃあああっ」と悲鳴を上げてしまう。あ、今、ほぼ裸だった。

「あ、いや悪い――じゃなくてそれ燃やすのはやめてくれ」

　アーヴィンも結構遊んでいたボードゲームだ。それにルールブックは燃やされると買いなおすまでゲームができなくなってしまう。最悪データはこちらで作ればいいが、そんなことは面倒だ。

「きゃあ！　いやゃぁっ！」

　バンシーの女の子は言うことを聞かず、次々と焼却炉にボードゲームやルールブックを放り込んでしまう。

「待て待て――ってこれは……」

　燃やすものの山の中に見つけてしまった、ある一枚の紙。

　それはアーヴィンがこつこつオークたちとセッションして作り上げた一枚のキャラシートだった。

　これは燃やされるわけにはいかない。なにせこのキャラシートにはアーヴィンの十年間の記録が眠っている。

　確保しようと手を伸ばす――が、一歩、バンシーの方が早かった。

「いやぁぁ！」

「やめろぉぉぉっ！」

　無慈悲にもバンシーはキャラシートを焼却炉にシュート。それから逃げるようにアーヴインの目の前から去っていった。

「やばいやばい！」

アーヴィンはとっさに水性魔法を発動し、焼却炉の火を消してしまう。しゅうぅぅう！　と激しい水蒸気が上がる。収まってから、焼却炉に手を突っ込みキャラシートをサルベージ——だが。

三分の二以上燃えてしまい、灰になっていた。

「あ……あ……」

声にならない。がっくりと膝を崩す。

このシートには色々な思い出があった。

——魔王様～、ボスキャラの攻撃やばいっすよ！

——任せとけ、オレの回復魔法で治してやる。

——さすが魔王様、頼りになるっす。

瞼を閉じれば、あの頃の情景が蘇る。週に一度のセッション。徹夜してセッションのストーリーを考えたこともあったっけ……。

キャラがやられそうになった時、なけなしの回復アイテムを仲間のオークに渡され、生き延びたこともあった。

――あの日々はもう来ることはない。キャラクターシートとはもう一つの命なのだ。

それを――無残にも燃やされてしまった。

「あのバンシーなんで……」

そもそも命令なしに、燃やそうとするだろうか。

誰かの指示だとしたら誰だ？

一択しかない。

「シィイナァァ……」

アーヴィンの心に火が点いた。


後日。

アーヴィンは反抗するオークたち五十人を従え、修練場へと押し入った。

「あら、アーヴィン……。何か用？」

修練場中央にはシーナがいた。ダークエルフたちに剣技を教えているようだ。

こちらのただならぬ気配を感じ、一時中断。訓練をしていたダークエルフたちもみんな手を止めこちらを見ていた。

ダークエルフたちに交じって、シーナに寝返ったオークたちもいた。あいつらはしぶしぶ従っているに違いない。早く目を覚まさせてやらないと。

「シーナ。魔族のルールは知ってるか」

「魔族のルール？」

「魔族ってのは力が絶対だ。それで上下関係が決まる。つまり弱い奴が上に立つわけにはいかないいんだよ」

「……何が言いたいの」

ジッとシーナに睨まれる。その視線に隠しきれない敵意が籠っている。

アーヴィンは仰々しくローブを翻し、臆することなく言った。

「お前に決闘を挑む。オレが勝ったら、お前に渡した指揮権を全て返してもらう。文句はないだろ。お前も魔族だ。強いものに従うのがルールだからな」

はぁ、とシーナは呆れたようにため息を吐いた。

「こんな大勢連れて、何事かと思ったけど、決闘がしたいっていうの？」

実利主義でクソ真面目なシーナのことだ。

魔族の流儀を持ってきてもやすやすと受けることはしないだろう。

心配無用！　こちらには対シーナ用、煽り文句百選を考えてきてある！

アーヴィンは手をかざし、

「フハハ！　シーナよ！　貴様にはトップに立つ者としての責――」

「受けるわよ。来なさい」

あれ？　受けるの？

おおおぉぉぉぉ！　と背後のオークたちが雄叫びを上げる。まさかこうも簡単に受けてくれるとは思わなかった。シーナは木剣を持ってこちらに突き付けてくる。

恰好をつけて煽ろうとしたのが恥ずかしい。こほん、とアーヴィンは咳払いし、

「意外だな。やる理由がない、とか言ってごねるかと思ったのに」

「ここで受けないと、示しがつかないでしょ？　魔族は力のあるものに従う――わかりやすくていいじゃない。騎士団でも決闘で良し悪しを決めることは少なくなかったわ」

なるほど、ああ見えて意外とシーナは熱い女らしい。

アーヴィンはオークから木剣を受け取る。

「じゃあルールは――」

「魔王様！」

アーヴィンのセリフを遮ったのはミトラだった。

入り口からオークの間を縫ってミトラが隣までやってくる。ぜぇぜぇと肩で息をした後、

ふう、と息を整え、こちらを真っすぐ見据えた。

「これは何事ですか。魔王様」

ぶんぶんと手を上下に振るミトラ。

「何って、決闘を挑んでるんだ。あの横暴姫に」

「シーナさんにですか？　なんでまた」

「奴に奪われた指揮権を取り戻すクーデターだよ」

と言うと、向かい合うシーナはまたため息を吐いてから、ぼそりと呟いた。

「ホント、なんで魔王が率先してクーデターを起こしてんのよ」

聞こえたぞ。超聴力のアーヴィンイヤーは聞き逃さない。

「そうだ、ミトラ。決闘の審判をやってくれないか？」

「わたしでいいんですか？」

「お前にしか頼めないからな」

と言うと、ミトラは胸の前でグッと両手を握りしめ、「わかりました！　頼まれました！」と尻尾をぴこぴこと左右に振った。犬みたいな奴だ。

「待たせたな、シーナ」

「別にいいわよ――それで、ルールはどうするの？」

「相手に致命の一撃を与えたら勝ち。腹、頭、首、どこか一撃でも木剣でクリーンヒットさせたら終わり——でどうだ？」

「いいわ。魔法はどうするの？」

「魔法はなし、翼もなし、地上戦で斬り合い以外認めない」

「翼もなしでいいの？　ここ狭いとは言え、飛んだらあんた有利なのに」

「決闘だぞ？　そんな卑怯な真似できるか。オレの美学に反する」

と言うと、シーナはきょとんとした。

「意外にも紳士なのね。その美学のせいで後悔しないようにね」

「吐かせ」

魔術なんて使って勝ったところで、実力で勝ったとは胸を張って言えない。

これは『実力をはっきりさせる決闘』だ。

同じ条件で戦い、勝たなければ意味がない。

お互い、十分な距離を取って向かい合った。

最速で詰め寄っても数秒はかかる距離だ。不意打ちはない。

シーナは木剣を地面と平行にして構える。そして切っ先をアーヴィンの眉間へと突き付ける。レイピアの刺突の構えだ。なんだか様になっている。王都聖騎士団流なのだろう。

こちらも構えた方がいいのか。あまりそういうことはやってないからわからない。一応木剣を両手で持ち、真正面に構える。

シーナの武器は疾さだ。不意を打たれ詰め寄られさえしなければ、一撃を弾いて隙に一閃できる。イメージトレーニングはばっちりだ。

ミトラが両者を横から見える位置に立ち、手を挙げる。

「では魔王アーヴィン＝ロキアル＝レイジィ対姫騎士シーナ＝アルバートの決闘を始めます。両者構え――」

「言っとくけどあたし――」スッとシーナは目を細める。「前より強いわよ」

「はじめ！」

手が下ろされ、試合が始まる。

――と、ほぼ同時だった。

「っ」

シーナが地を蹴った。

疾い！　わかっていても目で追いきれない！　疾さだけではない。

「なっ」

シーナが左右にフェイントを入れた。残像が映る。右に、左に、シーナが何人も視界に映る。

（反則だろ――）

気づけば必殺圏内。

シーナの一突き。アーヴィンが後ろに飛び退き避けるより早く詰められ――。

（やられる……っ！）

反射的にアーヴィンは翼を広げ、後方に向かって飛んで逃げた。

「っ！」

目標物を失った木剣の先端は、先ほどまでアーヴィンが立っていた空間を正確に貫いていた。突然の急加速にシーナは反応しきれなかったようだ。

「……翼はなしじゃなかったの？」

反論できない。

アーヴィン自身、翼を使ったという意識はない。気が付けばシーナとの距離を取っていた。無意識の内だった。

「フハハ、オレに翼を使わせるなんてな、やるではないか」

目いっぱいの虚勢を張ってみる。

「ズルして何イキってんの？」

至極ごもっとも。

だが――なるほど、強い。

前に一合だけ打ち合った時、シーナは『人間』だった。

今は闇堕ちさせ『魔族』になった。単純な身体能力は人間だった頃と比較にならないだろう。

その証拠に闇堕ちさせた直後、鉄の鎖を引きちぎることもできた。

人間だった頃より強いなら、こちらも本気を出さなければならない。

「オレを本気にさせたこと後悔するなよ」

「追い詰められながら言うセリフ？」

もう翼は使えない。ルール違反というわけではない。

アーヴィンのすぐ背後には修練場の入り口がある。物理的に後方に飛ぶことはできない。

「そういうのはオレを倒してから――」

コンコン――入り口から聞こえる小さなノック「あの……シーナ司令、洗い終わったタオル持ってきました」バンシーの声だ。このまま戦ったら外にいるバンシーが巻き込まれてしまう。

「ちょっと待て、シーナ！」

「問答無用！」

　聞いてねぇし！

「はっ！」

「ぐえっ」

　流れるような一閃。こんな状況でまともに受けきれるわけもなく、体勢が崩れたアーヴインの脇腹を木剣が一撃を叩きこんでいた。

「――これであたしの勝ち、ってことでいいかしら」

　でも――とシーナは続けて言った。

「――あたしは勝ったとは思ってない。あんた、ぜんぜん本気じゃなかったじゃない」

　翼なし、魔法なし、剣一本という縛りがありはしたが、全力には違いない。

　だがこの勝負は元々対等ではない。

「オレが魔法で圧倒したところで周りが納得しないだろ」

「魔族は力のある者に従うんでしょ？　隠した奴に勝ったところであたしの方が強いだなんて誰が認めるの？」

　つまり本気でやれと？　その上で完膚なきまでに叩きのめさないとシーナ自身の気が済まないとそう言っているのか？

「いいんだな？」

静かに口にした一言に、シーナは一瞬だけ気圧されたようにたじろいだ。

「え、ええ。来なさい」

もう一度木剣を構え直すシーナ。仕方がない。そこまで言うなら、この魔王アーヴィン＝ロキアル＝レイジィの全身全霊を以て――。

「やめてください！　これ以上魔王様を傷つけないで！」

――と、シーナとアーヴィンの間に入ってきたのは、ミトラだった。

「み、ミトラちゃん⁉」

バッと手を広げ、必死にアーヴィンを庇うミトラ。

「おい、ミトラ？　これからオレがカッコよく逆転するところ――」

「これ以上魔王様を傷つけるなら、わたしを斬ってください！」

全く聞く耳を持ってくれない。どうやらアーヴィンが倒れたことで動揺して、先ほどの会話が耳に入ってなかったようだ。

だから追撃しようとするシーナを止めに来た、というところだろう。

「あたしがミトラちゃんを斬るわけないでしょ――っていうかなんであたしが悪役みたいになってんのよ」

シーナが呆れたようにため息を吐いた。

なんだか調子が狂った。シーナも構えを解いているし、ミトラの乱入のせいで修練場の雰囲気がアーヴィンの負けという感じに落ち着いてしまっている。

まあそれでも最初のルールに遵守するなら勝負は勝負。ここから魔法ありで勝ったところでカッコ悪い。

と嘆息したところで背後からノックの音が聞こえた。

「あの……もう入っても大丈夫ですか？」

バンシーの声。忘れていた。扉の前でずっと待っていてくれたのか。

シーナが「どうぞ」と声をかけると、静かに扉が開き――バンシーは修練場の光景を見て、

「あわわ……」

絶句するのも当然だろう。中はオークとダークエルフたちが入り口にいるシーナとアーヴィンを取り囲んでいるのだから。

「これっ、洗濯物終わりましたっ、失礼しましたっ」

気圧されたのか、持っていたタオルを修練場の入り口に放り投げると、たたっと廊下を駆けて去ってしまった。

「待たせた挙句、この雰囲気を味わったらトラウマになりそうだな、あのバンシー」

なんだか申し訳ない。

「さっきのバンシー……ずっと入り口の前にいたの？　まさか……アーヴィン、最初から……」

シーナがぽつりと呟いた。「なんだよ」と睨むと、「別に」とそっけなく返された。

「──それよりあんた、結局なんで決闘なんて挑んだの？」

そういえば詳しく言っていない。

この際、言いたいことははっきり言っておこう。

「オークたちが困ってんだよ。ダークエルフたちを雇ったせいで肩身が狭くなってるって」

「そうだそうだ！」「ダークエルフばっかり雇うな！」とオークたちも声を合わせてくれる。

言いたいことはそれだけではない。

「それとお前が命令してルールブックやらキャラシートやらを全部バンシーに燃やさせたろ！　返せ！　キャラシートを！　返せ！　指揮権を！」

そうだ、そうだ！　とオークたちは一斉にこぶしを突きあげる。一体感を感じる。

「はぁ……本命はそっちね。要は私怨を誤魔化すためにオークを利用してるんじゃない」

「うっ」

　そうとも言う。だがオークたちをこのまま野放しにしていたら、本当にクーデターが起こっていたのも事実だ。

「とにかくあんたはいいとして、オークの待遇だっけ。いいわ。この際なんでも聞いてあげる。あんたたちの要望はなに？」

　五十名のオークに向かってシーナは訊ねる。

「オレたちの扱いが不遇過ぎる！」「そうだ！　そうだ！」

　ダークエルフたちの尻に敷かれ、やりたくない仕事を押し付けられ、あまつさえ遊び道具も取り上げる。

（どうするか見ものだな）

　オークたちはヒートアップしている。シーナの言動によっては一歩間違えればこの場で全面戦争すら起こりうる。

「具体的にはどういうことよ」

　と言うシーナにオークが続けて言う。

「ダークエルフばっかりじゃなくて、女オークも雇用しろ！」「そうだ！　そうだ！」「俺たちの出会いが少ない！」

え？　そういう話だっけ？

「ちょいちょい、オークたちよ。お前ら、ダークエルフの尻に敷かれてるのが嫌なんじゃなかったのか？　遊び道具取り上げられたりとか」

と訊ねると、

「いやぁ、別に尻に敷かれるくらいいいんすけど――」

よかったの⁉

今回の決闘、根底から崩れるんだけど。

「ちょい待て待て！　遊び道具とか取り上げられたろ？　俺見たぞ、バンシーがボードゲームからなにまで全部燃やしてるの」

「ああ、あれ全部魔王様のっすよ」

「は？」

「俺らのもんは全部宿舎に持ってけって言われて全部持ってったっす」

「けどお前らここで遊んでたろ？　遊ぶ場所取り返したいんじゃ……」

「いやいや別にここじゃなくても宿舎で集まってできるし」「そうそう」「まあぶっちゃけ遊ぶ時間は減りましたけど、場所はここから宿舎に変わっただけなんで」「そうそう」

意外と柔軟⁉

「それよりも不満なのはマジでうちの軍って、女の子少ないじゃないっすか、オークの。九十九対一っすよ男女比。出会いがなさすぎてマジでやる気出ないっす」

「お前ら、前にここで言ってたろ？　『シーナ司令官、横暴っす』って」

「そっすよ。横暴っす。軍に新規雇用するって話があった時、俺ら『女オークを雇用してください』って要望出したんすけど、全く聞き入れてもらえなかったんすから」

「そういう意味での横暴⁉」

女尊男卑社会になっていることだったり、遊び道具や遊び場が取り上げられたことじゃないのか！

「じゃあシーナに従ってるオークたちってのは？」

「女漁りに興味ないマジメなオークたちと、イケメンオークばっかっすね」「イケメンは横の繋がりが広いから、合コンとかしまくって女オークたちキープしまくってんすよ」

「俺ら陰キャオークはそんなの縁ないし……」

シーナの圧政に屈したオークってわけじゃなくて、元々リア充だから抗議しなかったってことか。

（思えばこいつらから、尻に敷かれてるのをなんとかしてくれって言われてねぇな）

勘違いだったのか。マジか。

「――つまり、あんたたちは出会いがほしいのね」

それまで黙って聞いていたシーナが一歩前に踏み出した。

「女オークとの出会いをくれ！」「一部のオークたちばかりずるいぞ！」ぶーぶーと文句を垂れるオークたち。オレの苦労は一体――。

――いや、まだだ。

オークたちの思いはちょっと自分が思っていたのとは違ったが、こいつらは根本的にシーナの圧政に反対している。

その声が大きくなり、シーナの圧政を崩せれば、指揮権を取り戻し、元の魔王軍に戻れるチャンスはあるかもしれない。せめてマイ温泉だけは取り戻さないと。

とにかくまだ希望の灯は――。

「わかったわ！」

パン、とシーナが手を叩き、

「出会いが少ないって言ってたわね。ならあんたたちのためにオークの合コンを開きます！」

「「「え？」」」

オークたちの目の色が変わった。あれ、雲行きがおかしいぞ。

「つまり女オークたち——彼女が欲しい訳よね？　下の不満を聞いてやるのも上の務め——オークはこれ以上雇えないけど、街の酒場借りてオークたちの合コンを開くくらい定期的にやれるはずよ」

「おおっ！」「マジっすか！」オークたちが歓声を上げる。ちょっと待て。

「ダークエルフのみんなはオークの相手を探してきなさい。一応オークの方が先輩なんだから、先輩の顔を立ててあげて」

「司令がそう言うなら」「了解しましたわ」「なら知り合いのオークに声をかけておきますね」

おいおい待て待て、なんか円満に解決しつつないか、これ。

「日時はおって伝える。文句がないなら、解散！　いいわね！」

「「はい！」」

びしっと、オークたちはシーナに向かって敬礼——「いや～さすがシーナ司令」「見直したわ～」「ちょっとこれからシャワー浴びてくる」

ぽつんと立つアーヴィンを置いて、オークたちはおのおの修練場から出ていく。

……一人残されたアーヴィン。これでもうシーナの圧政に反対する者はいなくなってしまった。

「な、なんでこうなった……」

あの時シーナを闇堕ちさせた時か？

まさかこうなるとは思わなかった。あのオークたちはもう、アーヴィンの遊びにも付き合わないし、彼女ができたらＴＲＰＧにも付き合わないだろう。

「……魔王様」

そんなアーヴィンの背中をミトラだけが見つめていた。

第二章　あれ？　これってデート？

「ちくしょーっ！　あいつら全員薄情すぎんだろっ！」

アーヴィンはベッドの上で頭を抱えながらごろごろと転がっていた。

ここは魔王の自室。玉座裏の隠し階段を下りた先の地下室だ。

魔王たるもの隠し階段はロマンだろ！　とノリと勢いで作ってしまったところだ。

そこそこの広さはある。家具はベッドに本棚、机くらいしかない。だが絨毯の上には読み終わった同人誌に着替えのローブが散らばっており、足の踏み場もない状態だ。

最初から全部無駄だったのかもしれない。

オークたちはみんなシーナに服従しているし、待遇さえよければ反旗を翻す理由もない。

結果としてシーナに全てを奪われた。

指揮権、オークたちの信頼――それだけじゃない。魔王の存在価値も奪われた。

シーナに何一つ勝てる要素はない。

今からもう一度決闘し、勝ったところでオークたちがこちらにかしずくとは思えない。

仮に魔法を使い、翼を使えば条件次第ではシーナに勝てるだろう――だが、そうして圧倒したところで対等な条件で勝ったとは言えない。

（オレは……）

魔王軍はもっと自由であるべきだと常々考えていた。

父親――先代魔王オルヴェインは規律でがちがちに固めた魔王軍を作り上げていた。その頃はまだアーヴィンは幼い子供だったから、詳しくは覚えていない。

だが魔王軍が人間の領地へ侵攻していく時に見たオークたちの死んだような目は脳裏に焼き付いている。

命令のままに人を殺し、兵はただのコマにすぎない――そんな考えを持つのは嫌だった。

だから今の軍の形を作った。みんなが自由、最低限の仕事さえしてくれれば文句は言わない。

侵略なんてしない。アーヴィンはただ平和に暮らしていたいだけだった。

（間違ってたのかな）

そんな時だった。部屋の扉からコンコンとノックの音が聞こえた。

『魔王様、入りますよ』

ミトラだ。情けない顔を晒したくない。アーヴィンはさっと布団の中に隠れた。すぐ後、返事を待たずして、きぃぃと蝶番が擦れ合う音が鳴った。

「魔王様、やっぱりここにいたんですね」

ミトラが歩いてくる音を背中に感じる。机から椅子を引っ張り出し、近くに腰掛けたようだ。

「……ほっといてくれ。どうせオレなんていてもいなくても同じなんだよ」

ミトラに背を向けたまま、さらに布団の中で縮こまった。

「そんなことないです。少なくともわたしは魔王様にはいてほしいって思ってます」

「……」

その言葉が偽りでないのを、アーヴィンはよく知っている。

もうミトラとの付き合いは百年くらいになる。魔族、龍族は長命のため、百年と言っても人間に換算すれば二十年弱くらいになるだろう。

「覚えてますか？　わたしが初めて城に来た時のこと」

覚えている。

あれは龍族からの大使としてミトラが派遣された時のことだ。当時、先代魔王オルヴェインは龍族とある取り決めをした。

『魔族、龍族、そのどちらかが人間によって領地を脅かされた時、お互いに協力し、人間に対抗する』と。それは決して人間を侵略するための条約ではなかった。互いの種族の結束を高めるためのものだった。

その後、龍族から大使としてミトラが派遣されたのだ。

「周りはみんな初めて見る魔族ばかりで、どこにも龍族がいなくて――わたしずっと怖かったんです」

当時のミトラは十七年生きていたとはいえ、まだ子供だった。ドラゴンズバレーの外に出るのも初めてだったのだろう。

「わたし、小さい頃からずっとチビチビっていじめられてて、ここに来てもオークたちからチビとか劣等種とか陰口叩かれるようになって……それがすごく嫌でした」

ドラゴンは十数年程度で体はオークよりも大きくなるのが普通だ。当時のオルヴェインの部下のオークたちは『巨龍がやってくる！』と最初は怯えていたのに、いざやってきたのがミトラと知った途端、バカにするようになった。

ドラゴンは稀に生まれた状況や親によって、劣等種として小さな龍が生まれることがある。――それがミトラだ。

「でもアーヴィン様が助けてくれたんです。陰口を言うオークに摑みかかって――」

――言いたいことがあるならはっきり言えよ。

覚えている。

何も言い返せないミトラに代わってアーヴィンはオークに対し突っかかったのだ。

その後のことはよく覚えていないが、それ以降、オークたちがミトラをチビと罵ることはなくなった。

「わたし、すごく嬉しかったんですよ——それからわたしはこの人にならー生ついていけるって思ったんです——ですから必要とされてないなんて思わないでください。みんなが魔王様を遠ざけても、わたしだけは側にいてあげられます」

アーヴィンはゆっくりとベッドから体を起こした。

「ミトラ……」

違う。違うんだ。

あの頃、オークに対して怒っていたのは全てが全てミトラのためじゃない。

「オレは、別にお前のために怒ったんじゃない」

「魔王様……」

「劣等種なんて言うあいつらに対して、オレはオレのために怒ってたんだよ。知ってるだろ、お前も。オレは魔族と——」

「魔族と人間の子供——ハーフですよね」

アーヴィンは純血の魔族ではなかった。

馴れ初めは知らない。だが先代魔王オルヴェインは人間の女性を娶り——そこからアーヴィンが生まれた。

母はアーヴィンが十にも満たない年の頃に死んだ。病気だったそうだ。人間は短命で病気ですぐに死んでしまうほど、脆い。

アーヴィンが母について覚えているのは、何もない。唯一その腕に抱かれた温かさだけはほんのりと覚えている。

「オレは単にエゴイストなんだよ。お前なんてどうでもよかった。単にダシにして突っかかっただけの冷たい奴なんだよ」

突き放すつもりはなかった。

（失望したか？）

ミトラを傷つけるつもりはなかったのに、つい口にしてしまった。

傷心気味の心がそうさせてしまったのか。なんにしても謝ろうと思いアーヴィンが口を開きかけた時だった。

ミトラがふふっとはにかんだ。

「ならわたしは魔王様のお母さまに感謝しなければいけませんね」

「どうしてだ？」

「そうでなきゃ、魔王様は怒ってくれなかったじゃないですか。あの時怒ってくれたからわたしは今の魔王様と一緒にいられるんです」

「……ミトラ」

ミトラはこういう奴だ。いつもいてほしい時に、隣にいてくれる。

かけがえのない――友人だ。

「だから魔王様、わたしがずっと側にいてあげます。これからもずっと片時も離れないで――って」

と言いかけてミトラの頬はみるみるうちに紅潮していった。

「や――そういうんじゃないです！　別にその、結婚なんて、その……早すぎるっていうか……」

こいつは何でそんなに首と手をぶんぶん振っているのだろう。

「なんで結婚の話になるんだ？」

「ち、ちちち、違いまふ！　――いてて」

舌まで噛みだした。何をそんなに焦っているのか。

「――と、とにかく、わたしは少なくとも魔王様を必要としてるって話です。そうやってうじうじしてるのは魔王様らしくないですっ」

なんて必死に言うミトラを見ていて――思わず笑みが零れてしまった。

「なんで笑うんですかっ」

顔を真っ赤にして怒るミトラ。

そうだった。昔からミトラはいじめられていて、いつも自分がミトラを守ってやらなければならないと思っていた。

だからこうして逆に励まされているのが、なんだか滑稽に思えた。

（いつまでもうじうじしてらんねぇな）

「悪いミトラ。そうだよな、お前の言う通りだ。オレらしくねぇよな」

「そうですよ。いつも不敵に玉座で笑っているのが魔王様ですっ」

そういう風に思われていたのか。まあそれはそれで悪くない。

「お前には励まされたな。今度、礼をしてやる。一方的に何かされるわけにもいかねぇしな。なんか考えといてくれ」

「そ、そうですか？　よかったです……」

もじもじと指をこすり合わせて恥ずかしそうに俯くミトラ。

「じゃ、じゃあ何か考えておきますね」

「ああ――けど、このままじゃシーナに魔王軍を掌握されたまんまだな」

シーナが魔王軍を引っ張っていくのはもうこの際仕方がない。最近、最低限の仕事すらしなくなったオークたちに対してアーヴィンも多少思うところはあった。

それを改善したのはやはりシーナの手腕と言わざるを得ない。

ただそこにアーヴィンがいないことが問題だ。

司令はシーナでいいけど、魔王はアーヴィンでありたい。

なんていう上には上がいる的なことをシーナに知らしめてやりたいのだ。

「今問題なのは魔王様がみんなから信用されてないってことですよね？　シーナさんばっかり頼られてて」

「まあそういうことだな」

「なら、魔王様もみんなから『頼りになる』って思われればいいんですよ」

「頼られる存在になるってわけか。うーん、わかっちゃいるけど、どうすりゃいいか」

認めたくないが、シーナのようなカリスマ性を持ってはいない。

「そうですねぇ……例えばすごい仕事熱心で何でもこなすような人は頼られると思いますよ」

「仕事熱心か……」

正直なところ、嫌だ。

今までロクに働かずに引き籠って同人誌を読んだり、オークとＴＲＰＧをしたりして遊び惚けていたからいざやろうとすると抵抗感が生まれる。

だがそれではいけない。

周りにも認めてもらえるように見返さなければならないのだ。

シーナはどのようにして信頼を勝ち取ったのだろうか。ダークエルフや一部を除くオークたちはシーナを司令として尊敬していた。

（そういえば……）

部下の悩みを聞くのは上司の役目とあのオークたちの前で言っていた。

つまり――そういうことだろう。

「何か思いついた顔ですね」

「ああ、うまくいけばシーナに勝てる――見てろよシーナ」

アーヴィンは決意の炎を燃やした。


翌日。

城内のいたるところに見慣れない箱が設置された。それには大きな文字で『目安箱』と書かれており、説明書きに『あなたの悩み魔王アーヴィンが解決します。投書にて受付』とあった。

修練場の入り口脇にあるものだから、ダークエルフやオークは必ずその箱が目に入る。

そこにオーク一行が通りかかる。

「なんだこれ」「魔王様が悩み相談してくれるって」「まあ大抵、シーナ司令が解決してくれるしな」

とオークたちは笑い合いながら修練場に入る。

今度はダークエルフ一行が通りかかり、

「あら、魔王様が悩みを解決してくれるらしいわ」「そんな恐れ多いわ」「そうですわね、お手を煩わせるのも迷惑でしょうから」

と投書は一切しなかった。

数時間後。

「なぜだ！」

修練場、エントランス、二階、玉座の間入り口に設置しておいた目安箱を、アーヴィンは玉座の前で確認した。

しかしその数、見事にゼロ！

なんて平和な城なんだ！　と言うべきか、それとも自分が信用されていないだけか。

「魔王様、大丈夫(だいじょうぶ)です！　今度わたしが投書しますから！」

がっくりと玉座の前に崩(くず)れ落ちるアーヴィンに対し、人間の姿のミトラは背中の翼(つばさ)をぴこぴこと動かす。

「いや、気持ちはありがたいが、お前じゃダメだろ」

「う～ん、やっぱりそうですよね……あっ、まだ一箱残ってますよ」

魔道研究所前に設置しておいた目安箱だ。どうせこれも空箱なんだろう、という気持ちで箱をひっくり返す。

ぱさ……。

「あった！」

絨毯(じゅうたん)の上に一通の手紙が落ちた。アーヴィンは慌(あわ)てて拾い、四つ折りの手紙を開く。

『魔王様へ。相談したいことがございますので、一度魔道研究所へお越(こ)しください。ミルヴァーより』

「み、ミルヴァーかよ……」

その宛名を見てこのまま見なかった振りをしようかな、と思ってしまった。

他の研究所のデーモン族ならともかく、ミルヴァーのところへ行ったら何をされるかわからない。

魔道研究所。

魔族における魔法、召喚術、薬術など様々な魔道分野を研究する施設である。

場所は城の正面エントランスに入って東に行ったところにある。研究員はみな、アーヴィンと同じ種族で魔術に長けたデーモン族だ。百名ほど研究所に在籍している。

そのほとんどがアーヴィンよりも引き籠りでずっと研究室に籠って実験をしているから、城にいてもなかなか出会ったことはない。だから全般的に少々苦手だ。

その中でもミルヴァーはもっと苦手だ。

「ミルヴァーさんって確か魔道研究所の所長さんですよね」

あいつは嫌な女だ。

実験大好きっ子をマッドサイエンティストに進化させたみたいな性悪女だ。

普段は根暗のくせに、実験となると見境なく人を実験台にしようとする。

今から丁度一年くらい前、ミルヴァーの前を通りかかっただけで突然、白い粉をかけられたことがある。その粉は笑い促進の効果があり、一日中意味もなく笑い転げて腹筋が爆発した覚えがある。

「またよからぬ実験でもする気じゃないだろうな」

「でも一応投書ですよ」

「あいつ魔王のこと実験動物とか思ってるからな」

魔道研究所前だけは無設置でもよかった、と今更後悔しても仕方がない。

「行ってみるだけ行ってみます？」

「やばかったら戻る？」

こくりと頷くミトラ。

最悪、何かあってもミトラだけは守らなくてはならない。

この純粋な金の瞳を見つめながらアーヴィンは思ったのだった。

魔道研究所前まで来た。

修練場と同じく、廊下の突き当たりに扉があり、扉の上には『魔道研究所』という看板がある。

　アーヴィンは扉を押し開けた。

　そこからさらに真っすぐ廊下が延びていた。廊下にはいくつもの扉があり、扉の前には各室長の名前が記載されていた。

　魔道研究所はそれぞれが個人の研究室である。個室の中で魔法実験を繰り返している。部屋の数は二十くらいあるだろう。薬術専門もいれば、天文魔法という占いに近いマイナーな魔法を研究する部屋もある。

　アーヴィンとミトラは突き当たりにあるミルヴァーの部屋に辿り着いた。部屋のプレートには『ミルヴァー研究室』と書かれている。

　何かの実験でもしているのか、つん、と薬品の臭いが廊下まで漂ってくる。

「くせぇ。廊下も換気しねぇと鼻が持たん」

「窓開けときますね」

　ガラっ、とミトラが廊下の窓をオープンする。心地よい風が廊下に流れ込んできた。

　これならいいだろう。

「じゃあノック、するぞ」

　ミトラとアイコンタクト。お互いに頷き合う。

　コンコン――ノックした一秒後。

バンっ！

勢い好く扉が開けられ、中から白衣を着た女性が出てきた。

研究所所長のミルヴァー＝クシエールだ。背中からはデーモン族特有の黒い翼、頭には一対の角が生えている。

ただ顔はわからない。なぜなら白衣だというのに、目深に白いフードを被っているからだ。白衣に無理やりフードを縫い付けたのだろう。確か、彼女は極度の恥ずかしがり屋で人前では絶対にフードを取りたがらない。

「あの、ミルヴァー？　投書――」

「魔王様は何も喋らないでほしいのでございます」

とミルヴァーは呟くと、変なヘルメットを取り出した。

銀色のヘルメットだ。顔が見えないくらい結構でかい上に、ヘルメットから一本のコードがのびていた。

かぽっ。

とそのコードの先についていた吸盤を、アーヴィンの額に付けた。

「あのミル――」

「黙って」

「俺、投書――」

「静かに、何も言わないでほしいので」

掌を突き付け、ことごとく発言を封殺してくる。これ何の実験？

言われた通り黙っているとミルヴァーは「う～ん」とこめかみに指を当て、

「魔王様の頭の中を読んでいるので……ふむふむ、なるほどなるほど。魔王様は新聞の勧誘に来た――」

「違う、話を聞けって。オレは」

「何も話さないで――魔王様は、ボランティア精神に目覚め――病気で苦しむ子供たちのために寄付をしにきた」

「違う、ってか、なんだこの装置！」

きゅぽん、とアーヴィンは額から吸盤を取り外し、

「オレはお前の投書を受けて、ここに来た。なんか相談があるんだろ」

と言うと、ミルヴァーはピタッと止まってから、わなわなと震え出した。

「それが本当なら、これがどういうことだかわかりますでしょうか」

「知らん」

「この頭脳透析装置が全くの無駄だったということでございます！」

本当に知らん。

こいつ、いつの日かトイレで頭を打ってその衝撃でタイムマシン回路を思いつくんじゃないだろうか。知らんけど。

「帰ってください。私は次なる実験に忙しいので」

バタン！　と扉を閉めて引きこもってしまった。こいつマジか。

「おいおいおいおいおい！　だから投書で来たって言ってんだろ！　開けろ！」

どんどん、と扉を叩くアーヴィン。なんでミルヴァーはこうマイペースで自分勝手なんだ。

するとほどなくして、扉が開いた。

ヘルメットを外し、顔がわからないくらいフードを目深に被った姿になっていた。

「はて、そうでございましたでしょうか」

「ほら」

とミルヴァーの前に目安箱に入っていた手紙を突きだす。

「ああ、そうでしたそうでした。一つアーヴィン様にお頼みしたいことがございましたので」

「なんだ、一応話だけは聞いてやるから。言っとくけど、ミトラを実験に使うとか言い出すなよ」

「ええっ、わたし、実験に使われるんですか⁉」

ほら、ミトラが驚いてる。

「そうですね……でしたら龍の角をひとかけら、後、最高級の魔力が得られるという龍の唾液を一滴──」

「あ～あ、魔道研究所に出してた費用何パーセント削減しよっかな～」

「──というのは冗談ですので、本命は一つ王都まで買い物に行ってきて欲しいのでございます」

本気だったら人件費含め、九十パーセントカットも辞さなかった。

「王都までって、城下町じゃ売ってないのか？」

「人間の国にしか生えない植物が欲しいのでございます。魔力を有する苗木でして、ぜひとも入手したいと……」

え？　面倒くさいんだけど？

魔王城から王都アーフィルまでどれほどの距離があると思っているのだ。

確かにアーヴィンの持つ翼ならばそれほど時間がかからず戻ってこられるが、めちゃくちゃ疲れる。オークたちが訓練で城の外周を走り終わった時に「マジ死ぬわ～」と大の字で地面に寝転がっていたことがあったが、そのくらいの疲労度は蓄積する。

「マジでオレがやんの？」

「私の翼では一日以上かかるので」

疲れるから代わりにパシられて来いと？　魔王をなんだと思っている。

露骨に嫌そうな顔を見せると、ミトラが口を開いた。

「仕方ないですよ、魔王様。第一件目の依頼ですし、ここはビシッと行きましょう！」

小さなこぶしをグッと丸めて気合を入れてくる。まあ依頼を選り好みしている状況ではないのは確かだ。

「仕方ねぇな。魔法の苗木ってんなら、マジックショップにでも売ってるよな？」

魔具専門店が王都にはある。前に興味本位で一度入ったことがある。

「はい、場所はキラーアイが特定しておりますので、よろしければお持ちください」

と言うと、部屋の中から、巨大な目玉の魔法生物――キラーアイを抱えて持ってきた。

若干懐かしい。前に、こいつでシーナをくすぐった。

「まあ、だいたいわかるからいい。それにこいつ持ってったら問答無用で衛士隊に捕まるだろ。触手気持ち悪いし」

と言うと、キラーアイが涙ぐんだ。傷ついた？

「ああ、悪い悪い。人間ならそう思うだろうってことだって。泣くなキラーアイ」

よしよしと頭部（？）を撫でてやる。ナイーブな奴だ。

「魔王様、わたしはどうしましょう？」

ミトラが袖を引っ張ってくる。

「一緒に行く必要もないだろ。バレるリスクになるし、おつかい行って帰ってくるだけだからな」

「わかりました。その間にお部屋の掃除でもしておきますね」

「頼む——そうだ、昨日と今日のお礼に何かオレにできることはないか？　王都で何か買ってきてやってもいいし」

ミトラには助けられっぱなしだ。

恩を返さないと自分の気が済まない。

ミトラは「うーん」と指先を唇に付け、

「でしたら何がいいか考えておきます。帰ってきた時に言いますね」

と言うと、今度はミルヴァーが茶化すように笑った。

「ふふふ、相も変わらず仲がよろしいのでございますね。愛というものでございましょうか」

「あ、愛なんて……あうあう」

ミトラが顔を真っ赤にしていた。

「ミルヴァー、茶化すなよ」

「いえいえ、愛というものは意外にも魔力の源になるのでございます。今度実験したいので、もう一度――」

とその時、廊下の窓から強い風が吹き込んできた。

「あ――」

風がミルヴァーのフードをめくってしまう。そのせいで隠れていた顔が見えてしまう。陰気な性格のくせに案外くりっとした瞳、どこか幼さを感じさせつつも大人の女性の雰囲気を醸し出す顔立ち、手入れをしているのかサラッとしたロングヘアー。髪から覗くデーモン族特有の角。――その全てがばっちりと見えていた。

「うう……恥ずかしいので見ないでくださいませ」

ミルヴァーはすぐにフードを被りなおして、床にうずくまってしまった。ちょっと見えただけなのに恥ずかしがり屋にもほどがある。

まあ別にミルヴァーの顔を見たいわけじゃない。さっさと王都まで行ってしまおう。

「じゃ、じゃあ行ってくる」

アーヴィンは開かれた廊下の窓から外に飛び立っていった。城門から出るよりここから行った方が早い。

——残されたミルヴァーはうずくまったままフードの下でひそかに笑う。

「ふふふ……これであの女も私の手で……」

その呟きを聞いたミトラは首を傾げた。

本当にただ行って帰ってきただけだった。

ちょっとだけ翼が疲れた。

魔法の苗木はそれほど大きなものじゃなかった。脇に抱えて持って運べた。これが大きかったら途中のワルドー山脈の頂上付近で一旦休憩を入れなければいけなかったが、その心配もなかった。

わざわざエントランスから入るのも遠回りなので、アーヴィンは出てきた時と同じ魔道研究所の廊下の窓から再び魔王城の中へと入った。

翼を畳んでローブの中へとしまうと、すぐにミルヴァーの研究室をノックした。

「おーい、買ってきたぞ」

キィィと軋みを上げながらゆっくりと扉が開いた。

「アーヴィン様、お帰りなさいませ」

少しだけ開いた扉の隙間からミルヴァーが顔を覗かせていた。

「これでいいんだよな」

アーヴィンは魔法の苗木をミルヴァーに見せた。

「……はい、これでよろしいかと。入り口の前に置いといてくださいませ。後で植物園に持って行くので」

「それくらいならオレがやろうか？」

ついでだからそれくらいのオプションは付けてやってもいい。だがミルヴァーは焦ったように首を振り、

「いえいえ、そこまでして頂くわけにはいかないのでございます。準備致しますので、これで失礼します」

バタン、と誤魔化すように扉が閉められた。

気になる。ああいう時のミルヴァーはこれから誰にも知られたくない実験をする時のミルヴァーだ。

このまま知らぬ存ぜぬを貫き通して、見て見ぬ振りをすることもできるが――それでは目安箱に投書してもらった意味がない。

アーヴィンの信頼回復のために行ったことなのに、アーヴィンが買ってきた苗木が原因で誰かが不利益を被ったら、信用問題にかかわる。

(成り行きを見届けさせてもらおう)

アーヴィンは窓から外へと出た。

ここは一階なので、地面に足を着けて、中の様子を窺える。

しばらく覗いていると、ミルヴァーが研究室から出てきた。手になにやら紫色の液体が入ったガラス瓶を持っていた。

(絶対なにかしらヤバいものだろ！)

先ほど置いた魔法の苗木も抱えて、廊下を歩いていくミルヴァー。アーヴィンは窓の外から様子を窺いつつ、ミルヴァーの後をつける。

そのまま魔道研究所からエントランスへと出て、まっすぐオークの修練場へと向かった。

(怪しい……)

オークたちのところへ行って何をするつもりだ。今度はオークを実験台にするつもりじゃないだろうな。半年前、オークの体をスライムに変える実験をした時にもうしないって誓ったはずなのに。

　窓からエントランスへ入り、ミルヴァーの後を追おうとした時だった。

「あっ、魔王様」

　エントランス吹き抜けの二階からミトラの声が降ってきた。

　見上げると、手すりの上にミニドラゴン姿のミトラがいた。

「なんだミトラ。人間姿から戻ってたのか」

「こっちの掃除が終わって、さっきまで昼寝してました――ふぁ～。それで魔王様、お使いは終わったんですか」

　パタパタと小さな翼を動かして、アーヴィンの目の前まで降りてくる。

「ああ、一応な。それでミルヴァーが怪しいからつけてた」

「そうだったんですね――それで、あの……」

　ミトラは小さな龍の爪をこすり合わせてもじもじしていた。

「なんだ」

「魔王様が出かける前に言っていたお礼の話……考えてきたんです」

「ああなんでもいいぞ」

「その前に人間になってもいいですか――あっ、服忘れてました」

ミトラがドラゴン状態から人間状態へとなる時には人間の服が必要になる。なければ素っ裸で人間状態になってしまうからだ。

「ドラゴン状態だと服着ないのにな」

「鱗があるから恥ずかしくないんですっ。それより魔王様……」

「わかってる」

アーヴィンは空間に黒い渦を発生させる。超簡易式空間転移魔法だ。そこに手を突っ込み、ミトラの服を引っ張ってくる。

この前買ったと言っていた白いワンピースだ。

「これでいいか」

「床に置いてください」

ミトラの服を無造作に床に放る。するとミトラはドラゴン状態のまま服の中に入り——ぱあっと眩い光を発した。

次の瞬間には、ミトラは人間の姿になり、持ってきたワンピースを身に着けていた。

「変身完了です！」

グッと握りこぶしを作ってガッツポーズ。いちいち可愛い奴だ。

「それで、何をしてほしいんだ」

と訊ねると、またもじもじとし始めた。

「え……と、ですね。な、なでなで——」

「なでなで？」

「なでなでしてほしいんですっ」

顔を真っ赤にしてそんなことを言ってのけた。

「なんだ。そんなのでいいのか？　新しい服が欲しいとかでもいいんだぞ」

「いいんです。わたしはなでなでしてほしいんですっ」

目をきゅっと閉じて金色の髪にできたつむじをこちらに向けてくる。

（まあいいか）

恩を返すと言ったのはアーヴィンだ。ミトラがそれでいいなら拒絶する理由もない。

小さな頭にアーヴィンは手を置き、ゆっくりと撫でる。

「はひゅ～。気持ちいいですぅ～」

まるでリラクゼーションマッサージでもしているかのようにとろんと目を潤ませている。

そんな気持ちいいなら今度やってもらおうかな。

「……そろそろいいか？　ミルヴァーを追わないと」

「うぅ～、もっとしてほしいです～」

(まあいいか)

ミルヴァーのことも気がかりだが、たまにはこういうのも悪くない。

――結局、十分ほど経ってから、アーヴィンは再びミルヴァーを追いかけた。

※

「ひやぁぁぁあああっ！　そこはだめぇぇぇぇえっ」

ミルヴァーの後を追って、中庭の一角にあるガラス張りの植物園に差し掛かった時だった。

中から聞き覚えのある嬌声が響いてきた。シーナだ。

「何してんだ？　こん中で……」

植物――まさか？

ミルヴァーが持っていた薬と王都で買ってきた怪しい苗木。点と点が繋がるどころか合体してしまった。

「ミルヴァーいんのか……？」

外からでは入り口に生える植物が邪魔で奥の方まで見えない。

仕方なくガラス扉を開けて中に入る。

植物園の中心部は広場になっているはずだ。一本の樹とベンチが置いてあり、休憩できる場所になっている。

アーヴィンは植物園を突き進み、中心部に辿り着く。

「…………」

なんというかすごいところに来てしまった。

広場全体が奇怪な緑色の触手で埋め尽くされていた。おそらく植物の蔓だろう。それらがまるで一本一本生きているかのようにうねうねと蠢いていた。

その触手の群れの中央――。

「いやあぁぁぁぁあっ、ちょ……服の中まで舐めまわさないでぇっ」

「ふむふむ……薬液で植物の生殖本能を刺激すると他種族の女性にも興奮する、と。興味深いことでございますね」

――空中で二人の女性が触手に弄ばれていた。一人はシーナ。もう一人は捜していたミルヴァーだ。なぜかミルヴァーの方は触手に弄ばれながら、メモを取っている。

「――っ、アーヴィン！」

そこでようやくシーナがこちらの様子に気づいた。よく見るとシーナはいつも着ていたライトアーマーを触手に脱がされ、薄い布地のインナー姿になっていた。しかもインナーもところどころ破かれている。どうやら結構な間、お愉しみだったらしい。

「助けて！　ミルヴァーの変な実験に巻き込まれて……ひゃうっ」

胸の形が変わるのが傍からわかるくらい揉みしだかれていた。頬も紅潮して、息も荒々しい。

なんとなく想像がつくが、一応ミルヴァーにも訊ねてみる。

「なあ、ミルヴァー。お前がオレに頼んだ植物って、今お前らに巻き付いてる奴か？」

「はい、そうでございま——んっ……なかなか興味深いサンプルでございますよ」

やはりミルヴァーは買ってきた植物をこの広場に植え、持っていた薬をかけて、暴走させたらしい。ここになぜシーナがいるのかわからないが、おそらくミルヴァーの実験台に呼ばれたのだろう。

「アーヴィン！　冷静になってないで助けてよ！　こいつあたしの中に入ってこようとして——ひゃあっ」

と言いつつも気持ちよさそうな声を上げるシーナ。

「まあ愉しんでるんならオレの出る幕はないな、じゃ」

「待てーっ！　こらっ！　帰るなーっ」

背を向けて帰ろうとするアーヴィンに、シーナが叫ぶ。

「いや愉しんでるじゃん、ミルヴァーも」

「アーヴィン様もどうでございましょう。マッサージによいですよ」

「ほら」

意外と余裕そうだ。

「ちがーうっ！　こいつと一緒にしないで！　早くなんとかしてよ！　こっち身動き取れないんだから！」

本当に動けないらしい。あのシーナが恥を承知で助けを求めている。

「なんとかってなんだよ」

「だからこの触手をなんとかしてって」

「ん～、聞こえないなぁ。この触手をなん――」

「……ふざけないで、アーヴィン」

あ、やば。マジボイスだ。

からかいが過ぎたかもしれない。

(まあ半分くらい、オレのせいだしな)

ミルヴァーの依頼という時点でこうなる未来が多少予想できた。その上で協力したのだから、やはり責任はこちらにもある。

「仕方ねぇな」

マジメな話――今も植物は成長を続けている。このまま成長するとやがて植物園のガラスを突き破って庭へ出て、魔王城を覆い尽くしかねない。他にこの騒動を抑えられる魔族はいないだろうし、結局のところ自分がやるしかない。

アーヴィンは触手植物の中央に向かって手をかざす。

「何するのよ」

「ちょっと黙ってろ」

そして小さく唱えた。

「――蹂躙する炎――オーバードイグナイト」

空間を撫でるように手を横にスライドしていく。

と同時に、ぼぼぼっ、と触手のあちこちに火が点いた。

「ちょ、ちょっと！　こんなところで燃やす気!?」

「だから黙ってろって」

さらに手をかざし続け、火は触手を伝って本体の元苗木だった木に辿り着く。表面から木全体を覆うように火が燃え盛った。

「きゅるるるるるるぅぅぅ」

触手植物は苦しそうな悲鳴を上げ、触手が激しく蠢いた。一本また一本と焼き千切れた触手が地面に落ちていく。

「熱っ」

捕らわれているシーナにも熱風が当たる。なるべく避けたつもりだが、この規模だ、多少は我慢してもらいたい。

発生させた炎をまるで粘土のように操り、触手植物を撫でるように燃やしていく。

「きゃっ」

絡まっていた触手まで焼け落ち、シーナは地面に落ちた。

「アーヴィンやりすぎ！　やりすぎだって！」

外野がうるさい。気が散るから、本当に黙っててほしい。

このまま燃やしていたら延焼して植物園全体が大火事になるのは文字通り火を見るより明らかだ――そんなことはわかっている。

――だから。

アーヴィンはかざしていた手をぐっと握りしめ、再び詠唱する。

「――静寂なる水の波動―レストハイドラ」

するとさっきまで触手と木を燃やしていた炎があっという間に掻き消えていく。

いや、消えるというのは語弊があった。炎は黒い霧のようなものへと変化し、アーヴィンのこぶしの中に吸収されていった。

それは一瞬の内に全て消え、残ったのはいつもの植物園だった。そこには触手植物だけが綺麗に燃やされ、ほとんどが炭化して地面に落ちていた。

残されたシーナは地面にペタンと座り込んで、ポカンと口を開けていた。今の光景が信じられないといった様子だった。

それもそうだろう。あれだけ炎上したというのに、植物園にあった他の草花は一切燃えていなかった。最初に来た時のままだ。

「あ、アーヴィン！　あんた一体何をしたの⁉」

言わなきゃならないか。面倒くさいのでかいつまんで説明した。

「あ？　単に燃やして消しただけだけど？」

「……そ、そんなことできるの……？」

驚くのも無理ない。自分以外でこんなことをやる魔族は今のところ見たことがない。おそらくミルヴァーにも無理だ。

「それにアーヴィン。あんた、さっきの詠唱ってなに？　確か魔族って詠唱いらないんじゃなかった？」

人間の魔法は言葉による詠唱か、魔法陣によって『意味』を与え、顕現させることで発動できる。

魔族は体内の瘴気を頭のイメージによって顕現させるため、本来詠唱は必要ない。シーナはそのことを指摘しているのだろう。

「魔族は詠唱しなくても魔法使えるし、オレもそうだな」

「じゃあなんで詠唱したの？」

シーナはわかってないようだが、答えは明白だ。

「そっちの方がカッコいいだろ」

「そういう理由⁉」

それ以上の理由が必要か？

「そもそも人間がずるいんだよ。いちいちカッコいい魔法唱えやがって。黙って魔法使っても爽快感とかゼロなんだよ！」

「逆ギレされても困るんだけど――でも、ダサい詠唱は抜きにして」

「ダサい⁉」

シーナはロマンというものがわかっていない。これだからお高くとまった騎士様は……。

「あんな魔法、王都でも――ううん、あたしが知る限り文献にも載ってない。あれが本来た。

「魔王様だからこそできる裏技のようなものでございま――いたっ、説明中に殴らないでほしいので……」

「お前は好き放題やりすぎなんだ。反省しろ」

「うぅ……申し訳ございません」

叩かれた頭をさすりながら、深々と頭を下げるミルヴァー。

「ってかミルヴァー。なんでこんなことしたんだ。あんなことやったら城もただじゃ済まないことくらいわかるだろ」

「シーナ様が悪いのでございますよ」

そうだ。そもそもなんでミルヴァーはこんな実験をしたのだろうか。シーナと直接面識でもあったのだろうか。

「あたしのせいって、どういうこと？」

ミルヴァーは続けた。

の魔族の力なの……？」

「一般的なデーモン族では不可能でございますね」

触手から解放されたミルヴァーがパンパンと白衣をはたきながらこちらに歩み寄ってき

「私めにはやりたい実験や造りたい魔法生物がいるのでございます。それをシーナ様は全部やめさせ、やりたくない武器のエンチャントやダークエルフへの魔術の教育など私めにさせるのでございます」

「そうなのか？」

顔を向けると、驚いたようにシーナは飛び上がった。

「え、ええと……」

「心当たりがあんだな」

わかりやすい反応だ。そういえば、魔道研究所にエンチャントしにお願いに行ってくるとか、いつだったか修練場でそんなことを言っていた気がする。

「だ、だって研究所の実験ってスライムに触手を生やしたり、宝箱型の魔法生物を造ったり、ほとんど利益のないような実験ばかりだったのよ？　そんなことに大切な予算は割けないわ」

「それはお前の主観だろ。スライムに触手を生やす実験だって、お前みたいな女騎士が攻めてきた時に、快楽攻めして動きを封じることもできるかもしれないし、宝箱型の魔法生物だって奇襲に使えるかもしれない」

「でも……」

と反論しようとするとアーヴィンが続けて言った。

「お前さ、目先の武器や魔法ばっかりに目がいってて、それ以外を排除しようとしてねぇか」

アーヴィン自身、前から思っていたことだった。

続けてアーヴィンは言った。

「オレもミルヴァーも、当然オークたちも、生きてんだ。オレたちだってバカなりに一応気持ちもあるし心もある。お前がいらないって言って排除したもんも、オレたちにとったら大切なもんなんだよ」

シーナは、自分が正しいとありたいという衝動の裏返しか、周りの意見や気持ちを顧みずに突き進むきらいがある。

それが魔王軍の改革によく表れている。

正しい正しくないを論じるつもりは毛頭ない。だがシーナはもっと周りの他人の心に目を向けるべきだ。

（反論されるか？）

言い過ぎた——とは思わないが、シーナならむきになって言い返してくるかもしれない。

「…………」

しかしなぜか不気味なほどシーナは俯いたまま何も喋らなかった。

口を開いたのはミルヴァーだった。

「魔王様……さすがにスライムに女性を襲わせる発想は私めにはございませんでした」

「な、なに……？　すまん、オレが穢れてた」

「いえいえ、そういう使い方もありかと」

ちらりとシーナを見る。まだ俯いている。まさか反省しているのか？

なんだかそんなに素直に落ち込まれるとこちらが悪いみたいに思ってしまう。

アーヴィンは後ろ頭を掻きながら、

「まあ、今回の件に関してはオレも半分くらい悪い。ミルヴァーに頼まれてあの苗木買ってきたからな」

「そう、なの？」

ようやく面をあげたシーナはどこか沈んだような雰囲気を醸し出していた。

今回の件だけを切り抜けばシーナはどちらかといえば被害者だ。やはり責めるのは筋違いだろう。

「そうだな、今回の件に関しては全員悪い。実験の原因はお前が作ったし、オレが条件を整えた。ミルヴァーは加害者。まあ結果として他の奴らの迷惑にはならなかったし、お互い水に流すってことで」

「魔王様、うまく責任を分散したのでございますね」

「お前に言われたくねぇからな⁉」

なに第三者面（づら）してるんだ、このマッドサイエンティストは。

「ごめんなさい、あたしのせいよね」

シーナは呟（つぶや）くように言った。

「さっきからなんだお前、気持ち悪い。しおらしくなりやがって」

「そんなこと言われても――あっ」

シーナがアーヴィンの二（に）の腕（うで）を見ながら声を上げた。つられて視線を移すと、ローブの一部が切れて、袖（そで）を赤い血で汚（よご）していた。どうやら腕の一部に切り傷をつけられていたらしい。

「それ、さっきのせいで……？」

言われるまで気づかなかった。

「ああ、最後にあの触手が暴れた時、斬（き）られたんだろうな。まあオレの体は丈夫（じょうぶ）だからしばらくすれば治るって」

なんかずきずきするくらいしか思わなかったし、大した怪我（けが）ではない。誇張（こちょう）ではなく、魔族の治癒能力なら数時間もすれば治る。

「でも、服は……」

「まあ……城下町で買った一張羅だから替えはないな」

「じゃ、じゃああたしが明日見繕ってあげる」

「は？」

何を企んでいる？

服を見繕う――それはつまり一緒に街へ行って服を買ってくれるということか？

「迷惑かけたしその服だって今回のせいで破いちゃったでしょ？　そのお詫びくらいはせめてさせて」

「今日どうしたお前。まさかさっきの触手に頭やられたか？」

「そうじゃないって、マジメな話してるんだから……」

とミルヴァーがくくっと笑い、

「なるほど……では私めはお邪魔でございますね。これで失礼させていただきます」

とそそくさと植物園から去っていった。

「おい、ミルヴァー――って、うおぅ」

シーナにぐっと腕を引き寄せられた。

「あたし、ずっと魔族のことなんてわかってなかった。半月以上ここで過ごして、わかったの。あんたたち魔族も、人間と何も変わらない生き物なんだって」

なるほど、合点がいった。

なんだかさっきから沈んでいたと思ったら、ちょっとは省みていたらしい。

シーナは最初、魔王軍のことを復讐の道具にしようと思っていた。

そこにオークたちやラミアたち――魔族の気持ちを理解しようという試みは全くなかった。

「……そうかよ」

――お前がいらないって言って排除したもんも、オレたちにとったら大切なもんなんだよ。

どうやらさっきの言葉をシーナの中で反芻していたらしい。

(まあ結果オーライ……なのか?)

今回の事件をシーナ自身が自分の強引なやり方が招いた結果だと反省してくれているなら、今後強行手段はとらないかもしれない。マイ温泉を勝手に女性専用にしたり、とか。

「せめてお詫びをさせて。ミルヴァーが暴走したのだってやっぱりあたしのせいなんだし」

アーヴィンはポリポリと頬を掻く。

そこまで思い悩ませるつもりはなかった。なんだかこちらがこっ恥ずかしい気分になる。

アーヴィンは腕を組んで、視線を逸らし、

「お前は責任感が強すぎる——けど、どーしてもお詫びがしたいってんなら、まあ叶えてやらんこともない」

ちょっと棘を含ませた。これがきっかけでぎくしゃくもしたくないし。

ふふっとはにかんだシーナはいつもの調子で言った。

「じゃあ明日、朝十時に城門前に来て。ついでにあたしにもっと魔族のこと教えなさい。魔族の街だって初めてだし」

「それってお前のお詫びになんのか？」

「言い訳しない。じゃあまた明日ね」

とシーナは走って植物園から出て行った。

※

——シーナは植物園を出て魔王城の中庭を走りながら、ふと思う。

どうしてだろう。

少しだけ胸がドキドキしていた——。

※

城下町に服を買いに行く。

そんな約束をしたのは初めてかもしれない。

あれ？　これってデート？

なんて思い当たったのが、植物園の事件から一夜明け、翌朝、待ち合わせの場所へ向かおうと玉座の間の扉を開けた時だった。

アーヴィンの恰好はローブが破けたので、パッとしない黒いシャツと黒いズボンだ。翼は収納できないので、背中で折りたたんでいる。

いや待て。デートではない。

ただお詫びがしたいとシーナは言っていた。これはただ服を買いに行くというだけだ。

それ以上でもそれ以下でもない。

それはおいといて、いいことはあった。

魔族のことをあれほど嫌っていたシーナが昨日魔族のことをもっと知りたいと言っていた。

思えば魔王軍に正式に入ってからも、自分以外の周りは全部敵、味方はいないという雰囲気でずっとぎすぎすしていた。

傍から見れば上官と部下という関係をしっかり保ってはいたものの、それは外見上のもの。やはり本当の意味で信頼し合わなければ、昨日のミルヴァーのような暴走はまた起こってしまうだろう。

今回、城下町に行くのはいいきっかけになるかもしれない。

（これは使えるかもしれないな）

いいことを思いついた。

ここでびしっと街を案内することができれば、今までのぐーたらなアーヴィン像を払拭できるかもしれない。

それに街中には知り合いも多い、実はアーヴィンはコミュ力最強というところを見せれば、シーナは見直してくれるかもしれない。

よしよし、と心の中で算段を立てていると、

「あれ？　魔王様、お出かけですか？」

ミトラとすれ違った。人間姿だ。いつもの白いワンピースを着ている。

「あ、ああ、ちょっと街に――」

と言いかけると、

「遅いじゃないアーヴィン」

とエントランスの方からシーナが歩いてきた。

「シーナ？　どうしてここに」

「十時になっても来ないから迎えに来たのよ」

そんな殊勝な奴だったか？　と首を傾げていると、ミトラが二人の顔を見比べるように首を振り、

「え？　え？　どういうことですか魔王様」

返事をしようとすると先にシーナが口を開いた。

「ああ、ミトラちゃんおはよう。今からこいつの服を買いに行くのよ。昨日ちょっとあってこいつの服破いちゃったから」

相変わらず責任感の強い発言をする。別にシーナのせいというわけではないのに。

それを聞いたミトラはアーヴィンの服を摑み、

「わたしも行きます！」

と叫んだ。

「いいけど、オレの服買いに行くだけだぞ？」

「それでも行きます！」

「飽きて途中で帰ったり――」

「しません！　行きます！」

なんでこいつはこんなにやる気があるのだろうか。是が非でも一緒に行くと目が訴えかけている。

「いいじゃない。多い方が楽しいし」

断る理由はない。

結局ミトラを含めた三人で城下町に出ることにした。


「本当に歩いてる人みんな魔族なのね」

城下町大通り。

魔王城の城門から、城下町の正門までまっすぐと突っ切るこの大通りは飲食店や仕立て屋など、様々な店が建ち並んでいる。

夜遅くまで開いている酒場、賭場などもあるため、この通りに人がいなくなることはない。

「それに雰囲気も王都と変わらないし、本当にここ魔王領なの？」

シーナは不思議そうにきょろきょろと周りを見ながら言った。

「当たり前だろ、魔族しかいないし」

歩いてる人、飲食店前で看板を持って客引きをしている人、クレープ屋の屋台で子供にクレープを作っている人——みんな魔族だ。

それぞれゴブリン、ラミア、デーモン族だ。他にも犬型の魔獣ガルムに首輪をつけて散歩をする婦人デーモンもいる。

「ねえ、あたしここに来てからずっと疑問だったんだけど」

「なんだ？」

「あんたって魔族の顔とか見分けつくの？　特にオークとかゴブリン」

「当たり前だろ。お前見分けつかないの？」

「え……本当につくの？」

じっと疑惑の眼差しを向けられる。

「バカ、ちゃんと見ればわかんだよ。あいつら微妙に鼻の大きさとか目の大きさとか耳とか違うし、声もちょっと高い奴もいるしな」

一応魔王軍に所属するオークくらいなら見分けをつけることはできる。雇った当初はあまりわからないものだったが、接している内に性格も違うことも相まって、覚えることができた。

「怠け気味な奴とか、マジメな奴とか、それくらいならわかんだろ。そうやって覚えんだよ」

「あ、それならなんとなくわかるかも。顔じゃ判断できないけど」

「そんなんじゃ魔族検定一級に合格できねぇぞ」

「別にしたくないし」

マジトーンで言われた。そんな検定なんてないが。

でも実際に飲食店とかでも『常連の顔くらい覚えろよ！』と吠える迷惑オークがいると聞く。自分はがんばって覚えたが、やはり数回会う程度だったら完全に個体差を見分けるのは難しいだろう。

隣を歩いていたミトラがくいくいっとアーヴィンの袖を引っ張ってきた。

「ん？　なんだ」

「あの……魔王様」

口に指を当てて、じっとクレープ屋の屋台を見つめていた。

「食べたいのか？」

と聞くと、黙ってこくこくと頷いた。

「じゃあなんか食べるか、ちょっと腹減ってきたし」

屋台の前に近づく。プレーン、イチゴ、グレープ、ブラッド。

「ブラッドって何⁉」

叫んだのはシーナだった。

「知らないのか？　吸血鬼用のクレープ。魔王軍司令とかイキりちらしてるくせに、魔族の食べ物知らないとか、ぷーくすくす」

「変な笑い方しないで――仕方ないじゃない。街に出たのなんて初めてなんだし。じゃあ具体的にどんな味かは知ってるの？」

「え……いや……」

さすがに自分も食べたことはない。だって血だぜ？

「ほら、あんたも知ったかぶりじゃない。やだやだ、トップに立つ魔王様が知ったかぶりなんかしちゃって」

「ぐぬぬ……」

後で絶対泣かす。

「――ふふっ、まあいいわ。あたしが奢る。ミトラちゃん何食べたい？」

と言ってガマ口を開けるシーナ。中には魔族の通貨であるロキアル銀貨が十枚以上入っていた。あれだけあれば服を買ってもお釣りがくる。

「わたしはグレープが欲しいです」

とミトラはグレープを店員の女デーモンから受け取った。

「あたしはイチゴ、アーヴィンは？　一応聞いといてあげる」

乗ってるな、調子に。

「じゃあオレもイチゴで」

「あら、あんたならブラッド選ぶと思ってた」

「気になるけどこんなところで冒険できるか」

前にブラッド味のクレープを食べたオークがいた。そいつは「あれは二度と喰いたくない」とマジメな顔で言っていたので、さすがに奢りとはいえ手を出す勇気はない。と思っていると「へぇ……アーヴィンもイチゴ好きなんだ……」と隣でなにやらシーナが呟いていた。

一口かじる——うまい。クレープなんて久々に食べた。

「あの魔王様……一口ください」

もじもじ、とミトラ。

「イチゴ欲しいのか？」

「魔王様のものならなんでも——代わりにグレープあげますっ」

実はグレープ味も少し気になっていた。「じゃあ」と持っていたクレープを差し出すと、かぷっ、とミトラは一口齧った。

「じゃあお返しに」

と今度はミトラが差し出してくれたグレープ味のクレープを齧る。……これもうまい。

「あっ、魔王様、頬にクリームが」

「え？」

「とってあげますね」

指先でぺろっと頬を撫でられ、そのままクリーム付きの指をパクッとくわえた。

「えへへ、ちょっと魔王様の肌の味がします」

いたずらを成功させた子供みたいにミトラははにかんだ。

「ずいぶん楽しそうね」

それを見ていたシーナはジトっとした目でこちらを見つめてくる。

「まあ久し振りに食べたしな、城下町だって誰かと来たの久し振りだし」

「そういう意味じゃないんだけど……」

また何やらぶつぶつと呟いている。

「せっかく来たんだからお前も楽しめよ。城下町初めてなんだろ？」

じっとこちらを見つめてきたかと思うと、「よし」と意を決したように頷いたシーナは、

「じゃああたしのも一口あげる」

「え？」

なんでそういう話になるのか。

「え？　じゃないわよ。いいでしょ？　あたしもそれ食べたいの」

ツンとそっぽを向きながら、クレープを差し出してくる。だからそれがよくわからない。

「オレとお前、同じイチゴ味だろ」

「え？　あ――」

なぜかシーナは頬を赤くし、

「いいから食べなさい！」

「ちょ、な――うぼっ！」

無理やり口に突っ込んできた。息ができない。殺される。

「う……ぼぉ……ぐ、ごくっ……っはぁはぁ」

喉(のど)の奥に直接クレープを突っ込まれた。ギリギリ呑(の)み込めて助かった。

「シーナさんずるいです！　わたしももう一口あげます」

「え？　いや、待て待て──ぐほっ！」

なぜミトラが対抗するのか！

さらに負けじとシーナもクレープを持って、

「今日はあたしがお詫びするために来たんだから、あたしのも食べなさい！」

「どういう、理屈──ぐほっ！」

アーヴィンの口に二つのクレープが突っ込まれる。殺される。

「ずるいです！　もっとわたしのも」

「これはお詫びなんだからミトラちゃんはどいて──きゃ」

二人がもみくちゃになったせいでバランスを崩した。そのせいで持っていたクレープを滑らせ──二人の顔と服に白いクリームが付いてしまう。

「うぅ……クリームがべちょべちょですぅ」

「アーヴィンのせいよ！」

「理不尽だろ！」

殺されかけた挙句冤罪を吹っ掛けられるなんて聞いたことがない。

「ったく……しゃあねぇ、さっさと洋服屋行くか。お前らの分もそこで買えよ」

どちらにせよこのままじゃ街を歩けない。

「そうしますぅ」

「あたしも服買っていいの？」

真顔できょとんとされてしまった。

「お前、こっちに来てからロクに服着替えてないだろ。いい機会だからオレがなんか買ってやる」

「奢ってくれるの？」

「クレープくれた礼だ。言っとくけど安いのだけな」

ロキアル銀貨を六枚ほど持ってきているから、一着くらいなら余裕で買える。

それとも『あんたに奢られるくらいなら、あたしが自分で買う』とか強気に言い返してきそうだ。それならそれでもう好きにしろ、と言いたい。

だが、意外にも、

「あ、ありがと」

と視線を逸らしながらも、素直にそう言った。

（なんだか気味悪いな）

植物園での事件以降、なんだかシーナが丸くなった気がする。魔王軍に来たばかりの時のような棘がなくなっている。

ミルヴァーに変な薬でも飲まされたか。

持っていたクレープを全て食べ終えるとほぼ同時に、洋服屋に辿り着いた。

アンティークな木造建築の建物だ。中に入ると、ふんわりと天然の芳香剤の香りが漂ってきた。この匂いはグリーンハーブだろうか。

店のカウンターには老デーモンが椅子に座って船を漕いでいた。

「なんだか、変わった服が多いわね。これなんて背中に穴が空いてるし」

いつの間にかシーナが並んでいた服を手に取っていた。行動が早い。

「それはデーモン用だ。その穴は背中の翼を通す穴だよ」

「あたし生えてないけど？」

「知らん」

元人間だから種族的にはデーモン族ではない。思えばシーナは何の種族の魔族に属するのか。

「わたし着替えてきますね！」

こちらも行動が早い。すでに何着か手に持ってミトラはフィッティングルームに入って行ってしまった。

「……あんたってさ、ミトラちゃんにすごく慕われてるわよね」

服を選びながらシーナが突然そんなことを呟いた。

「慕われてる——っていうか、まあ旧知の仲だしな。もう百年くらいか」

「あんたはさ、ロクでもないぐーたらで、いつも遊んでるか引きこもって寝てるか、しかしてないどうしようもない奴だけど」

「なんでいきなりディスられた？」

「——けど、悪い奴じゃないのよね」

何が言いたいのか。訊ねる前にシーナは答えた。

「魔王軍のオークたち。そいつらから結構あんたの話を聞いたりもしたんだけど、みんなあんたのこと、悪く言ってる奴はいなかったわ」

「そりゃ意外だな。結構嫌われてるかと思ってた」

「嫌ってたら、軍なんてすぐに辞めて出て行ってるでしょ。それでも残ってたってことは少なくともあんたのことを魔王と認めてたのよ」

「オークたちが？　オレのこと？」

「そう。なんでこんな奴のこと——ってずっと思ってたけど、昨日あの後思ったの」

あの後——植物園での事件の後だろうか。

「あんたは困ってる人がいたら自分のことを多少犠牲にしても助ける——いい奴だって」

「そうか?」

自分でも自分のことはよくわかっていない。だが目の前で助けられる命があって、そんなに手間がかからないなら、手を差し伸べるくらいはする。見捨てたら後味が悪いから。

「そう思ったら、最初に会った時もそうだったなって。砦で崩落した瓦礫からあたしを守ってくれたでしょ」

そういうこともあったな。今となっては懐かしい。

「お礼言ってなかったね――ありがと」

そんなしおらしいセリフがシーナから出て来るとは思ってなかった。本当にミルヴァーに薬を飲まされたんじゃないだろうな。

「な、なんだ? 要件はなんだ? まさかロキアル銀貨三十枚相当の高級服を買おうってんじゃ――」

「あんたね……お礼くらい素直に受け取りなさいよ――あっ、これなんかいいんじゃない?」

シーナが手に取ったのは一着の黒いローブだった。

「そういうのを着るのが好みなのか? へぇ、オレと趣味が――」

「ち・が・う! あんたの服でしょ! 元々ここに来たのはあんたのためなんだし」

そういうことか、と言われてローブを受け取り体に当てる。

「……まあ似合うんじゃない？　合わせてきたら？」

「いやいい——おばちゃん！　これくれ」

あいよ、とカウンターから老デーモンがやってくる。

「いいの？　そんなあっさりと」

「いいよ、お前が選んでくれたんだろ？　じゃあそれでいい」

と言うとなぜかシーナはきょとんとして「しょ、しょうがないわね。じゃあそれ買ってあげる」とやってきた老デーモンに銀貨を渡した。

「あんたって、それナチュラルで言ってるのね」

「なんのことだ？」

シーナがため息を吐いていると、シャッとフィッティングルームのカーテンが開かれた。

「着替えてきましたっ。魔王様、どうですか？」

ミトラが着たのは青のホットパンツにワンポイントTシャツ。ふむ、いつも元気なミトラにはぴったりだ。

「いいんじゃないか、子供っぽくて」

「あ、ちょっとバカにしました？」

「してねぇよ」

いいと思ったのは本当だ。

――シーナはというとまだ服選びで悩んでいた。

「別にバカ高いものじゃないならなんでもいいぞ」

「ねぇ、あたしってどの種族の魔族に見えるのかしら」

「さあ、デーモン族にしては翼も角もねぇし……どっちかっていうとちょっと色白のダークエルフじゃないか？」

ダークエルフは基本褐色肌だが、個人差もあり、人間の肌の色に近い人もいる。

「じゃあ、ダークエルフの服ね……うっ、いや、郷に入っては郷に従えって言うし……」

何をぶつぶつ言っているのか。シーナの体に隠れてどんな服を取ったのか見えなかった。

「じゃあ着替えて来るわね」とそそくさとフィッティングルームに向かい――。

――ほどなくして出てきた。

「ど、どうよ」

「ぶっ」「うわぁ」

ぶっ、はアーヴィン。うわぁ、はミトラ。

完全に予想外だった。思わず噴き出してしまった。

シーナが着てきた服はあまりにも露出度が高かった。

淫紋丸見えのヘソ出しワンピースで、スカート部分には縦に切れ目が入っており、超ミニになっている。風でも吹いたらパンツラインが見えてしまいそうだ。

確かにダークエルフが着ていそうな服だが……。

「なによっ、あんたがあたしのことダークエルフっぽいって言ったんじゃない」

「いや、そうだけど……」

目のやり場に困る。際どいラインだけじゃない、つい見えてしまう自分が付けたあの淫紋がちょっとえっちだ。それに、胸部分も谷間が大きく見える薄地の服だ。意外と胸あったんだな、と今更ながら再認識してしまう。

そんなドキドキしているアーヴィンをミトラが見逃さなかった。

「う～、魔王様を誘惑するなんて許さないです。わたしもそれ着ます！　大人のれでぃになります！」

シーナと同じ服を取り、さっとフィッティングルームに入ってしまうミトラ。衣擦れ音の後、ミトラがシャッと出てきた。

「どうですか」

「………」

なんというか、その……。

「……ミトラちゃん、もうちょっと大きくなってから着ましょうね」

「ひどいです！」

シーナがそう言ってしまうのも無理ない。ミトラにも合う小さめのサイズを着たのか、一応着れてはいるが——それでもぶかぶかだ。

超ミニだったはずのスカート部分は完全に普通の丈になっていたし、谷間が強調されるはずの胸部分も、ペタンとした胸に吸い付くようにしわしわになっていた。

「心配するな、これからだから」

「どこ見て言ってるんですか！」

胸を見てたのがバレたらしい。

「なに子供に欲情してんのよっ」

「いてっ、つねんな——あっ」

と、床に落ちていた服に足を取られた、バランスを崩したアーヴィンは——なにやら柔らかくて温かい谷間へと顔をうずめてしまう。なんだこれは。

押し退けようとして、手を突き出す。むにっ、丸いものを触った。しかもそれが二つある。

あ——これは。

「なに感触味わってんのよ！」

「ぐはっ」

容赦のない膝蹴りが鳩尾にクリーンヒット。吹き飛ばされたアーヴィンは今度はミトラの胸へとダイブした。あ、ない。

「魔王様、いいですよ。ちゃんと味わってください。胸ありますからっ」

ごめん、ないわ。相対的に見て、ない。

「ちょっと！　どさくさに紛れてミトラちゃんの胸を——」

シーナが引きはがそうと、アーヴィンの肩を持った時だった。

「あの～」

カウンターに座っていた老デーモンが杖を突きながら、歩いてきて、

「遊ぶんなら店の外でしてくれんかの」

「「……ごめんなさい」」

結局、アーヴィンの服は買えたものの、シーナとミトラの服は一切買えなかった。

「どうするんだ？　お前ら」

「いいわよ別に、目的は達成したんだし——その、今日はちょっと楽しかったし」

「わたしはまた今度来たいです。今日はもう疲れちゃいました」

そうか、じゃあまた来週に――。

そう言いかけると――突然辺りが少し暗くなった。分厚い雲が日の光を遮ったのか、と空を見上げると、

「……え？」

信じられないものがそこに飛んでいた。

ドラゴンだ。それもミトラみたいな小さい個体ではない。レンガ造りの一軒家ほどの大きさがあるドラゴンだ。そのドラゴンが城下町を低空飛行し――城の方へと飛んで行った。

同時に強い突風が吹き「きゃっ」とミトラが慌ててワンピースのスカートを押さえた。

「白銀の鱗……？　あれって確か」

遠目でもわかるくらい銀に輝く鱗。どこかで見たことがある。

「あれ……？　ファーヴニルおじさま？」

ミトラがそんなことを呟く。

「え？」

龍王ファーヴニル。

北の山脈――ボルケル山脈のドラゴンズバレーに住む龍族を束ねる龍の王。

それは人間の世界では御伽噺になっている伝説の存在の龍だった。

ファーヴニルが最後に城に来たのは今から百年ほど前、まだアーヴィンが小さい時だった。だからほとんど覚えていないが、父親オルヴェインと人型になったファーヴニルが何やら話している場面だけは覚えている。

内容までは知らない。それ以降は一度も会っていない。

ただ龍族と魔族の間には協定がある。

『魔族、龍族、そのどちらかが人間によって領地を脅かされた時、お互いに協力し、人間に対抗する』

この百年間一度もそのような事態になったことはなかったので、今でもその協定が有効なのかわからない。そもそも協定は先代魔王オルヴェインと龍王ファーヴニルの間で取り決められたものだ。その子であるアーヴィンには何の引き継ぎもされていない。

（城に何の用なんだ？）

不安になりながらも、アーヴィンは城に帰ってきた。

ミトラとシーナも後ろからついてきた。

「ファーヴニルってあたしでも知ってるわよ。子供の頃に絵本で見たもの。ミトラちゃんの知り合い？」

「はい、知り合いというか、わたしの育ての親みたいなものです」

「そうなの？」

人間だったシーナにとってファーヴニルは伝説の存在だ。純粋に気になるのだろう。

アーヴィンは城の門番であるオークから『龍の方が来てたので玉座の間にお通ししました。いや～でっかいっすね』と報告を受けたので、そのまま真っすぐ玉座の間へと向かっていった。

一応龍族が通れるように玉座の間への廊下は広くしてある――が、よく見ると絨毯には巨大な龍の足跡が残っていた。自分の体がまるまる収まるほどでかい足跡だ。

突き当たり――アーヴィンは玉座の間の大扉を開けた。

「え？」

初めに目に飛び込んだのは銀色の壁だった。だがすぐにそれがファーヴニルの背中だと気付いた。目の前で尻尾が動き、ずずんと軽く地面を揺らす。

ぐるっと首がこちらを向く。

「来たか。魔王の子よ。待ちわびたぞ」

龍王ファーヴニル。まるで深山幽谷のごとく、静かで巨大だった。目の前で鎮座しているだけだというのに、その銀色の双眸に睨まれただけで萎縮してしまう。

人をいともたやすく引き裂けるほど鋭い爪、龍王に相応しい一対の巨角。口元で煌めく白い牙、そのどれもが恐ろしくもあり——美しくもある。

(こいつがファーヴニル……)

目が合って何も言えなくなってしまった。このまま『この我を待たせよって!』とか言ってバクンとこちらを食べてこないだろうか。普通に怖いのだが。

「おじさまっ! お久しぶりですっ」

ドロン、といつの間にかミトラが人間姿からミニドラゴン姿へと変わっていた。パタパタと小さな翼を動かして、ファーヴニルの顔へと近づいていく。

「おお、ミトラや。元気にしとったか」

「はいっ、毎週手紙読んでくれてますか?」

「よしよし、しっかり読んでるぞ~。いつも楽しそうな内容ばかり書いてくれていたな」

(なにこの変わり身!?)

まるで孫を可愛がるおじいちゃんのようなデレデレっぷりだ。あの威圧感のあった表情と双眸が、デレ~と破顔してしまっている。なんだかキモい。

「──して、魔王の子よ。今日は一つ聞きたいことがあってここに来た」

（また変わった⁉）

忙しい奴だ──聞きたいこと？

「なんだ？」

「魔王の子、人間の娘に軍を掌握されていると聞いた。それは真か？」

「あたしのこと？」

シーナが自分を指差して首を傾げた。確かにそれはシーナのことだ。

「ほう……貴様がそうか」

そのまま殺しそうなほど凶悪な目だ。本当に喰ってしまいそうだ。

「ええ、だからなに？」

腕を組んで逆に睨み返すシーナ。豪胆な性格だ。よくもまあそんな態度が取れるものだ。

「……魔族の秘術を受けているようだが、やはり人間……」

シーナの体を舐めまわすように見つめると、今度は再びアーヴィンの方を向いた。若干ビビるから真っすぐ見つめないでほしい。

「魔王の子、貴様には魔族の誇りはないのか？　人間に城を掌握され、あまつさえそれを放置している事態に、貴様は何も感じないのか？」

痛いところを突かないでほしい。

めちゃくちゃ悔しいし、こいつに『ははーっ、魔王様ーっ』と言わせたい——が、現状でそれを望んだら一蹴されるだけだ。

アーヴィンは精いっぱいの強がりを言った。

「ま、まあこいつがイキれるのも今のうちだけだしな」

「誰がいつイキったのよ」

ジト目で見られるが無視だ。

「……やはり魔族と人間のハーフか。その思考はまるで父親とは正反対だな」

「え？　ハーフ？」

シーナがきょとんとした目で見つめてくる。こいつにはそのことを言っていなかった。

「——時にミトラよ。お前だけに少し話したいことがある。いいか？」

「はい、構いませんよ——魔王様、いいですか？」

イノセントな瞳でこちらに訴えかけてくる。別に構わない。

「行ってこい。久々に会うんだろ」

「では、外へ。久しぶりに一緒に空でも飛ぼうか」

「はいっ、では魔王様行ってきます」

ずん、ずん、と地響きを鳴らしながら、ファーヴニルはミトラと共に玉座の間から出て行った。

「……あんた。ハーフだったの？」

残されたシーナがそんなことを訊ねてきた。

「ああ、それがどうした？」

「あ、いえ、魔族と人間のハーフって珍しいのかなって思って」

「珍しいって言えば珍しいな。まず出会いがないだろうし」

「聞いていい？　ご両親ってどうやって出会ったの？」

純粋な興味だろうか。そう訊ねてくるシーナに他意があるように思えなかった。だから別に話すことに嫌な感情はなかった。

「子供の時聞いたけど、母さんと親父が出会ったのはワルドー山脈の森の中だってよ。遭難してた母さんを親父が助けたって――まあよくある話さ。それよりお前はどうなんだ。そういやお前のこと、団長の娘ってことくらいしか知らねぇ」

確か王都聖騎士団の団長の娘らしいが、それ以外の情報は全く聞いていなかった。団長の名前はダリウスとかいう名前だった気がする。

「あたしなんて別にそんな言うほどのことはないわ。団長の娘ってだけよ」

「仲よかったのか？」

「悪くはなかったわ。騎士団学校に行く前からよくお父様に剣の稽古をつけてもらってた」

「お前が剣だけならバカ強いのはそれのせいか」

未だにレイピアを構えて突進してくるシーナの姿が脳裏から離れない。

「ふふ、まあそうね。でも好きなところもあるけど——ちょっと嫌いなところもある」

「まあ父親っていったら、加齢臭がするものだ。家にいるだけでウッと顔をしかめそうになるくらい臭いがヤバいし、それに普段から汗臭い場合は特に——いてっ」

「そういうんじゃない」

後頭部にチョップされた。なんだ？　そういうお年頃だろう。こっちの親父の場合はひどかったぞ。

「——あたしとスヴェンの婚約を後押ししたのお父様なの」

シーナが視線を落とし、

「最初は確かにスヴェンの告白からだったけど、その時はまだ保留で——しばらくしたらいつの間にかスヴェンとお父様が仲良くなってて、なし崩し的に決められて、断れない雰囲気になってた」

「将を射んと欲すればってやつか」

「お父様は馬じゃない」

そこはツッコむところじゃないだろう。

「――悪いのはスヴェンだけど、その本質に気づけないお父様もお父様だし、あたしもあたし。文字通り馬鹿なの」

「やっぱり馬か」

「悪ノリしないで、真剣に話してるんだから」

最初にふざけたのはシーナでは？

「……でも、お父様ならスヴェンを裁けるかもしれない」

「不貞行為のことか？」

「そう、どこでもいいからお父様に会ってスヴェンのことを話せば……」

魔族になったからといっても娘の言葉なら信じるだろう。

「それでいいのか？　一発殴りたいんだろ？」

「あいつを騎士団から追い出してからでもボコボコにできるわよ」

一発じゃないの？　ボコるの？

「あたしはどうしても王都に帰らなければいけないの」

「じゃあオレが連れて行こうか？　前みたいに空飛んで」

「無理よ。あんたがアルカティアの街に現れてから、きっと警備は厳しくなってる。飛んでいっても見つかるわ」

「え？　最近王都で買い物してきたけど」

ミルヴァーの頼み事で魔法の苗木を買いに行った時だ。

「行ったの!?」

「まあ確かに警備は厳しかったけど、裏通りに降りてそっから歩いて行ったら——」

「でも無理よ。スヴェンがお父様の周りを警戒しないわけがない。スヴェンの息がかかった騎士が周りを固めてる。見つかったらお父様に会う前に拘束されて口も利けなくなる」

スヴェンの不貞行為を知るシーナを生かしておくわけがないだろう。仮に強引にアーヴィンが団長ダリウスの前にシーナを連れて行っても、『お前、洗脳されているのか』と取りあってはくれないだろう。

「いつか、チャンスはくるわ。そのためにあたしは魔王軍を——」

と言いかけてシーナは口を噤んだ。

「どうした？」

「……最近わからなくなったの。最初はあたし、魔王軍にいる奴らなんて別にどうなってもよくて、都合のいいコマとしか思ってなかった」

初耳だ。ひどい言われようである。

「けど、あんたや他のオーク、ダークエルフやバンシーたちと話してるとね、この子たちも人間と変わらない一つの種族なんだなって思った」

「……」

アーヴィンが黙っているとシーナは続けて言った。

「魔族と魔獣の違いも知らなかった。あたしたちの国では魔族は二足歩行、魔獣は四足歩行の獣だとしか教えられなかったから」

魔族はオークやデーモン族など、人と話すことのできる知識を持った種族、魔獣は魔族、人間問わず襲い、言葉を話さない狂暴な種族だ。基本魔獣は犬型の獣だったり、四足歩行が多いが、中にはワーウルフなど二足歩行もいる。

「あたし、わからなくなった。この軍をスヴェンへの復讐の道具にしていいのか、私怨のために動かしていいのか――そんなことしたらあんたが許さないでしょ？」

「まあ、な」

最初はシーナなんかにオークたちが従うものか、と高を括っていたが、あの統率力を見るに、現実的なものになっていた。

シーナが強行手段に出るならアーヴィンは魔王の力をもって全力で止めるつもりだった。

「あたしはどうしたらいいの？　このままじゃいけないのに……」

「まあでもそういうことか」

今日街中でクレープを買った時や服を買いに行った時も思った。シーナの棘が抜けて丸くなったと思っていた。

シーナは魔族たちを『いい奴』だと思ってくれていた。それはいいことだし、正直嬉しい。

「少しはオレも協力してやるよ」

「え？」

シーナが顔を上げた。その眼は少しだけ潤んでいた。

「お前のことやっとわかった気がする。スヴェンって奴も個人的には気に入らないし、お前もほっとけねぇしな」

これは本心だ。できることなら協力する。

「アーヴィン……」

なんかマジっぽい視線を向けられた。恥ずかしくなって、ぷいっとそっぽを向き、

「か、勘違いするんじゃねぇぞ。別にオレはお前のこと認めたわけじゃないからなっ」

なんて言ってると、なぜかシーナが「ふふっ」と笑い、

「アーヴィン、あんたって本当に――」

「なんだよ」

言いかけてシーナは「なんでもない」と今まで見たことがないような柔らかい笑みを浮かべた。

（変な奴）

とその時だった。

ごごん、と玉座の間の大扉が開いた。丁度扉の前に立っていたアーヴィンはその音にちょっとだけびっくりした。

入ってきたのはミトラだった。

正直、何を話したのかすごく気になる。だが最初にかける言葉はこれだろう。

「久しぶりにファーヴニルに会って楽しかったか？」

「……」

なぜか暗い表情で俯いていた。

「どうした？」

「……ごめんなさい。今日はもうこれで……部屋に戻ってますね」

ミトラはかたくなに目を合わせようとしなかった。ぺこりと一礼だけすると、ミトラは扉を閉めて、玉座の間から去っていった。

「ミトラちゃん、どうしたのかしら」

シーナも心配そうに呟いていた。

「——ファーヴニルってミトラの父親代わりなんだよな」

「そうなの？」

ミトラの父、母共にすでにこの世にいない。母はミトラの卵を産んだ時に死んでしまったらしい。父はその後を追うように病気で亡くなったと言っていた。

その後、ミトラの面倒を見てきたのは当時から龍王だったファーヴニルだった。ミトラにとって父代わりの存在だろう。

「仕方ねぇよ。ミトラだって年頃なんだ」

「どういうこと？」

「加齢臭がきつかったんだろ。久々だしな、ミトラもさすがに——いってぇ！」

グーだった？　今完全にグーで殴らなかった？

「殴るわよ」

「殴りましたよね⁉」

「マジメな話でしょ？　ミトラちゃんがあんなに落ち込んでるの初めて見たわ」

あまり見ることのない表情だったが、アーヴィンはあまり心配していなかった。子供の頃から気分の浮き沈みが激しかった。

(明日にはケロッとしてるだろ)

だから今回もたまたま気分が沈んでいただけかもしれない。ファーヴニルとの別れが寂しくて引きずっていたとも考えられる。

だから大丈夫だろう。

——そう思っていたのに。

ミトラはその時以来、部屋に閉じこもってしまった。

第四章　ＴＲＰＧならラスボスは絶対に逃げない

ドラゴンズバレー。

龍たちが住むその谷は大地の傷痕とも呼ばれていた。山の一部が縦に割れ、龍たちは壁に作った横穴にそれぞれ巣を作って暮らしていた。

ファーヴニルは魔王城から真っすぐこのドラゴンズバレーへと戻ってきた。

それでも丸一日以上かかった。一日経った現在、夜中だった。

（やはり今の魔王軍はもはや百年前とは違うのだな）

それは失望だった。当時、栄えた魔王軍の力は現在、見る影もない。

魔族は強き者こそ、絶対なる支配者。弱い者に周囲が従うわけがない。人間に従うということは、魔王は人間よりも弱いということになる。

（ミトラをあのまま置いておくこともできんな……）

翼を畳んだファーヴニルは巣穴で体を丸める。

ふと空を見上げる。

ただの夜ではない。月が見えないほど厚い黒雲で覆われている。不気味だ。見上げているだけで心が不安になる。こんな不気味な夜は初めてだ。

「む……」

妙な臭いがする。焦げ臭い。何か藁か木でも焼けたような――。

ぐるぁぁぁぁあぁあっ！

咆哮。これは仲間のドラゴンの咆哮だ。

「どうした！」

怒り狂ったような叫び声が至る所で聞こえる。こんな事態は初めてだ。見渡せば周囲の横穴から煙が出ている。

「ファーヴニル様！　敵襲です！」

一頭のドラゴンが翼を広げて目の前にやってきた。

「敵襲だと！　どこの誰だ！」

「魔族です！　先ほどオークらしき人影が卵を持って森の方へ……」

「魔族だと！　まさか――」

魔王軍が？　そんなことをするのか？

「こっちは子供を攫われた！」「火を点けられた！」

ドラゴンたちはパニック状態になっている。何頭も巣穴から出て、火を噴いている。

「この暗さを利用したようです。犯人は交戦せず卵と子龍だけ奪って逃走したようです」

「ええい！　許さぬ！」

どこの魔族か知らぬが、この誇り高きドラゴンを敵に回したことを後悔させてやる。

ファーヴニルは飛翔し、ドラゴンズバレー周囲の森へと向かい、

「かあぁぁぁあっ！」

森の上から炎を吐く。辺り一帯を焼き尽くし、焙り出してくれる！

しかしいくら焼いても、魔族の声一つ聞こえてこない。逃げたのか。速すぎる。いや、火を点けたのは時間を誤魔化すため、燃え広がる時間を調整して火を放ったのかもしれない。

だとしたら犯行はもっと前――。

「ファーヴニル様！」

一頭のドラゴンがファーヴニルを追ってきた。その爪に何かをつまんでいる。

「これを――これは魔王軍のオークの鎧です」

「っ」

擦り切れたレザーアーマーは先代から使われているオークの軽装だ。これを持っている

のは魔王軍以外ありえない。

魔王軍。これを脱いで身軽になって逃げたというのか。卵と子龍を奪うために――。

「許さぬ……ぐるあああぁっぁぁあっ！」

ファーヴニルの悲痛な咆哮はドラゴンズバレー中へと響いた。

※

城が騒がしい。

エントランスまで行くとオークたちがひっきりなしに駆け回っていた。何か慌てている様子だった。

（まさか……）

最悪のシナリオが頭をよぎる。

――まさか……食堂のパンが売り切れになったのではないだろうか。ダークエルフやバンシーなど雇い入れたせいで食料が足りなくなった可能性がある。急いで食堂に向かわなければ。食堂はオークの修練場へ行くまでの廊下にある。

とアーヴィンは腹を満たすべく、オークたちに続いて廊下を歩いていると、

「アーヴィン！　今起きたの!?」

シーナが息を切らして駆け寄ってきた。

「お前も朝メシ食べ損ねた組か、くそー、こりゃ城下町で食べないとダメか」

「なに言ってるの？　いいからちょっと来なさい！」

「ちょ、なにすんだ！」

襟首を摑まれてアーヴィンはずるずると引っ張られる。

連れてこられたのは修練場の脇にある部屋――作戦会議室だった。ほとんど使ったことがなくて物置状態だったのに、いつの間にか中央に地図が置かれたテーブルに黒板と立派な作戦会議の場になっていた。

「アーヴィン様、ようやく起きたのでございますか」

「あれ？　なんでミルヴァーがここにいんだ？」

中ではミルヴァーがテーブルの前に立っていた。

「呼んだの、魔道研究所所長としての意見も欲しかったから」

「何があったんだ？」

「これをご覧になったほうがよろしいかと――キラーアイ」

とミルヴァーが言うと、テーブルの下からキラーアイが這い出て、壁に映像を映し出した。

「これは本日の未明の映像でございます」

録画機能ってあったのか、とアーヴィンは初めて知った。

その映像には北方砦の姿が映っていた。砦の外観だ。森に囲まれた砦で、映像の手前には湖が映っている。北方砦は湖が側にあるのが特徴だ。この映像は湖越しに遠目で撮られた映像らしい。

「シーナ司令に言われ、オークたちの勤務態度を監視するために子機を派遣したのでございます」

「そんなことしてたのか」

丁度ワルドー山脈とボルケル山脈の境辺りにある魔族の砦だ。あまりにも辺境過ぎて、警備に行きたくない場所ナンバーワンに選ばれていた。

「アーヴィン様はこれより北にドラゴンズバレーがあるのをご存じでございますか？」

「そりゃ、ミトラの故郷だしな」

南北に延びるワルドー山脈と東西に延びるボルケル山脈は丁度『T』字の形になるように重なっている。山脈がクロスしているところにドラゴンズバレーがある。

「――そういや、ミトラは？」

起きてから見てない。

「……アーヴィン。今はこっちの話を先にしましょう」

「あ、ああ」

「映像はここからでございます」

ミルヴァーがそう言った瞬間だった。

映像でけたたましく警笛が鳴らされたかと思うと――。

――辺り一体が突然火の海に包まれた。

「なっ」

その後、オークたちの雄叫び――いや悲鳴が聞こえ、その数秒後に映像は途切れた。

「この映像の少し前を見て」

映像は少し戻され、火の海になった瞬間で止められた。

「ここ――湖に何か反射して映ってない？」

砦にかけられた火が明かりとなって、水面に空が映し出されていた。その中央――何かが飛んでいる。

「これ……ドラゴンだろ」

ファーヴニルかどうかはわからないが、巨大な翼に角、その体の大きさはただの鳥ではない。ドラゴンだ。

「やっぱりそうよね――あたしはこの火はドラゴンが放ったものだと推測するわ」

「バカな！　理由がない」

「けど映像では火は上空から落ちてきてる。そんなことある？　ドラゴンが上空にいて、火はその方向から落ちてきていた。状況証拠としては十分だけど」

「……ならなんで」

ファーヴニルは承知なのか？　それとも一部のドラゴンが何らかの理由で焼いたのか。

「――では司令。私めはワルドー山脈前線砦に行ってまいりますので」

とだけ告げるとミルヴァーは翼を広げて、作戦会議室の窓から城の外へと飛び立っていった。

「ドラゴンが侵攻してきてるってのか？」

「確証は持てないわ。他のキラーアイの映像を調べたけど、ドラゴンの姿は見当たらなかった。でもこれは本日の未明に撮られた映像で、もし侵攻してきていたら次の標的は――」

「前線砦か」

ドラゴンが魔王軍へ侵攻してきた場合、そのままワルドー山脈を南下すればワルドー山脈前線砦がある。シーナと初めて出会ったあの砦だ。

龍族が無視して魔王城へと向かってくる可能性もある。だが、途中にある砦を放置することは相手にとってもリスキーだ。十中八九、砦は攻撃される。

「空を飛べるドラゴンに対抗できるのはデーモン族の魔法か弓だけ。オークの弓兵部隊は先に砦に向かってるわ」

「じゃあこっちはこっちで――え？　誰だ？」

と言う途中、扉から物音がした。アーヴィンだけが聞こえる程度のかすかな音だった。

動揺したかのようにガタンと音が鳴り、逃げるように走り去っていく音が聞こえた。

「おい誰だ！」

誰かが聞き耳を立てていた？　慌ててアーヴィンは扉を開け、外に出る。

廊下の角を誰かが曲がるところが見えた。一瞬だけだが、龍の尻尾と見慣れたワンピース姿が目に映った。

「ミトラ……か？」

「どうしたの!?」

続いてシーナも驚いた様子で廊下に飛び出てくる。

「ミトラだった。立ち聞きしてたみたいだ」

わざわざ部屋に入らず盗み聞きするような真似をする意味が分からない。別に入ってきても拒みはしなかった。

「…………」

「？　どうした？」

なぜかシーナは俯いたまま、眉をひそめていた。言うべきか、言うまいか迷っているような表情だった。

「あの……アーヴィン。こんなこと、言いたくないけど」

「なんだよ」

「龍族が襲撃したのは、本日の未明。二日前には城にその龍族の長が来ていた」

「ああ、そうだな」

なんだ。何を言おうとしているのだ？

「アーヴィンも知っているでしょ？　ミトラちゃんとファーヴニルが一対一で話し終えた後、ミトラちゃんの様子がおかしかったこと」

「お前、まさか――」

ドクンドクン、と胸の鼓動が高まる。こいつは――。

「ミトラちゃんはファーヴニルと内通しているかもしれ――」

「そんなことあるわけないだろ！」

無意識の内にアーヴィンはシーナの胸倉を掴みあげていた。肩で息をする。体が熱い。

「あたしも、信じたいけど。――それに昨日は丁度、城でエンチャントしたオーク用のライトアーマーを届けた日だったの。北方砦は遠いから最後になっちゃったけど」

最近、シーナはオークの鎧をライトアーマーにしようと計画していた。魔道研究所へエンチャントを頼みに行ったり、本格的に力を入れていた。

「それと何の関係があるんだよ」

「同時に警備の人員も入れ替えたのよ、交代の時期が近いし、丁度いいタイミングだったから。だから砦の警備は一時的にゆるくなってたと思う」

「じゃあその情報をファーヴニルに流して、襲撃させたってのか？」

「偶然かもしれないけど、ミトラちゃんはファーヴニルと何があったのか、話さないし、何か隠しているみたいで……」

ミトラが裏切った。そんなわけがない。

「オレがミトラに確かめて――」

「待って！　このことを知ってるのはあんたとあたしだけ。最悪、ミトラちゃんはファーヴニル相手の交渉――ううん、とにかく今言いに行ってもはぐらかされるだけよ」

――ミトラなら、本当に言いたくないことなら絶対に言わないだろう。そういう奴だ。

「とにかく様子を見ましょう。今は情報が足りないわ。侵攻してきたとしても防衛を固めるしかない」

　本当にドラゴンが襲ったのか、映像だけではっきりとわからなかった。ただドラゴンズバレーが近いから映り込んだだけかもしれない。別の襲撃者かもしれない。

「一週間だ、それだけ様子を見る。何もなければ、杞憂だ」

「うん、そうだといいわね」


　──しかしそれは杞憂にはならなかった。

　同日、ミトラは行方不明になり──。

　そして翌日、ワルドー山脈前線砦がドラゴンの軍勢に襲われ──砦は陥落した。


「これじゃミルヴァーは生きてるかわからない。映像じゃ最後まで戦っていたみたいだけど」

　深夜。キラーアイによる映像を見る限り、同日昼から夜の間まで戦闘は続けられていたらしい。

　現在会議室にはシーナとアーヴィンの二人しかいない。

「城下には避難命令を出しましょう。夜の内に進軍してくる可能性はあると思う？」

「魔王城での戦いを決戦と考えてるなら、おそらくない。夜の内に戦いの傷を癒して、進軍は明日の朝になるだろうな」

「――同意見よ。まだこっちも迎え撃つ準備を進められる。龍族が朝、進軍したとしてどれくらいで城に着きそう？」

「あいつらの翼なら半日くらいか？」

ファーヴニルならもっと速く飛べるだろうが、普通の龍族ならそれくらいだろう。

壁にもたれかかったアーヴィンはぎゅっと下唇を噛んだ。

ワルドー山脈前線砦も龍族に襲われた。

キラーアイの監視映像を見て疑惑は確信に変わった。

ドラゴンたちは魔族に何の通告もなしに攻めてきている。理由はわからない、だが次はこの城だ。

「ミトラはどうしてる？」

「依然、行方不明よ。会議室を盗み聞きしてたあの時から、どこにもいないわ。やっぱりミトラちゃんは――」

「そんなわけねぇ！」

ミトラが龍族の襲撃の手引きをしているかもしれない。そんなことがあるものか。

「まだ疑惑だけど、全然ありえることよ」

「じゃあオレが疑惑を晴らしてやる」

アーヴィンは作戦会議室の窓を開け、翼を広げた。

「待って！　どこに行くの!?」

「ドラゴンズバレーだ。ファーヴニルに直接話をつける」

奴自身が前線に出てくる可能性もある。だがそれはかなり低い可能性だ。その間、ドラゴンズバレーは手薄になる。子龍や卵があるのに、それを放置していくわけがない。

今考えればあの日、ファーヴニルが城に来たのもおかしかった。ミトラと話すだけ、シーナのことを見に来ただけでドラゴンズバレーを空けるわけがない。

あれは遠回しな宣戦布告だった――そこにミトラが関わっているなんて考えたくもない。

シーナの制止も振り切って、アーヴィンは飛び立った。

夜の帳が下りる中、アーヴィンは全力で空を飛んでいた。

アーヴィンが何も抱えず魔力を使って全力で飛んだら、ドラゴンの翼で丸一日か二日かかる距離もたった半日で往復できる。

龍族が前線砦から侵攻してくるであろう明日の朝には帰れる。

しかし魔力を消費するから、飛んだあとはかなり疲労が激しくなる。

（ミトラ……）

絶対に違う。空を飛んでいる数時間、ずっと頭の中でミトラを思っていた。

（どこ行ったんだよミトラ！）

胸にわだかまる不安が消えない。

兎にも角にもこのバカげた戦いを終わらせなければならない。

アーヴィンの眼下に大地の亀裂が見えてきた。龍たちが住むドラゴンズバレーだ。

警戒しながらゆっくりと降下していった。

夜目が利くアーヴィンの目には龍たちが住まう横穴がいくつも見える。

（おかしい）

静かすぎる。谷間を抜ける風の音以外何も聞こえない。

アーヴィンは口に手を当て、谷に向かって叫んだ。

「龍王ファーヴニル！　話がある！　オレはアーヴィン＝ロキアル＝レイジィだ！」

返事はない。それどころか物音ひとつしない。あの巨軀の龍なら少し動けば地鳴りくらいするものだが、それすらない。

（まさか！）

慌てててアーヴィンが巣穴の一つを覗く。誰もいない。他の穴を覗く。いない。他を。いない。

「なんで龍が一頭もいないんだ」

どこにも龍の姿がない。

ここにファーヴニルはいない——ならばここに留まる理由はない。

——ファーヴニルは前線にいる。

アーヴィンはすぐさま魔力を解放し、城に向かって全速力で飛んだ。

「頼む……」

——数時間後。

空はすっかり朝日が昇り、明るくなっていた。

その時だった。

遠くの空にワルドー山脈から飛び立ついくつもの黒い点が見えた。十、二十——百はあるかもしれない。鳥にしては大きすぎる。すぐに正体に思い当たる。

「予想以上に早い……間に合うか……っ」

アーヴィンはさらに全力で飛んで行った。

※

「指示に従って、ゆっくり歩いてください！　避難場所は城内です！」

朝一番にシーナはワルドー山脈側の大通り周辺の住民を避難させることに決めた。ここにはアーヴィンとミトラと一緒に来たクレープ屋や洋服屋があった。もしドラゴンたちが攻めてくるのなら、おそらくこの周辺が戦場になるだろう。

だが住民の数からしてすぐには避難できない。すでに何時間も要している。現在昼前だ。防衛準備はできている。街をぐるっと囲む城壁の上には対空魔法を使えるデーモン族を配置している。ドラゴンの数によるができれば街まで侵入させたくはない。

(この城には今あたししかいない。あたしが何とかしないと)

シーナはダークエルフ、オークたちと共に住民の避難誘導をしていた。大通りには子供の手を引くデーモン族や荷物を大量に持って歩くオークたち、その他魔族たちで溢れかえっていた。

「慌てないで、ゆっくり歩いて！　道を譲り合ってください！」

この調子でいけば、昼頃には全員避難できる。アーヴィンが言うにはドラゴンの翼ではここに来るまで半日はかかるらしい。なら十分間に合う時間だ。

「シーナ司令ーっ」

がしゃがしゃと金属製のライトアーマーの音を立てて、一人のオークが大通り脇を走ってこちらに来た。

「どうしたの？」

「はぁはぁ……実はラミアがミトラさんの部屋を掃除していたら机の上に手紙を見つけた、と」

「手紙？　ミトラちゃんの？」

「はい、どうやら魔王様宛のようで」

「貸して」

オークから手紙を受け取った。

それには慌てて走り書いたような文字でこう書いてあった。

『わたしのせいです。ミルヴァーさんと一緒に砦に行ってファーヴニルおじさまを説得してきます。魔王様、くれぐれも先走らないでください　ミトラ』

「ミトラちゃん……」

もっと部屋の中を探すべきだった。答えはこんなところにあった。

これが本当ならミトラは内通者である可能性がぐんと減る。これが嘘である可能性もあるが、それを書く理由がない。

(じゃあミトラちゃんは今、砦ってこと?)

前線砦が陥落したのは昨日。手紙の通りの行動を取ったなら、説得は失敗に終わったということだ。

「アーヴィンに知らせないと……ありがとう。あなたは警備に戻って、外を警戒しておいて」

「はっ」

と敬礼し、オークは門へと戻っていった。

(ミトラちゃん……)

まさかファーヴニルが同族のミトラを攻撃しないだろうが、無事かどうかわからない。もしかすると崩壊した砦に取り残されているかもしれない。

(帰ってきたらアーヴィンに知らせ——)

——その時だった。

城壁の外で爆音が鳴り響いた。大気がびりびりと震える。

「きゃああっ」「なんだなんだ!」「あれを見ろ!」

避難していた人たちはたちまちパニックに陥った。住民の一人が街の門の方へと指を差していた。

「っ！」

城壁の向こう側から黒煙が上っていた。あれは炎魔法を使った跡——もしくは。

「シーナ司令っ！　敵襲です！」

伝令のオークが駆け寄ってくる。しかしシーナの目は空から離れなかった。

「なに……あれ」

黒煙のさらに向こう——ワルドー山脈方面の空にいくつもの黒い点が見えた。あれが何か、問わずともその答えがわかった。

（百以上いる……まさかそんな大群で来るなんて……っ）

シーナは伝令のオークに向かって叫んだ。

「あなたはここで避難誘導を急いで！」

「司令はどうするんすか⁉」

「あたしはなんとか食い止めてみせる」

弱くても魔法は使える。対空魔法が使える人は一人でも多くいた方がいい。

シーナは城壁へと向かって走った。

ドラゴンたちの侵攻は思ったよりも早い。住民たちの脇をすり抜け、完全に避難が終わっている地区に入る頃にはドラゴンたちは城壁のすぐ近くまで来ていた。

壁上に配置していたデーモンたちは命令通り三人一組で一頭の龍に向かって雷撃魔法を飛ばしていた。

「ぎゃおおぉっ」「ぐるぉおっ！」

魔法を喰らい悲痛な叫びをあげて一頭、また一頭と地面にドラゴンが落ちていく。

しかし数が多すぎる。先頭のドラゴンたちの何頭かは壁上のデーモン部隊に向かって火球を吐いている。人間なら一瞬で消し炭になるほど大きな火球だ。

その時、一頭のドラゴンが城壁を越え、街へと入ってきた。

（数が足りない！）

ドラゴン一頭の戦闘力はデーモン族よりも高く、一対一ではデーモンたちは勝てない。それが災いし、防衛網に穴を空けてしまった。

（あたしがやるしか……っ）

街の大通りにはまだ住民が避難している。そんなところに火球を撃ち込まれでもしたら、大惨事は免れない。

シーナは街の噴水広場に出て上空を見上げる。三階建てのレンガ造りの建物の少し上を飛んでいる。低空だ。これなら魔法が当たる。

この周辺なら広さがある。火球が落ちても燃え広がらない可能性が高い。

シーナはドラゴンに手をかざし、詠唱した。

「——雷の意思よ。我は命ずる、力をここに顕現せよ——『ボルトアロー』！」

龍の鱗を撃ち抜くため、雷の槍の魔法を唱える。掌に雷の閃光が走り、高速で上空のドラゴンに向かって飛ぶ！

「ぐるっ——ぎゃおっ」

飛来した雷の槍はドラゴンの肩に当たる——しかし、

「ぎゃおおおっ」

（効いてない!?）

威力が低すぎる。人間の詠唱魔法ではドラゴンの鱗は貫けなかった。

ドラゴンの凶悪な目がこちらを向く。間髪を容れず、ドラゴンの顎が開き、口の中から赤い火球が吐き出された。

「——っ」

死ぬ。そう確信する。高速であるはずの火球がなぜかゆっくりと近づいてくるように見える。同時に脳内に父親の顔、騎士団学校時代に世話になった講師——騎士団の仲間の顔、色々な人の顔が浮かんだ。そしてアーヴィンの顔も。

これが死の直前に感じる走馬燈か。あの炎に焼かれ、死ぬ。

シーナはぎゅっと目を閉じた……。

…………。

…………。

……？

いくら経っても、火球が飛んでこない。シーナはゆっくりと瞼を開ける。

「──死んでねぇか？　シーナ」

「アーヴィン！」

彼はシーナとドラゴンの間に立って飛んでいた。

※

──。

アーヴィンが城下町近辺に着くころには、すでに戦闘は始まっていた。

ドラゴンが城壁の上にいるデーモン族と戦っているのが見えた。三対一でドラゴンに対応しているようだ。デーモンの雷魔法が的確にドラゴンの翼を射貫いていた。

（さすがシーナの作戦だな。これなら確実にドラゴンに対抗できる）

街の上空から城下町の状況を確認する。

大通りでは城に向かって大人数が移動している。避難誘導しているようだ。主戦場はワルドー山脈側の地区だ。そこの住民だけ移動させているみたいだ。

（シーナは避難誘導してんのか？　とにかく一旦合流を――）

と大通りへ向かって飛ぼうと翼に力を入れた瞬間だった。

ドラゴンが一頭、デーモンたちを飛び越え街の方へと入ってきた。

数が多すぎる。デーモンたちでは対処しきれていない。

（やるしか、ねぇか）

アーヴィンが魔法を発動させようと手をかざした時だった。眼下から詠唱が聞こえた。

「――雷の意思よ。我は命ずる、力をここに顕現せよ――『ボルトアロー』！」

（シーナか！）

すぐ下――開けた噴水広場にシーナが立っていた。

シーナが放った雷の槍はドラゴンの鱗に当たるも、まるで効いていなかった。当たり前だ。人間の魔法なんてドラゴンに効くわけがない。

ドラゴンがシーナを視認する。と、口を大きく開け「ぎゃおおおっ」臨戦態勢に入った。

シーナを敵とみなしたドラゴンはすぐさま火球を吐く。

「くそっ」

アーヴィンはシーナを守るべく、火球とシーナの間に体を滑り込ませた。

「――死んでねぇか？　シーナ」

「アーヴィン！」

うるうると瞳が潤んでいた。さっきの火球で覚悟していたのか。

「なに泣いてんだ。いつもの不遜な態度はどこ行った？」

「うるさいっ、泣いてない」

と言いつつ、涙を手の甲で拭っている。

「強がり言ってんじゃねぇ――それより、おいそこのドラゴン！」

こちらを見下ろすドラゴンに向かって話しかけた。

「なんで魔族を襲う？　お前たちを扇動してんのはファーヴニルか⁉」

「話が通じるの⁉」

シーナが驚いているが、通じなくてはおかしい。龍族は喋れる、現にミトラやファーヴニルも言葉は通じる。だがこいつらは頭に血が上りすぎていて、会話すら成立しないかもしれない。

そう思っていたが、意外にも目の前のドラゴンは口を開いた。

「なにを今更、お前たちが悪いのだろうが……っ」

怒り心頭というのは変わらないが、話は通じる。

「なに言ってんだ。なにか誤解して――」

「うるさい――かぁぁあっ！」

（問答無用か）

ドラゴンは口を大きく開け、次なる火球を放とうとしている。

「仕方ねぇ。――鈍く輝く雷鳴―ブラスライトニング」

自作詠唱により、アーヴィンの掌からいくつもの雷撃を纏った球体が飛んで行く。

「ぎゃおおおお……」

電撃の球はドラゴンに複数ヒットし、ドラゴンは体を痙攣させながら地上に落ちる。ずずん、と地響きが鳴る。

「こ、殺したの……？」

「やってねぇよ。そんなことしたら禍根が残るだろうが、しばらく寝てるだけだ」

少なくとも半日は起きないだろう。

「そうだっ！　――アーヴィン！　ミトラちゃんの動向がわかったの！」

「っ、ホントか？　今どこに」

アーヴィンはゆっくり下降し地面に降りた。

「二日前、ミルヴァーと一緒にワルドー山脈前線砦に行ったらしいわ」

「本当か？」

「ミトラちゃんの手紙も預かってる！」

地面に降り立ち、シーナから手紙を受け取る。

——一通り読み終え、アーヴィンは息を吐いた。

「あいつが嘘でこんな手紙を書くわけない——ならミトラはまだ砦か？」

あのファーヴニルがミトラを殺すとは思えない。

「たぶんね……無事だといいけど」

「なんであいつ……オレに黙って行くんだよ」

一言でよかった。ファーヴニルを説得しに行くと言ってくれれば、協力できたのに。

（ミトラ……）

何も言わずに行ったのは、ファーヴニルが城に来た日、奴に何か言われたからかもしれない。

今すぐ飛んで行きたい。空を制圧するドラゴンたちの間を縫ってでも、前線砦にミトラを助けに行きたい。

「どうするの？　アーヴィン」

その問いは、今すぐ城下町を捨ててワルドー山脈前線砦に行くのか、ということだろうか。

シーナたちだけではこのドラゴンの軍勢から街を守り切れるとは思えない。それでもシーナは――委ねてくれるのか。行くのか、行かないのか。

――――。

「……決まってんだろ。街を守る――シーナは避難誘導を急げ、オレが全部止める」

「わかった――けど、止めるって言ってもまだ五十以上はいるのよ？　あんた一人じゃ」

「いいから、言うこと聞け」

何か言いたそうな顔をしたが、すぐにシーナは息を整えた。

「わかった……死なないでね」

らしくもない心配をしてくれる。

「誰に言ってる」

シーナがここにきて一か月弱。まだ彼女は目の前にいる人物がわかっていないらしい。

ならば、わからせてやろう。

あの龍族たちと――強情なくせにいざという時はか弱いこの女の子に――。

漆黒の翼を広げ、

「オレは魔王――アーヴィン＝ロキアル＝レイジィだ……っ！」

空へと飛翔した。この場の敵を退け、ミトラを迎えに行くために。

※

「すごい……」

シーナは空を見上げる。

空ではアーヴィンが放った雷閃が何頭ものドラゴンを撃ち抜いていた。すさまじい魔力だ。他のデーモンですら三人一組で精いっぱいだったのに、アーヴィンは一人で三十頭ものドラゴンを食い止めている。

火球では分が悪いと思ったのか、ドラゴンたちは口を開け、近接攻撃に打って出ていた。だがそれもアーヴィンの前では無意味。軽やかな身のこなしでドラゴンの突進を避け、的確に雷撃魔法で一頭、また一頭と落としていく。

「あいつ、あんなに強かったんだ……」

修練場で剣を使わせたら、ただの素人だったのに、魔法を使わせたらその姿は本当の

『魔王』だった。黒い翼で宙を自在に飛び回り、強力な魔法をほぼノータイムで撃ち出す——きっと王都聖騎士団が仮に一万人集まっても、あれには勝てない。

「司令っ！」

ダークエルフの一人がこちらに向かって走ってきた。

「A～E地区、全員避難が完了しました！」

と敬礼し、報告してくれる。

「あ、ありがとう。他の地区も家から出ないように徹底して通達しておいて——それと手が余った人は壁上に上って負傷したデーモンたちの治療を」

「承知いたしました」

そう言うとダークエルフは再び敬礼して去っていった。この周辺以外では戦闘は起こらないだろうが、それでもどうなるかわからない。

シーナは再び空へと視線を戻す。

「もう終わってる……」

いつの間にか、五十頭以上いたドラゴンたちはみんな地上に落ちていた。アーヴィンが言うには気絶させただけらしいが——あの強さ、あの数のドラゴンを、本当にただ気絶させただけなのだろうか。

アーヴィンがこちらを視認してから、ゆっくりとこちらに降りてきた。

※

「避難は終わったのか」

大通りで棒立ちしていたシーナに向かって、アーヴィンはゆっくりと降りて行った。

「え、ええ……」

「？　なに震えてんだ」

あの群れのドラゴンを見たから怯えたのだろうか。意外と可愛げのある奴だ。

「うるさい——こっちはあらかた避難できたわ。ドラゴンたち本当に気絶させただけなの？」

この地上からではドラゴンたちはどうなっているかわからない。みんな道路に落ちたり、屋根の上でぐったりしていることだろう。

「まあ本気で魔法撃ったわけじゃないからな。生きてるだろ。あいつら結構しぶといし」

「あれで本気じゃないの……？」

シーナが驚いているようだ。何をそんなに驚いているのか。

「別に大したことねぇよ。それよりも奴がいねぇ」

「奴？」

「ああ、あの頭が硬てぇ銀の——」

言いかけたところで大きな羽ばたきと小さな空振が辺りを揺らした。

見上げると一頭のドラゴンが壁を乗り越えこちらへと飛んできた。

「きやがったか」

白銀の鱗——ファーヴニル。

凶悪な双眸がこちらを捉えると、ゆっくりと翼を動かし大通りに着地する。いきなり仕掛けてくるつもりはないようだ。

「ファーヴニル。やっぱりお前が扇動してたのか」

「魔王の子よ。覚悟はいいな？　此度の戦は貴様が招いたことだからな」

「なんのことを言っている？」

「貴様の命令で我らの里を襲い、子供や卵を攫って行ったのではないか！」

「は？　なんのこと——」

「とぼけるでない！　我に歯向かったことを後悔しながらいねいっ！」

子供？　卵？　やはりファーヴニルは誤解している。

しかし聞く耳をもたない。ファーヴニルは口を大きく開け、火球を放とうとしていた。

「この頑固一徹野郎が！　シーナ、下がってろ！」

　そう言うと、シーナは建物の陰に隠れた。

「──静かなる海──ディープシー──」

　大通りの真ん中でアーヴィンは前方の空間に水の膜を張った。ドラゴンの吐く火球を受けきる水の防御だ。

「いねい！」

　ファーヴニルが火球を放つ。大通りの地面を抉りながら、火球はアーヴィンに肉薄し──水の膜に直撃する！

「っ⁉」

　普通のドラゴンの攻撃は水の膜で全て受けきれた──だが、ファーヴニルの火球は水の膜をあっさりと破り、勢いそのままにアーヴィンの体を直撃した。

「ぐはっ」

「アーヴィン！」

　視界がぐるんと反転する。硬い地面に何度も体がバウンドし、ボロ雑巾のように倒れた。

（こいつ……他のドラゴンと別格すぎる……）

　魔族の体でなければ死んでいただろう。アーヴィンはゆっくりと立ち上がり、唇の端から流れる血を手の甲で拭った。

「アーヴィン、大丈夫なの⁉」

遠くからシーナが叫ぶ。あんなに飛んだのか。砲丸投げならいい記録が出ただろう。

「心配ねぇから、お前は離れてろ」

余裕はない。カッコつけて詠唱する余裕はない。

翼を広げ、同時に地面を蹴る。

アーヴィンの体は弾丸のように飛んで行く。ファーヴニルに肉薄し、無詠唱で雷撃魔法を叩き込んだ。

「何かしたか？」

「っ⁉」

雷撃魔法はファーヴニルの鱗に当たるも、まるで効いていない。攻撃力だけでない。防御力も桁違いだ。

「ぐるおっ」

ファーヴニルが体を反転させ、尻尾でアーヴィンの体を打ち付けた。

「ぐっ！」

巨大な尻尾の横薙ぎをもろに受けたアーヴィンは勢いそのままに吹き飛ばされ、レンガ造りの壁に激突する。

「がはっ——げほっげほっ」

内臓がプレスされたみたいだ。息苦しくなり、血が混じった咳を吐いてしまう。

(くっそ……)

「ぎゃおおおっ！」

咆哮と共にファーヴニルは羽ばたいた。豪風がアーヴィンの体を打ち付ける。

上空に飛び立ったファーヴニルは口を大きく開け、眼下に向かって炎を吐き出そうとした。一帯を焼き尽くすつもりか。

「やらせるかよ！」

続いてアーヴィンも飛び立ち、ファーヴニルの口に目掛けて雷撃魔法を放つ。

「——っ⁉」

炎はフェイントだった。ファーヴニルは口を閉じ、雷撃魔法をかわすと、その鋭い爪を突き立ててきた。

アーヴィンはとっさに翼に魔力を集中。飛行能力をブーストし、間一髪のところで回避する。間髪を容れず、二度目の雷撃魔法を撃つ。今度は貫通力に特化した雷の槍だ。

「喰らえっ！」

空中戦なら負けない！　そしてこの近さだ。全力の魔法ならあの銀の鱗も貫けるはず――。

だが、浅はかだった。

「飛行能力を魔法でブーストできるのが自分だけだと思ったか」

「っ！」

目の前にいたはずの巨体のファーヴニルが突然消えた。いや消えたように見えただけだ。一瞬で雷の槍の軌道上からファーヴニルがいなくなったのだ。

「があああっ！」

咆哮と同時――腹に鈍い痛みが走る。

速すぎて脳での処理が追い付かなかった。腹が焼けるように熱い。そう思って視線を下に向けると――自分の腹から三本の爪が生えていた。

「後悔しながらいねいっ！」

声は背後から聞こえた。貫かれたのだ、腹を。あの一瞬で背後に回り込み、その爪で貫かれた。

「がはっ」

喉の奥から大量の血が逆流してくる。

ファーヴニルが腕を振るい、痛みに耐える間もなく、まるで羽虫のごとくアーヴィンは地面に叩きつけられた。

「アーヴィン！」

建物の陰に隠れていたシーナが大通りに出てくる。

離れてろって言っただろ、そんな言葉を紡ぎ出そうにも声が出ない。頭は妙にクリアなのに、体がまるでついていかない。

「いくら魔族といえどそれでは再生できまい」

「アーヴィン！　生きてるの、これ……。アーヴィン！」

体を揺すってくる。そんなに酷い傷なのか、灼熱痛を腹の下あたりに感じる。

（規格外すぎる……裏ボスかなんかかよ……）

龍王ファーヴニル。ここまで圧倒されるとは思わなかった。

視界がぼやけてくる。今、シーナに抱き起こされているのか。目の前にシーナの顔がある。後頭部には柔らかいものが当たっている。これは膝枕だろうか。

そして上空にはこちらを見下ろすファーヴニルがいた。

「こ……の……」

「アーヴィン!?」

体を起こそうとするも全く動かない。かろうじて指がピクリと動いた。

ファーヴニルは呆れたように首を振って、

「脆い……。これが今の魔王というのか。貴様の父ならかような攻撃、目を使わずとも避けられていたであろうな」

「言いたい……放題、言いやがって……ぐぅ」

なんだか無性に腹が立ってきた。

好き放題言って、誤解だということに耳を貸さず、我が物顔で領地を荒らす——。

その身勝手な行動にどれほどの魔族が迷惑したと思っている？　今も城下の人たちは避難し、怯えている。

あの老害は何をどう勘違いしたのか知らないが、ドラゴンズバレーを襲ったのは魔王軍だと言っている。そんな身に覚えのないことで自分が愛した土地を荒らされてたまるか。

「このような軟弱ものに我らの里は荒らされたというのか……」

「て……め……少しは……話、聞け……」

ファーヴニルは意に介さず、大口を開け火球を放とうとする。

こんなところで死ねない——。

「待ってください！」

聞き覚えのある声がどこからか響いてきた。この声は……。

「ミトラちゃん⁉　無事だったの⁉」

ミトラが近くにいるのか。顔を向ける力もない。

火球を放とうとしていたファーヴニルが慌てて、口を閉じた。

「ミトラ……まだ邪魔をするというのか」

「します。魔王様は悪くありません！」

ミトラ、何を言っているのだ。

「ミトラちゃん、説得するつもりだったって……」

「ごめんなさい、そのことについては後で。今は魔王様の治療を先にしないと」

「治療……こんな傷、どう治療したら……」

「シーナさん、そこを代わってください」

そう言うと、目の前にいたシーナの代わりにミトラの顔が映った。膝枕の位置が少し低くなった。だが相変わらず柔らかい。

金色の髪がたらりとアーヴィンの顔に当たる。

「ごめんなさい、何も言わずに行ってしまって」

「ミトラ……」

「少し口を開けてください。わたしの力をあげます」

言われるがままアーヴィンは口を開く。半開きくらいにしかなっていない。

するとミトラがゆっくりと目を閉じ——口から何かを垂らした。

「ちょ、ミトラちゃん⁉」

シーナが近くで驚いている。これは——なんだ？　魔法薬か？

生温かい透明な液体がアーヴィンの唇に垂れ、そのまますするりと口内に入ってくる。

ごくり、と飲み込むと同時——全身が淡く光り輝いた。

先ほどまで動かせなかった手が動く。体の内側から魔力の息吹が感じられる。

アーヴィンは腹に力を入れて、自分の力で体を起こした。

「きゃっ、ア、アーヴィン⁉　そんなに動いて大丈夫なの⁉」

そんなに心配されることか。今は目もぱっちり開く。ふと視線を落とすと、自分は血だまりの中心にいた。腹から出た血なのか、シーナに買ってもらった黒ローブにたっぷり血が吸われている。

「オレは別に……これはミトラの力か？」

腹を触る。爪に貫かれたはずの腹はいつも通りの肌をしていた。傷は何一つない。

ミトラが流してくれたのは唾液だったのか。

「そういやミルヴァーが執拗にミトラの唾液を欲しがってたな……」

こういうことか。実感した。

龍の体液には万能の力がある。だが恩恵を受けたのは初めてだ。傷痕も何一つとしてなくなるとは思わなかった。それ以上に今までにない魔力を体内に感じる。

「なにしたの……ミトラちゃん」

「えっと……力を分けました」

恥ずかしそうにはにかむミトラ。

アーヴィンはグッとこぶしに力を入れる。

「これならいける」

スッと立ち上がって、ファーヴニルを見上げた。あんなところから見下ろして何様のつもりだ。

「待ってください魔王様、わたしは誤解を解こうと」

「わかってる。そのためにワルドー山脈に行ってくれたんだろ。オレに何も言わなかったのは、この間、あいつが城に来て何かお前に言ったから——違うか」

短い沈黙の後、ミトラは頷き、

「ファーヴニルおじさまは『魔族とは縁を切る』とおっしゃってました。現状の弱体化した魔王軍では過去に交わした約束を果たせない、と」

過去の約束――それはアーヴィンの父親――先代魔王オルヴェインが龍族と交わした約束のことだろう。

『魔族、龍族、そのどちらかが人間によって領地を脅かされた時、お互いに協力し、人間に対抗する』

確か、そのような内容だったはずだ。

ミトラは続けた。

「『今の魔王軍にはなんの義理もない。人間に侵略を許したからといってそれは魔王軍自身の腐敗が原因。ならばなぜそのような魔王軍のために我らが力を貸さねばならぬのか』とおっしゃってました」

「そうか」

ツケが回って来たのだろうと思う。ファーヴニルが単身で城へやってきたのは最後通告だったのだ。

「その後、わたしに『魔族と縁を切れ』と言われました。切らなければ、今後ドラゴンズバレーの敷地には入らせない、と」

そんな内容の会話だったのか。

ミトラは身を引き裂かれる思いだっただろう。それに何も気づかず、自分はのうのうとしていた。

「……龍族のみんなが攻めてきたのは本当に魔王様に見切りを付けたからと思ってました……魔王様が会議室で北の山脈の砦が攻められた時の映像を見た時、わたしも扉の隙間から見てたんです」

「ああ、知ってる」

「それを見て、わたしも行かないとって思ってました。ファーヴニルおじさまを説得できるのはわたしだけだって」

ミトラを思うと胸の奥が苦しくなる。何もわかってあげられなかった。

「けど昨日、ワルドー山脈でファーヴニルおじさまと話した時わかったんです。おじさまは魔王軍が里を襲ったと思ってる」

「わかってる。誤解なんだろ」

――こんないい子が周りに何も言えず、何も相談できず、ただ一人で抱え込む。そんなことが許されていいわけがない。

ファーヴニル自身もわかっていたはずだ。ミトラが苦しんでいることくらい。

「じゃあこっちが戦う理由が——」

と言いかけたミトラの口をアーヴィンは手で押さえた。

「違う。オレが腹立ってんだ」

「魔王さ——きゃ」

ミトラの制止を振り切ってアーヴィンは飛翔した。

「話も聞かないで勝手に決めつける龍の野郎どもにな——娘同然のミトラの言葉すら聞かねぇ……ふざけるなよ」

「龍の力を得たくらいで我に勝つつもりでいるか」

「うるせぇ、石頭！」

勝手に攻めてきて、勝手に領地を荒らす。シーナやミルヴァー、ミトラがどれだけこの身勝手な龍の長に振り回されたか。ミルヴァーに至っては今はどうなっているかわからない。

魔王軍を束ねる者として、この横暴は許せない。

「いくぞ、このヤロー！」

両腕に魔力を溜める。雷撃魔法の発動によりこぶしが電気の球で覆われる。

「バカの一つ覚えか」

「お前に言われたくねぇ！」

　このまま撃っても威力は低いままだ。だから力をこぶしに溜めたまま直接『殴る』。

　ミトラから得た龍の力なら十全に戦える。

　翼を動かし、左右にフェイントを入れながら近づく。

「猪口才な！」

　ファーヴニルの爪の一閃。喰らえば一溜まりもない一撃——だが。

（なんだ……これ）

　遅い。ファーヴニルの動きがスローモーションに見える。

　これがミトラの龍の力か。

　アーヴィンは爪をかいくぐり、懐に潜り込んだ。

「なにっ！」

「遅え！」

　ファーヴニルの腹目掛けて、雷撃を纏ったこぶしを叩き込んだ。

「ぎゃおおっ」

　効いている。一撃を喰らったファーヴニルは体をよろめかせた。

「――こざかしいっ」

「ぐっ」

すぐにファーヴニルが爪を一閃。爪は腕を掠め、赤い鮮血が散った。

ずきっ、と鋭い痛みが刹那の時間、脳を支配する。それが致命傷だった。

「かあぁぁあっ」

「っ！」

至近距離でファーヴニルの顎が開く。視界が真っ赤な炎で包まれた。

（避けきれねぇ！）

「かぁっ！」

短い咆哮と共に灼熱の火球が放たれた。

「ぐあああぁっ！」

全身を炎が舐めまわす。強烈な熱風が息と共に喉から内臓まで溶かし尽くすかのようだ。

「魔王様！」「アーヴィン！」

（負けられるかよ！）

このまま負けたら城下町は蹂躙される。ミトラだけは許してもらえるかもしれないが、

シーナは――。

生意気だった姫騎士。魔王軍に入ると言って実権を全て握った姫騎士。

時にヒステリックで、時に強情で――だが、心根は優しい女の子。

今わかった。あいつがいたおかげで変われた。あいつのおかげで今までどこかやる気のなかった自分が変わった。

「この――わからず屋が！」

アーヴィンは腕を振るい、火球を薙ぎ払った。

「なにッ！」

「墜ちろ！」

怯まずアーヴィンは全魔力を集中させたこぶしでファーヴニルの頬を殴りつける。

「ぎゃおおおおっ！」

雄叫びを上げ、ファーヴニルの巨体は大通りへと墜ちていく。

同時にアーヴィンも空中で姿勢を保てなくなり、ふらふらとしたまま垂直に地面に落下した。

「おじさま！　魔王様！」

「アーヴィン！」

真っ先に駆け寄ってきたのは、シーナだった。

「あんた生きてる⁉」

ぱしぱしっと頰を叩かれる。痛い。

「……生きてるっての。まださっきよりはマシだけど、もう魔力がねぇ……」

そう告げると覗き込んできたシーナの顔がホッとしたものに変わった。

「あんた、ホント化け物並みにしぶといわね」

その眼には涙が溜まっていた。化け物はひどい。

「それより、あいつに言うことがある——おい、デカブツ。まだ気絶してねぇんだろ」

地面に俯せに倒れた巨龍に声を投げかけた。

「……ぐ、無念。同胞の恨みを晴らせず、朽ちるとは」

「何が恨みだ。最初から言ってるだろ。誤解だ。オレはドラゴンズバレーを襲ってねぇ」

「何を言う！　貴様がやったという証拠はある！」

「何の証拠だ！」

「貴様の軍のレザーアーマーが巣の近くに落ちていた！　魔王軍の紋章が入っていたぞ！　襲撃した後、鎧を脱いで身軽になってから逃げたのであろう！」

「レザーアーマー……？」

確かに各オークたちの鎧には魔王軍の紋章が入っている。それが落ちていたということは近くに魔王軍のオークが来たということだ。

「魔王軍は貴様の命令なしに動くことなどあるまい！」

「待って！」

制止の声を上げたのはシーナだった。

「それは本当にレザーアーマーだったの⁉」

「そうだ」

「ならそれは魔王軍の仕業じゃないわ」

「なんだと」

アーヴィンもわからない。シーナは続けた。

「北方砦を最後に全ての魔王軍のオークたちはレザーアーマーからライトアーマーに装備を替えたもの。アーヴィンだって知ってるでしょ？」

そういえば――久しぶりに自室から出た時、シーナは武具の納入の話をしていた。それからはずっと、周りのオークたちはみんな金属製のライトアーマーを着ていたような気がする。

「どのオークもライトアーマーを着ていないとおかしいわ」

『レザーアーマーを着た魔王軍』というのはおかしな話だ。ならなぜ魔王軍のレザーアーマーが――。

「ふっはっはっは！」

その下品な高笑いは全く別のところから聞こえた。

それと同時に周囲を全身鎧の騎士たちに取り囲まれた。これは人間か。

「あなたは……っ」

ぎりっ、とシーナが奥歯を噛みしめていた。

大通りの先から歩いてくる一人の人間に目をやった。

あのいけ好かないさらさらヘアー、憎たらしいイケメン顔、見覚えがある。

「ご機嫌麗しゅうみなの衆。僕のことを覚えているかな？　シーナ」

スヴェン＝バルザット。

シーナの元婚約者で浮気者のクズだ。なんでこいつがここにいる。

「龍族と魔族が潰し合ってくれて本当に助かったよ。おかげでなんの苦労もなくここまで潜り込めた。本当に『いいコマ』だったよ、ファーヴニル」

「き……貴様は……？」

ファーヴニルが倒れたまま、静かに口を開く。その声には覇気がない。

「くくく……龍の皆様は本当に都合よく掌の上で踊ってくれたよ。ちょっと細工をするだけで、勝手に魔王軍の仕業と思って動いてくれたのだから」

「ど、どういう……意味だ……？」

ファーヴニルが何かを察したかのように、怒りを込めた声で問う。

「そのままの意味さ。僕からのプレゼント――オークのレザーアーマーは気に入ってくれたようだね」

「っ⁉」

ファーヴニルの目が見開く。

全てに合点がいった。このバカらしい戦いの裏――裏で糸を引いていたのは誰かということに。

「なるほどな……つまり嵌められたってわけか」

やってくれる。龍族の憎しみを魔王軍へと向けたのは人間――スヴェンということだ。

ドラゴンズバレーにオークのレザーアーマーが落ちていたという――それもスヴェンの仕掛けだった。おそらく北方砦の鎧を入れ替えた時に掠め取ったものだろう。

「理解して頂けたかな、愚民たち」

　こいつは前にも増して憎たらしくなっている。

「あなたの目的はなに!?」

　シーナがレイピアをスヴェンに突き付けた。

「そんなの分かり切っている。この百年間、奪いきれなかった魔王領——それを僕が手に入れれば、騎士団での僕の立ち位置は飛躍的に上がる。ゆくゆくは爵位を持ち、諸侯貴族に名を連ねるようにもなる」

　反吐が出るほど、汚い野心家だ。スヴェンは続けて、

「その中で最も邪魔だった龍族の長と魔王はもう動けない——あと残っているのは魔王軍のオークどもだけだ」

「ただの騎士だったあなたがこれだけの騎士を束ねるなんて、偉くなったものね」

「君のおかげさ、婚約者が魔族と通じていた——普通なら僕も疑われかねない。だがそこは少しばかり演技をすれば問題ない。涙ながらに『シーナは魔族に操られているだけだ、僕が行って説得してくる』とね」

「なるほどな」

　つまり、こいつは婚約者を取り戻すため魔王領へと乗り込むヒーローになったのだ。ワルドー山脈前線砦の情報も持ち帰り、魔王領へ攻め入るのは簡単——さらに龍族を利用す

る計略。その功績から作戦指揮権を得たというわけだ。

「ここ以外でも街には僕の部下が入り込んでいる。ほら、聞こえるだろう。戦いの音が」

言われて気付く。大通り以外でオークたちの雄叫びや、剣戟の音が聞こえてくる。周辺でオークたちが騎士と戦っているのだろう。

「そして最後は――君だ。やはり君は邪魔だ。僕の弱みを握っている君が団長と会ったら、今の僕の地位が危うい――ここで死んでもらう」

スヴェンは腰からブロードソードを抜き放つ。周りの騎士たちはみんなスヴェンの手下なのだろう。誠実な騎士なら今の会話で裏切ってもおかしくない。

「この……っ」

「さて……覚悟しろシーナ――ん？」

「シーナ司令！　これは……」「シーナ司令！」

避難誘導を終えたオークたちが駆けつけてきた。その数は約十。戦力としては圧倒的に劣っている。

「くくっ、シーナ司令か、これは滑稽だ。豚どもの大将にでもなったつもりか？　鎧を替えたくらいでオークの戦力などたかが知れている。我々に勝てるものか――やれっ！」

騎士たちが吠える。ブロードソードを振りかざし、オークたちに向かっていく。

「くそっ……」

アーヴィンは起き上がり、騎士たちに手をかざす――だが魔法は発動しない。先ほどのファーヴニルとの戦いで魔力は枯渇した。みすみすオークたちを死なせてしまうのか……？

「大丈夫よ。アーヴィン」

シーナがアーヴィンの背中に触れてきた。「見てなさい」

「魔王軍の意地を見せろ！　行くぞぉぉ！」「おおおぉぉぉっ！」

オークたちが突撃する――その背後には、

「「雷の意思よ。我は命ずる、力をここに顕現せよ――『ボルトアロー』！」」

数人のダークエルフの編隊が魔法を唱えていた。ぴったりと息の合った魔法詠唱により、ほぼ同時に雷の槍が騎士たちへと飛んで行く。それも人間の魔法だ。おそらくシーナが教えたのだろう。

「な、なんだ！」「オーク以外にも戦力がいるのか！」「まだデーモン族の戦力がいたのか！」撃ち抜かれた騎士たちは倒れ、残った騎士も動揺していた。

「うおおおおおっ！」

そこにオークのメイスの一撃により、騎士たちは防戦一方。「ぐああっ」「があっ」オークに一太刀も浴びせられないまま、騎士たちは下がっていく。

「バルザット隊長！　この戦力差では無理です」

「何をしている！　相手はたかがオークだろう！」

「しかしっ、あれはダークエルフです！　そんな情報、こちらでは——」

とその時、路地の方から「ぎゃあああっ」と騎士たちの悲鳴が聞こえた。同時に別のところから一人の騎士がスヴェンに近づいていく。

「バルザット隊長！　A地区、B地区共にダークエルフの軍勢に押されています！」さらに別の騎士が。「バルザット隊長！　城の方からさらに援軍です！　敵はオークだけじゃありません！」

周囲の声も、騎士よりもオークの雄叫びの方が多くなってきた。どこも善戦しているようだ。

シーナがポンと肩を叩く。

「大丈夫って言ったでしょ。あたしが鍛えた軍が負けるわけないじゃない」

シーナのおかげだ。今までの魔王軍だったなら騎士たちに斬り伏せられていただろう。

魔王軍がこんなに強くなっていたなんて。

「まさか、これも全部あの魔王の策略なのか！」「我々に攻め入らせて逆に殲滅する作戦では……？」「嵌められたのは我々の方だ！」

騎士たちは戦々恐々としている。勝てると思っていた戦があっさりと覆される。そんなありえない出来事に冷静な思考を失っている。

勝手に向こうが怖がってくれている。なら畳みかけるチャンスなのではないか。ここは物理的にではなく、心の方を挫く。

シーナとアイコンタクトを取り、アーヴィンはゆっくりと一歩を踏み出し——ローブを翻した。

「フハハっ！　人間どもよ！　残念だったな！　我らの軍を甘く見た報い、受けさせてやろう！」

その大見得をまともに受けた騎士たちは、「うわああっ」とおのおの剣を投げ捨て逃げ出していく。

「待て！　敵前逃亡は戦犯だぞ！」

スヴェンの声を聞くものは誰もいなかった。所詮、成り上がりの隊長に過ぎない。なにもスヴェンは名誉や勲功を上げて今の地位に就いたわけではない。その言葉には重みがない。

「さあ、どうする？　残ったのはお前ひとりだぞ」

形成は逆転した。背後ではダークエルフたちが魔法を唱え、スヴェンを狙っている。

「ふん、勝ったつもりか、魔王！　知っているぞ。先ほどお前は騎士に向かって魔法を放とうとしたが、発動しなかった――つまりもうお前の魔力は枯渇している！　そんな見得に騙されるか！」

よく見ている。だが、仮にアーヴィンの魔力がないとしても、この場にいるオークとダークエルフ、さらに別の地区からも応援が来れば、おのずとスヴェンの勝ち目はなくなる。

しかしスヴェンは不敵に笑った。

「くく、僕がただ龍族を騙すためだけに里を襲ったと思ったか？」

「どういう意味だ？」

「――こういうことだ！」

スヴェンは懐から小瓶を取り出し、中に入っていた赤い液体を一気に飲み干した。

「ぐ……あれは、我が同胞の血か……」

ファーヴニルが顔をしかめる。里を襲い、子龍や卵を狙ったのは、その血を手に入れ魔力を増幅させるためか！

「この戦は騎士団の負けでもいい――だが、シーナァ！　魔王アーヴィン！　僕の邪魔をしたお前たちは殺す！　殺す殺す！　絶対に殺す！」

スヴェンの周囲に黒い霧のようなものが発生する。あれは魔族の瘴気か。

「闇堕ち……」

シーナがスヴェンへの憎しみによって瘴気を出したのと同じく、スヴェンもまたシーナ、アーヴィンへの憎しみによって瘴気を発生させた。さらに飲んだ龍の血はそれを増幅させている。

スヴェンは憎しみの籠った赤い目をこちらへ向ける。

「お前たちさえ邪魔しなければ、僕は出世間違いなしだったんだァ！」

三下のようなセリフだが、あれは脅威だ。淫紋を付けていないから効果は一時的なものだろうが、この場を乗り切るだけの力はある。

狂気に満ちたスヴェンは剣を振りかざし、迷いもなくシーナへと向かう。

「アーヴィンは下がってて！　あたしが落とし前をつける」

レイピアを構え、シーナは地を蹴る。

一閃、二閃。両者の剣が打ち合う。

シーナの剣閃は目で捉えきれないほど疾い。だが、それ以上にスヴェンの一撃は重い。

「くっ！」

並の騎士ならシーナの一撃目を捌き切れず、倒れただろう。

龍の力を得たスヴェンは全て剣で受けきっていた。速さは互角でも一撃の重さが違いすぎる。

「きゃあっ！」

やがてシーナは一撃を受けきれず、吹き飛ばされた。

地面を転がったシーナはアーヴィンの近くで倒れる。

血は出ていない。「うぅ」と呻いているから死んではいないだろう。鎧が真一文字に斬られていた。鎧がなければ致命傷を負っていた。

「司令を守れーっ！」「うおぉーっ！」

オークたちがメイスを振りかざしスヴェンへと迫る。

「雑魚が！　鬱陶しいわ！」

瘴気を乗せた剣を横に薙ぎ払う。黒い霧が波紋となってオークを襲い、「ぐああっ」「ぎゃああっ」巨漢のオークたちの体がいともたやすく吹き飛ばされる。

「『ボルトアロー』！」

続いてダークエルフたちが魔法を放つがこれも意味がなかった。スヴェンに全て薙ぎ払われ――。

「効くか！　クソエルフどもぉっ！」

再び剣を振るい、ダークエルフも瘴気の波動によって吹き飛ばされる。

強い。龍の血を飲んだ上に魔族の瘴気を得たスヴェンの力は人間の力を遥かに超越している。

「どうした！　魔族ども！　僕に敵わないか⁉　はっはっは！」

いい悪役だ。これがＴＲＰＧならいいＧＭになれただろう。

だがこれは現実、ここに戦えるものはもうアーヴィンしかいない。

アーヴィンは最後の魔力を振り絞って、空間に黒い渦を発生させた。そこから初めてシーナと戦った時に使った剣『魔剣アーヴィンソード』を取り出す。

「ま、魔王様、無茶です……」

ローブの端をミトラが摑んできた。その眼には涙が溜まっていた。「死んじゃいます……」

「オレしかいねぇ。ここで引いたらシーナが――」

傍らに倒れるシーナに視線を下ろす。ここでシーナを討たせるわけにはいかない。

もう一度ミトラに魔力を与えてもらう――そう頭を過ったがダメだ。あれは元々ある魔力を増幅する効果はあるが、完全に尽きた魔力を戻す効果はない。

今はアーヴィンの魔力はほぼゼロだ。ゼロに何を掛けてもゼロにしかならない。

（ならやることは一つしかない）

アーヴィンはミトラを振り払って、スヴェンに突撃する。

「愚かしい！　魔力もないただのデーモンに何ができる！」

剣を振るう。だが当たらない。涼しい顔をしてスヴェンは避ける。

（くそっ！　こんな奴に！）

「もういい、消えろ」

スヴェンの一閃。避けきれず、アーヴィンは胴を袈裟斬りにされる。

「ぐあああっ！」

からんからん、とアーヴィンの持っていた剣が地面を転がる。

その場に崩れ落ちたアーヴィンはさらにスヴェンに蹴り飛ばされた。石畳の上を転がるアーヴィン。口の中に砂利が交じる。

「アーヴィン……」

すぐ隣にシーナの顔があった。

（このままじゃ……）

龍の力を得た程度のあんな人間にやられるなんて、魔王の名が泣く。

「さあトドメを刺し――なにっ」

「アーヴィン様、今のうちにお逃げくださいませ！」

ミルヴァーだ。黒い翼を広げたミルヴァーが空から炎上魔法をスヴェンに放っている。

「クソデーモンが！　邪魔をするなァっ！」

スヴェンがミルヴァーに応戦する。

(生きていたのか)

逃げる時間を稼ぐつもりだろうか。確かにスヴェンの目的はシーナだ。それに時間さえ稼げばスヴェンはやがて魔力が尽きて元の人間に戻るだろう。

──だがそれでいいのか？

「魔王様、逃げましょう！　今のうちに！」

ミトラが腕を引っ張ってくる。そうだ、ミトラの言う通りだ。魔力の尽きたデーモン族一人がここに残って戦ったところで何の役にも立たない。

逃げても勝てる。どうせ相手は一人で、ここは魔王領だ。魔力が尽きるのをじっくり待てばいい。

──本当に？

「魔王様？」

──本当にいいのか？

あいつを一発も殴れないまま、逃げていいのか？

いや違う。

そうあってはならない。

魔王軍が龍族が、みんながどれだけ苦しめられたか。

――何よりも、シーナ。

魔王軍のために尽力してくれた彼女のために――逃げるわけにはいかない！

「アーヴィン……」

隣で倒れたシーナがこちらに顔を向けてくる。

「あたしにはあいつを一発殴る力はもうない……けどあんたならまだ戦えるよね？」

シーナはあのクソ野郎を殴ると決意して魔王軍に入った。ここで逃げたらそんなシーナの決意も無駄にすることになる。

「今のあたしには、こんなことしかできないけど……これで魔力が戻るなら――」

そう言ってシーナの顔がゆっくりと近づき――。

柔らかいものが唇に触れた。

「し、ししし、シーナさん！」

ミトラが驚くのも無理はない。まさか――口付けをするなんて思いもしなかった。

それだけに収まらなかった。

「っっ！」

唇の間からぬるっとしたものが口内に侵入してきた。――舌だ。まさかディープなものまでする気か！

抵抗できずアーヴィンはなすがままにされていた。生暖かいシーナの舌がアーヴィンの口内を蹂躙する。

するとなぜだろう。体の内側からぐつぐつとマグマのように何かが湧き上がってくる。

（これは――魔力か？）

やがて唇は離れる。

「ミトラちゃんがやってたみたいに……唾液を与えたら魔力を得られるんでしょ？」

「あ、ああ……」

あっけにとられて、つい首を縦に振ってしまう。

「初めてだから」

「な、なにが……？」

「今の。あたし、誰ともしたことなかったから……。でもあんたなら、あげてもいいと思った」

どこか恥じらいを見せるシーナの顔に、アーヴィンは不意に心臓が高鳴る。

「ここまでしたんだから、あたしの代わりに……お願い」

どちらにせよ、女にここまでさせたのだ。これがアーヴィンのためになると思ってシーナは決断した。

（ならやるしかねぇだろうが！）

逃走なんて選択肢、存在しない。

「あああっ！」

ミルヴァーがスヴェンの瘴気の波動によって吹き飛ばされた。石畳の上に墜落する。

「ミルヴァーっ！」

アーヴィンは彼女の側に駆け寄る——大丈夫だ。息はある。

「わるい、ミルヴァー。今はゆっくり休んでろ」

ゆっくりと石畳の上にミルヴァーを寝かせる。

スヴェンが荒々しく息を吐く。

「はぁ……はぁ……手こずらせやがってぇ……デーモン風情がぁぁ……」

シーナ、ミルヴァーとの連戦でスヴェンの魔力もかなり落ちているようだ。

「おい、クソヤリチン野郎！」

アーヴィンは声を張り上げ、一歩前に出る。

「貴様ぁ……まだ魔力が残っていたのかぁ……」

なんて小さい。

見た目がというわけではない。こいつの背負うもの、存在理由、人物としての大きさ
——何もかもが小さい。

所詮自分のため、都合が悪くなったら何でも切り捨てる。ただの小心者だ。

「覚悟しろよ。魔王軍にケンカ売ったこと」

ポキポキと指を鳴らす。

「剣の素人の貴様に何ができる！」

スヴェンは剣を振りかざして突っ込んできた。もう向こうにも瘴気を飛ばすほどの魔力がないのか。

「剣なんているか。てめぇなんてこぶしで十分だ」

「今の僕に魔力の尽きた魔族風情が勝てるものかァ！　魔族には死！　死だ！」

スヴェンが剣を振りかざす！

多少魔力がなくなったところで動体視力が落ちたわけではない。スヴェンの攻撃を余裕をもってかわしていく。

「遅せぇな、それが聖騎士団の剣技か？」

「ほざくか！　魔族！」

こんな剣技とも言えない剣の攻撃など、シーナの一閃に比べたら蚊が飛んでいるようなものだ。

「だから遅せぇ！」

スヴェンのぬるい攻撃を避け、その憎たらしい顔にこぶしを叩きつける。

「ぶへっ！」

情けない声と共に、殴られたスヴェンは後方によろける。

「き、貴様……僕の……僕の顔にぃぃっ！」

鼻から血を垂らし、わなわなと震えるスヴェン。

「いい化粧ができたじゃねぇか。ハッ、多少ブサイクな顔もマシになったか？」

「許さない許さない許さない！」

バカの一つ覚えか。再びスヴェンが剣を振りかざして突っ込んでくる。

（じゃあ次で終わり――なっ⁉）

剣を振り下ろす寸前で片手を離した。剣に意識がいっていたアーヴィンは一瞬だけ動揺し――。

「バカな魔族め！　死ね！」

スヴェンは空いた手で魔法を発現。掌から炎の球が生まれ、勢いよくアーヴィンに直撃した。

「ぐっ」

スヴェンは詠唱していない。これは魔族の魔法だ。

油断した。闇堕ちしたことにより、人間の魔法だけでなく、魔族の魔法も使えるようになっていたらしい。

「腐ってもシーナの元右腕だな。ぶっつけ本番で魔族の魔法を使うなんてな」

「ここに来るまでに何度も練習したさ。龍族の血はまだまだあったからね」

「魔族を見下しておきながら、平然と魔法は使うのか？　矛盾してねぇか？」

「ああ貴様らは絶滅するべきだ。その力は人間が使ってこそ正しい」

（人間至上主義か何かか？）

そんな主義があるかどうかわからないが、こいつとは相容れないのは確かだ。

それに魔族の魔法を使ったところで火力は大したことなかった。肌が多少焼けたくらいだ。

だが一つ許せないことがある。

「……オレのローブ」

「あ？」

「せっかくシーナに買ってもらったローブがちょっと焦げちまったじゃねぇか」

「それがどうした！　これから全身焼け焦げるのだからなァ！」

アーヴィンは右手に魔力を集中させる。

炎、水、雷――よくアーヴィンがイメージする三属性の魔法を同時にこぶしに展開する。

「死ねっ！　クソ魔族！」

アーヴィンより先にスヴェンが魔法を放つ。視界を覆い尽くすほどの巨大な火球だった。

「関係ねぇ！」

アーヴィンは火球に突っ込む。肉薄しただけで全身が焼かれるようだ。しかしこの程度の炎で焼かれる魔王じゃない！

ありったけの魔力を右のこぶしに集中し、火球に向かって突き出す！

「――魔王の剛拳――アーヴィンパンチ！」

アーヴィンのこぶしが火球をかき消した。炎は空気中に無散し――アーヴィンの目は、目の前のスヴェンを捉えた。

「ひっ……」

「吹き飛びやがれっ！」

全身全霊を込めた右こぶしを——忌々しいイケメン顔の左頬に叩き込んだ。

「ぶへらっ！」

顎がひしゃげたスヴェンは見事な三回転半を宙に描いた後——ゴミクズのように地面に落下した。

「ふ、ふご……ふご……」

豚みたいな泣き声を出しながらスヴェンはぴくぴくと痙攣していた。まあ死んではいないだろう。

（終わったか……）

「アーヴィン」

振り向くと、シーナがよろよろと立ち上がり——。

「ありがとう！」

グっと笑顔で親指を立てた。もしかしてあんな満面の笑みを見たのは初めてかもしれない。何気にレアな表情を拝めた。

「魔王様！　大丈夫ですか！」

ミトラがたたっと駆け寄ってくる。確かめるように全身をミトラに撫でられる。ちょっとこそばゆい。

少し離れたところではミルヴァーが「さすがでございます。魔王様」とケロッとした表情で地面に座っていた。

「魔王様ーっ！　司令ーっ！」「ご無事ですかーっ、魔王様ーっ」

辺りでの騎士たちとの戦闘も終わったのだろう。がちゃがちゃと音を立てながら、オークやダークエルフたちが集まってきた。

龍族の誤解も解け、騎士たちも撤退――戦いはもう終わりだ。

「さて――あとはこいつをどうするかだな」

道端で痙攣してるゴミの処理をどうするか。このまま魔王城に連れ帰って魔道研究所のおもちゃにしてしまうのも面白い。

などと考えていると――。

「その者、この私が預かろう」

聞き覚えのない声だ。初老の男性の野太い声。

見ると、大通りの奥——街の門の方から十名ばかりの騎士が歩いてきた。

（まだいたのか⁉）

もう戦える力は残っていない。だがやるしかない。

臨戦態勢を取ろうとアーヴィンが構えた時だった。

「お父様！」

声を上げたのはシーナだった。目を丸くして先頭に立つ初老の騎士を見つめていた。お父様？　それはつまり——。

「お初にお目にかかる、魔王よ。私はダリウス＝アルバート。王都聖騎士団の団長にして、そこにいるシーナの父親だ」

騎士はそう語り、兜を脱いだ。

歴戦の英雄を思わせる厳めしい相貌、シーナと同じ銀色の髪に、同色の立派な髭。普通の人間であるはずなのに、こうして相対するだけで威圧感を覚える。

これが王都聖騎士団の団長ダリウス＝アルバートか。どことなく雰囲気がファーヴニルに似ている。

「あんたが噂のダリウスか。それでこのヤリチンをどうするつもりだ？」

「正式に王都聖騎士団が裁くと約束しよう。三週間と少し前、アルカティアの街にシーナと魔族が現れた後、我々聖騎士団はスヴェンの身辺を調べた」

スヴェンのところに殴り込みに行った日だ。

「──私の娘が魔族に堕ちたなどとスヴェンは吐かしておったが、理由もなしに娘がそんな愚行を犯すわけがない」

「お父様……」

なるほど、このダリウスという男はなかなか話の分かる奴かもしれない。

「調べてすぐにマリナという女騎士に当たった。すぐに白状してくれたよ。スヴェンは騎士にあるまじき不貞行為を働き──それが世間に知れ渡るのを恐れ、婚約者であったシーナを切り捨てた」

怒りとも憎しみとも取れる目を地面に転がるスヴェンへと向けていた。ダリウスは続けて、

「さらに不干渉であるはずのドラゴンズバレーへの侵入と瞞着行為──到底許されることではない」

そう告げた後、横たわるファーヴニルへと視線を動かし、

「龍族の長ファーヴニル殿。此度は我が王都聖騎士団の一人が愚行を犯しました。この者

が奪った子龍、卵は我々が全て無事保護しております。本当になんとお詫びをすればよいか……」

ファーヴニルはゆっくりと瞼を閉じ、

「……ふん、人間とはなんとも好かんものだったが、貴様のような良識ある者もいるようだな——我は同胞たちの命が無事であるならそれに越したことはない」

「寛大なお言葉、痛み入ります」

とにかくこれで全て収まったようだ。

スヴェンがこれからどうなるか——そんなことは知ったことではない。一発殴れた、それで十分だ。めでたしめでたしだ。本当に疲れた一日だった。帰って寝たい。

「それで——シーナ。やはり赤い目なのだな」

「はい……」

あ、これは丸く収まっていない。

あなたの娘、闇堕ちさせちゃいました〜、なんて言える雰囲気ではない。そもそもの原因はシーナが攻めてきたから……なんて言い訳したところで、結果的に闇堕ちさせたことには違いない。

「だが、そうなったのはスヴェンがお前の命を狙っていたからだろう？　王都に戻ればスヴェンに殺されると思っていたから、魔王軍にいたのではないか？」

全くもってその通り。スヴェンがこうなった今、シーナが魔族になっていようとなっていまいと関係ない。これで責任追及は逃れられた。

「はい……ですが、軍にいたのはあたしの意志でもあります」

「意志？」

「魔族にされたのは確かに無理やりでした」

「無理やりだと」

ギロリとダリウスの双眸がこちらを睨む。待て待て、せっかく責任追及を逃れられそうだったのに、何を言っている。

「ですが今は魔族になってよかったと思っています。王都では魔族は悪、人心をたぶらかし、世界に破滅をもたらす者と教えられてきました。けどこの目で見てそれははっきりと違うとわかりました」

シーナは毅然と言った。

「……私はお前に騎士団に戻ってきてほしい。もう魔族でいる理由はないのだぞ？」

「それでもあたしはもう少し魔王軍にいたい。この目で何が正しいのかはっきりと見ていきたいんです」

シーナはシーナだ。

マジメで、一度決めたことは決して曲げず、ちょっと泣き虫で、だけど何ものにも屈しない。こういう奴だからこそ、魔王軍の他のみんなも文句を言いながらもついていったのだろう。

「ならば、今は好きにするといい。だがいつでも王都の門は開いている。帰りたくなったら遠慮するな」

「その時はアーヴィンに連れて行ってもらうわ」

「オレはアシか」

まあそれくらい安いもんだ。

「あの……」

と、それまで黙っていたミルヴァーがおずおずと手を挙げた。何か言いたそうだ。

「なんだ？」

「見間違いかと思いますが、アーヴィン様、先ほどシーナ様に『キス』されておりませんでしたか？」

「え？」

そういえば、された——記憶がある。しかも深いやつ。「ほう」とダリウスが目を細める。

怖い。

「し、したわよ。けどそれだったらミトラちゃんと同じでしょ」

「同じ？」

アーヴィンがオウム返しに訊ねると、

「ミトラちゃんも唾液を垂らしてたじゃない。あれって魔力を分け与えてたんでしょ？

あたしも同じようにしただけ」

腕を組んでツンとそっぽを向く。あくまでそういうつもりでいたらしい。

反論したのはミルヴァーだった。

「いえいえ、魔族にはそのような効力はございません。龍族の体液だからこそ、可能なことでございます」

「そうなの⁉」

「スヴェンは知ってたろ？　あいつ子龍の血を飲んだとか言ってたし」

そもそも龍の体液の力は回復じゃなくて増幅。魔力がなければ意味がない。

「うるさいわね。魔族も似たような力があると思ったのよ」

まあそれだけなら、別に勘違いもするかもしれないが――。

「ですが、アーヴィン様。しっかりと魔力は回復しておりませんでしたか？」

そういえばそうだ。あの時、少しだけ体の奥から力が湧いてきていた。

「ほ、ほら！　ちゃんと魔力回復するじゃない！」

まあ理由はわからないが、結果的に最後の一撃を放つだけの力を得たのは事実。

「私めの仮説でございますが、想い人からのキスは魔力回復効果があるのでございます。つまりシーナ様は――」

「ちょ、ちょちょっ！　何言ってくれてんの!?」

顔を真っ赤にして反論しようとするシーナ。

ただ、問題はそこじゃ――。

「問題はそこじゃありません！」

強く主張したのはミトラだった。

「なに。ミトラちゃん」

ずいずいとミトラがシーナに迫る。

「魔族間のキスは婚姻の証なんです！　魔族同士のキスは何があっても結婚しなくてはいけないんです！」

「うそっ！」と驚くシーナ。

「……ふむふむ、やはり私の仮説は正しかった、と」と勝手に納得してメモを取るミルヴアー。

「ほう……」と眉間にしわを寄せるダリウス。だから怖いって。

「シーナさんだけずるいです！　わたしもします！」

と言って抱き着いて来ようとするミトラ。知ってるお前がやったら洒落にならん、とアーヴィンはミトラの顔を手で押し戻す。

「さて……我々は先に行くとしよう」

ダリウスはスヴェンを抱え、くるっと背を向け、

「できれば我々人間としても魔王軍とは友好な関係を築きたい。せっかくシーナが渡した橋だしな――今日はこれで失礼させてもらう」

そう言ってくれるとありがたい。

魔王領だけが平和ならそれでいいと最初は思っていた。だがこうして歩み寄らなければ得られなかったものもある――今ならそう思える。

「魔王よ、いつになるかわからんが、私自身、シーナについて『個人的』に話がある。いいな？」

「お、おう……」

これ殺されるやつじゃないのか？

戦々恐々とするアーヴィンを尻目にダリウスは去っていった。

「さて……我も戻るとしよう」

という言葉と共に羽ばたく音。同時に強風が巻き起こった。見上げると、ファーヴニルが元気よく上空に飛んでいた。

「もう飛べるのか!?」

結構本気で殴ったつもりだったが。

「侮るな。あの程度の一撃、数分もすれば治る」

治っていながら隣でダウンした振りをしていたのか。

「ならスヴェンが出てきた時にはもう結構元気だったんじゃないのか？」

「……あの場で見極めたかった。我が騙されていたこと、この地に攻めてきたことは謝罪する。砦と街の修復にも、我ら龍族が全力で協力するとしよう」

それはありがたいことだ。龍族の大きな体があれば、瓦礫の撤去など容易いだろう。

「ミトラにはすでに伝えたが、我はもう貴様を見限るつもりであった。人間などに軍を掌握される魔王など聞いたことがない、とな」

ファーヴニルが来た日、ミトラが沈んでいたのはやはりそういう会話があったからだ。

「――だが、違った。そこの人間の娘は心から貴様を信じていた――それは貴様の人徳のおかげかもしれん」

そう思ったことはなかった。シーナに目をやると、慌てて目を逸らされた。

「……魔王オルヴェインとは違うのかもしれぬな。奴は力こそが至上であるとしていたが、貴様は奴とは違う――また別の力を持っておるのかもしれぬ」

「なんだそれ？」

力と言われてもピンとこない。

父の時のような冷たい軍にしたくはない。その結果が今の魔王軍だ。

「だから今ひとたび見守ろう。我ら龍族が本当に力を貸すべき相手なのかどうか――」

それだけ告げるとファーヴニルは上空へと飛び立った。アーヴィンが気絶させたはずの他の龍族もそれに伴って上空へ飛び立ち――ドラゴンズバレーの方角へと飛んで行った。

「まあ……一見落着か――」

あれ？

ふらっ、と眩暈がした。

気が付くと視界に青空が広がっている。仰向けになった？

「魔王様――」「アーヴィン――」二人の慌てた声が耳の奥に届く。

大丈夫だって――あれ？

言葉が喉から出てこない。

だんだん視界がぼやけてくる。なんだか眠たくなった。

アーヴィンはゆっくりとゆっくりと瞼を閉じた。

エピローグ

「フハハ、よくぞきた勇者どもよ。さあ、我が腕の中で息絶えるがよい！」

玉座に座るアーヴィンの目の前には、ライトアーマーを着けたオークたちがメイスを持って立っていた。

オークたちには予行演習に付き合ってもらっていた。今度、シーナと一緒にＴＲＰＧをやる約束をしたのだ。その際、ＧＭアーヴィンとして恥ずかしくない演技をさせてもらう。

「あの～、魔王様」

オークの一人がおずおずと手を挙げる。

「なんだ」

「オレらもう休憩終わるんすけど……」「うんうん」「昼の修練に行かないと」

「は？　お前ら、暇だって言ってたろ」

「いやいや、セリフ合わせとか着替えとか移動とかしてるうちに休みなくなったっすよ」

「うんうん」「じゃあお疲れーっす」

とおのおの勝手にぺこりと一礼して「さあ修練しないと」「来週の合コンで筋肉見せびらかすんだ」「あーまじで魔王様の相手疲れるわ～」とハツラツと玉座の間から去っていった。あと三人目のオーク。お前、あとで泣かすからな。

「はぁ」

と玉座にもたれかかるアーヴィン。

街の修復に砦の修復。

あれからまだ一週間しか経っていないが、龍族の協力もあり着々と進んでいる。

意外にも龍族は砦や街を破壊しなかったのが大きい。無駄な被害を出さないという龍族の配慮でもあったのだろうか。

「邪魔するわよー、あ、やっぱりアーヴィンここにいた」

大扉を押し開けて入ってきたのはシーナだった。腰に手を当てて何やら怒っているようだ。

「なんか用か」

「あんたさっき勝手に武具庫の鎧持ち出したでしょ。数合わないのよ、返して」

「ああそれならさっきのオークたちが持ってったぞ」

正しくは着せてたから、後であいつらも返しに行くだろう。

「何に使うのよ、それ」

「今度お前とやるTRPGの練習だ——そうだ、お前もやってみるか？」

「はぁ、あんた……まだ傷が癒えたばっかだっていうのに元気ね……そんなに元気なら魔道研究所の手伝いでもしてきなさいよ」

最近、シーナの小言が多くなってきた。お前は母ちゃんか何かか。

「うるせぇな。ちゃんと行ってるっての」

魔王軍に足りないのは魔法による戦力だと、この前シーナが指摘していた。指揮系統はシーナがなんとかしているとはいえ、まともな魔法を使えるのは一部のデーモンとアーヴィンだけだ。魔法教育に力を入れ、人間以外の国——ボルケル山脈のさらに奥の国や魔王領よりさらに西の国が侵攻してきた時の防衛策が欲しいとシーナは言っていた。

そのためにアーヴィンは傷が癒えた先日からミルヴァーと一緒に協議している。

「ちょっとは魔王としての自覚を持ちなさい。あんた今、結構噂されてんだから」

「噂？」

「歴代の魔王とは違う。新たな強さを持った最強魔王が誕生したって。これから先、魔王軍がどうなっていくのか、それはあんた次第なんだから」

みんなが褒め称えてくれるのは悪い気がしない。人徳がある魔王だという魔族もいるが
それは違う。

ただやりたいようにやっただけだ。シーナを闇堕ちさせたのも、オークたちを自由にさせているのも、全部アーヴィンがやりたいからやったに過ぎない。

「まあ悪くはないかな――それで、お前今日は何しに来たんだ？」

というとぴくっと反応して、恥ずかしそうに唇をツンと尖らせた。

「礼……スヴェンから守ってくれた礼。そういえば言うの忘れてたから……」

「お礼を言いにわざわざ来たのか？　珍し、お前が素直に礼なんて――」

「勘違いしないでよね！　それで別にあんたのこと、全部認めたわけじゃないからね！」

なんだその古いステレオタイプのツンデレは。

礼か。別にそんなもの求めていない。

「むしろ逆だ。オレの方がお前に礼を言いてぇんだから」

なんだか言っていてこそばゆくなって、アーヴィンは指で頬を掻いた。

「あんたの方が素直に礼なんて、明日、嵐になるわね」

「お前なぁ」

まあ確かに自分らしくないと思った。だが礼を言いたいのは本心だ。

シーナが魔王軍を変えてくれた。やりたいことが増えたのはシーナのおかげだ。

この軍をもっと自由に、そして父とは違う強い軍にしていきたい。それが今のやりたいことだ。

「――とにかく礼はいいから、お前もオークとダークエルフたちに剣を教えてやれ」

「それはちゃんとしてるわ。でもあんたに礼をしないとあたしの気が済まないの」

わがままな奴だ。

――ピンと思いついた。

「じゃあちょっとだけ付き合え」

「はぁ？」

「だからＴＲＰＧの予行練習。オレが魔王役でお前が勇者役」

やはり勇者役がオークじゃ盛り上がらない。

うーん、と迷ったように腕を組んでからシーナは諦めたように「はぁ」とため息を吐いた。

「五分だけよ――で、何をしたらいいの？」

「戦う前の口上だけでいい。まあ適当に合わせてくれりゃいいさ」

ごほんと咳払いをしてアーヴィンは立ち上がり、ローブを翻す。

「フハハ！　よくぞ来た勇者シーナ！　我に立ちふさがったこと後悔するがいい！」

なんかこうして叫んでると魔王だなぁって気分になる。

シーナも息を整え、キッと睨みつけてくる。

「覚悟しなさい魔王！　王都聖騎士団、この一番隊隊長シーナ＝アルバートがあなたを成敗するわ！」

と言ってレイピアを引き抜く。

いいいっ！　なんか盛り上がってきた。これなら今度やるときはなかなか臨場感のあるセッションになりそうだ。

口上が勇者というより騎士っぽいのは仕事柄、仕方ないかもしれない。まあこの際、目を瞑ろう。

――この先、魔王軍はまた戦うかもしれない。

けれどシーナがいれば、きっと大丈夫だろう。

アーヴィンは魔王らしく、手をかざしながら――そう思った。

あとがき

僕はカフェオレが大好きです。

冷蔵庫には必ず四、五本の備蓄(びちく)があります。

執筆(しっぴつ)のためにパソコンに一回向かい合うたび、一本飲みます。これを飲むとモチベーションが上がり、筆が乗ります。

このあとがきを書いている今も、手元にカフェオレがあります。おいしいです。

ただ問題が一つだけあります。

僕は実家暮らしなのですが、姉が一人います。

困ったことに姉も同じカフェオレが大好きなのです。ですので、冷蔵庫に備蓄していたカフェオレがいつの間にか一本、二本消えていることがあります。大変です。

いざ執筆しようと思い、冷蔵庫を開けた時、「あ、飲まれた！」と血涙(けつるい)をしぼることがたまにあります。

その時は近所のスーパーに行き、店員に「え……なんでこの人同じカフェオレを十本も買ってるの……？」と白い目で見られながら購入します。

ちなみに缶のカフェオレですので、コンビニよりスーパーの方が安いです。お得。

そんなこんなで二十本近くのカフェオレを胃に流し込んだ結果、皆様のお手元にある小説が出来上がっております。

あ、申し遅れました。「ようこそ最強のはたらかない魔王軍へ！」の作者の永松洸志です。この度は本書を手に取っていただきありがとうございます。

こんな哀れなカフェイン中毒者の小説ですが、お楽しみいただけたら幸いです。

――では一区切りついたところでカフェオレの豆知識を一つ。

カフェオレとカフェラテの違いをご存じでしょうか？

カフェオレの『レ』はミルクの意味、カフェラテの『ラテ』もミルクの意味であり、どちらもコーヒーとミルクを混ぜた飲み物という意味では同じです。

主な違いはコーヒーの部分がオレはドリップ、ラテはエスプレッソということです。

それと基本的にカフェオレは五対五でコーヒーとミルクが入れられていますが、カフェラテは二対八でミルクの方が多いのです。

僕の小説に例えると、コーヒーの部分がシリアス、ギャグの部分がミルクとしてカフェラテみたいな小説ということになります。

意味がわかりませんね。僕にもわかりません。

なぜこんな知識をもっているか、というと、「今日の分の小説を書こう」と冷蔵庫を開けてカフェオレを取った時に、ふと「アーヴィンの世界の中にコーヒーとかあるんだろうか」と思ってネットでカフェオレのことを調べたからです。

アーヴィンたちもカフェオレとか飲みそうですね。カッコつけて無糖で飲みそう。今の僕みたいに無駄にうんちくなんか語ったりして、あとでシーナに知識で上をいかれ、にわかであることが露呈するなんてこともあるかもしれません。

ちなみにカフェラテの発祥の地はイタリアのヴェネツィアです。水の都と呼ばれている世界遺産にも登録されている街ですね。魔王領でもそういう発祥の地とかあるかもしれません。機会があれば、作中で魔王領製のカフェオレを出したいです。

――カフェオレのお話、いかがだったでしょうか。少しでも「へー」と思ってくれたら幸いです。

――って違う。これそういうコラムじゃなかった。これはあとがきですね。

ではあとがきらしく制作秘話的なものを一つ。

この作品、ファンタジア大賞に投稿した時は「闇堕ちさせた姫騎士に魔王軍が掌握されました」というタイトルでした。作品コンセプトはタイトルのまま、「闇堕ち姫騎士が逆に魔王軍を乗っ取ったら面白くね？」というところです。

コンセプトを思いついたきっかけは、同人誌とかでよくみる『闇堕ちした女の子』からでした。正義のヒーロー的な女の子が敵の手に落ちて、悪に手を染める——そんな同人誌のテンプレを思い浮かべた時、「逆に女の子が悪のボスを手玉に取ったら面白そう」というところからこの物語はスタートしました。

そこさえ決まればあとはキャラクターを固めていくだけでした。

作っている最中は楽しく、近くにはカフェオレがあったのでモチベーションにも困りませんでした。

さて、あとがきの残りページもわずかになりました。

カフェオレの話しかしてませんね。僕は一生、カフェオレの呪縛から逃れられないのでしょう。もう手遅れです。

たまに甘党なの？　と聞かれることも多々あります。甘党です。作中で出てくるクレープを書いている時も「食べたい、はぁはぁ食べたい……」と涎を垂らしていました。これを書いている今も食べたくなってきました。明日コンビニで買ってきます。

——さて、こんなカフェインまみれのあとがきで申し訳ありません、幸運にも次回作を出させていただくことがありましたら、カフェオレ要素は半分程度まで減らしますのでご安心を。……いらない？　いりませんね、はい。

最後になりましたが、マジメに締めたいと思います。これでも元来の性格はマジメなんです。信じてください。

まず、読者の皆様へ、重ね重ねではありますが、本書を手に取っていただきありがとうございました。今作でくすりとでも笑っていただけたら作者としてこれ以上の喜びはありません。

次にファンタジア編集部の方々と、様々なアドバイスを授けてくださった担当者様へ、ありがとうございました。まだまだ未熟ではありますが、これから精いっぱい努力してまいります。

そしてこの作品を推してくださった選考者の方々と、葵せきな先生、橘公司先生、そして石踏一榮先生、ありがとうございました。ミトラちゃんはさらにかわいくなったでしょうか……？　はぁはぁと息を荒くして悶えていただけたら幸いです。

かわいいイラストを描いてくださった手島ｎａｒｉ。様。ありがとうございます。はぁはぁと息を荒くして身悶えさせていただきました。

あと、私事ではありますが、両親に、ここまで支えてくれてありがとうございました。両親共にアニメファンでなければ、僕は家の中で白い目で見られていたことでしょう。

名残惜(なごりお)しいですが、これで最後になります。ありがとうございました。

——さて僕はあとがきを書き終えたので、これからカフェオレを飲みに行こうと思います。それでは。

永松洸志

お便りはこちらまで

〒一〇二―八一七七
ファンタジア文庫編集部気付
永松洸志（様）宛
手島ｎａｒｉ。（様）宛

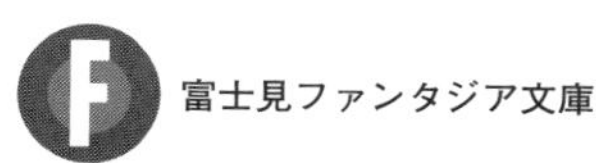

ようこそ最強のはたらかない魔王軍へ！
～闇堕ちさせた姫騎士に魔王軍が掌握されました～

令和２年４月20日　初版発行

著者――永松洸志

発行者――三坂泰二

発　行――株式会社KADOKAWA
〒102-8177
東京都千代田区富士見2-13-3
0570-002-301（ナビダイヤル）

印刷所――株式会社暁印刷

製本所――株式会社ビルディング・ブックセンター

※定価はカバーに表示してあります。
●お問い合わせ
https://www.kadokawa.co.jp/（「お問い合わせ」へお進みください）
※内容によっては、お答えできない場合があります。
※サポートは日本国内のみとさせていただきます。
※Japanese text only

ISBN978-4-04-073586-3 C0193　◇◇◇

世界最強の

“不可能任務”に挑む少女たちの
痛快スパイファンタジー！

スパイ教室

竹町

illustration
トマリ

神話に名を刻む史上最強の大魔王、ヴァルヴァトス。
王としての人生をやり尽くした彼は、平凡な人生に憧れ、
数千年後、村人·アードへと転生するのだが……
魔法の力が劣化した現代では、手加減しても、アードは規格外極まる存在で!? 噂は広まり、 嫁にしてほしいと言い寄ってくる女、次代の王へと担ぎ上げようとする王族、果ては命を狙う元配下が学園に押し掛けてくるのだが、
そんな連中を一蹴し、大魔王は己の道を邁進する……!

ファンタジア文庫
すべてを
蹂躙（じゅうりん）する。
史上最強の大魔王、村人Aに転生する
The Greatest Maou Is Reborned To Get Friends
下等妙人
イラスト／水野早桜
シリーズ好評発売中！

学校に内緒でダンジョンマスターになりました。

琳太

CONTENTS

1 第三迷宮高等専門学校

大三校ダンジョン六層、草原フィールド。

草原をこちらをめがけて駆けてくる草原鼬に、前衛担当の佐藤と中村の二人が学校の備品であるポリカーボネート製のライオットシールドを向け、鉄製のロングソードを構えた。

中衛の高橋と田中は前衛の二人の盾に隠れるように槍を構える。俺は後衛担当だったので鈴木と並びクロスボウの照準を合わせた。

初撃は後衛でクロスボウを構えている俺たちだ。ステップウィーゼルが攻撃範囲に入ったことを確認し、トリガーを引く。

ヒュンッと風切り音と共に俺が放ったボルトは、ステップウィーゼルの片耳を吹き飛ばす。一方鈴木の放ったボルトはステップウィーゼルに掠りもせず、草の中に消えた。

鼬と名がつくが、その大きさは日本に生息する鼬と違い、中型犬を超える大きさだ。だけどその大きさでも動く的に命中させるのはなかなか難しい。

まだ〝小隊戦闘実習〟は始まったばかりなので、授業ごとに武器とポジションは変わる。

いずれ自分にあった武器を選ぶけど、それは三年になってからなので先の話だ。

「ヘタクソ、ちゃんと狙えよ」

盾の後ろで槍を構えていた班長の高橋が、振り向き怒鳴(どな)ってきた。

「ご、ごめん」

外(はず)した鈴木ではなく、命中させた俺がつい反射的に謝ってしまった。

片耳を吹き飛ばしたくらいでは勢いが止まらないステップウィーゼルを、前衛の佐藤と中村がタイミングを合わせ盾で跳ね返す。

「せーのっ！」

「どっせい！」

スキルは持っていないが、佐藤たちの放ったシールドバッシュのタイミングがうまく合い、ステップウィーゼルは「ギャウッ」と悲鳴を上げ転がった。

そこへ高橋と田中が槍を突き出す。俺も新たなボルトをつがえ、ステップウィーゼルの頭に狙いをつけ素早く放った。

佐藤と中村も盾を構えつつロングソードで腹部を狙う。

オーバーキル気味の攻撃にステップウィーゼルは力尽き、黒い粒子に変わっていく。

「教官が釣ってきたモンスターじゃなくって、自分たちで探索して遭遇(そうぐう)したモンスターと戦うのって〝探索者〟してるって実感湧くよな」

戦闘が無事終わりほっとしたのか、田中が話しかけてきた。

迷高専では二年度に入ってようやく実践授業という名前でダンジョン探索が始まる。

田中の言う通り、最初は教官が釣ってきたモンスターを倒すだけだった。それが二学期に入ってから始まる小隊戦闘実習では、自分たちが主体でダンジョンを進んでいくのだ。

仮免では指導教官がいないと戦闘行為が行えないから、生徒だけで探索しているわけじゃあないけど、一端(いっぱし)の探索者になった気分にはなれる。

探索者は概(おおむ)ねパーティーを組んで活動するが、パーティーを組む時はそれぞれ得意な武器やポジション、適性を考慮(こうりょ)するものだけど、今は小隊戦闘の授業なので一通りの武器を使えるように毎回武器やポジションを変えて行われる。

実際の探索者パーティーとは違い、授業のためのグループなので〝パーティー〟ではなく〝班〟と呼ばれていた。

最初の授業の時に教師に振り分けられて顔合わせするまで、高橋と鈴木と中村とは全く接点がなかったし、佐藤も多少会話を交(か)わしたことのある程度だった。そんな中比較的付き合いのあった田中と同じ班になれた時は喜んだ。

黒い粒子が消えると、代わりに羊皮紙(ようひし)を丸めたような物が残った。

「みろ、スクロールだ」

「すげー、初めてのスクロールドロップだ」

「脅威度1の最弱モンスターのくせして、スクロールドロップするとか、ありえないくらいもってる個体だったってやつ？」

マジ？　三層でスクロールドロップすることあるんだ。

大三校ダンジョンは全三十層あるが、十層まではステップウィーゼルのような、脅威度1から3までのコモンモンスターしか出ない。

脅威度は国際迷宮機構が設定したモンスターの討伐難易度のことで、1は探索初心者でも倒せるランクってことになっている。とはいえ牙を剥いて襲いかかってくるモンスターに、戦闘経験のない素人だとビビって戦えないと思う。

だけど迷高専の探索者コースで、戦闘訓練を受けてきた俺たち六人にとっては楽な相手だった。

「今まで魔核ばっかりで、よくてアイテムの爪や皮の素材しか出なかったけど」

「スクロールなんて初めてだ」

「ポーションや装備品も出たことないけどな！」

高橋、佐藤、中村がスクロールのドロップにはしゃぎ出す。

小隊戦闘授業は今回が三度目だった。まだ慣れない戦闘形式と、モンスターとの命のやりとりという興奮と緊張から開放されたところに、スクロールのドロップという奇跡にも近い幸運で皆舞い上がってる。

いや、舞い上がるというか戦闘によるアドレナリンの放出過多で落ち着きを失っていたのかもしれないと、後で振り返った時に思った。

「お前たち、はしゃぐな！」

「ほら、鹿納(かのう)！」

指導教官の三田(みた)から叱咤(しった)の声が飛ぶ中、班長の高橋が俺に向かってスクロールを投げた。

「え、あ、うわっと」

三田教官の怒声に驚いたことと不意に投げられたことで、スクロールを受け止め損(そこ)ね、お手玉のように両手の中で数回跳ねさせてから、かろうじて端っこをつかんだ。

投げたりお手玉したりがよくなかったのか、摑んだ場所が悪かったのか。

スクロールはぱらりと解(ほど)けてしまった。

「「「「あ…」」」」

淡く光ったスクロールは、そのまま光の粒子と化し消える。

ダンジョンから齎(もたら)されるスクロールはそれを開けたものに、ダンジョン内でのみ使用できるスキルを与えて消滅する。

消えていく光の粒子を目で追うが、その光が完全に消え去った時皆の興奮は一気に覚(さ)めた。全員班の指導教官である三田の方を振り返り青ざめる。

「あ〰〰っ」

「何やってんだ、鹿納」

「おまっ、バカ！」

「うそだろ！」

「信じられなーい！」

「お、俺のせいじゃ……」

戦闘実習中ということも忘れ、全員が大声で騒ぎ出したが後の祭りだ。

「まだ授業中だぞ。騒いでないで隊列を組み直せ！」

悲鳴にも似た言い合いは三田教官の叱責によって遮られる。ダンジョンの中で騒げばモンスターが集まってくる可能性があるから。

全員三田教官方の方に向き直りおしだまる。授業方針に反してスキルを取得した場合、どんな罰が課せられるかは校則には書かれていない。

故意ではないとはいえ無断でスクロールを開いてしまったことで、全員どんなお咎めがあるかと意気消沈してしまったけれど、再びモンスターとの戦闘が始まれば気にしている場合ではなくなった。

そして以後はトラブルなくその日の小隊戦闘の授業は終了した。

当然俺たちは放課後に担任と学年主任から呼び出しをくらった。

スクロール開封は指導教官も見ていたこともあり不可抗力とされたものの、無罪放免とはならなかった。

学年主任と担任による小一時間ほどのお説教に加えて、反省文の提出と一ヶ月間の職員トイレの掃除という罰を喰らうことになった。

〝禁止されている二年度のスキル取得〟これが俺鹿納大和にとって大きく言えば将来、小さく言えば進級に関わるさまざまなことの発端となった事件だ。

世界中に突如ダンジョンが発生してから二十年余り。

現在日本探索者協会＝Ｊａｐａｎ　Ｄｕｎｇｅｏｎ　Ｄｉｖｅｒ　ｓｏｃｉｅｔｙ＝略称ＪＤＤＳが直接運営する探索者養成校はいくつかあるが、その中で高校卒業資格も取れる学校は五校しかない。

大和はその五校の内の一校、大阪にある日本探索者協会立第三迷宮高等専門学校の探索者コースに在籍している。

大阪にある三校目の専門学校であることから略して大三校とか、地域では単に迷高専と呼ばれてる。

大三校はどの課程を修了したかによって、卒業時に与えられる探索者ランクが変わる。

最高はＥ、最低でもＧランクがもらえるとあって、探索者志望の受験生が引きも切らない。

大三校は一年度は共通だが二年度から探索者育成、商業、サポートの三つのコースに分かれる。単位数は異なるが全てのコースで実践授業、すなわち戦闘訓練は必須授業だ。仮免許しか持たない生徒は護衛を兼ねた指導教官の管理の元で、ダンジョンでモンスターと戦う事になる。

　現在日本では免許がないとダンジョンに入れないと法律で決められている。

　迷高専は入学時に仮免許がもらえるので、教官の指導のもとでダンジョンでの戦闘訓練を含め、ダンジョン内で活動ができるようになるのだ。教官について教習するところは車の仮免許と同じだ。

　指導教官の条件は探索者ランクE以上で五年以上の探索者経験があるものとされている。殆どが十年以上の経験があるものの、怪我や年齢を理由に引退した探索者が多い。

　大和たちの班の担当教官である三田のような若い教官は珍しい。

「ちくしょう、なんて事してくれるんだ。これで俺の評価が下がったら、なんのために教官なんてやってるかわからないじゃないか」

　臨時職員会議に呼び出された三田は、心の中で悪態をついた。

　指導教官を三年以上務めると、給与以外にスクロールの優先買取権が与えられる。

　スクロールは多種多様数え切れないほどの種類が存在し、ダンジョン発生から二十年経った今も新しいものが発見されている。

　だが、欲しいスクロールがうまくドロップするわけではない。探索者は自分に不要なスクロールを売りに出し、代わりに欲しいスクロールを購入する。使い勝手がよく人気があるスクロールは、オークションにかけられ値が釣り上がる。

探索者として今ひとつ上に登れないでいた三田は、指導教官をすることでスクロールを手に入れる方法を選んだのだ。

だから指導教官の仕事に対しての熱は無く、自分の評価だけを気にしていた。

「困るな、三田くん。我が校の探索者コースではスキルの収得は三年度からと決まっているんだ。二年の時点でのスキル収得は非戦闘系職種、サポートコースの生産職に限ってのことだ」

「すみません、まさか貴重なスクロールを投げ合うと思わず」

「まあまあ校長、教官だけの責任ではありませんよ。探索者志望とはいえ、はっちゃけたい思春期の男の子ですから」

学校運営に携わるＪＤＤＳの教育部長が三田に同情するような視線をやりつつ、校長を宥める。

「けれどダンジョンが現れて間もない頃と違い、鑑定が可能な昨今は鑑定されていないスクロールを使用することは勧められませんし、そう生徒に教えています」

鑑定手段を持たない探索者はＪＤＤＳの買取窓口で簡易鑑定を受けてから、使用するか売却するかを決める。

「探索者コース二年度は基礎の戦闘力を伸ばしつつ、座学でスキルについて学ぶことになっている。我が校の方針から外れるしねえ」

「まあ、いつ起こってもおかしくなかった事案です。今までなかった方が奇跡でしょう。一般探索者でも不意にスクロールを開いてしまったと言う話はよく聞きますから」

大和たちの担任と学年主任も三田をフォローするような意見を述べる。

大三校では三年度で自身の戦闘スタイルを確立しつつ、それに有用なスキル構成を学びながらスキルを習得していく。そういうカリキュラムで教育を行なっている。

この辺りは学校によって方針が違ったりするし、方針変更も行われる。まだ探索者育成高校自体が教育方針を模索中なのだ。

「まあ、今後は気をつけてくれたまえ」

「生徒の方には？」

「一応罰を科しました。一ヶ月間の職員トイレの掃除ですけど」

「罰と言えばトイレ掃除って、えらくレトロじゃあないですか」

「学校の教育方針ではありますが、校則に明記しているわけじゃあないですから、あまり厳しいのもねえ」

あまり罰が厳しいと教育委員会がうるさいのだ。

「大三校ダンジョンが制覇されてから、低層でスクロールがドロップするなんてありませんでした。ものすごい確率ですよね。件の生徒たちは〝つき〟を持ってるんじゃないですか。探索者には必要な資質ですよ」

教育部長は元探索者なためか、こういう〝つき〟を重要だと考えている。

「そういえば取得したスキルはなんでしたっけ」

校長が話題をスクロールに戻したことで、手元の資料に皆が目を向ける。

「えっと、コモン星一つ（C☆）の光単呪文の光（ライト）ですね」

販売価格最低のスクロールだったことで、会議参加者からふっと気が抜けた。

「うちの浅層（せんそう）から星数の多いスクロールが出るはずないですよ」

「ええ、めくじら立てるほどのスキルではありませんな」

大和が手に入れた《ライト》は探索において役立つスキルではあったが、ドロップ数が多く、オークションにかける必要もないほど出回っているスキルだった。

儲（もう）けにならないスクロールであれば惜しくないとばかりに、校長と教育部長は次の議題へ移るよう指示をした。

そうして臨時の職員会議は別の議題に移っていき、三田は退出を促された。

◆ ◆ ◆

職員トイレの掃除という罰を受けた俺たちは、最初はそこまでギスギスしていたわけじゃあなかった。

最初は「投げた高橋が悪い」「受け損ねた鹿納が悪い」「はしゃぎすぎた皆が悪い」と言いあっていたのだが、一週間が過ぎた頃から責任のなすりつけあい、罵（のの）り合いへと変わっていき、班の人間関係は徐々におかしくなった。

「あーあ、やってられねーなあ」

高橋が聞こえよがしに愚痴を言う。職員トイレの清掃をするため、校舎を移動していた時だった。迷宮内施設である校舎内では、あまり水を使えないため専用薬剤を使うよう指示されている。薬剤が保管されている倉庫はトイレとは別の場所にあるため、掃除用具を取りに回り道をする必要があった。

「本当なら今頃自主鍛錬の時間なのになあ」

「放課後の貴重な時間を犠牲にしてまで、職員トイレを毎日掃除しなくていいだろうに」

レベルアップにはモンスターの討伐が一番早いが、ダンジョン内で鍛錬することでも多少の経験値が得られることは、すでに実証されている。

生徒だけで三層以下の探索が許されるのは、探索者免許を取得した四年度以降だ。三年度生以下は少しでも経験値を得ようと、終校時間いっぱいまで二層にある鍛錬場で自主鍛錬を行う。その貴重な時間がトイレ掃除で削られるのだ。

口々に不満を呟きながらも、真面目に掃除をしていたのは初めの一週間ほどだった。

「なあ、俺らなんで便所掃除やんなきゃいけないんだ」

「そーだよな」

高橋は我が強く、俺様気質なところがある。そんな「オレがオレが」な性格で班のリーダーに自ら立候補……したわけではない。同中出身でいつもつるんでいる鈴木に推薦させたのだ。鈴木はちょっと高橋の腰巾着っぽい。

佐藤は比較的寡黙な性分だが、今回のことに関しては自分には関係ない、関わりはごめんとばかりに無視を貫く。

「スキルゲットしたのは鹿納だけだし」

中村は要領がいいというか、抜け目のない性格をしていて、ちょっと俺とは馬が合わないなと感じていた。きっと向こうもそう思っているだろうと察している。

「だよなあ、俺たち損してるだけだよな」

班の中で一番仲がよかった田中も、スキルを誰よりも先に取得したことに妬みを抱いたのか、問題の小隊戦闘の授業以降距離を置くようになった。

日を追うごとに俺に対する班員五人の態度は悪くなっていき、教室では無視されるようになった。

三週目に入ると五人は現れず、一人で職員トイレを掃除をする羽目になっていた。

そのことを教師に訴えたとしても、班での自分の立場がより悪くなるだけだと諦め、一人で掃除を続けた。

ようやく罰の一ヶ月が終わった頃には、班員だけでなくクラスメイトもスキルを得た俺に冷たくなっていた。これは班員がクラスメイトに話を広げ、俺に対する悪感情を煽ったせいだ。

学校側の〝スキルの取得禁止〟の理由は、二年度はまずスキルに頼らない基礎戦闘力をつけるためとしている。

学校であるからには、生徒に一貫した指導を行わなければならないとしている。実際スキルなしのカリキュラムしか組んでいない。

スクロールの種類は発見されているものだけでも多岐に渡り、それぞれに対応した細やかな指導は学校のような集団教育の場ではコストが嵩みすぎてできないのが現実だ。

また迷高専では学生はドロップしたスクロールを勝手に開くことのみならず、授業中にドロップしたものは学校側に提出することになっている。

探索者はドロップ品をＪＤＤＳや企業などに売って収入を得る。けれど現状日本ではドロップ品の売買には探索者免許か商業許可証を持っていなければならない。生徒の持つ仮免では売ろうにもドロップ品を現金化できないのだ。

学校側も生徒が提出したドロップ品を丸取りしているわけじゃあない。ダンジョンポイントという校内で使用できる電子マネーを用意し、生徒が提出したドロップ品に見合ったＤポイントを、生徒たちに還元している。

班での実習授業中であれば、獲得したＤポイントは班員に均等分配になる。

このＤポイントは学内の購買部や食堂などで使え、また学内だけではなくＪＤＤＳの施設でも使用できる。

ただＪＤＤＳの施設で使う場合、Ｄポイントは３ポイント二円換算されるため、１ポイント一円換算される学内で使用する傾向にある。

生徒がDポイントとして使うことで、学校側に利潤が出るのは生徒側も口に出さないが承知している。

「ライトのスクロールって、どれくらいのポイントになったんだろう」

「俺たちがもらえるはずだったポイント、スキル取ったやつが補填するべきじゃね」

今回スクロール分のDポイントが手に入らなかったことが、不満の一つなのは間違いないと思う。スクロールはドロップ品の中でも高額になることが多いから。

学内の購買部では日用品なども販売しているので、Dポイントはあればあるほど学生生活も潤うのだから。

「本当だったら。それで色々買えたのにな」

そんな嫌味を聞えよがしに教室で言われ、肩身が狭くて教室に居づらくなる。

やがて二学期終盤にはクラスメイトの態度はさらに悪化し、授業にも影響が出始める。

当然実践授業中の班の雰囲気は悪く、俺を私的な会話に入れなくなっていった。それだけならまだ我慢したけど、ついには実践授業で示し合わせてモンスターと戦わせないようにしだした。

それは俺が習得したスキルが原因でもあった。

俺が望まず手に入れたスキルは《光魔法》の単呪文で、C☆の《ライト》だ。

スキルの《ライト》によって灯される光は、ランタンや懐中電灯よりも光量がありちらつきもない。

「光で照らせ」と言い出した班のリーダーである高橋に、三田教官は注意することなく黙認した。

以降俺は班の〝灯り係〟となり、ほぼ戦闘に参加できなくなった。

「何やってんだよ、鹿納動くな」

「お前が動くと光がブレるだろ」

「そこでジッとしてろ」

「だけど、俺も……」

「後だ、とりあえずこいつら減らしてからだよ」

口を開くと班の面々から罵声(ばせい)が飛んでくる。特に高橋、それに追従(ついじゅう)する鈴木、元から気の合わなかった中村の三人からだ。だけど佐藤と田中も何も言わず傍観(ぼうかん)しており、結果一人戦闘に参加できず、ただ突っ立っているだけとなった。

ちらりと三田教官を伺うが、こちらも知らんとばかりに顔をそらす。

三学期に入ってからの実践授業ではずっとこの状態が続き、戦闘から除外されたため経験値を得られずにいた。反対に他の班員はレベルが上がり力をつけていく。

「三学期中結構倒したよな、随分レベルが上がったと思うんだ」

「今度の期末の体力テスト楽しみだな」

高橋と鈴木がそんな会話を交わす。

「けどわかっていても不思議だよな。モンスターを倒すことで得る経験値って本当はなんなんだろ？」

「そんな迷宮指標にも書いてないこと、オレにわかるわけないだろ」

「有力説はモンスターを構成する迷宮魔力が、倒した人間の身体に吸収されて起こるって節だけど」

「迷宮魔力と魔素の同一説は否定されてる。試験でミスるぜ」

だけど〝魔素〟の存在は未だ立証されていない。目に見えないし測定する方法も見つかってない〝理論上存在する〟とされているだけだ。

昔は魔核に含まれる〝迷宮魔力〟と同一視されていたみたいだけど、現在は別物だという考えが定説とされていて、迷宮指標にもそう書かれている。

「ゲームだってモンスターを倒してレベルアップするんだし、同じようなもんだろ」

中村も二人の会話に混じり出す。会話を止めるつもりはないみたいだ。

「この説考えたの、絶対ゲーマーだよな」

このレベルアップ理論の元になった論文を発表した研究者の中に、コアなゲーマーがいたことは世界的に有名な話だ。

ＲＰＧなどで使われていたシステムを参考に【経験値】を得て【レベルアップ】することで【ステータス値が上昇する】という概念がピッタリ符合したのだ。

実際ゲームのようにステータスが表示されたり、レベル表示があったりはしないから、ステータス上昇を確認するには体力テストをするしかないのだけれど。

いくら帰り道とはいえ、安全が確保されているわけではない。不必要な会話は減点対象だけど、俺は注意するつもりもなく先頭を《ライト》で照らしながら進む。

周囲の警戒を怠ることはできない。暗い洞窟の中光源のすぐ近くにいる俺は、モンスターにエンカウントすれば一番に狙われる。

七層からの帰り道で、会話を続ける高橋と鈴木と中村。

最後尾の佐藤と田中は一応周囲を警戒している。そしてその後ろにはなんの注意もしない三田教官。最低最悪のメンバーだ。

半年前まではこんなことなかったのにと、悔しさに拳を握りしめる。

効果時間がきれてフッと光が消え、あたりが闇に包まれる。

「おい！　何やってんだ、灯り係」

「早くつけろよ、見えねえだろうが」

「とっととやることやれよ！」

「っとに使えねえな」

「……〈ライト〉」

バレーボールサイズの光球が俺の頭上一メートルの位置に出現し、他に光源のないダンジョンを照らす。ダンジョン探索において光源が一つっていうのもセオリーから外れるんだけどな。

その時前方からラージセンチピードが現れた。脅威度2のコモンモンスターで、全長一メートルを超えるムカデ型のモンスターだ。

「モンスター発見！」

「あ、おい抜け駆けすんなよ」

誰よりも先に飛び出していった中村の後を、高橋が追いかけていく。中衛のはずの中村が先に飛び出すのはどうかと思うが、前衛で盾を持っていても戦闘に参加できない俺はそれを見ているだけしかできなかった。

その後も続けざまにエンカウントしたモンスターが全て倒され、高橋たちはドロップした魔核を拾い上げる。

戦闘が終了したことで三田教官が口を開いた。

「お前たち、鹿納もちゃんと戦闘に参加させろ」

一応言っておくというおざなりな感じだ。三田教官の戦闘終了後の指導は多くない。あれ以降、必要最小限の指導しかされていない。

「えー、だって鹿納に任せると倒せないし」

「時間かかるんだよなぁ」

「それに灯り係が動くと視界が悪くなるし」

「そうそう、せっかく手に入れたスキルなんだから使わねーと」

三田の指導に高橋と中村が異を唱える。俺が動こうとすると、主にこの二人から怒声が飛び、結局戦闘に参加できずに終わる。

「鹿納、お前も後方からの援護攻撃くらいできるだろう」

それをすると怒声が飛んでくることを承知で、三田教官が言っていることをわかっていた。

最近は先頭を行くため、もっぱら前衛の盾役、といっても盾役としての参加はないが。たまに後衛でクロスボウを担当することもあるが、その場合俺の攻撃の射線は前衛どころか中衛にまで塞(ふさ)がれている。通常後衛の攻撃ルートを考えた位置どりをするべきなんだけど、あえてそれを妨げる位置取りで戦う高橋と中村。

いっそフレンドリーファイヤでもかましてやろうか、なんて考えも浮かんだがそれをするとこっちの戦闘における評価が下がり、成績に影響する。

チラリと三田教官を見る。本来取得できないはずのスキルを取得してしまった俺に、スキルを使わせないようにするのが筋ではないだろうか。

三田教官に処罰があったかどうかは知らされていない。もしかしたら高橋たちは知っていたのかもしれない。

実践授業で俺は〝灯り係〟と揶揄(やゆ)され、メンバーからハブられ、ろくに戦闘に参加することもできず、二年度三学期が終わりを迎えることになる。

◆　◆　◆

迷高専では定期考査に合わせて実技テストを行うが、年度末の期末試験は進級試験でもある。

実技試験では一年間でどれほど身体能力が上昇したかが要になる。レベルアップすればするほ身体能力が上がる。

三学期の実践授業においてほぼ戦闘に参加できなかった俺は、たいしてレベルアップしておらず周りとの差が開くばかりだった。

せめてもと放課後に自主鍛錬を行ったが、鍛錬による身体能力の上昇はわずかでしかない。

授業外で努力をして、実技の進級試験を合格ラインギリギリで通過できた時はガッツポーズをとってしまった。

二年度末の進級試験は実技と筆記の総合で評価する。実技に重きを置くものの、筆記の成績も無関係ではない。なんせ高校だし。

合格ラインを通過したと言っても、成績順を考えれば不安があったため座学の好成績を目指し、入試以来と言えるほど猛勉強をした。

そんな地味な努力が功を奏し探索者コースに進級が決定したときは、トイレの個室にこもって声を上げてしまったほどだ。

そこまでしてようやく進級を勝ち取ったはずが、期末試験の結果を受け行われる最終面接で、担任教師から成績による強制ではなく任意での探索者コースから他コースへの変更を勧められた。

今回は筆記の成績がかなり優秀だったことを告げられた時は、褒められたと勘違いして必死に座学を猛勉強した三学期だったと苦い思い出を振り返えったりした。

けれど学校側としたら、文より武の優秀な生徒を探索者コースへ進ませたいのだろう。成長の遅い生徒を指導するより、身体能力の高い生徒を指導した方が良いと考える。だが単に探索者を育てる場所ではなく、高校としてしまったため経営側にジレンマが発生するようだ。

そこで本人から自主的にコースを変更して貰えば問題ないと考えたのだろう。

「まさかダンジョン学で一位とはな。一般教科の方も探索者コースで十位以内なんてやればできるじゃないか。お前の成績なら医薬科の治療師専攻は無理でも、薬師専攻でもいけるんじゃないか」

各コースで一番高い学力が求められるのは、サポートコースの医薬科だ。代わりに実技は最低であっても問題ない。

次点がサポートコースの研究科で、錬金術師専攻を含め、ダンジョン素材やエネルギーの利用法などの研究職を目指す科となる。

医薬科は治療師専攻と薬師専攻の二つあるが、どちらも四年度からは提携する医科大学へ編入して医学や薬学について学ぶ。

治療師と薬師のスキルが得られなかったものはそのまま大学に残り、医師や薬剤師を目指す場合も多いのだ。当然医科大学に編入することができるだけの学力が要求される。カリキュラムも六年とコース中最長だ。

「医者や薬剤師になれるだけの頭を持ったメンツの中に入って、やっていけると思いませんが」

「なら研究科はどうだ？　錬金術専攻は？　錬金術はこれからどんどん伸びていく分野だし」

錬金術系のスキルは発見されて十年ほどだ。迷宮道具を作成できる錬金術師はけっこう人気職だ。

研究科では錬金術以外にも効果的な魔法の使い方やダンジョン外でのスキル使用法なども研究されている
「俺は探索者になりたくて迷高専に来たんです。進級条件を満たしているならコース変更はしたくないです」

「だが三年に進級できたとしてもHクラスだぞ。Hクラスはほぼ四年課程への進級は難しいし」

迷高専におけるクラス分けは通常の高校とは異なり、探索者としての能力順で分けられている。篩にかけ易くして、見込みのあるものだけが先へ進めるシステムになっているのだ。

有象無象を何年も育てるのではなく、少数でも優秀な探索者を育てるためだし、そのための学校だからだ。

「まあ三年課程を無事卒業できればFランクにはなれる。一般でスタートするとHランクからだからそれだけでも価値はあるが。今の鹿納の成績では四年への進級は無理だと思うぞ」

大三校では年度末の成績で次年度に希望の課程へ進めるかどうかがかかっているので、学年末試験の前は皆必死になる。

探索者コースの二年度から三年度へは定員が八十人も減るのだから、俺の成績が学年最低というわけじゃあない。俺より成績が下で探索者コースに進級できなかった者が八十人いたわけだが、そのことが慰めになるわけでもなかった。

ＪＤＤＳでは戦闘職だけでなく、技術職や研究職も求めている。二年後開設予定の第六校は、サポート専門校として設立する計画で進められている。大三校は総合校として作られた実験校でもあった。来年の新入生は探索者コースの減員とサポートコースの増員が決定しているそうだ。

担任に何を言われても、俺はサポート職のどれかになりたいわけじゃあない。

「とりあえず春休みいっぱい考えてみろ。新学期が始まってからでも、四月中ならコース変更可能だ」

可能と言いながら「変更しろ」と言われているように感じたが、間違いでもないんだろうな。

面接の後にふっとよぎった考えが頭から離れず、ずっと悩んでいた。

それはコース変更についてではなく、学校を辞めるかどうかについてだった。

反対する家族に無理を通して入った学校だった。家族に進級が危ないとはいい辛く相談がしにくい。

探索者コースに進むことを学校側から望まれていないことに焦燥感が募る。ならいっそこんな学校はやめて、一般探索者になってもいいんじゃないか？　自分は早々に十八歳になるんだから――そう頭の中でもう一人の自分が語りかけてくるように。

俺の誕生日は四月二日だ。十八歳になれば誰でも普通免許を申請できる。

迷高専では入学と同時に仮免許を、全員が満十八歳になっている三年度終了時に普通免許が与えられる。

春から三年度生となる俺たちは普通免許取得までまだ一年近くある。

そう考える一方で高倍率の試験をクリアして入った迷高専を、こんな形で辞めるのも口惜しいと憤る俺もいる。結局すぐに結論は出なかった。

試験も面接も終わった後でもまだ授業は残っている。特に遅れがちな一般科目が終業式まで詰め込まれていた。

すでに進路が決定していることから、教室の雰囲気は二極に分かれていた。希望通り探索者コースに進める者とそうでない者。授業開始ギリギリに教室に入ると、そこかしこに空席があった。

「あれ、灯り係くんは出席日数だけでも皆勤(かいきん)目指すのかな」

中村が煽るように声をかけてきた。こういう絡みを減らすためにいつもギリギリ登校していたのだが、今日は教師が遅れているようだった。

中村は班メンバーの中では一人上クラスのDクラス入りしたため、ますます態度がひどくなっている。

成績順でクラス分けされるため、AからDクラスまでが上クラス、E以下が下クラスと呼ばれている。

「卒業後JDDSに就職するなら内申書は大事だからな」

「転校するのでも内申書は重要だぜ」

そこに高橋も乗ってくる。高橋自身はGクラスなので思っていた以上に成績は良くなかったようだ。もしかしたら俺を貶(けな)すことで鬱憤晴(うっぷんば)らしをしているのかもしれない。

そんな二人を無視し席についた。

「やだねえ、ネクラくんは。スキルは明るいけど性格は暗いとか、笑えるぅ」

担任は「春休みいっぱい考えろ」と言ったが、こんな奴らにバカにされたまま終わりたくない。

二人を見ていると〝見返してやる〟と、反骨精神がむくむくと湧き上がってきた。見返すには彼らより強くならなければならない。

〝どうやって？〟

レベルアップするためには自主鍛錬だけでは限界がある。やはりモンスターを倒すしかない。

けれど学校では授業以外での探索は四年度生からしか許されていない。普通免許がないから当然だ。

〝だったら免許を取ればいい〟

俺の誕生日は四月二日なため、誰よりも先に十八歳になる。春休み中に迎える誕生日は友人にスルーされることが多く、誕生日が早くてよかったと思ったことはこれまでなかったが、今回に関してはよかったと心から思えた。

授業が始まったが、教師の話は上の空でこれからの計画を立て出した。

春休みに帰省する日を遅らせ、こっちで普通免許を取得することにした。

免許証の受け渡し日に誕生日を迎えていればよいため、申し込みと試験は誕生日の一ヶ月前から可能だ。

Hクラスに進級するにしろサポートコースに変更するにしろ、この一年間学校外でレベルアップして授業での遅れを取り返えす以上のことができれば、Hクラスだろうとサポートコースからだろうと四年度探索者コースに進むことができるのではないか、そう考えた。

他のコースから探索者コースに戻るものもいないわけじゃあない。

免許を取っておけば、したくはないが中退して一般探索者になることもできる。

だけどその場合、お金の問題が発生する。

迷高専では免許を取得する際に必要な費用がかからない。けれど一般で受ければ三万円かかる。

それに一般でダンジョンに潜るには装備類も必要になる。学校では装備の貸し出しがあるが、外のダンジョンにいくからと貸し出してもらえることはない。

普通にレンタル武具を借りることになるだろうからさらに費用がかかってしまう。それが悩むところの一つでもある。

今までのお年玉貯金はいくら残っていたか？　受験料は十分足りるが装備を購入するほどはない。武器はレンタルしなくてもホームセンターなどで手に入るものを使ってもいいかもしれない。初心者はよくやることだ。

防具はなくても一、二層くらいならなんとかなるだろう。それ以上はドロップ品を売却して少しずつ購入していけばいい。

ノートに色々書き殴（なぐ）っていたら、いつの間にか授業が終わっていた。

俺は急いで教室を出た。休憩時間の間にすでに提出してしまった退寮届（たいりょうとどけ）について、退寮日の延期とアパートの入居日の変更が可能かどうか確かめるため、学校事務室の担当に急いで向かった。

◆　◆　◆

返された満点の迷宮基礎学のテストをカバンに突っ込む。明日は終業式でこの授業で今年度のカリキュラムは全て終了になる。授業も進級試験が終わった今は、一年間の復習のようなものだ。

教壇の上にかけられた時計からアラーム音が鳴る。迷宮内施設である校舎にはチャイムのような設備はついていない。大音量を響かせればモンスターの動きが活発化するからだ。

「ん、時間か。今年度の授業はこれで終了になる。来年度のクラス章とネクタイの配布を行うので、受け取ったものから帰ってよし。明日は終業式だが、寮生で帰省する者は外泊届けを寮監に提出するのを忘れないように」

教師から順に名前が呼ばれ、ネクタイとクラス章が入った箱を受け取ると、クラスメイトはそれぞれの目的のため、急ぎ足で教室を出ていった。

迷高専の校舎はダンジョンの中にあるが、寮は外にある。外施設ではなく少し離れていて徒歩で二十分くらいの場所にある。

制覇済みのフィールド型ダンジョン内に各種施設を作るのは、日本だけでなく世界中で行われている。

それは「スキルがダンジョン内でしか発動しないなら、ダンジョン内で事足りるようにすればいい」と言った初代国際迷宮機構（ＩＤＤＯ）会長の言葉で始まった。

迷宮内施設化プロジェクトはＪＤＤＳに引き継がれている。

サポート職の業種に必要となる施設を、制覇済ダンジョン内に建設する――簡単なようで簡単ではなかったとダンジョン学の教科書には記載されている。

まず施設が建設可能な広さがあるかどうかで、候補ダンジョンが限られる。

ダンジョンは制覇された後もモンスターのリポップはあるので、それも懸念の一つだったが、モンスターを殺さず生捕にすることで、リポップを極力減らすように試みた。

またスライムを使った汚物処理方法が考え出されたことで、一層にスライムが出現するダンジョンが優先的に制覇候補となり、迷宮内施設化プロジェクトは飛躍的に進んだのだった。

迷高専の校舎もダンジョンの中に作られているが、事務関係とか教室以外はほとんどダンジョン外施設にある。

大三校ダンジョンは学校だけじゃなく、治療院とかＪＤＤＳの施設もあり、内外ともＪＤＤＳの事務所と共同になっている部分が多い。

最初の探索者育成学校はダンジョン外にあったが、現在日本に五校ある協会立の迷高専は全て、迷宮内施設だ。

大阪にある大三校ダンジョンは、フィールド型と洞窟型の複合ダンジョンで一層にはスライムしか出なかった。

一層から三層までが施設建築可能な高さのあるフィールド型で四層から六層までが洞窟型だ。最終の三十層までこの二種が混在する。また浅層の出現モンスターの脅威度が低く、生徒を指導するのに向いたダンジョンだった。

ここは一般探索者は使用できないけど、数キロ圏内にいくつかダンジョンが存在する密集地で、周辺には探索者向けの格安の賃貸物件が豊富だった。

特に五大ダンジョンと呼ばれるうちの一つである大阪ダンジョンが近いおかげでもある。未制覇の百層越えダンジョンだけど昇格試験もやっている。

日本探索者協会立の探索者育成校で、高校卒業資格が取れるのは全国で五校しかない現状では必然的に他府県から生徒が集まる。通学範囲に住んでいる生徒は指で数えられるほどしかいない。

寮はあるが生徒全員の部屋数を確保できないので、抽選に漏れた者はＪＤＤＳが借り受けている探索者むけ賃貸の住居を、寮代わりに生徒に貸し出している。寮費は基本無料なので、学校が斡旋する賃貸物件は寮の代わりということでいくばくかの援助金も出る。

俺は入学時から寮に入っていたけど、今学期で寮を出ることにした。

寮は二人部屋だったせいで防犯面に不備が出た。いや不備というのはちょっと違うか。いじめによる嫌がらせが、校内だけでなく寮内でも起こったんだ。私物が隠されたり壊されたりが起こった。俺が鍵をちゃんとかけても、ルームメイトが犯人を部屋に入れるので防ぎようがなかった。

ルームメイト自身が犯人じゃあないけれども「鍵をかけ忘れた」と言い、犯人を引き入れたと思しき疑いがある。信用できないルームメイトと同室で暮らせるわけがなく、寮を出てアパートへ移ることにした。

申請のタイミングが悪く、卒業生の引っ越しを待たないとアパートの空きがないと言われ明日の終業式を終えての引っ越しとなった。本来は四月の始業式前に入居予定だったのをちょっと前倒ししてもらった。

終業式が終わるとその足でアパートの鍵をもらいに、学校事務室の担当部署へ向かった。

事務室で手続きと説明を受けていたため、寮の自室へ戻った時にはルームメイトはすでに帰省したようで、部屋は閑散としていた。

この寮の部屋で二年過ごしたが、今のルームメイトとは一年間だけの付き合いだった。後半は付き合いというほど交流はなかったけどな。

引っ越しのために自分の荷物を段ボール箱に詰めていく。

机の引き出しを開けると、小物入れがわりに使っていたうなぎパイの箱が目に入った。

一年の時に同室になった渡辺(わたなべ)は俺と同じ探索者志望で、愛知県から来たと挨拶しながらうなぎパイを土産に差し出してきたんだった。

渡辺は親友というほどでもなかったが同じクラスになったこともあり、一年の時は授業でも何かと連(つる)んで行動していた。お互い一流の探索者を目指そうと、切磋琢磨しあったあの頃のことがふと蘇(よみがえ)った。

だけど楽しかった日々は、渡辺が探索者コースに進学できないと決まった時点で終わりを迎えた。

渡辺はサポートコースへも商業コースへも進むことを拒否し、地元の普通高校へ転入することを選び迷高専を去っていった。

「大和は一流の探索者を目指せよ」

そういって寮を去っていった渡辺は、今の俺と似たような気持ちだっただろうか。いやもっと悔しかったはずだ。

携帯番号を変えたのか、いつの間にかメールは届かなくなり、渡辺とはそれっきりだ。

小物入れがわりに使っていたうなぎパイの箱を、ぐしゃりと潰しゴミ箱に放り込んだ。

家具は備え付けだし、寝具もレンタルだから大きな荷物はない。壊されたり隠されたりの対策に私物を必要最小限にして、殆(ほとん)ど置いていなかった。

引っ越しの荷物は段ボール二つに入ってしまった。

下着類は三着を洗濯して使いまわしていたが、時々無くなるのでその度にコンビニで購入する羽目になったけど。

　私服は季節ごとに実家に送って入れ替えていたから、冬物が二、三着しかないが、これは帰省した時に春物と交換するからボストンバッグに詰めればいい。

　引っ越しパックを頼むほどでもないので、荷物を宅配で送ろうとネットから集荷依頼を申し込んだ。

「明日は午前中に試験だけど集荷は朝一でも大丈夫かな」

　試験は十八歳の誕生日当日の一ヶ月前から受験でき、合格すれば一週間後以降で免許を受け取ることができる。受け取り日に十八歳になっていないといけないけど。

　探索者免許はモンスターとの戦闘行為を許すものだが、一方で命の危険を承知したうえでダンジョンに入るのだからと、日本は民法で成年と認められる〝自己決定権を持つ十八歳以上〟としている。

　免許を取るということは、死傷した場合の責任は自身にあることに同意したという証明でもあるし、同意書にサインも求められる。

　日本の普通探索者免許は、ＪＤＤＳが国から委託を受けたという形で試験を代行している。

　この近くだと大阪ダンジョンの外施設、大阪ダンジョンビルで平日に試験が行われていた。

　急遽申し込んだけど、誕生日に受け取れる日程で試験日が取れたのはよかった。

バスで大阪ダンジョンビルにやってきたけど、春休みということでけっこう混んでいた。

◆　◆　◆

探索者免許は運転免許と違い、その技術があるかどうかは関係ないので、実技はなくペーパーテストのみだ。

迷高専で二年間ダンジョン学を学んでおいて、一般試験で落ちるようでは期末試験は赤点だ。

問題なくペーパーテストに合格すると、午後からの説明会を受けることになる。

すでに学校で習った内容なので、真剣に聞くには退屈すぎた。ペーパーテストに出題されていたのに、ここでもう一度講義する必要があるのかと疑問に思う。

「次にランクアップについてですが……」

ランクアップ基準は国によってさまざまで、日本の場合ランクアップ条件は戦闘力ではなく、納税金額によって算出されている。

アメリカじゃコモンモンスターを倒せる、レアモンスターを倒せるという風に戦闘力でランクアップするみたい。

ダンジョン税はダンジョンができたことによって生まれた税制だ。探索者が最初にJ

ＤＤＳや企業にドロップ品を売る際、消費税は発生しないがダンジョン税が発生する。

買う側じゃなく売る側が払うから最初は色々揉めたらしい。消費税だと課税売上高が一千万円を超えないと徴収できないが、ダンジョン税は十円から徴収できるからな。一応確定申告で保険や年金と同じようにダンジョン税控除があるらしい。

「Ｅランクに上がる際には実技試験があります。ここ大阪ダンジョンはＥランクの昇格試験も行っております。昇格試験は各都道府県に必ず一箇所はありますので、詳細はホームページをご覧ください」

一応資料にもホームページのアドレスとＱＲコードが掲載してあった。

「あと、Ｅランクになれば税額は10％から８％になりますから、みなさん頑張ってランクアップしてくださいね」

実技試験で合格しないと上がれないＥランクからが、世間ではいっぱしの探索者として見られるとはいえ、この職員は安易に煽るのは良くないと思う。

けれど世の中には金にものを言わせ、姫プや接待プレイと呼ばれる「強い探索者」に寄生してダンジョン探索をしたり、ドロップ品を闇で買い取ったりして納税額をわざと高額納めて探索者ランクを上げる者もいるとネットで見た。

それでランクを上げたところで、レベルアップをしていないからＥランクの実技試験をクリアできないと思うけど。

そんなことをして楽しいのかと思うが、短期間でランクアップできたことを自慢したり、ナンパのネタにする者もいるらしい。俺には理解できないな。

一般探索者はHランクからのスタートだが、迷高専の探索者コースは三年課程卒でFランク、四年課程卒業でEランク、五年課程を優秀で卒業するとDランクになる。

商業コースは三年課程しかないため、卒業するとGランク、サポートコースでは三年課程卒でG、四年課程以上を卒業すればFランクになるのだ。

学びながら低ランクをスキップできることも、迷高専が人気の理由だ。決して納税しなくて良いからだけじゃあない。

そうして上の空で聞いていた講習が終了し、免許用の写真撮影が終わる。あとは一週間後に免許を受け取るだけ。

無事試験を終えて寮に戻るが、段ボールは宅配便で送ってしまったので、荷物は今晩過ごす分だけだ。

アパートに配達されるのは明日の夕方だから、ここで寝るのは今日が最後になる。

翌日、朝食を寮の食堂でとる。ここでの食事もこれが最後だ。高校生男子相手なので質より量なメニューだったが、今後は自炊することになるのか。

調理器具とかないし、当分コンビニ弁当かな、などと考えながら食べ納めとばかりにおかわりをした。

残っている身の回りの荷物を、バックパックに詰め背負う。ボストンバッグを手に寮の部屋を出た。部屋の鍵をキーホルダーから外し寮監に渡す。

「おせわになりました」

最後に挨拶をしてバス停に向かった。

バス停で待っていると対向車線に逆回りのバスがやってきた。新学期からはあれに乗って登校することになるのか、とぼんやり眺めていたら大三校の制服を着た女子が降りてきた。

女子のネクタイは青に白の細い一本線だったので、サポートコース医薬科の二年生のようだ。サポートコースの中で頭が良くないと進めない医薬科。

医薬科だけ一般科目のレベルが違うから、ＪＤＤＳとしては専門の学校としたいのだけど、治療師系スクロールの絶対数が少なすぎて学生に与えることができない。そのため専門校を作っても卒業して治療師になれるのは毎年一人か二人。それじゃあ専門校を作る意味がないので設立は見合わされている。

「さすが青ネクタイ。授業はなくとも春期講習があるんだよな」

迷高専の学生は制服を見ると、どこ校のどのコースの生徒かわかるようになっている。

第一校は、実験的に北海道に作られた。思春期の方がレベルアップが早いということで、第一期は中卒の男子を二十人くらい集めた学校ともいえない状態だった。

北海道の第一校（北一校）は現在規模は大きくなったが、高専とそうで無いコースがある学校だ。

高校卒業資格が取れるコースの定員は四十名と少ないけれど、紺色のブレザーの制服がある。

高専じゃあない方は探索者育成専門学校となっていて、こっちは制服はない。

第二校は首都である東京……に作りたかったようだが、ちょうどいいダンジョンがなくて千葉県にできた。千葉県の第二校（千二校）はうちと同じ高専だけど、探索者コースと商業コースしかない。制服は同じブレザーで灰色だ。大三校（うち）のブレザーは黒だった。

「四校の臙脂（えんじ）色や五校の茶色じゃなくて三校が黒でよかった」

二校の灰色でもよかったかな、なんて考えながら学校へ足早に向かっていく女子の後ろ姿を何気なく見ていると、自分が乗車予定のバスがやってきた。


新しい住居は築四十五年の木造二階建てのアパートである。昭和のアパートが現存していたのには驚いたが、その家賃にも驚いた。敷金礼金なし、エアコン、洗濯機、冷蔵庫、電子レンジ完備で水道光熱費込の月三万円である。ちなみにガスはない。オール電化と言えば聞こえがいいが探索者向けのマンスリーアパートにリフォームした時、撤去（てっきょ）したと学校事務室の担当が教えてくれた。

「学校ができる前のことですが、大阪ダンジョンがスタンピードを起こしたことで一時期住民が一挙（いっきょ）に減ったんです」

「だから家賃が安いんですか」

「まあそれもありますが未制覇ダンジョン周辺は、スタンピードの危険性があるってことで固定資産税が安いんですよ。ここは大阪ダンジョンも近いですから」

住むには不安があるということで、この周辺の地主はダンジョンに通う探索者が借りることができるマンスリータイプの賃貸物件へと変えていったという。

敷金礼金がないのはＪＤＤＳが一括借り上げしていたり、物件によってはＪＤＤＳの所有だったりするかららしい。ちなみにこのアパートはＪＤＤＳの所有なので迷高専生である俺が寮代わりに借りるため、保証人は不要だった。

「未制覇ダンジョンがスタンピードを起こした際は、仮免許保持者も徴用されますしね」

「それ入学時に契約書交わしたやつですよね」

周辺にダンジョンが多いことで一般住民は減るが、探索者は増える。

そして緊急事態時は、近所に住んでいる探索者は招集される。拒否することも可能だけど。

「いざというときはモンスターを倒してもらえるということで、探索者や迷高専の学生相手に貸すと国から助成金も出るんです。この家賃は探索者価格ですよ。一般とは金額が違いますからね」

と、家賃の安さの秘密を教えてもらった。

国からＪＤＤＳがもらっている助成金がいくらかは教えてもらえないが、それがあるから寮に入れなかった者には月額五万円の家賃補助金が支給される。

家賃と交通費を差し引いてもすこし余る掘り出し物件だと思ったら、そういうカラクリだったのかと納得した。

寮では朝夕の食事が格安で食べられたから、食費分が嵩む感じになるけれど。

まあ、ダンジョン周辺はスタンピードの危惧もあり、火災保険や地震保険だけでなく、ダンジョン保険の加入も必要になってくるのだから、一般家庭は少ない。

アパートからバス停まで徒歩三分で、しかもバス停のすぐ隣にコンビニまであり、かなり利便性はよかった。

アパートの鍵を開けて、薄暗い室内に入いる。つい先日まで大三校の卒業生が入居していたけれど、掃除はされているようで綺麗だった。

宅配便が届くのは夕方なので、荷解きするのはバックパックとボストンバッグに詰めた日用品だけだ。

アパートは1Kトイレシャワー付きだけど湯船はない。元は六畳トイレシャワーなしの部屋だったが、探索者向けにリフォームした時にトイレとシャワーがついたそうだ。部屋は四畳に縮んだけど、探索者はどうせ寝るくらいだから十分な広さなんだろう。

備え付けの電化製品はどれもお一人さま用サイズである。エアコン、洗濯機、電子レンジに小型だが冷蔵庫もついていて非常にありがたかった。

キッチンというほどの広さはないけど、一口コンロもあり湯は沸かせるのでカップラーメンも作れるし、レトルトカレーも温められる。

料理もそこそこできるが、調理器具がひとつもないので今はなにもできない。

帰省したときに、実家で余ってる食器や調理器具なんかを持ってこようと脳内メモをしておく。

探索者は長期間探索する際も、探索中に煮炊きすることは基本ないので、調理できなくとも問題はない。

だけど学校ではいざという時のために、サバイバル料理を家庭科で教えられる。

ダンジョン内で得られる食材もあるし、食材をドロップするモンスターも存在するのだ。お肉なんかはかなり美味しいらしい。

荷解きといってもアパートに残す物と帰省時に持ち帰る物を分けると、すぐに終わってしまった。

早々にすることがなくなり、なにもないフローリングの上に、ゴロリと寝転ぶ。

「こんなことなら朝一で寮を出るんじゃなかったな。夕方まで学校で鍛錬してればよかったかも」

放課後や休日は二層にある鍛錬場が生徒に解放される。大三校にも部活動があるが通常のスポーツの場合、公式戦に出場することができない。レベルアップしていることで身体能力が上昇しているからだ。

一年生の間は放課後にダンジョン内で活動する目的もあり、ほとんどの生徒が何がしかの部活に参加する。

しかし二年生になり探索者コースに進んだものは、次年度の進級を目指してスポーツではなく探索者としての能力アップを目標とした活動に切り替えていく。三年度四年度と進級を目指すため、武術系同好会に入って戦闘能力の向上を目指すからだ。

同好会なのは顧問がいないから。顧問になれるのは教員免許を持っている教師だけで、教師は探索者免許を持っているものでも、ほぼ探索活動をしておらず、戦闘力については生徒に劣る。そんな状況で顧問を引き受けるものはいない。

またサポートコースの生産職系の生徒は、ほとんどが目指す生産職系の部活や同好会に所属している。部活というより授業の延長のようだけど、休日も学舎や工房が使用可能なので入り浸っているそうな。

同好会だけでなく小さなグループや個人での活動であっても、鍛錬場の使用は認められている。

「明日は土曜日か。免許証受け取りまで一週間あるし、学校で鍛錬でもするか」

早い話が休日だろうと長期休暇中だろうと、お盆と正月以外は使用可能なのだ。

スクロールの一件のせいでそういう系の参加はできなくなり、一人で鍛錬を行ってきた。放課後に鍛錬場で自主鍛錬をしていたように、帰省まではそれを続けることにするか。

生徒がダンジョン内に滞在できる時間は決められていた。

朝は始校時刻が七時で、夕方の終校時刻が十八時である。事前許可なく七時以前にダンジョンゲートを通過することができず、退出が遅れるとペナルティーがある。

朝早くから一日中鍛錬するのも疲れるので、朝はのんびり登校し午前中はジョギングや体力作りに当てる。

午後からは各種武器を借り、サンドバック相手に打ち込みの練習などを行うようにした。

朝が遅かった分、帰りはギリギリまで鍛錬して帰ることにした。

ダンジョン外施設にも図書室や職員室などさまざまな学校施設があるが、こちらも学生は十八時までである。

バスに乗り込むと、後方に空きがあったので座ることができた。

「す、すみません乗ります！」

ドアが閉まりかけた時、外から声がかかり運転手はドアを開けた。

「すみません、ありがとうございます」

礼を言いながら乗り込んできたのは、昨日の医薬科の女子だった。

「やっぱり医薬科にコース変更とか、ないよな」

進級のために必死で勉強はしたが、俺は身体を動かす方が好きなたちだ。休日や長期休暇まで勉強とかないわ。あれは短期だからできたのだ。それが年間を通してというのは無理な話だった。

バスに揺られながら、母親から帰省についてのメールが来ていたので返事を打っていると、自分が降りるバス停のアナウンスがあった。

降車ボタンを押そうと顔を上げると、ピンポンと音が鳴り、『次止まります』の表示が点灯した。

降りようと立ち上がると、医薬科の女子が先に降りていった。

「同じバス停……ってあ、夕食コンビニで買って帰らないと」

降りた途端目に入ったコンビニに、明日の朝食分も買わないといけないなと思いながら足を向けた。

翌日の日曜日は少し早めに鍛錬を終え、駅前のスーパーまで買い物に行くことにした。さすがに毎日コンビニでは高くつくのだ。

「駅前に百円ショップあったよな。鍋かフライパンくらい買ってこよう」

自炊といっても鍋一つでは袋麺くらいしか調理できないだろう。割り箸より普通の箸の方がいいが、洗剤とスポンジも必要になるな、などと買い物リストを思い浮かべながら駅に向かって歩く。

「洗い物すると食器カゴもいるよな。結構買うものがいっぱいあるかも」

財布の中身が寂しくなるので、帰省した時ばあちゃんにお小遣い強請ろうか、なんてことも企んでいた。

駅近くにはスーパーやホームセンターなんかも揃っており、安いものを探し回ったことで、結構な時間を費やしていた。

「百均でも鍋売ってるんだ、百円じゃなかったけど」

結局百円ショップで鍋に包丁まな板と、キッチン用品コーナーで次々にカゴに投入し購入した。

スーパーでは食材と言いながら5パック入り袋麵二種類と、野菜はキャベツしか購入しなかった。

駅方面のバス停はいつものバス停より距離が離れていた。両手の荷物を抱え直し前を向くと、同じ方向に向かってとぼとぼ歩く女性に目が留まった。

「あれって、バスで見かけた女子だよな。あ、俯いて歩いていると前から……」

酔っ払っているのか足元の怪しい二人連れが、ふらふらと彼女の方へ向かっていく。

「ってーなあ、どこ見て歩いてんだよ」

「す、すいません」

よろけたふりをしてぶつかった。というかどう見ても二人連れの男は避けられたのにわざとぶつかった感じがする。

「あやまって済むならケーサツはいらねえんだよ」

「あー、肩が外れたかも、いてーなあ」

今時そんな昭和ドラマなセリフ吐くチンピラとかいるんだなと、そこに驚く。

「す、すみません、すみません」

「申し訳ないと思うんなら、ちょっと一杯付き合えよ」

嫌がる女の子の手を摑む酔っ払い。

「私服を着ていても高校生ってわかると思うんだけど。未成年に飲酒を勧めるのは犯罪だし、怪我したんなら病院行くか救急車呼べよ」

独り言のつもりだったが、チンピラには聞こえたらしい。

「何だ、てめえ」

「通りすがりの高校生です。あ消防ですか？　肩が外れたっていう怪我人がいるので救急車をお願いします」

右手に持ったスマホを耳に当ててながら、視線は酔っ払い男にむけたまま。進級ギリギリだったといっても素人ではない。身体能力は上がっているので酔っ払いくらいはあしらえるだろうと、いつでも対応できるよう注意は怠らなかった。

「お、おい。拙いぞ」

「くそ、覚えてろ！」

二人はそそくさと走り去っていく。

「何だか捨て台詞まで昭和くさいな。テンプレ通り越してレトロな感じがするよ」

そんな感想を呟くと女子が頭を下げてきた。

「あ、ありがとうございます」

そう言って深く下げた頭を起こした女の子の目元は、泣いた後のようで腫れていた。

「救急車、断らないと……」

心配げにいう彼女に待ち受け画面のままのスマホを見せる。実はかけてないという古典的な手法である。

少し驚いた顔をするもすぐに改まり。

「あの、探索者コースの人ですよね？」

小首を傾げ問う仕草は自然なもので、妹のひながおねだりの時の仕草とはダンチだ、なんてことを考える。

「君ははサポートコース？」

「はい、サポートコース医薬科治療師専攻の新井志乃です。助けてくださってありがとうございました」

まだ赤みの残る目を俺に向けてくる。

「俺は探索者コースの――」「知ってます。鹿納くんですよね。前年度最終試験でダンジョン学トップだった」「あー、そう。俺面識あったっけ？」

こんな可愛い子の知り合いはいないはず、というかそもそも他コースに知り合いはいなかった。

「一方的です。あの試験私がトップだと思ってたのに、結果は二位だったのでトップがどんな人かなって、あ、ごめんなさい」

最終試験を必死に勉強したが、偏差値段違いの治療師専攻の子に、ダンジョン学だけとはいえ勝ったのだ。総合では全く勝ててないけどな、と心の中でゴチる。

「こんな時間だし、あーゆーの他にもいるだろうから家の近くまで送るけど？」

大三校の女子寮はこっちじゃないから、俺と同じくどこかの賃貸に入っているんだろうと考えた。

「この先のメルヴェーユ春花第二ってアパートなんです」

「俺と一緒？」

同じバス停で降りたのは、同じアパートだったからだ。

「え、そうなんですか？」

「うん、俺１０６号室」

「あ、私２０３号室です」

学生に斡旋するアパートだから他にも生徒がいるのは知ってた。俺がちょうど入れたのも卒業生が出たので空きがあったからだ。

「ご近所さんでしたか」

アパートの住人と一切接触がなかったというか、どんな人が住んでるかとか興味なかったし、学生寮代わりなので引っ越しの挨拶もしていなかった。

向かう方向が同じなので、連れ立って歩く。

だが彼女いない歴＝年齢なので家族と親戚、ご近所さん以外の女性と話す機会は全くない。それでも俯き加減な彼女を元気づけようと話を振ってみた。

「そういえばさ、メルヴェーユってフランス語で素晴らしいって意味らしいけど、あのアパートの建物、初めて見た時『どこがっ』ってツッコミを入れたくなったよ」

「ふふ、でも家具家電付き水道光熱費込みであの価格ですから、文句はいえません」

少し笑顔を見せた彼女に聞かせる話はないかと考え、アパートまでのそう長くない距離を、妹のひなの失敗談を話すことにした。

「送ってくれてありがとう」

「いや、同じ方向だし」

「そうですね、それじゃあさようなら」

「さよなら」

彼女は階段を登っていき、俺は一階の自室の鍵を開けた。真っ暗な部屋に入って荷物を下ろすと、大きく息を吐いた。

「なんか緊張した」

自主鍛錬とは違った疲れを、この短時間で感じた。

[TIPS]

用語集

国際迷宮機構
= International Dungeon Development organization = (IDDO)

ダンジョンを調査管理するために作られた国際組織。
学会開催や迷宮指標の発行を行っている。
国連の下部組織として発足したが現在は独立機関となっている。
下部組織に国際迷宮探索者協会（IDDS）がある。

日本探索者協会
= Japan Dungeon Diver society = (JDDS)

探索者を管理するための組織。ダンジョン省の管轄で立ち上げた組織だったが、
IDDOに加盟したことで行政から乖離、独立組織となった。
探索者免許の試験および発行を国から委託されている。
免許は国家資格だが探索者ランクはIDDSおよびJDDSによるランクで、
納税額については国がJDDSのランクを利用している。

迷宮魔力（魔力）

ダンジョン内に存在する（とされる）エネルギー。
スキルや身体能力強化に必要と考えられている。

魔素（経験値）

モンスターを倒したり、ダンジョン内で活動することで得られるとされるエネルギー。
ゲームで使用される"経験値"に近いものだと認識されているが詳細は不明。
モンスターを倒した時の黒い粒子がそれではないかと考えられている。

レアリティ

ダンジョン内のあらゆるものに適用されている稀少さの目安。
モンスターの魔核の色であるコモン（黄）レア（緑）エピック（青）レジェンド（紫）ゴッド（赤）
の5色+星の数で表されることが多い。

魔物辞典

ダンジョンモンスターの名称、特徴などを写真付き（一部イラスト）で解説。
IDDO版を元にJDDS版が作られている。

2　春休みの帰省

「ただいま」

「おかえり、お兄ちゃん。免許証見せて見せて」

「ひな！　お兄ちゃん帰ってきたばかりなんだから後にしなさい。おかえり大和（やまと）」

俺を迎えに玄関までやってきた妹のひなは、探索者免許証を受け取ってから帰ってくることを知っていたので、顔を見るなり見せろとせがんできた。

そこへ母さんがやってきて、俺のボストンバッグを受け取りつつひなを諫（いさ）める。

「お昼ご飯用意してあるから、手を洗ったらいらっしゃいね」

母さんは俺のボストンバッグを持って洗濯機へ直行するようだ。旅行に行っていたわけじゃあないし、中身は洗濯物じゃあないんだけどなあ。春物と交換するために冬物を突っ込んできたけど。

手を洗うために洗面所に向かいながら、洗濯機に向かう母さんの後ろ姿を目で追った。ボストンバッグの中身を思い出しながら、洗濯はしてあるから大丈夫だよなと、何が大丈夫なのかと自分の思考に苦笑いする。

ダイニングへ行くと父さんと爺ちゃんと婆ちゃんも揃っていた。

「みんな仕事は？」

「畑は午前中に済ました」

「大和の誕生日なんだから」

見ればテーブルの上にはホールケーキに1と8の形の蠟燭が立っていた。

「さあ、座って」

母さんが戻ってきて椅子に座るよう急かしてきた。座った途端……

「「「「お誕生日、そして免許合格おめでとう」」」」

祝福の言葉とともに、パパパンッ！　とクラッカーの弾ける音が鼓膜を震わせ、紙テープが舞い飛ぶ。

「ガキじゃないんだよ」

そう言いつつも、居心地の悪い学校生活から暖かな家族に囲まれる場所に戻り、思わず目から汗が滲んだ。汗といったら汗なんだよ。

昼食だというのに普段の夕食以上の大量の料理が、テーブルの上に所狭しと並べられていた。どれも俺の好物ばかりだ。

「どうだ、学校の方は」

成績や進級時のことは学校側から連絡が入っている。だけどそう言うことを聞いているんじゃないんだろうな。

「うん、まあまあ、かな」

「いいなあ、私も来年受験したいな」

父さんの言葉に曖昧に答えたが、ひなが被せ気味に父さんに上目使いで訴える。

「ひなは女の子なんだから」

爺ちゃんが受験に反対だとの意を込めて言っていることを承知しつつも、ひなには効果はない。

「今時は女性のAランカーだっているんだよ、お爺ちゃん」

「大和と違ってひなはねえ、試験に合格できるかしら」

「うっ」

大皿のおかずを取り分けながら、母さんがひなを横目で見る。どうも模試の結果はD判定だったらしい。合格圏内には程遠いようだ。

「まだあと一年あるもん」

「……迷高専の試験は一般より早くて十二月だから、一年ないぞ」

俺がぼそっと呟くと、ひなはなんともいえない顔をした。

「きょ、今日はお兄ちゃんの誕生日なんだから、そんな話はね」

「そうだな、大和もついに十八歳か」

「早いものねえ」

父さんと母さんの言葉に爺ちゃんも頷く。

「ダンジョンが現れて二十年経つんだな」

「あの頃は世紀末がどうの、ノストラダムスの預言がどうのと騒がれていたし、ダンジョンが現れて〝世紀末滅亡予言が的中？〟とか言われて、すごかったよなあ」

うんうんと頷く両親と祖父母、反対にポカンとする俺とひな。俺たちが生まれる前のことだから何度聞いてもよくわからない部分がある。

学校でもダンジョン発生からの歴史は習うが、両親らの話す当時の様子は学校では教わらないことが多い。

「日本だけじゃなく、世界中に訳のわからない入り口が現れて、連日そのニュースばっかり、楽しみにしてたドラマが放送延期になっちゃって」

世間では行方不明や死人も出ていたが、母さんにはドラマの方が重要だったようだ。

「モンスターが出るってすっごく報道で騒がれたのに、面白半分でダンジョンに入ったりするからだ。ああいうのは警察と自衛隊に任せときゃいいんだよ」

父さんの言葉に爺ちゃんも同意する。

「わしらが払った税金から給料もらってるんだから、それくらいやって当然じゃ」

そんな会話を交わす父さんと爺ちゃんを、婆ちゃんが胡乱な目で見る。

「この辺りにダンジョンが現れなくてよかったわ。あれば絶対悠介行ってたでしょうから」

「うっ、それは」

婆ちゃんの言葉に父さんが詰まった。

「結衣子さんが嫁に来たばっかりだったからな。未亡人にせずにすんでよかったなあ、悠介」

爺ちゃんが父さんの背中をバンバンと叩くと、父さんが爺ちゃんを睨んだ。

「何いってるんですか。源一郎さんだって悠介と一緒になって行ってましたよ」

婆ちゃんに突っ込まれて、爺ちゃんの目が泳ぐ。

「いやでも茂子それはな、レベルアップするって聞いたら行きたくなるだろう、なあ」

爺ちゃんは俺に同意を求めるように視線を向けるが、そこは空気を読んで返事は控えた。

ダンジョン出現からさほど時を置かずに、ダンジョン内でモンスターを倒すと徐々に身体能力が上ることが知れ渡った。そのため隠れてダンジョンに潜る者が後を立たなかった。

当時はモンスターを銃火器で倒すより、近接武器や肉弾戦の方が、レベルアップしやすいことが解っていなかった。

銃や爆弾などを使った攻撃ではほとんど経験値が得られない。どこの国も警察や軍隊が銃火器を使用していたためそんな効果があることに気が付かなかった。

民間人の銃所持が許されていない日本のような、本来は武器として使わない用途のもの、バールや鉈、手斧などを持ってダンジョンに挑んだ一般人の方が先にレベルアップを体験することになったのだ。

けれどすぐさま検証に移ったのは、情報をもたらした日本じゃあないんだよな。

検証の結果、弓や投擲も近接武器より効果が下がることが実証されたが、銃火器よりは効果があった。戦闘における距離が関係するのではと当時は論じられた。でも銃を使った至近距離攻撃では効果がなかったため〝人力による攻撃〟が経験値獲得の条件だと結論付けられた。

「日本はダンジョンの入口を警察や自衛隊がすぐに封鎖したけど、よかったのか悪かったのか」

ダンジョンが現れてからの対応は各国さまざまだ。多くの国の政府は警察や軍隊を派遣し、ダンジョンの調査を始めた。

日本政府はダンジョンから帰ってこない民間人が増加したことで、自衛隊と機動隊をいくつかのダンジョンに入れ、他のダンジョンは封鎖した。

そして封鎖したことでモンスターが外へ溢れ出すダンジョンスタンピードが発生したのだ。

「あの時は生きた心地がしなかったよ」

実際は実家周辺どころか県内にさえダンジョンがなかったため、テレビの向こうの出来事だったが、山の中や人の少ない土地で、発見されていないダンジョンがいくつもあったというニュースを聞いて、両親と祖父母は持ち山をかなり調べたそうだ。

「それが今や孫がダンジョン探索を生業にしようっていうんだから」

「時代は変わるんだよ、母さん」

婆ちゃんの言葉に父さんが笑いながら大きな箱を取り出した。

「大和、父さんたちからの誕生日祝いだ」

「ねえねえ、開けてみて」

ひなが肘でツンツン突いて開封をせかしてくる。俺はプレゼントは部屋で一人開ける派なんだが。皆が期待の目で見るので、受け取った箱の包装を摘んだ。

シックな包装紙を開くと真っ白な箱で、商品名も何も書かれていない。

「早く早く」

ひながさらに急かしてくるので、箱をひなから見えないように抱え込んで蓋を少しだけ開けた。中から革製品特有の匂いがした。

「あ……」

「すごいでしょ、それ五菱のスタンもごもご」

蓋を開ける前に中身をバラそうとしたひなの口を母が塞いだ。俺は蓋を足元に置き、中の詰め物の紙を取り除く。

そこにあったのはブーツとボディプロテクターだ。

「五菱のリザードシリーズ？」

五菱グループの系列会社で、探索者の武具を専門に作っている五菱Ｄマテリアル。

この二十年でドロップは研究され、特に素材からはさまざまなものが作りだされてきた。

ドロップの素材を扱う会社は、今では大小かなりの数がある。五菱Ｄマテリアルは探索者向けの製品を開発製造する会社の中で、日本で五指に入る有名どころの会社だ。

ドロップ素材を用いてダンジョン探索に有用なさまざまなものを作っているが、中でも武具はその最たるものだ。

リザードシリーズはリザードという蜥蜴に似たエピックモンスターの革を使った防具だ。他にもレア素材を使ったエントリーモデルのウルフシリーズ、レジェンド素材を使ったハイエンドモデルのベアーシリーズと並び、有名なスタンダードモデルの防具だ。

全身を覆うタイプから部分防具までさまざまだが、これはいわゆるベスト型。元はオフロードレーサーのプロテクターの改良型なんだとか。

取り出して目の前に掲げる。

「これ……」

「これからどんなスキルをとるかで戦闘スタイルは変わるでしょ。でもブーツとボディプロテクターならどんなスタイルでも使えるよ」

自慢げにひながいう。選択にはひなの意見が多分に含まれているようだ。

「武器はダンジョン外の持ち歩きができないし、探索者免許がなけりゃあ購入はできんが、防具だったら一般人でも買えるからな」

ダンジョン武器は探索者免許がなければ購入できないし、持ち歩くためには専用のウエポンケースが必要になる。

「これが私らに変わって大和を守ってくれるといいねえ」

爺ちゃんと婆ちゃんが笑いかけてくれた。

ブーツとボディプロテクターだけでも五十万は超えるはず。

「探索者になったんだから、ちゃんとしたものつけてくれた方が、親は安心するのよ」

「父さんにもこれくらいの甲斐性はあるんだ」

両親は最初迷高専を受験することを反対してた。説得の結果許可はくれたが今も賛成ではないと思ってた。

「お前が進む道を、家族で応援してるぞ」

「あ、ありがとう」

思い描いていた夢は、厳しい現実に潰されかけて挫けそうになってた。けれど消えそうになっていた自分の心の灯火に、家族の応援というガソリンが注がれた。

絶対中退も転科もしない。その選択肢はここでキッパリ捨てていく。

あいつらを見返してやる。泥臭く足掻いてやるさ、なんとしてでものし上がってやる。

俺は胸の中に家族の応援を抱え込んで目をギュッとつむり、汗が溢れないようにした。

◆　◆　◆

「おはよ、ひな」

「おそよう、お兄ちゃんもうすぐお昼だよ」

リビングでテレビを見ていたひなの頭をこづく。

昨夜は久しぶりの自分の部屋ということもあり、他人がいる寮の部屋と違い安心したせいか、昼近くまでぐっすりと寝てしまった。

「母さんたちは？」

「お父さんとお母さんは、お兄ちゃんに食べさせるって裏山に筍取りに行ったよ。お爺ちゃんは道の駅に納品、お婆ちゃんは台所だよ」

「おお、お昼は掘り立て筍の炙り焼きかな」

リビングを通り過ぎ、洗面所まで行って眠気の冷めない顔を冷水で洗う。

タオルで顔を拭いていると、勢いよく玄関扉を開ける音と、何かをひっくり返すような音が聞こえてきた。音の正体を確認すべく、タオルを肩にかけ玄関に向かった。

そこには玄関に倒れ込む母さんと、同じく音を聞きつけ先にやってきたらしいひながいた。

「母さん？　ひな？」

「た、大変、大和、お父さんが」

母さんが右腕にできた大きな擦り傷を抑えるようにして、玄関にしゃがみ込んでいた。

音の正体は母さんが慌ててひっくり返した傘立てだろう。俺が散乱する傘の上に座り込む母さんを上り框に座らせると、ひなが散らばる傘を片付けた。

「いたた……」

「大丈夫？　腕以外どこかぶつけてない？」

母さんの具合を確認しようとしたら、横からひなが母さんの擦りむいた腕を覗き込む。

「おばあちゃん、救急箱ってどこだっけ」

ひながそう言いながら台所に駆けていくと、すぐに救急箱を持って婆ちゃんと戻ってきた。

「まあ、結衣子さんだったの？　てっきりひなかと」

「そ、それよりも大変なの」

手当てをしようとする婆ちゃんを押し止め、切羽詰まったように母さんが捲し立てる。

焦っているせいでちょっとわかりにくいが、要約するとこうだ。

竹林で筍を取った帰り、竹林の崖下のところに大きな穴が空いていた。

つい先日までなかった穴を不審に思い、父さんと二人で中をのぞいたそうだ。

「穴……これってもしかして」

二人は恐る恐る穴の中へ入っていった。二十メートルほど進んだところで、暗闇から突然何かが飛びかかってきたが、父さんは反射的に手にしていた鍬を振りかぶると、見事命中して飛び掛かってきたそれは地面に転がった。

それが何か確かめようと近づくと、霞になって消えたそうだ。

「やっぱりこれってダンジョンじゃないか？　結衣子、戻ろう」

父さんは母さんを促し戻ろうとした途端、足元が崩れて下に落ちてしまった。父さんが落ちた先は真っ暗で何も見えず、母さんは父さんの名を呼んだが返事は返ってこなかった。

母さんは一人ではどうにもできず、助けを求めるため慌てて戻ってきたのだった。落ち着かせながら話を聞いたところ、母さんの怪我は慌てたせいで玄関ですっ転んだため擦りむいたようだ。

「け、警察、消防に助けを、えっと、こうゆうときは探索者協会に電話するんだっけ」

話を聞いて婆ちゃんが立ち上がるものの、右往左往しだした。

「そんなの間に合わない、俺が行く。何か武器になるものは……」

ひなが母さんが腰に下げていた鉈を指差す。

「お兄ちゃん鉈、母さんが腰にさしてるやつ」

ひなの言葉に母さんが、ベルトに挿していた竹割鉈をとって俺に渡す。すると次に婆ちゃんが台所から何か持ってきた。

「これ、爺さんの刺身包丁だよ」

その刺身包丁は爺ちゃんの大事なやつ。刃渡り28センチもあるなんか有名な人が作ったっていう〝銘入り〟の刺身包丁だ。

刺身包丁も竹割鉈も刀身は短く武器で言うなら短剣だろうか。リーチは短いがこの際どうこう言っている場合じゃない。武器以外にも必要なものは……。

「倉庫にロープあったよな」

俺は爺ちゃんの刺身包丁にタオルを巻いて腰に差し、靴をはきながら母さんに確認をとった。

「ええ、置いてるわ。場所、場所はわかる？　入ってすぐ右の棚よ」

「大丈夫」

それだけ聞いて俺は倉庫に向かって駆け出した。

倉庫に飛び込むと棚のロープを掴み、隣に並べられたカラビナをいくつかベルト通しに引っ掛けロープを吊るす。

梱包用のガムテープや野菜を束ねるのに使っていたビニールテープなどもカラビナに引っかけ腰にぶら下げて倉庫を出ると、ひなが走ってきた。

「お兄ちゃん！　これ救急セットとタオルとお水入れてきたから」

父さんが怪我をしていた場合に備え、傷口を洗う水やタオル、車を購入した時にディーラーがサービスにくれた携帯用救急セットをリュックに詰めたものを渡してきた。

「サンキュー、ひな」

「うん」

裏山の竹林に向かって走り出すと、ひなもついてきた。

「おい、家に戻ってろ」

「私もいく、中には入らないから、外で待ってるから……」

父さんが心配なのはひなも同じだ。

竹林は家のある土地より三メートルほど高い。ひい爺ちゃんが竹林が家の方に広がらないように、なだらかな斜頸だった土地を掘り下げて石垣をこしらえたそうだ。

石垣部分に今までなかった洞窟が姿を見せた。高さ二メートルほどの入口から見える奥は暗く、十メートルほどしか見渡すことができなかった。

「ひなはここまでだ。お前は免許がないから絶対中に入るなよ」

「うん、わかってる。お兄ちゃんお父さんのこと……」

「おう！　任せろ。行ってくる」

中に入ると二メートルほどは石垣っぽい壁だったが、唐突に鍾乳洞の石灰岩のような、どこかつるりとした感触の壁に変わっている。

「やっぱり竹林の下のこの位置でこの壁質、ダンジョンで間違いないな」

この辺りは陽が差し込み、辺りの様子は見てとれた。奥に向かって緩やかな下り坂になっているが、すぐに外の明かりが届かなくなる。真っ暗で先が見えないが、俺には問題ない。

「〈ライト〉」

頭上に光球が現れ辺りを照らす。スキルはダンジョン内でしか使用できないからここはダンジョンで間違いない。

光魔法の単呪文である《ライト》は使用者の近くに光源を出現させる呪文だ。

スクロールやスキル名は開いた人間の使用する言語に対応するようになっている。

日本語なら《光》なのだけど、他言語でも意味を理解していれば有効なので、英語の《ライト》で言っても問題なく発動する。

大事なのは発音ではなく、その言葉に込められた〝意味〟なのだから。

日本人は厨二病を患ったやつが多いのかもしれないとどこかのコメンテーターが言っていた。

唱える時例えば《怪我治療》《病気治療》だと《キュアウーンズ》や《キュアディシーズ》の方がかっこいいよな。

俺も《光》でなく《ライト》って言ってるけど、厨二病じゃあないぞ。

どちらかといえばＲＰＧやカードゲームで遊んだ経験のせいだと思う。

その《ライト》も、最初は自分の周辺にしか出せず、自分が動くと光源は追尾するように移動した。熟練度が上がって今では追尾機能を切って定位置で発光させることができるようになったのだけど。

これがもう少し早くできるようになっていれば、小隊戦闘で立ちっぱなしにならずに済んだのになあ。今更言っても仕方がないが。

今回は俺の移動に合わせて光源も移動するよう、自分の頭上を追尾する設定で使用した。

数メートルも進むと下に続く階段があった。

母さんが「足元が崩れて父さんが落ちた」と言っていたので、落とし穴かトラップかと思っていたが、そうではなかったようだ。暗闇で階段に気付かず転げ落ちたみたいだ。

「父さん！」

階段の下に気を失った父さんが倒れていた。呼びながら階段を駆け下り、そっと父さんの身体に触れる。

「父さん、父さん」

怪我をしていないか確かめつつ、何度も呼んでみるが返事はない。転げ落ちた時に頭をぶつけたのかもしれない。頭を強くぶつけた時はゆすり起こすのは良くないんだったか？

頭に触れて出血の跡を探すがそれはないようだ。だが後頭部に大きな瘤を見つけた。

「うっ……」

瘤に触れたせいで痛みを感じたのか、父さんが顔を顰めた。

「父さん、父さん」

「う、あ……大和か」

父さんは意識を取り戻すと、ゆっくりと上半身を起こした。

よかった自分で起き上がれるくらいなら、とりあえず大きな怪我はないと思う。だが頭の怪我は見た目でわからないから、すぐ病院に連れて行かないと。

「いたた……足元に階段があったとは。転がり落ちて気を失うとは情けない。結衣子、母さんは？」

「父さんが穴に落ちたって言って家に駆け込んできたんだ。それで俺がきたんだよ」

父さんはゆっくりと立ち上がり、身体の強張りをほぐすように肩を回し動きを確かめる。けれどその動きが頭の瘤を刺激したのか、「いてて」とうめきながら後ろにふらついた。

慌てて父さんの後ろに回って、身体を支えようとしたが、その前に自分で踏みとどまった。

「大丈夫？」

「ああ、ちょっと後頭部がズキズキするがな」

おかしなところがないか様子を見ていると、父さんの向こうに動くものを捉えた。

とっさに母さんの竹割鉈を右手に持ち、父さんの横をすり抜け前に飛び出す。

「大和？」

「チッ！」

「ピギャーッ」

気合を込めて鉈を振り払うと、飛びかかってきた〝ラビット〟の首に上手くあたった。首を切り落とすところまではいかなかったものの、ラビットはそのまま壁まで吹っ飛んでいった。

壁に叩きつけられ、落ちたラビットに止めを刺すと、黒い粒子になって消える。後にはスクロールが残った。

「え、スクロールドロップした？」

ラビットはウサギと言われて思い浮かべるアナウサギに似たモンスターだが、大きさは中型犬ほどある。だが目はつり上がり気味で大きな牙をもち、結構凶悪な顔をしており、爪も鋭く長い。だけど脅威度2に分類される弱いコモンモンスターだ。

「やっぱりここはダンジョンなのか。すぐに出ないとやばいな。大和、どうも足をくじいたみたいだ。肩をかしてくれ」

俺はスクロールをリュックにしまい、父さんに肩を貸して階段をゆっくり登った。

父さんは暗くて足元が見えず、階段に気付かず転げ落ちただけのようだった。自分でもその自覚があるようで、転げ落ちる途中で頭を打ったと言う。

母さんの言いようでは、てっきり落とし穴トラップに落ちたのかと思ったんだけど違ってよかった。

よかったのはそれだけじゃあなく、階段が入口からさほど離れていなかったこともだ。

周囲を警戒してはいるが外に出るまでにモンスターが現れたら、父さんに肩を貸しているのでモンスターに対応できるかと不安に駆られた。でも入口が近いおかげでモンスターに遭遇せず、無事外に出ることができた。

「お父さん、お兄ちゃん」

入口のすぐ外で待っていたひなが、俺たちの姿を見て駆け出した。ダンジョンに入るなってあれほど言ったのに、入口から五メートルほどの距離を駆け寄ってきた。まあすぐに出るからいいか。

俺とは反対の父さんの手をとり、同じように肩を貸そうとするが身長差のせいであまり役に立っていない。

「とりあえず病院へ行こう。頭を打ってるからちゃんと検査してもらわないと」

倉庫を回ったところで、ちょうど爺ちゃんの軽トラが入ってきた。それと同時に母さんと婆ちゃんが玄関から出てきた。

「あなた」

「悠介」

「なんだ、どうした？」

俺たちの様子を見て爺ちゃんが車の窓を開け、俺たちに声を掛ける。

父さんが転んで頭をぶつけたことを説明すると、救急車を待つより早いと爺ちゃんは父さんを軽トラに載せ、速攻病院に向かった。

軽トラは二人乗りなので、母さんは保険証やら父さんの着替えやらを準備して、スクターで追いかけてった。

その時はみな〝とにかく病院へ〟という思いが強かった故の行動だった。

若干俺も動転してたかもしれない。

結果的に大事には至らなかったからよかったものの、頭を打って気を失ったんだから安静にして救急車を呼ぶべきだったと、診察してくれた医者に注意を受けたそうだ。

ひなと婆ちゃんと三人で母さんを見送ったあと、俺は二人に声をかける。

「俺、ダンジョンの様子を見てくる。新しくできたんだと思うけど、中のモンスターの様子を確認した方がいいかなって思って」

「外に出てくるのかい？」

婆ちゃんが不安そうに、裏山の方を見た。

「大丈夫だと思う。けど、念のため一層だけでも間引いてくる」

本当は出来たばかりのダンジョンから、モンスターが外に出てきたという事例はない。

俺の言葉にひなと婆ちゃんが手を取り合って不安な表情を見せた。ひなは探索者になりたいんじゃなかったのか？　それくらい知ってそうなものだが。

「そんな顔しないでよ。これでも免許を持った探索者なんだぜ」

免許は昨日受け取ったばかりだけど、この二年間探索者になるため学んできたんだから、一般の免許取り立て探索者とは違う。

二人を家に帰らせて俺は一人ダンジョンに戻った。

緩やかな下り坂を十メートルほど進むと、陽の光が届かなくなるので今度は〈ライト〉を天井に張り付くように打ち上げる。

周囲を細かく調べる時は追従型にするより、固定型にした方がいいからだ。

奥に進むと下り階段が見えてきた。さっきはすぐに階段を降りたため気がつかなかったけど、階段の手前に左に曲がる通路があった。

階段手前の天井に《ライト》を打ち上げ、あたりを探る。

ダンジョンはほぼ下に降りていくタイプだが、まれに登るタイプもある。

「入ってすぐ下り階段ってことは逆さ塔型なのかと思ったけど、たまたま入り口すぐに二層への下り階段があっただけの洞窟型かな」

壁面はいかにも「自然にできた洞窟」の風情を持った、突起やら凹凸やらが多く、見通しが悪い。これは洞窟型ダンジョンの特徴だ。

ダンジョンによっては発光苔――よくヒカリゴケと混同されるが、ヒカリゴケは光を反射するだけで自ら発光しない。ダンジョンに生えている発光苔は苔自体が発光する。

発光苔は外に持ち出すと黒い粒子に変わってしまう。研究の結果、発光苔は植物系モンスターの一種ではないかと言われていたが、鑑定スキルを得た探索者が鑑定したことで確定された。

鑑定スキルの発見で、今までの研究が無駄に終わったことは多い。

モンスター以外でもダンジョンから持ち出せば粒子に変わる物があるからな。

ダンジョン内には植物型のモンスターも存在する。発光苔のように無害なものから、トレントのように歩いて移動できるものとか。

モンスターは強さや頑丈さ、倒しやすさなどからランク分けされた脅威度によって分類されている。あ、これよく試験に出るぜ。

強さとは別に魔核に含まれるエネルギー量で分類する方法もある。覚えるものが増えるので幾通りも分類を作らないで欲しいよな。

今回は階段を降りずに一層の探索をすることにした。制覇ではなく調査の場合は一層からがセオリーだ。

階段を降りずに横の通路を進むため、前方の天井に《ライト》を打ち上げる。

十メートルほど進んだ先がY字に分岐していた。分岐の手前にも《ライト》を追加する。

《ライト》を天井照明のように貼り付けた場合、十分から最長一時間くらいまで持たせることができるようになった。今回は大体三十分くらい持続するようにしてある。

追従型も消そうと思わなければ消えないようにできるようになった。スキルを使用する際、ゲームでいうところのMP的なものを消費している。熟練度が上がって追従型は追加で提供できるようになったと考えられている。

このMP的なものは【迷宮魔力】と名付けられ、ダンジョンにいる限りは補充されるので、よほど高レアリティスキルを連発しない限り欠乏しない。《ライト》はコモン星1の単呪文スキルなので、数発連続使用しようとも必要な迷宮魔力は少ないのだ。

分岐の手前で一度壁に身を貼り付け、右側の通路を覗く。十メートルほどまっすぐに伸びた通路は先でまたY字に分岐していた。

地図もないので学校で習った探索基礎Iの通りに、右一択で進んでいくことにする。

そして十メートル先のY字分岐路の天井に《ライト》を飛ばした。

「チイイィィ」

突然モンスターの鳴き声がして、分岐路の向こうからリスのようなモンスターが現れた。

ラビットより一回り小さいが、通常のリスよりは何倍も大きい。

俺の《ライト》に驚いたようだ。そして俺を見つけ、一直線に向かってくる。

竹割鉈を構え、モンスターを観察する。

リス型モンスターは真っすぐ突っ込んでくるように見せて、直前で跳ねる。

あれは多分小爪リスだ。小爪リスは猪突猛進というか、真っすぐ走ってきて直前で飛びかかってくる

よく観察し、タイミングを見極めれば小爪リスの対処は難しくない。

俺から二メートル手前で、小爪リスがジャンプした。身体を左に躱しつつ、鉈を振りかぶる。

「チィイエエ……」

小爪リスの進路に鉈の軌道が重なり、小爪リスは真っ二つになって、断末魔の悲鳴を残し黒い粒子となって消える。

「よし！」

戦闘に一撃で勝利したことで、思わず拳を握る。

そして足元にスクロールが転がった。

「え？　またスクロール？」

二度の戦闘で二個のスクロール。一体ここのドロップ率ってどうなってんの？

いくら出来立てのダンジョンはアイテムドロップ率が高いと言っても、小爪リスごときでスクロールのドロップなんて聞いたことがない。

俺は拾ったスクロールをじっとみる。

これを売れば……いやもし有益なスキルなら使って春休み中、と言ってもあと一週間しかないけど、ダンジョン探索に役立つんじゃないか。でも中身がわからないと使えないしなあ。

簡易鑑定依頼に出そうにも、まだどこのダンジョンにも入ってないことになってるのに、どこの買取窓口に出すんだ？

俺は〝スクロールドロップ〟に対して変な縁があるようだ。これは幸運なのか悪運なのかはわからない。

未知のダンジョンの中、スクロールを手に考え込むなど、探索者として言語道断と言ってもいい。なのに続くスクロールドロップにしばらく考え込んでしまった。

「チイイィイ」

不意に左から聞こえた小爪リスの声に、思わず左手に握っていたスクロールで打ち払ってしまった。

「ヂィッ」

スクロールは羊皮紙（ようひし）のような質感の、画用紙程度の厚みのある紙を巻いてシーリングワックスのようなもので封をしてあるだけのものだ。武器とするにはたいした硬度のないスクロールで、ダメージらしいダメージは与えられないが、一応弾き飛ばすくらいはできた。

おかげで若干の距離と攻撃に移る時間が取れた。右手の竹割鉈を小爪リスの頭部を叩き割るつもりで振り下ろす。小爪リスは体勢を立て直し飛びかかろうとする直前に、竹割鉈の一撃を受けることになった。

黒い粒子となった小爪リスは、小さな魔核を残した。

「まあ、毎回スクロールがドロップするわけないか」

開いた左手で魔核を拾う。

「小爪リスの魔核の相場って百円くらいだっけ？」

小爪リスは脅威度1に分類される最弱モンスターだ。その魔核に含まれるエネルギーはわずかで、当然買取価格は安い。同じ脅威度1の魔核を学校のDポイントに交換すると、百円相当の100ポイントになる。

ズボンの後ろポケットに魔核をねじ込んで……。

「あれ、スクロールは……」

左手に持っていたはずのスクロールを、戦闘の際に落としたかと周りを見回すがどこにもない。

その時スキルの情報が脳裏に浮かんだ。

《アイテム鑑定》はダンジョンアイテムの種類を知ることができる。熟練度が上がればレアリティ、名称など得られる情報が増えていく。ダンジョンアイテム以外にはなんの効果もない。

鑑定系は色々あるが、《アイテム鑑定》はステージが低い間は対象に触れていなければ調べることができないのか。いやいやいやいや、そうじゃなくって。

「……また開いたのか、俺」

しかしまさかのレアスキル。脅威度1のコモンモンスターである小爪リスからドロップしたスクロールは、レアスキルの《アイテム鑑定》だった。

スキルには名称の後ろに数字が付いているものがある。数字付きスキルはすでに熟練度が上がっているものだ。数字分数字なしより威力が高かったり効果が増えたりする。

鑑定系なら、数字が大きければ大きいほどは得られる情報が増える。この数字（熟練度）をステージと呼ぶ。

ステージの最大値はスキルによって異なるが、数字が大きくなるほど能力は高く、取引価格も当然上がる。

エピックスキルの《鑑定》と違って《アイテム鑑定》はアイテム限定であるが、買取窓口で簡易鑑定を依頼する必要がなくなるし、持ち帰るドロップの取捨選択(しゅしゃせんたく)ができるようになるため、結構人気だ。数字なしでも売却価格は数十万はいく。

「うわぁ、これ売れればいい武器買えたかも」

意図(いと)せずスクロールを開いてしまうのも一度だけならまだしも、二度目ともなると不注意どころの話じゃない。我ながら情けなくなってくる。

ここで考え込んでる場合じゃなかった。気を引き締め直し、一層の調査を続ける。

一層には小爪リスしか出ないようだ。ラビットは父さんを探しに階段を降りた先だったから二層に出現するモンスターか。ダンジョンによっては一層に一種類のモンスターしか出ないというのはよくある。

でも階段前だったのにモンスターがやってきたってことは、本当にできたばかりのダンジョンだったようだ。

出来立てダンジョンは、安定するまでさまざまなイレギュラーが起こると言われている。

通常なら階段と階段前は安全地帯のはずだった。急激に地形が変化することがあり、その影響で安全地帯にモンスターが紛れ込んでしまうということも。しばらく経てばモンスターは移動するのだけど、まだ移動前だったのだろうと一人納得する。

その後二時間ほど探索して、小爪リスを十二匹倒した。さすがにスクロールのドロップはなかったが、魔核以外に小爪リスの皮を二枚、小爪リスの爪を三個ドロップした。

リュックにドロップを詰め、代わりにひなが入れてくれた水を取り出し飲む。一気に飲み干すと喉の渇きは潤ったが、盛大に腹の虫がなった。

「そういえば昼前に起きてご飯食べてなかった」

思い出した途端に空腹が襲ってきたので、ダンジョンの調査を切り上げ家に帰ることにする。

外に出ると竹藪が夕陽に赤く染まっていた。まさかの朝昼二食抜きかと自覚した途端に、ギュルルと食物を要求するようになった腹をさすりながら、俺は家に戻った。

家に帰ると爺ちゃんだけが先に帰っていた。色々検査をするそうだが、父さん自身は元気そうだったので帰ってきたそうだ。

そして俺のすぐ後に母さんが帰って来た。

「念のため様子見で入院するけど、明日には退院できると思うわ」

母さんは腕に巻かれた包帯を撫でながらそう言った。父さんは頭の怪我なので一晩様子を見て明日再検査をするらしい。

爺ちゃんが真剣な顔を俺に向ける。

「結局、あれはダンジョンで間違いないのか？　大和」

「うん、間違いなくダンジョンだったよ」

「じゃあ警察に、じゃなかった。協会だったっけ？　知らせないと」

「そのことだけど、ちょっとだけ待ってくれないかな」

ひなの言葉に俺がマッタをかけた。家族全員が訝しげな表情で俺を見る。

本当は学校でのことは話さないつもりだった。家族に心配をかけたくなかったから。

クラス替えで状況が変わるかもなんて、期待はしていない。元班員が同じクラスにいなくとも、班員以外のクラスメイトも連中に同調したんだ。新しいクラスメイトだって似たようなものかもしれないのだ。

帰省する前は、授業でできなかったレベルアップを一般探索者としてダンジョンに通い、遅れを取り戻すつもりだった。

せっかく探索者育成学校に通っているのに、学校外でレベルアップを図るなんて、本末転倒だとは思う。だけど最低あいつらだけは見返してやりたい。

ただ半年分の遅れを、週末の探索でどれほど取りもどせるかはわからない。

春休みの残り、明日から始業式まで五日しかないが、みっちり探索するつもりではいた。

俺は探索者になるので、サポートコースへの変更は元から選択肢に入れていない。

免許を取った時点で一般探索者としてやっていけそうなら中退してもいいかも、と考えたことは言わないけど。

昨日何がなんでも卒業すると決意を新たにしたところだ。三年度を最後まできっちり終えてちゃんと卒業する。だが無様にもがきながら底辺で三年度を過ごす必要はない。防具を得たことで安全度が上がったし、予定通り明日から一般探索者としてダンジョンへ行くことにしていた。

そんな時に実家の敷地内にダンジョンが現れた。家族以外に存在を知られていないダンジョン。これはチャンスだ。誰も知られておらず、モンスターを取り合う競争相手がいないダンジョンが目の前に現れた。

食卓についていた全員と、台所から顔を出した婆ちゃんが俺を見た。

「婆ちゃんもこっちにきて座ってくれないか」

「なんだい、改まって」

エプロンで手を拭きつつ爺ちゃんの隣に腰を下ろし、家族全員が揃って俺に注目する。

一度大きく息を吸って気持ちを落ち着ける。

いじめを受けたなんて本当は恥ずかしくて打ち明けたくなかったけど、事情を話し家族に協力を求めることにした。

さすがに家族に内緒でダンジョンに潜るわけにはいかない。心配をかけるだけだ。

俺は学校での現状、いじめとそれによって進級が危ぶまれるほどの羽目に追いやられたことを告白した。

　暴力を受けたりしたわけじゃない。でも私物を隠されたり壊されたりは立派ないじめだ。

　無視されたことについては「クラスメイトだけど仲の良い友達じゃない」といわれればそうでしかない。そもそもクラスメイトは友人ではなくライバルなのだ。探索者コースは進級のたびに定員数が減るシステムなのだから。

　だが実戦授業で完全にハブられて思うように戦うことができなくなったことは、学校のカリキュラムの問題ではなく人間関係により起こったといえる。

　管理の問題といえばそうなのだが、嫌がらせの域を超えている。

　自分が努力してダメだったなら諦めもつくだろうけど、スタートラインが違うというか、コースに並ばせてもらえないような、不公平な条件によって起こった状態では納得できない。

　座学の成績が優秀だったことで進級試験をクリアしたものの、戦闘能力がギリギリラインだったからと、最終面接でサポートコースへの変更を進められたのだ。

　探索者になるだけなら迷高専を中退して一般探索者としてやっていく方法がある。

　だけど入学金やら何やらで、家族に負担をかけて入った学校を中退するのは申し訳ない気もしていた。

　わざわざお金を出して一般試験をうけなくとも、迷高専では三年度末に免許をもらえる。けれどそれを待たず、免許を取って学校外でダンジョンへ行くことにしたのは放課後や休日を使ってレベルアップをするためだった。免許を取るに至った経緯を洗いざらい話した。

「大和は学校を辞める気はないんだな」

爺ちゃんが確認するように問うてきた。

帰省するまで内心はやっぱりブレブレだった俺に、家族が応援してるぞと言って決して安くない装備を誕生日プレゼントとして用意してくれた。

たとえ無様にもがきながらでも、探索者コースの卒業の道を目指す。

決意を込めて爺ちゃんに頷き返すと、爺ちゃんはニッと笑う。

「裏山のダンジョンで修行をするか。そのクラスメイトと教師を見返してやれ。どうせ春休み中は近場のダンジョンに行くつもりだったんだろう。徒歩一分なんて便利じゃねえか」

「あなた」

「お義父さん」

反対されるかと思ったが、爺ちゃんは発破をかけてきた。爺ちゃんが肯定したことで反対しようとした婆ちゃんと母さんが爺ちゃんを咎めるような目で見る。

「……まあどこのダンジョンに行ったって、心配なのは変わらないわね」

母さんも諦めたのか俺の頭を撫でてから、ぺしんと叩く。

「ただし、無事に戻ってくること。時間は朝から晩まで、夜はみんなで夕食をとれるように戻ってきなさい」

釘を刺すことも忘れない。

「うん」

「男なら、やりかけたことを放り出すな」

言いながら爺ちゃんが俺の背中をバンっと叩く。

「ありがとう、爺ちゃん」

俺は翌日からの探索準備をするため、自室へ引っ込んだ。


リュックの中身を全部取り出すと、底にスクロールが残っていた。

「あ、父さんを助けに行った時の……」

父さんを見つけた後に倒したラビットからドロップしたスクロールだ。

俺が望まずして得てしまったスキルの《ライト》は光魔法系の呪文スキルでC☆、全スキル中でランクは最低だ。

ドロップもレアリティーがあるが、鑑定して解るのは五段階だけだ。あまりに大雑把な分類になるので、ＩＤＤＯでは各レアリティーをさらに五段階にランクわけをして、それを星の数で表した。まるでどこぞのトレーディングカードゲームのようだが、それを参考にしたので間違いではない。国が違って言語が変わっても色と星の数で一目瞭然だしな。

最低ランクがC☆。その中でも探索であまり役に立たないものが日本で【ゴミコモン】と呼ばれている。

この呼び名はIDDOで正式採用されていない、日本人探索者のスラングだ。

脅威度1の小爪リスや脅威度2のラビットのドロップはこのGCが多い。というかスクロールのドロップ自体はほとんどないと言われていた。

でも脅威度1の小爪リスからGCではなくレアのスクロールがドロップしたのだから、脅威度2のラビットからドロップしたこのスクロールもレアかもしれないと、ちょっと期待している。

手の中にあるスクロールをじっとみる。明日ダンジョンへ行ったらまず鑑定しよう。有益なスキルなら取得することに躊躇いはない。

スキル取得は三年度から？　そんなものすでに二度破ってしまったんだから今更だろう。

スキルの分類方はいくつかあるが、スキルの性質というか、能力によって大きく四つに分類するのが第一分類と呼ばれるものだ。

第一分類は【単スキル】【技術スキル】【知識スキル】【職業スキル】の四つ。

スキルの分類は試験によく出る。〝問1、【知識スキル】を十個書け〟なんてやつ。

ドロップ率の高い【単スキル】はコモンが多く、【技術スキル】の中の呪文と技なので同じといえば同じなんだけど。【単スキル】の集まったものが【技術スキル】になるので、バラとまとめがあるっていえばわかりやすいかな。【技術スキル】が〝○○術〟とか〝○○技〟という感じかな。【知識スキル】は文字通り知識で、鑑定すると〝○○の知識〟って表示される。

そして最後が知識と技術の両方を兼ね備えた【職業スキル】だ。

この四つは単技術知識職業の順でレアリティが上がる。例えば剣を例にいうと単スキルの《スラッシュ》などのアーツがコモン、《剣術》がレアで、知識スキルの《剣技の知識》がエピック、一番上が職業スキルの《剣士》でレジェンドになる。職種によっては同じレアリティの場合もあるが。

技術スキルである《剣術》は取得するとその時点である程度剣の扱いが上手くなり、単スキルのアーツ《構え》を習得する。熟練度を上げていけば新たにアーツを覚えることができるが、どんなアーツを覚えるかは戦い方による。

知識スキルの《剣技の知識》を得た場合は、知識だけではすぐに剣を扱えるようにはならない。だけど剣をどう扱えばいいのかという知識はあるので、実際に剣を持って鍛錬なり実戦なりをして経験を積むことで剣の扱いが上手くなる。

アーツの知識もあるので、鍛錬を積むことで習得することができる。上達するには《剣術》より時間がかかるが、その系統のアーツをいずれ全て覚えられるのが知識スキルだ。いずれというところが味噌だがな。

剣術のアーツで代表的なのは《スラッシュ》とか《ラッシュ》だろう。ちなみにこの辺りのアーツのコモンスクロールはそれなりにドロップするので、そこまで高額ではない。俺の小遣いで買える金額じゃあないけど。

そして知識と技術の二つを併せ持つのが職業スキルだ。《剣士》は取得するとその時点で剣の扱いが上手くなり、最初からアーツを数個使える上、知識スキルの何倍もの速さでアーツを取得していく。

魔法職の場合はアーツの代わりにスペルになる。

やはり目指す先は職業スキルだが、いくらなんでもラビットのドロップに職業スキルはないだろう。そこまではさすがにない。

戦闘職系、魔法職系、生産職系という職種で分ける分類もある。これも覚えたが他にも分類法はあって、今も増やそうとする奴がいるんだけど、覚えることが増えるのでこれ以上はやめてほしい。

スキルが外で使えるなら、ここでスクロールが鑑定できるのにな。スキルもレベルアップによって得た身体能力も、ダンジョンの中でしか発揮できない。

上昇した身体能力を発揮するにもスキルを使うにもダンジョン内に存在する【迷宮魔力】が必要とされている。

研究者はさまざまな説をとなえたが、身体能力はダンジョン内での能力値のおよそ一割ほどは上昇している。探索者活動が鍛錬になっているのではという説は、各種研究機関によりにすでに否定された。

ダンジョンを出てすぐなら一度だけスキルが発動する。これはダンジョン内で身体に吸収された迷宮魔力が残っているからだと言われている。迷宮魔力は使わなくてもすぐに身体から抜けてしまうため、ダンジョンの外でスキルが使用できなくなるのだという説が有力だ。

ダンジョン外のスキル使用について研究もされている。それは迷宮道具と呼ばれるドロップアイテムが外でも使用できることから、外でも迷宮魔力を得る方法があると立証されているからだ。

ダンジョンよりもたらされた迷宮道具はダンジョンの外でも使えるものがある。そのほとんどが魔核が内包されており、魔核が迷宮魔力の蓄電池の役目をしていると判明した。

道具に供給できるが人体に供給する方法が発見されていないので、まだまだみたいだけど。魔核はドロップのなかで一番ドロップ率が高い。

各レアリティーの魔核はその大きさで五ランクに分けられる。ここでも星が使われている。

大きさ＝含有迷宮魔力量なので、魔核は大きさで買取価格が決まっている。

一応変動相場制なのだが、この数年買取価格は変わっていない。金のように毎日細かく変動すると窓口の計算が大変だし、埋蔵量が尽きることはないだろうとの判断だ。

今日手に入れた魔核を、母さんにもらったジッパーパックに詰めていく。

脅威度1の小爪リスの魔核はコモン星1、直径一センチのビー玉のような、でも綺麗な球体ではなく、ちょっと歪な形。黄色い透明な石だ。

レアが緑、エピックが青、レジェンドが紫、ゴッドが赤い色をしていることから、レアリティーはこの五色で表現されている。

十年くらい前まではモンスターランクをこの魔核から分類していた。だが魔核のランクとモンスターの討伐難易度は別で、モンスターランクが低くても手強かったりすることがあるため、脅威度で判断するように変わった。ランクが低いからとなめて怪我をしたり、最悪な結果になったりする探索者が増えたことが原因だ。

「つーか、いいかげん明日の準備して寝よう」

[TIPS]

日本の探索者ランクと免許証

有効	日本国内					
発行	日本政府					
種類	仮免許	普通免許				
ランク	なし	H	G	F	E	D
世間の認識	見習い	新人	駆け出し	半人前	一人前	
取得条件	十五歳以上	十八歳以上				
	ＪＤＤＳの実施する試験に合格すること。					
入ダン条件	日本政府が許可し、ＪＤＤＳが管理しているダンジョン。					
	ダンジョンに入るには教官の付き添いが必要。	国内の許可されたダンジョン。 日本はランクによる入ダン制限はしていないため全てのダンジョンに入ることができる。				
ランクアップ条件	認定施設で卒業資格をとり、満十八歳以上で普通免許(Hランク)にランクアップ。	ダンジョン税納税金額合計が５万円以上。	ダンジョン税納税金額合計が１５万円以上。	納税額合計３０万円以上で昇格試験合格。	納税額年間３０万円以上。ただし二年連続納税額が満たない場合、Ｆランクに降格。	試験にはＩＤＤＳの試験管(探索者)が試験のために探索に同行する。

3 裏山ダンジョン探索開始

朝食を済ませたあと、プレゼントの装備を身に付ける。姿身に映し背中をチェックしていると、ひながドアの隙間からニヤついた顔で覗いていた。バックパックを背負い外に出ると、ひなも一緒に外に出てきた。見送りをするというが、そんな殊勝な性格だったか？

まあ見送りくらいはと、一緒に裏山ダンジョン（命名：ひな）の前までやってきた。

「ここまでだ、昨日も言ったけど中に入るなよ」

「わかってる。無理しないでね。あとどんなだったか話し聞かせてね」

家に引き返すひなを見送ってから、ダンジョンに入った。

「まずは鑑定だよな」

ひなにスクロールの存在を知られるとうるさいので、持っていることを内緒にしていた。早く鑑定したかったのに、ついてくるんだからなあ。

少し奥に進んでからバックパックの中からスクロールを取り出す。

「〈アイテム鑑定〉っと。うおっ！」

レアのスクロールを期待していた。期待していたが……

「まさかのエピックスクロール」

【エピック・スクロール】《地図作成Ⅱ》

「地図作成って、マッピングか。よし！」

小爪リスからドロップした《アイテム鑑定》はステージⅢだったようだ。アイテム鑑定はステージⅠで〝種類と名称〟Ⅱで〝レアリティ〟Ⅲで〝ステージ〟が解る。マッピングの後ろに数字があるから間違いない。

脅威度1の小爪リスからと言うより、コモンモンスターからレアドロップでしかもステージⅢのスクロールがドロップすることも驚きだが、脅威度2のコモンモンスターであるラビットを倒してエピックのドロップなんて聞いたことがない。

脅威度は低いほどドロップ率が低い傾向にある。脅威度0の発光苔のように、全く害のないものからはドロップする方が珍しいくらいだ。

探索において戦闘が発生するのは脅威度1からだが、一太刀でも攻撃が通れば倒せるという1が最弱。2はそれに毛が生えた程度……とまでは言わないが、探索初心者でも油断しなければ問題なく倒せる。

そんな最弱モンスターからドロップするのはほぼコモンである。

俺たちが《ライト》をドロップしたのは、小爪リスと同じく脅威度1のステップウィーゼルだった。

初めてみたときは犬型モンスターだと思ったが、鼬系だったんだよな。

モンスターの名称は最初は適当に呼ばれていたが《鑑定》スキル持ちにより、名前が確認されるようになった。だからモンスターの名付けは人間ではなくダンジョン側の人、いや人かどうかは不明だな。

地球上に実在する、もしくはした動植物と同じ名前のものもあれば、似た名前のものもある。小爪リスが似た名前のタイプだな。コツメカワウソならいるんだけど。

あとは架空の、フィクションに存在するモンスターだ。ゴブリンやオーク、そしてドラゴン。富士の裾野にある青木ヶ原ダンジョンにはドラゴンがいる。過去に倒した探索者がいるのだ。まあそれは置いておいて。

地図系スキルは《マッピング》だけじゃあないけど、これがあるかないかで、ダンジョンの探索にかける時間が短縮できる〝パーティーに一つあったら超便利スキル〟ランキング二十位内常駐スキルである。

【エピック・スクロール】《マッピングⅡ》

もう一度鑑定してみたが、やはりエピックで間違いなかった。あ、鑑定結果が修正された。俺がマッピングって認識したからかな。

「これドロップしたやつ、ラビットに見えたけど別のモンスターだったり？」

もしそうだとしたら、ダンジョン武器でもない竹割鉈で倒せるとは思えない。

何度鑑定しても結果は同じ。マッピングスキルは自分が通った場所、当然ダンジョン限定だけど自動マッピングしてくれるスキルだ。ステージⅡだけど使っていけば上がっていくし、探索にこれほど役立つスキルはない。

躊躇(ためら)うことなくスクロールを開封すると、淡(あわ)く光る粒子に変化して消えた。しばらくして頭にスキルの情報が浮かんできた。

マッピング範囲はステージ1で自分から半径一メートル、Ⅱでは半径三メートル、Ⅲになると半径五メートルに増える。マップは脳内再生されるだけで他人に見せることはできない。

「〈マッピング〉」

スキルを使うと頭の中に俺の周囲の地図が浮かんだ。と言っても半径三メートルなのでダンジョンの壁の向こうまではわからない。

手書きでマッピングする必要もなく、地図を確認する手間は一瞬。これがあるかないかで、ダンジョン探索速度がかなり変わってくる。初めにお役立ちスキルを手に入れられてラッキーだ。

これで俺のスキルは三つ、まだ所持枠に余裕はある。

スキルは無限に取得できるわけじゃあなく、取得数上限がある。上限数は一定ではなく個人の資質とレベルに関係する。

　モンスター討伐(とうばつ)経験が全くないレベルアップ前でも、五つのスキルを持てることが証明されている。

　この二年で幾(いく)らかはレベルが上がっているので、俺のスキル所持限界数は増えているはず。

　もし役立ちそうなスクロールがドロップしたら、あと二つくらいは取得しよう。

　学校で配布されるスクロールのために一枠はとっておかないと。もらえるかどうかはわからないけどな。

「さてと、探索始めるか」

　バックパックを背負い直し、奥へと足を向けた。

　裏山ダンジョンは洞窟(どうくつ)型ダンジョンで、世界中で一番多い型のダンジョンだった。

　洞窟型とよく似ている坑道(こうどう)型のダンジョンとの大きな違いは〝灯(あか)りがない〟こと。これも試験にでたな。

　坑道型は謎の灯が壁や天井に設置されている。松明(たいまつ)とか燭台(しょくだい)とかオイルランプとか光源はさまざまだ。

　松明や燭台は燃え尽きてもしばらくするとまた新しいものが現れることから、最初これらは発光苔と同じ〝リポップ〟するオブジェクトタイプのモンスターとして分類されていた。

だけどこの明かりは取り外すことはできるが、外すと黒い粒子になって消えるものがあった。違いは〝やってみないとわからない〟と言われていたが、持ち出すことができたものはドロップアイテムではないかという説があった。

これも鑑定の出現で解決したけどな。

ランプは〝オブジェクトでモンスターではないが、存在自体はモンスターと同様迷宮魔力から作り出されているもの〟とされ、取りはずせば〝破損〟して消滅する。まあ倒したってことになってドロップ判定があるわけだ。

壁を掘ったら鉱石が取れる坑道型ダンジョンの採掘ポイントも同じだ。採掘してるようでドロップなんだよ。

ドロップだろうがアイテムだろうが、持ち出したところで燃料が尽きればそれまで。松明や燭台は従来のもので代用できるけど、松明台なんて誰が欲しがるんだって話。

ランプも油やアルコールではない謎燃料で補充できなかったが、一時期ダンジョンものという物珍しさから、ガワだけ利用して売っていたこともあったらしい。

今では加工する手間とコストが釣り合わないので、持ち出す奴はあまりいない。

灯りのない洞窟型だからランプのことを考えても無駄だけどな。

陽の光りが届かなくなる前に、自分の頭上へ《ライト》を打ち上げる。今回は追従型にした。要所要所で追加する予定だ。

一層は昨日探索したので、今日は二層へと進むことにして階段を降りた。

出来立てダンジョンはドロップ率が高いと言われているが、日本では出来立てダンジョンなんてＪＤＤＳの探索部門か指定依頼を受けたクランくらいしか探索できず、一般立入禁止になっているものがほとんどだ。

二十年前ならいざ知らず、近年は体験した一般探索者なんてほぼいないと言っていい。

今回続けざまにモンスターからレアリティーの高いスクロールがドロップしたことで、俺はそれを実感した。

レアの中でも需要（じゅよう）の高い《アイテム鑑定Ⅲ》という鑑定系のスクロールと、探索に超お役立ちの《マッピングⅡ》というエピックスクロールだった。なんだかダンジョンが「ぜひ探索してください！」と言っているようだ。

収得した《アイテム鑑定Ⅲ》でドロップアイテムの取捨選択ができ、《マッピングⅠ》で無駄に迷走することなく探索を続けることができる。

贅沢（ぜいたく）を言えば武器がドロップしてほしいところだ。刺身包丁を武器としてもらうことになって、爺ちゃんがちょっと涙目になった。

いずれドロップを売却して新しい物をプレゼントする約束をしたことで、少し機嫌が治ったけど。

同じ鍛冶師の包丁は年単位で待つ必要があるため、爺ちゃんは早速注文して婆ちゃんに怒られてたよ。

これ玉鋼っていう日本刀と同じ素材でできてて、二十万円以上したらしい。どうりでよく切れる。

でも毎日ちゃんと手入れをするように、爺ちゃんが言ってきた。武器の手入れは毎日するのが基本だけど、昨日やり方を教わって手入れをしたんだ。背後からじっと見てくるし、逐一口出ししてくるのでやりにくいったらなかったよ。

本格的に探索を開始した一日目の今日は、先に進むことを目的に階段を見つければ降りることを優先した。こんなやり方ができるのは《マッピングⅡ》があるからだけど。

二層を探索して一時間ほどで、三層への下り階段を発見した。

やはりあまり広くはなさそうだ。まあマッピングスキルのおかげだけどな。二層ではラビットにしか遭遇しなかった。

効率よくレベルアップをするには魔核ランクの高いモンスターを倒す方がいい。このダンジョンだと脅威度2のラビットを二匹倒すより、脅威度3のツインテールキャットを一匹倒す方が、経験値が多いのだ。

三層は脅威度3のツインテールキャットが出た。ツインテールキャットは尻尾が二股になっている大型の猫系モンスターで、鋭い爪と牙を使って引っ掻きやら噛みつきやらしてくる。

脅威度3モンスターと単独で戦うのは初めてのことだったので、まず慎重に相手の動きを見極める。

猫特有の敏捷でトリッキーな動きをするが、飛びかかってきたところ、初撃を躱して刺身包丁を首元目掛けて振り下ろすのが一番効率がよかった。猫にしては大型だが、中型犬サイズなので、ラビットより少し大きいくらいだ。

寸前で躱すのを失敗すると爪が掠ることもあったが、五菱のリザードシリーズの防具はツインテールキャットの攻撃を防いでくれた。さすがエピック素材を使っているだけはある。コモンモンスターの攻撃は全然通らない。

三層探索では《マッピング》があっても多少迷ったけど、おかげで【宝箱】を発見した。

初めてのトレジャーボックスだ。罠発見系のスキルも迷宮道具もないけど、低層の場合罠なしか、あっても蓋を開けた瞬間正面に向かって発動するタイプのものがほとんどだ。

トレジャーボックスの裏側から道具を使って開けると良いと、学校で教えられている。

鍵付きではないタイプだったので、トレジャーボックスの後ろに回って竹割鉈の端っこに蓋をひっかけて持ち上げ、すぐにその場から飛び退る。

しばらく待つも何も起こらないので、罠は無かったようだ。

トレジャーボックスの中身は……瀬戸物のような質感で試験管のような長細い形の容器に、コルクのような蓋が付いたものだった。

「ポーションだ」

ダンジョンドロップ資料集に写真が載っているし、授業で実物も見せてもらったことがある。

ただし何ポーションかは見た目じゃ判断がつかない。容器は不透明で中身も見えない上、怪我や傷を治せるヒールポーションも、毒状態を治す解毒ポーションも、能力を一時的に上げるバフポーションも見た目というか容器は同じだ。

ＪＤＤＳで鑑定を受けると、それぞれの名前が印刷されたシールを貼ってくれる。このシールは一度剥がすと痕が残るセキュリティーシールが使われていて、シールを張り替えたり中身を入れ替えたりするとわかるようになっている。昔その手の詐欺行為が横行したらしい。

ポーション類は一度開封すると劣化が始まり、ローヒールポーションは開封後一時間で効果５０％、二時間で効果２５％というように下がっていき、最後は何の効果もない液体と化す。それがわかって今は中身を入れ替えなくても、開封すれば効果はないものと見なされる。半分使って残りをあとで使うとかもできない。

この試験管型容器は、見た目感じというか質感が瀬戸物っぽいのだが、実際は謎素材である。蓋さえ開けなければかなり衝撃を与えても割れない。

反対に中身が空になって一定時間が経過すると、黒い粒子となって消える。ゴミのでないエコ仕様……ていうかオブジェクトと同様、空になると破損扱いなんだろうな。

開封後の劣化時間はポーションによって違うが、一応試験にも出るからめぼしいポーションの劣化時間は覚えないといけない。

中身がわからないと使えないが、俺には《アイテム鑑定Ⅲ》がある。


【コモン・ポーション】《下位治療水薬（ローヒールポーション）》


「よしっ！　ヒールポーションだ！」

思わず拳（こぶし）を握（にぎ）る。ローヒールポーションは皮下脂肪（ひかしぼう）までの傷を治す。筋層まで達した傷はミドルポーションが必要で、骨折はハイポーションがいる。

このポーションもスキルや魔法と同じで、ダンジョン内でしか効果が出ない。

ダンジョン外で使ってもその効果は十分の一程度。ローヒールポーションで治るのは小さな引っ掻き傷くらい。これは傷を治療するためにはスキルや身体能力の向上と同じように迷宮魔力が必要なためと言われている。

俺は手に入れたポーションをバックパックのサイドポケットへ入れた。

ポーションストックポーチ欲しいな。バックパックのポケットじゃあ、いざという時に取り出しにくい。けれど安全マージンを確保できたことで、足取り軽く先へ進む。

その後、道中新たなトレジャーボックスの発見はなく、二時間ほど探索して下り階段を発見した。

ここで昼休憩を取ってから四層へと降りる。

四層では一層から三層にでた三種のモンスターが全てでた。一層一種というわけではないらしい。

ここのモンスターって獣系なのかな。モフっとしたモンスターばかりで、毛皮のドロップが多い。何気に嵩張るドロップ。

なんて贅沢な感想。学校の実習じゃ五匹以上倒してやっとドロップ一つ、それもほぼ魔核だ。

ここのドロップ率は九割以上だった。ここまで十体以上倒してドロップなしはわずか一体のみ。毛皮は嵩張るのでバックパックがパンパンになってきた。でももったいないので放置できない。

ダンジョンドロップは、放置すると数時間でダンジョンに取り込まれて消失する。戦闘中くらいなら大丈夫だけど、探索の帰りに拾おうとしても無くなっていたりするのだ。

「まあ、今すぐ売りに行けるわけじゃないし、高額品優先で持って帰るかな」

毛皮一つとっても必ずしも脅威度の高いモンスターの方が高額ってわけじゃない。需要があっての価格だ。またサイズの問題もある。

四層までなら買い取り価格が高いのはラビット、小爪リス、ツインテールキャットの順だ。一番脅威度が高く大きいツインテールキャットより、小さな小爪リスの方が高額買取なのは小爪リスのもふもふ度がダントツのせい。

コモンモンスターの毛皮は探索者向けではなく、一般向けの製品として加工される方が多い。本物の毛皮は動物愛護がどうのとうるさい団体があるが、モンスターは動物ではない。剝いでるわけでもないしな。

今やフェイクファーや本物の毛皮より、質感が良くて需要が高まっている。

コモンモンスターのもふもふ度の高い皮は、誕生日プレゼントにもらったリザードシリーズのように防具向きじゃないこともあり、服や鞄などに加工される。

ウサギ系のラビットよりも上位種になるアルミラージなんかは世の女性たちに、コートや防寒具としてかなり人気があるのだ。

あ、これで母さんたちにマフラーとか作ってプレゼントするのもいいかも。冬までには加工してくれるところを探さないといけないけど。サポートコースの生産系の先生に聞いてみるかな。

とはいえ持ちきれないので、もったいないけどツインテールキャットの皮は今回は諦めるか。明日は予備の鞄持ってくるかな？

一日目は五層への下り階段を見つけたところで十五時近くになっていたので、帰りの時間を考えて引き返すことにした。

帰り道にかかった時間は、なんと行きの半分以下だった。

マップのおかげで帰り道を間違うことがないというのもあるが、幸運だったのはできたばかりのダンジョンだったこと。できたばかりのダンジョンはモンスターのリポップまでの時間が長いと言われている。

おかげで帰り道ではモンスターがリポップしておらず、ほとんどエンカウントすることなくダンジョンを出ることができたのだ。

そして諦めようとしたツインテールキャットの毛皮も、無事回収できた。まあモンスターに遭遇するとたび放り投げるからその度に拾い集めることになったけど。

暗いダンジョンから外に出ると、〈ライト〉とは比べ物にならない光量が目に刺さる。

「おかえり、お兄ちゃん」

目をシパシパさせているとひなが声をかけてきた。

「ひな、なんでここに？」

「えへへ、もうすぐ帰ってくるかなって思って」

ひなは母さんの「夜はみんなで夕食をとれるように戻ってくること」という言いつけで、もう帰ってくるだろうと待っていたという。

うちの夕食は特に何もなければ十八時半で、今は十七時半くらいか。いつから待ってたんだ？

「それ、ドロップ？　すごいいっぱいだね。持ってあげるよ」

俺が腕に抱えていたツインテールキャットの毛皮に手を伸ばすひな。

そして二人並んで家に向かって歩き出す。

「ひな。待っててくれるのは嬉しいが、絶対中に入るなよ。入り口近くにだってモンスターはやってくることがあるんだから」

「わかってる。入らないよ」

若干目を泳がせるひなを見て、ダンジョンを振り返ると入り口横にバットが立てかけてあった。

「……ひな」

「う、ほ、ほら。万が一外に出てきたら「ひな」……はい。ワカリマシタ」

母さんに言っとこう。怪我をしてからじゃ遅いからな。

「「ただいま」」

玄関を開けて声を掛ける。いつもは母さんか婆ちゃんくらいしか迎えに出てこないのに。

「大和、無事か？」

「おかえり」

「帰ったか」

「怪我してないかい」

玄関を開けると全員が迎えに出てきた。

「父さんこそ、大丈夫なの？」

一番に出てきたのは父さんだった。無事退院できたようだけど、安静にしてたほうが良くないか？

家族全員に迎えられて嬉しい反面、心配させているという罪悪感がちくりと胸を刺す。

だけど一流の探索者を目指すと決めたんだ。俺は家族に不安を抱かせないくらい強くなってやると、決意を新たにした。

風呂で汗を流し、全員揃って夕食となる。

食事中の話題は当然裏山ダンジョンのことだ。

「今日は四層まで行ったんだけど、出来立てだけあってドロップが多かったよ」

「毛皮もっふもふだったよ」

運ぶ手伝いをしたひなは、俺の入浴中にドロップを物色していたようだ。

「換金したらいくらくらいになるんだ？」

晩酌をしつつ爺ちゃんが聞いてきた。新しい包丁の資金がどれくらいで貯まるのか気になるんだろう。

「うーん、今日一日だけでも結構な数をドロップしたけど、裏山ダンジョンのことをＪＤＤＳに報告してないから、すぐに売りに出せないんだよ」

そういうと、残念そうに眉尻を下げる爺ちゃんの後頭部を、婆ちゃんがパチンと叩いた。

「急かしちゃ大和の負担になるでしょうが」

「わ、わかっとるわ、それくらい」

当分は死蔵になるが、新学期が始まったら休日にどこか他のダンジョンへ行って少しずつ換金することを伝え、爺ちゃんにはもうしばらく待ってもらえるよう頼む。

「大丈夫じゃ、注文しても半年待ちじゃった」

……もう注文したんだね。

寝る前に自室で翌日の準備をする。あれほどドロップがあると思わなかったので、予備の袋を用意していなかった。

ひなのリュックサックも返してなかったので、中の救急セットをバックパックに詰めなおす。返すのは明日でいいか。

バックパックは帰省用に色々詰めていたが、一応学校指定の品で探索者用の品だ。胸のボタンを押すとショルダーハーネスが外れ、一瞬でバックパックを放り出せる仕様になっている。

唐突に戦闘が始まった場合、悠長に荷物を下ろしている暇がなかったりする。背中の荷物が戦闘の邪魔になるから、こんなふうに簡単に外れるように工夫されている。

安物なので素材は合成皮革だから、衝撃吸収力はほとんどない。放り投げると壊れ物はやばいことになるが、ドロップの毛皮なら問題なしである。だが基本割れ物は詰めない方がいい。

あとは母さんに借りた折り畳めるエコバックを毛皮用に詰めておく。今日手に入れたローヒールポーションはベルトポーチを引っ張り出してきて、そこに入れた。やっぱりポーションストックポーチかホルダー欲しいな。

台所から失敬したジッパーパックを使って、手に入れたドロップの仕分けをする。魔核と皮以外、牙や爪が十個もあった。やっぱり大三校とはドロップ数が全然違うな。

今日は四層まで探索したが、明日はどのくらいまでいけるだろう？　裏山ダンジョンのランクは今のところH（仮）になるのか。

ダンジョンには攻略難易度を表すランクがＩＤＤＯによって設定されており、迷宮指標にもランク表が載っている。

ダンジョンランクは【深度】と、一層の【広さ】と出現モンスターの【脅威度】とで算出されている。

探索者ランクと同じ下からH、G、F、E、D、C、B、A、S、ＳＳの十段階でだ。JからAでいいのになんでSとＳＳ使うんだろうな。

【深度】は層数のことで1から10の十段階。こっちはアルファベットでなく数字なんだよ。

ダンジョンボスのいる最終層が十層までだと深度1、二十層までが2という感じで十層増えるごとに深度が1増す。最高は深度１０の百層以上で、それ以上は何層でも深度１０だ。極端な話二百層でも千層でも１０なのはあれだが、今のところ世界中で最高到達層が九二層だから問題ないっちゃあない。

実際制覇しなけりゃ最終層が何層かなんてわからないので、未踏破層が存在するダンジョンのランクは仮ランクということになっている。当然到達層が進む毎に変更される。

仮じゃないのは制覇されたダンジョンだけだ。

それに制覇されていないダンジョンは層が増えるからな。

次に【脅威度】が1以下で下級、2から3で中級、4以上すなわちレアモンスター以上が出ると上級にになり、上中下の三段階に分けられている。

これももっと脅威度の高いモンスターが出たらどうなんだって話だが、一層から脅威度8以上の、エピックモンスターが出るダンジョンは今のところ見つかっていない。

最後が【広さ】になるが、広さについてはフィールドタイプか洞窟タイプによって面積が違うが移動距離が重視されるので、壁を含めた面積というかマップ自体の大きさで計算される。それを2010年の時点で発見されているダンジョンの一層の広さの最小と最大をもとに、狭中広の三段階に分けた。

この三つを組み合わせて十段階の難易度評価とされる。

ダンジョンランクHが脅威度下、広さ狭と中、深度1となっている。ややこしいけど試験のために覚えた。

裏山ダンジョンは今のところ一層に脅威度1の小爪リス、二層では脅威度2のラビット、三層で脅威度3のツインテールキャットとしか出会っていない。四層でもこの三種以外も見かけてないし、他はいないと見る。

ということで脅威度は下級。一層の全マップを確かめたわけではないが、さほど広くはなさそうなので多分広さは狭。今のところ層数はわからないが到達層が五層なので深度は十層未満の1。

裏山ダンジョンのランクはH（仮）というわけだ。

探索二日目は、まず五層まで最短コースで進む。出来立てダンジョンはリポップが遅いと言っても、さすがに日を跨ぐほどではないようで、昨日の帰路と同じコースを行くと二、三層はすでにリポップしていた。

まっすぐ階段を目指したがそれぞれ四から五匹のモンスターとエンカウントした。ラビットとツインテールキャット相手はコツが摑めたので、ほぼ一撃で倒すことができた。何気に刺身包丁が優秀な気もするが。

それに数だけでいえば、二年度三学期中の授業で倒したモンスターの数を軽く上回った。身体の動かしやすさから、レベルアップもしたと思われる。

探索開始から二時間ちょっとで、五層への下り階段へ到着した。

昨日は階段を見つけたが降りずに引き上げた。初めて踏み入れる五層にはどんなモンスターが出るか注意しながら進もう、そう思っていたんだけど。

五層は階段を降りると、ボス部屋の扉まで続く通路しかなかった。

「ここで最終ボスってことはないだろうから、中ボスかな？」

ダンジョンによっては中ボスや最終ボスのいる層は、ボス部屋だけのものと雑魚モンスターのいるフロアもあるタイプとさまざまだ。ここは前者のようだ。

ダンジョンボスのいる最終層までの間に、中ボスと呼ばれる〝ゲートキーパー〟が存在する。ゲートキーパーのいるダンジョンはこれを倒さなければ先に進めない。そしてゲートキーパーのいる層間が狭いほど、層数が少ない傾向にある。何事にもイレギュラーは存在するが。

「五層で中ボスってことは、あんまり深くはないダンジョンみたいだな」

中ボスに挑戦する前に、扉の前でしばし休憩を取る。水分補給とエネルギーチャージゼリーをバックパックから取り出した。

ゴミは持ち帰るため、探索者はゴミ袋持参が基本。マナーの悪い奴は放置することもある。ダンジョンに放置されたものは、ドロップだけではなく外から持ち込んだ物も吸収してなくなることがある。

吸収される時間はさまざまで、食べ残した弁当とかが数日間吸収されずに悪臭を放っていたこともあるそうだ。吸収されるものはダンジョンによって異なるのだが、この辺りは謎が解明されていない。

ダンジョンをゴミ処理場に利用できないか研究されたが、唯一成功したのはスライムがいるダンジョンだけだったらしい。

それに何もかも吸収されるんなら、ダンジョンの中に箱物建てるなんてできないよね。

持参したゴミ用のジッパーパックにゴミを入れてバックパックに戻す。そしてそそり立つ大きな石の扉を前で、準備を整える。

ボス部屋が扉に閉ざされているタイプの場合、ボスを倒さなければ次の層へ続く扉が開かない。

扉を開けたら荷物は扉の前に置いていく。小一時間くらいでは吸収されないので、荷物を置いていくことは普通にする。特にここじゃあ盗まれる心配もないし。

ボス部屋の扉はすぐには閉まらないが、一度閉まるとボスを倒さなければ中から開けられない仕様だ。閉まらないように噛ませを置く方法もあるが、かなり頑丈なものでないと押し潰される。何か準備してくるべきだったな。

「ツインテールキャットの爪とかでもいけるかな？」

一応ストッパーのように扉に噛ませるよう、二つほど取り出し準備する。

けれど成功するかどうかわからないので、今回はボスを倒せそうにないと思ったら早々に撤退することにする。

武器は刺身包丁と竹割鉈の二刀流。短期決戦を目指して攻撃の手数を増やす方針だ。

「すぅーはぁー」

一度大きく深呼吸をして呼吸を整える。竹割鉈とツインテールキャットの爪を握ったまま、手を扉に押し当てると大きな石の扉はゴゴゴと地面を擦りながら勝手に内側に開いてゆく。

完全に開き切る前に中に入り、扉が止まったところでツインテールキャットの爪を楔のように扉下に噛ませて、竹割鉈の背で数回打ち込んだ。そして腰に刺していた刺身包丁を抜き、両手に武器を構えゆっくりボス部屋の中へ足をすすめる。真っ暗ではないけど中が見渡せるほどの明るさもない。ここがボス部屋か中ボス部屋かは倒してみないとわからない。

でも最終層が五階だったダンジョンは今まで世界中で三件しか報告されてないから、そんな低確率ひきたくないぞ。

「〈ライト〉」

薄暗い空間に灯りを灯したが、それとは別に壁に灯りが灯っていく。《ライト》必要なかったかも。

ドーム型の広い空間の真ん中にいたのは――二メートルのカンガルー？　がこちらを睨んでいた。

カンガルーってもう少し小さいと思うが、モンスターだから大きい？　あまりポピュラーなタイプではないので見ただけでは種族がわからない。

カンガルー系は跳躍力で相手を翻弄し、隙を見てパンチやキックで攻撃してくる格闘タイプが多いはずだ。

一気に間合いを詰めてきたカンガルー型モンスターは、俺に向かってパンチを放ってきた。その攻撃を躱しつつ、すれ違いざま刺身包丁を水平に振る。

向こうの攻撃を避けられたが、俺の攻撃も避けられた。二度三度とお互い攻撃を仕掛けては離れる。四度目のキックをギリギリで躱わし、すかさずふるった竹割鉈は、カンガルーモンスターの尻尾を叩き切ることに成功した。

尾を失ったことで身体のバランスが保てなくなったのか、ふらついたカンガルーモンスターへこちらから突っ込んでいく。

勢いをのせた刺身包丁は、カンガルー型モンスターの首を半分まで切り裂いた。

「キュピ――――」

叫びながら跳んで逃げようとしたカンガルー型モンスターは、コントロールを失い自ら床に激突してズザーっと地面を滑っていく。

起き上がるかどうか様子を伺っていると、ビクンビクンと数回痙攣した後に黒い粒子に変わっていった。

「よし！」

思わずガッツポーズを取ってしまった。

地面に激突した際、首が変な方向に曲がった気がする。若干向こうの自滅ではあるが、勝ったことに変わりはない。

入り口はツインテールキャットの爪のおかげで完全には閉まっていなかったが、ボスを倒したことでまた開き出した。

そして入ってきた扉の対面側の壁にもう一つ扉があったのだが、そちらもゴゴと音を立てて開いていく。

ボス部屋の扉は部屋の主がリポップするまで開いたままになる。

とりあえず放り出した荷物を回収しないと、と考えていると足元に何かがころんと転がってきた。

「あ、ドロップ」

ボス個体を倒すとドロップが複数、多くの場合二つ出る。そこにあったのは魔核と
……毛皮？

一つは魔核だった。しかもエメラルドグリーンの魔核。

「結構強いと思ったらレアモンスターだった。そりゃあボスだしな」

レアモンスターの魔核は緑色だ。大きさからして星3はありそうだ。

ボスは大体二、三層先のモンスターと同等の強さのモンスターが出ることが多い。この先の層でレアモンスターが出るということだ。

もう一つは毛皮にしては小さい。ドロップの毛皮は大抵倒したモンスターの大きさから剝ぎ取れるだろうサイズだ。

そのもふっとした感触は、きっとボスの毛皮で間違いなさそうな色と毛並みをしているが、B5サイズより少し大きいくらいの楕円(だえん)というか半円形？

「中ボスのドロップにしては小さすぎだろ」

そうだ、鑑定をかければいいんだ。

【エピック・アイテム】《跳ねワラビーの腹袋》

カンガルーじゃなくてワラビー型モンスターだったか。

「ジャンピングワラビーか、ジャンピングカンガルーなら聞いたことあるけど」

どう見ても全長二メートルのカンガルーだろう！　違いがわからねえよ。

まあワラビーもカンガルーと同じ有袋類……あっ。

近似の迷宮道具のことを思い出して、俺はジャンピングワラビーの腹袋を腹部に当ててみた。するとそれはピタッとプロテクターにくっついた。

恐る恐る袋の上部を引っ張って中を覗くと、真っ暗で何も見えない。そしてそっと中に竹割鉈を入れる。

ジャンピングワラビーの腹袋の方が竹割鉈より小さいため、サイズ的に竹割鉈は全部入らない。はずだけど手を離すとそのままスッと竹割鉈は中に沈んでいった。だが重みは感じない。

中を覗くも真っ暗で竹割鉈は見えない。

「これ、マジックバッグだ！」

エピックのカンガルー系モンスターのドロップに〝ファイトカンガルーの腹袋〟というのがある。ファイトカンガルーはジャンピングカンガルーの上位種だったはず。

オークションで数千万で競り落とされていたので覚えている。

身体のどこかに貼り付けないと使えないタイプのマジックバッグ。肌に直接ではなく服や装備の上からでもいい。剝がすと中身を全部ぶちまける、というか入れたものを取り出すには剝がすしか方法がない。

入れたものを個別に取り出すことができず、多少使い勝手が悪いが工夫次第で戦闘前に荷物を放り出さなくて済む。そして中に物を入れたままダンジョンから出ると、数分後腹袋が勝手に剝がれ、中身はぶちまけられるからダンジョン外では使えない。

ファイトカンガルーの腹袋で容量は500リットル。60サイズの宅配用段ボールがなんと百個ほど入ったのだとか。

それよりは少ないとは思うけど、これでドロップの回収が楽になるぜ！

入り口まで駆け戻って置いてきたバックパックを回収し、早速バックパックをジャンピングワラビーの腹袋に入れることにした。したのだが……

「……おおう、口よりデカイのは入らねえ」

ジャンピングワラビーの腹袋の口は二十センチほどしかなかった。中は不思議空間だが、口より大きいものは入らない仕様だ。

検証に60サイズ段ボールを使ったわけがわかった。

一旦剝がして竹割鉈を取り出し、バックパックの中からドロップだけ取り出して入れていく。もこもこな毛皮も丸めれば入っていくので、バックパックは軽くなった。

「あ、爪回収忘れるところだった」

ツインテールキャットの爪も回収して腹袋に入れ、入ってきたのとは反対側の扉へと進む。

開いた扉の向こうは下り階段だった。ということはこのカンガルー、じゃなかったワラビーモンスターは中ボスだったたってことだ。

ここが最終ボス部屋だとしたら、扉の先にあるのは下り階段ではなく、ダンジョンコアルームに続く通路になる。

この二箇所の扉が閉まるのはボスがリポップした時だ。それまではどちらも開いたままになる。リポップまでの時間がどのくらいになるのかわからないが、中ボスのリポップは最短で二十四時間。今日帰るまでは扉が閉まることはない。

扉のすぐ脇に高さ一メートルほどの柱というか台座の上に、ソフトボールサイズの虹色の水晶玉が設置されている。

これは【帰還オーブ】と呼ばれていて、ボスがいないときだけ使用できる転送装置だ。水晶に触れ〈帰還〉と唱えると、ダンジョンの入り口まで一瞬で移動できる便利装置。

帰還用なので帰りしか使えないが、これがあると帰り時間が短縮できる。

これ帰りだけでなく行きもあったら便利なのにな。

今は先へ進むので使わないけど、帰還オーブが使えることで、探索時間が多く取れる。

階段を降りるとついに六層。ここも洞窟タイプなのは変わらない。竹割鉈は腰のベルトに差し、刺身包丁だけを手に先へと進んだ。

六層で現れたのはスキップゴートという跳ねる山羊で、脅威度4のレアモンスターだった。ぴょんぴょん飛び跳ねながら頭突き攻撃をかましてくるが、危なげなく避けて首元に刺身包丁の一撃を叩き込む。

ジャンピングワラビーという中ボスモンスターをソロ討伐したからか、かなりレベルアップしている。自分の動きが格段に良くなったことがわかり、レアモンスター相手に怯まず戦えた。

スキップゴートは山羊だけどアンゴラみたいで、皮とは別にフッカフカの毛糸束がドロップした。これ何気に高額取引されるドロップなんだ。すでに毛糸状に加工されているという謎使用だけど、まあダンジョンアイテムだし。

でもジャンピングワラビーの腹袋のおかげで、嵩張ろうが問題なし。回収回収っと。

爺ちゃんの包丁代金、早く貯まりそうだな。確かそう遠くないダンジョンにスキップゴートが出たはずだから、そこに探索に行って一緒に売ることができると思う。

六層以降はレアモンスターが続いた。ここ結構モンスターの脅威度上昇が激しいタイプのダンジョンだ。

大三校ダンジョンなんて十層までコモンモンスターしか出ないのに。

けれど慢心して怪我をしてはいけないと、慎重に進むことは忘れない。降りるほどマップも広くなるようで、なかなか下り階段が見つからない。

一度中ボス部屋まで引き返して昼休憩をとってから、別の道を探索することにした。

一時間ほど探索をして下り階段を見つけることができた。方向が違ったようだ。

七層の出現モンスターはビープシープ。ビービーうるさい羊系モンスターだ。

というか、もふもふダンジョンかよここ。もふもふの動物系モンスターばっかりだ。爬虫類系とか節足動物系よりはいいけど。

それに攻撃が突っ込んできての物理攻撃ばかりだ。魔法攻撃してこないので楽だけど、そう思い込んでると突然攻撃方法の違う奴が出てきたりすることもあるから、注意は怠らない。

ドロップはやっぱり毛皮と魔核が多く、次いで角と爪たまに毛束。スクロールは最初以降出ていない。素材以外はトレジャーボックスから出たローヒールポーション一本と、ジャンピングワラビーの腹袋だけだ。

トレジャーボックスを探したいのは山々だけど、今回はレベルアップ優先。できれば十層の中ボスもしくはボスを倒したい。

この二日でかなりのモンスターを倒した。

六層以降はレアモンスターで、実践授業中に遭遇するモンスターよりかなり格上だ。この調子で行けばクラスメイトに追いつくだけではなく、より強くなれると思う。そう思ったら、やる気が俄然湧いてきた。だが無理はしない。

七層探索に二時間以上かけ、十六時を過ぎた頃八層へ下る階段をようやく見つけたが、八層の探索は明日にしよう。

先に進むのはやめにして引き返すが、五層の帰還オーブがあるから今、戻れば十七時には出られそうだ。

この日ひなは待ってなかった。友達と遊びに出かけたらしい。うん、いや別にいいんだ。


探索三日目、四層までのモンスターは完全にリポップしていたが、極力戦闘を避け下へ降りていく。コモンモンスターと戦闘するより、レアモンスターとの方が得られる経験値が多いからだ。

それにこの三日でレベルが上がったと思う。走る速度が上がったが息は切れないし、持久力が格段に上がってる。洞窟型なので全力疾走とはいかないけど、モンスターを振り切ることができた。

ここの四層までに出る三種のモンスターは、どれも素早いものの長距離移動をしないタイプだったこともある。ある程度離れれば追跡してこなかった。

それでも四層では二度ほどツインテールキャットと戦闘になったけど。

五層についたが扉は開いていて、中ボスはリポップしていなかった。復活まで二十四時間以上かかるみたい。

中ボスのリポップは最短二十四時間で、最長は不明だ。一年経っても復活しないのがあるらしく、検証中なのだ。

六層では二度ほどスキップゴートと戦闘になり、七層はリポップしてないみたいですんなり下り階段まで進めた。

だが、降りた先の八層のマップは迷路のように複雑になっており、探索に時間がかかった。本当に《マッピング》さまさまだ。これがなければ完全に迷っていた。

そして罠も出始めた。隠しスイッチを踏んだら上から石が落ちてくるタイプと、落とし穴と言うほどではないが、二十センチほど陥没して躓いてしまうタイプ。どちらも殺傷能力は低いが、戦闘中に足を取られると命取りになる。ダンジョンの罠ってそもそもそういうものだけど。

八層ではモンスターと遭遇したら、少し後退して安全地帯での戦闘を心がけた。

現れたモンスターは脅威度7のハウンドウルフ。灰色の狼（?）で脅威度7というのはレアモンスターの中で最強の部類に入る。

狼なのにハウンドとはこれいかに? 狼なのか犬なのかはっきりしろって言いたい。一体誰が名付けたんだろう? いやダンジョンの向こう側の何かか。

ハウンドウルフは教科書にも載ってる出現率の高いモンスターで、大三校ダンジョンにも出現するため攻略法は習っている。

ジャンピングワラビーは、ファイトカンガルーの親戚みたいなもんだろうからなんとかなった。オークションのニュースで見て調べてたんだよな。

　モンスター図鑑になら乗ってるだろうけど、あれ毎年新しい版が出るしバカ高いから購入してない。

　ウルフはダンジョンによっては、群れというか複数で出現する。複数出現の場合連携(れんけい)を取るので非常に厄介(やっかい)だが、単体ではそれほどでもない。

　嘘です。

　大きさは超大型犬と言われるサイズで、初見だとビビる。そして素早かった。

　突っ込んできたところを躱しつつ刺身包丁を下から振り上げたけど、避けられました。

　なんと空中で身体を捻(ひね)られた。早めに避けたことで距離が開き、向こうにも避ける余裕を与えたかも。

　腰にさしていた竹割鉈を引き抜き両手に武器を持つ。どちらも刃渡(はわた)りが短く、もう少し長めの武器が欲しかったな。しかし、ないものは仕方ない。

　じりじりとお互い様子を伺いあう。

　今度はこちらから行かせてもらおう。勢いよく飛び出すと、向こうも噛みつこうと大口を開けて飛びかかってきた。大きく開いた口目掛けて竹割鉈を横なぎに振う。しかしハウンドウルフは竹割鉈をガキンッと咥(くわ)えた。咬合力(こうごうりょく)が凄まじく、竹割鉈を引き抜くこともできなくなった。ハウンドウルフは竹割鉈を咥えたまま首を捻(ねじ)り、武器を奪(うば)おうとする。

「ばかめ」

噛みつかれた竹割鉈を引っ張りつつ、逃がさないようにして刺身包丁を首元目掛けて突き刺す。竹割鉈は囮で本命はこっちだ。

ウルフが刺身包丁に気付いて竹割鉈を離すが、すでに刺身包丁の勢いは止まらず、首を突き抜け鋒が飛び出す。少し骨に当たったようだが、そのまま刺身包丁を力任せに横に払いつつ後方へステップで距離を取るが、ハウンドウルフは黒い粒子に変わっていった。

腕や刺身包丁についた血痕も粒子に変わるので、返り血が残らないダンジョン仕様はありがたい。

「ちょっとガツって骨に当たったけどズレたみたいでよかった……あ、包丁ちょっとかけてるぅ」

貰ったといえ刺身包丁の手入れには、爺ちゃんのチェックが入る。これ泣かれるかも。刺身包丁は切れ味いいけど、骨とか断つにはちょっと向かない。出刃包丁ほどの厚みはないから。

「逆の方がよかったかな。でもハウンドウルフに咥えられたら刺身包丁絶対欠ける気がしたんだよな」

だが結局頸椎に当たって欠けてしまった。これ研いだら大丈夫だよな。

その後何度かのハウンドウルフとの戦闘で、いくつか戦法を試してみた。

首を狙い振り下ろしただけではなく、下から振り上げてみたりとか色々やってみるも、流石に一撃とはいかない。

刺身包丁も竹割鉈もリーチが短いから、接近する分危険が増す。できるだけ一撃で倒さなければ反撃される。

「うーん、武器ってドロップしないかな」

とはいえ剣がドロップするとは限らないし。ドロップ武器は多種多様で、剣ひとつとっても色々な国の剣がある。日本でもドロップするのはほぼ西洋剣で日本刀タイプがドロップするのは富士の青木ヶ原ダンジョンだけだ。

世界中に熱狂的な日本刀ファンがいる。

本物の日本刀は作るのも大変だし、値段もすごい。何より素人が使うとすぐ曲げたり折ったり刃こぼれさせたりと、使い手を選ぶ武器だ。

今出回っているのは鍛治スキル持ちが作った、形だけ真似たダンジョン武器だ。

玉鋼を使ってないし折り返し鍛練とかもされてない。

材料にドロップ素材を使って《鍛治》系のスキル持ちが造ることで本来の日本刀並み、いやそれ以上の刀ができあがる。

そして材料として使われるドロップ素材は、牙と爪が多い。

【レア・素材】《ハウンドウルフの牙》

「これ持ち込みで刀作っても貰えるとこ、ないかな」

素材持ち込みだと安く作ってもらえる。だけど持ち込みを受け付けるのは個人の鍛治師で、企業は受けてないからなあ。それにどうせ作ってもらうならエピック素材の方がいいだろうし。

サポートコースの職人科で、武具の作製を請け負ってる先輩がいると聞いたことがある。生徒に頼むこともありか？　でも職人科どころか他コースに知り合いなんかいないんだよな。

いつか刀鍛冶スキルを持つ鍛冶師が作ったダンジョン武器を手に入れるのが夢だ。本当に夢だけど。そもそも刀鍛冶の職業スキル持ちは日本に僅か三人しかいない。

「ま、当分は無理か」

ハウンドウルフの牙をジャンピングワラビーの腹袋にしまい、下り階段を探すため探索を再開する。

ここにきて《マッピング》スキルの熟練度が上がった。

小説やゲームみたいにステータスとかあればわかりやすいけど、そんなものはない。確認は本人の使用感のみだ。スクロールの時点ではステージ数が表示されるけど、収得してしまうと数字とかわからなくなる。

だけど《マッピング》は表示範囲が広がるからわかりやすい。自分を中心に半径三メートルから五メートルになったのだ。ほぼ倍近い範囲だけど、もう少し先まで見えると探索も楽なんだけどな。

　さすがにハウンドウルフ相手だと簡単に倒すことはできず、探索速度が落ちた。九層への下り階段がなかなか見つからない。

　八層まで降りてくるのに四時間、昼休憩を挟んで八層探索に二時間。十八時までに帰ろうと思ったら探索できるのはあと一時間くらいかな。

　腕時計は邪魔になるので、時計は懐中時計型。ネットで見つけたナースウォッチだ。文字盤の上下が逆でポケットから下げて使う奴。ダンジョンは時間感覚が狂いやすいので、時計は必須だ。

　時間は十四時半を回ったところなので、下り階段の探索を続けることにする。罠を警戒するせいで探索に時間がかかってしまう。

　余裕があればマップ全制覇してトレジャーボックスとか見つけたいけど、八日の夜には下宿に戻らなければならない。探索期限は明後日の八日の昼までになる。目標は十層のボス。中ボスかラスボスかはわからないけど、ボス戦で得られる経験値は同じ層に出現するモンスターの数倍だと言われている。

　あと二日でそこまでいけるだろうか。いや行ってやる。俺は強くなってあいつらを見返してやるんだ。

　そうしてようやく九層への下り階段を見つけたが、タイムアップで帰宅する時間となった。

「ちょっとだけ、チラッと見てから帰ろう」

自分に言い聞かせつつ、階段を降りる。そこは今までの洞窟状の岩壁ではなかった。

九層はフィールドタイプだった。目の前には先の見えない森が広がっていた。

「ここにきてタイプチェンジかよ」

果ての見えない森、果てが見えないだけで果てはある。そこに到達すると、向こうが見えるのに進めないという現象に会うのだ。

足元は膝下までの草が生い茂っていて道らしいものは見当たらない。

「草刈り、いるかなこれ」

ここで考えても仕方ないので気持ちを切り替え、帰途につくため階段を登った。

五層の中ボス部屋まで戻り、帰還オーブを使って戻ると時間は十七時半を回っていた。

初日以降ひなはいない。両親に叱られて裏山に接近禁止にされた。家にいるとつい行きたくなると、今日も友達のところに遊びに行ったらしい。

裏山ダンジョン探索四日目、五層に到着するまでの時間が昨日より短縮できた。確実にレベルが上がっている。今日もジャンピングワラビーは復活していなかった。

そして六、七、八層を駆け抜ければ、昼前には九層への下り階段へ到着。ハウンドウルフとの戦闘時間も短縮できている。昨日脅威度7のハウンドウルフを多く倒した効果か、レベルアップしている実感がある。この調子で九層をクリアして十層へ降りたいものだ。

草原タイプなら学校の実習で経験があるが、森タイプは初めてだ。森は草原より探索が難しいとされている。木々が多いと見通しが悪いし、木の上から襲ってきたりもする。それに洞窟タイプと違って警戒すべき範囲が三百六十度に広がる。

森タイプは新米探索者やソロには不向きで、そこそこ経験を積んだパーティーでの探索が推奨されている。

少し進むとガサガサっと草をかき分ける音がした。音の方向を注視しすぎないよう、あたりに気を配りつつ両手に武器を構える。

草の動きでモンスターの位置を捉えた瞬間、飛び出してきたモンスターに刺身包丁を振り下ろした。

「え、ラビット？」

黒い霧に変わっていくのは二層にでた脅威度2のラビットだった。

「九層でラビットなのか？」

ドロップした魔核を回収していると、また草が揺れる。

俺に向かって飛び込んできたのはツインテールキャットだった。

ここまでの戦闘で、ビープシープまでなら一撃で屠れるようになっていたが、続けざまにハウンドドウルフまで現れた。

「結構モンスター密度こいのか？　というかもしかして全員集合なの？」

四層には一層から三層までのモンスターが出た。それと同じように九層は一層から八層までのモンスター全種が出現するようだ。

警戒しながら先に進むと、今度は木の上から小爪リスが降ってきた。さすがに脅威度1の小爪リスの対応に遅れはとらない。

近くで「ビービー」うるさいビープシープの鳴き声がした。

「やばい、あれ早く倒さないと他のモンスターが寄ってくる」

ビープシープの声を辿って接敵速斬！　ってスキップゴートとツインテールキャットが左右から突っ込んできた。

ここにきて初の多対単戦闘に突入した。

「くそっ、やってやる、やってやるさ、オラァァァ！」

ばかです、自分で自分の首閉めました。叫んだせいでさらにモンスターが寄ってきた。

どれくらい戦闘が続いたか、二十体くらいまで数えたが、そのあとは数えるのをやめた。

小爪リスが粒子に変わって、代わりに魔核を残す。この辺りにいたモンスターは戦闘の音を聞きつけ集まってきたようで、今のが最後だったようだ。サワサワと風に揺られる葉擦れの音と、俺の荒い息づかい以外聞こえなくなった。

もうこの辺りにモンスターはいないだろうと、放り出したバックパックを探し、ペットボトルのお茶を取り出す。

お茶を飲みつつドロップを拾い集め、ジャンピングワラビーの腹袋に詰めていく。

ジャンピングワラビーの腹袋の出し入れはスキルと同様、ダンジョン内限定で貼り付けるのもダンジョンの中だった。そもそも効果が発動するために迷宮魔力がいるんだろう。

ダンジョンの入口は多少迷宮魔力が外に漏(も)れている。漏れの範囲はダンジョンによって違うけど、ここは入口直前でしか貼り付けることができなかった。

時計を見ると二十分ほど戦闘していたようだ。

九層まで降りてくるのに三時間、戦闘一時間でちょうど昼どきだ。

「さっさと回収して一旦階段に戻ろう」

これだけあれば先に仕分けしたいところだけど、フィールドタイプはモンスターの移動範囲が広い。仕分け中に襲(おそ)われることもあるので、とりあえずジャンピングワラビーの腹袋に入れていく。

このジャンピングワラビーの腹袋の容量は大体１００リットル、でっかいバックパック１個分くらいの収納力だった。ＪＤＤＳのオークションに出されていたことがあり、調べるとちゃんと載ってた。

多少移動しつつ戦っていたので、あちこちにドロップが散らばっている。毛皮やら爪やら魔核やらを回収していると、スクロールを見つけた。

「初日以来だ」

早速鑑定する。


【エピック・スクロール】《探査（サーチ）Ｉ》


探査（サーチ）系スキルは自分の周囲の特定のものの位置を教えてくれるスキルだ。

ステージⅠの初期状態でサーチできるのはモンスター。このスキルを使うと〝こっちの方向、距離はおおよそ〇メートルくらいの場所にいる〟って風に感じ取れる。

けれど《マッピング》との相乗効果が優秀で《マッピング》を持っていると対象の位置が《マッピング》に投影（とうえい）されるらしい。これも他人には見せることはできない。

因（ちな）みに熟練度が上がってステージⅡでモンスター以外の生物、まあダンジョンに居るモンスター以外の生物って探索者だな。そしてⅢでトラップの位置がわかるようになる。

「もっと早く出てれば……」

そう呟（つぶや）きながらスクロールを開き、光の粒子に変えた。

脳内マップにモンスターの位置が表示され……ない？

「ああ、あたりのモンスター全部寄ってきたんだ。倒したからいないってことか」

《サーチ》の範囲はステージⅠでも二、三十メートルはあると言われている。

そこまで接近されれば対応できるだろうと、階段まで戻る手間を惜しみ、ここで昼食をとることにした。さすがに二十分間戦い続けて疲れた。でも先週までの自分なら五分も保たなかっただろと思う。

バックパックから婆ちゃんの握ってくれた爆弾おにぎりを取り出し、その場に座り込んでかぶり付いた。

昼食を終え、ペットボトルのお茶を飲みきって、ゴミ袋用に持参したレジ袋にラップやからになったペットボトルを入れて、荷物の整理を終え立ち上がった。

「あー」

お茶を全部飲むんじゃなかったかな。ちょっと催してきた。

他に人がいるわけじゃないから、その辺でしてもいいっちゃいいんだが。

探索者用の携帯トイレは沢山のメーカーが販売している。一応小用を持ってきている。これは中に高分子吸収体の入った物で、ドライブ用として使われているやつと大差ない。女性用というか大用にポップアップテント付きでダンボールを組み立てて使うタイプもある。トイレは数日にわたって探索するには必需品だからな。

女性探索者もそこそこいるが、泊まりがけの探索だと大変だろうなと思う。

俺も今のところ日帰りだし、ここじゃあ誰かに見られることもないので、目隠しはなくていいけど。いずれ連泊探索するなら必要になるだろう。

制覇済ダンジョンや五大ダンジョンには所々にトイレが設置されている。コインロッカーのように百円を入れないと扉が開かなくて、扉を閉めないと便座の蓋が開かない仕様だ。そして使用後は便座の蓋を閉めないと扉が開かないので、お金を払わずに使おうとしてもできない。

これは〝スライムトイレ〟というスライムを使った画期的なトイレで、汲み取りが不要なのだ。スライムの管理は必要だけどな。

スライムが逃げないように汚物タンクと蓋に仕掛けがある。蓋を開けている間はスライムのいるタンクが閉められていて、蓋を閉めると汚物がタンクに落ちるようになっているそうだ。

因みにタンクの中身が一定量を超えると、使用不可能になる。スライムが上がってくると困るから、中身が減るまで使用停止になるセイフティー機能付き。

してる最中にスライムが上がってくることもない。開発当初はいろいろ事件が発生したそうだ。なむ。

誰もいないけど木の影で携帯トイレを使用、ちゃんとウエットティッシュも持ってるからな。

しかし御用中の探索者は大変無防備である。オムツとか使ってる探索者もいるらしいので、その効果で介護用のオムツも随分改良されたと婆ちゃんが言っていた。

「将来のことを考えてたんだよ。婆ちゃんにはまだ必要ないよ」

そう言ってなぜか頭を叩かれたことがある。

スッキリしたところで探索再開だ。しばらく進むとモンスターの反応があった。やっぱり周辺のモンスターは倒しきっていたみたいで、《サーチ》の効果が現れてないわけじゃなくってホッとする。

モンスターを見つけてホッとしている場合じゃないか。

その後小爪リスからハウンドウルフまで、中ボスのジャンピングワラビー以外勢揃いな九層をさまようように……じゃなくって《マッピング》で地図を埋めるように歩いていたら、大木の根元のウロにトレジャーボックスを発見した。

樹洞というのか、穴の中にトレジャーボックスが鎮座している。

「後ろに回れんだろうが」

不親切な設置場所だ。横から開けるか、木に登って上から開けるか。

そういえば《アイテム鑑定》ってトレジャーボックスに使えるのかな。蓋を開けなければ罠は発動しないだろうと、試しにやってみた。

【レア・宝箱】《鍵なし罠付き宝箱》

できたよ。しかも罠付きだった。でも罠の種類まではわからないし、肝心の中身もわからない。

鍵はないようだから、紐に引っ掛けて……いや無理だな。ギリギリ横から開けて木の後ろに逃げてみるか。

竹割鉈の先っぽを蓋に引っ掛け、力任せに蓋を押しあげたらすぐに木の後ろへ回る。

プシュッという異音がしたが、しばらく待つ。十秒ほどまってから木を回ると、トレジャーボックス前の草が紫色に変色して枯れていた。

「毒霧噴霧タイプか。もうちょっと待つかな」

罠から飛び出してくる針とか毒は、しばらくすると消える。この枯れた草もいずれ元通りになる。宝箱だけでなく罠は発動しても、しばらくするとその痕跡もなくなるので厄介だ。跡がないため同じ場所で罠に引っかかることがある。破壊できる罠もあるのだけど、そうすると別の場所に罠ができることがあるので、解除はしても破壊することはおすすめされていない。

トレジャーボックスも中身を取らず蓋を閉めると、次に開けた時にまた罠が発動する。

「よかった。勢いよく開けすぎて蓋が閉まってたらやり直しだからな」

そしてトレジャーボックスの中身だが……

【レア・ポーション】《解毒水薬》

毒霧罠で毒状態になっても、アンチドーテポーションで治せると。いや《アイテム鑑定》でポーションの種類が特定できなけりゃ中身わからないから使わんし。

ウエストポーチに入れていた赤い輪ゴムをポーションに巻き付け、ローヒールポーションと見分けをつける。

ゴムは赤青黄の三色しかないので次はマスキングテープでも用意するか。

そしてようやく下り階段を見つけた頃には、帰宅時間が迫っていた。

下の様子を見るだけ見て帰るか。

階段を降りた先は、また洞窟っぽい石の壁に戻っていた。

森タイプは九層だけだったのか。

そして多少曲がりくねった一本道の先に五層の中ボス部屋でみた石の扉より、さらに大きい扉が鎮座していた。

ここまで《サーチ》にモンスターの反応はない。扉の向こうにも。ステージの低い《サーチ》にはボスは反応しないのだ。

「明日だな」

後ろ髪(うしろがみ)引かれる思いを押し込め、夕食に遅れないように来た道を引き返す。

◆　◆　◆

「わーい、もふもふな毛皮いっぱーい」

持ち帰ったドロップを整理していると、ひなが毛皮の山にダイブした。

「あ、おいこら！　せっかく重ねてたのに」

種類別で仕分けしていたのにくちゃくちゃだ。明日には学校に戻るのでそっちの荷物整理もしないといけないのに。

「ねえねえ、これ全部売っちゃうの？　これでさあ、ファーのついたデイバックとか作ったら可愛くない？」

そんなことを言いながらラビットの真っ白な毛皮を広げて見せる。

小爪リスは茶色で縞が入っていて、ツインテールキャットは白黒茶色のマダラで三毛猫っぽい。ひなには真っ白のラビットが可愛く見えるようだ。俺的にはハウンドウルフの灰色の毛皮がかっこいいと思うのだけど。五菱のウルフシリーズの素材でもある。

「誰が縫うんだよ。ダンジョン素材は最低でも《加工》スキルがないと扱えないぞ」

「むー、残念」

「ひな、大和、ご飯よ」

母さんの呼ぶ声が階下からかかる。

「「はーい」」

ひなと二人夕食のためにダイニングへ向かった。

「加工か、武具の修理をするには持ってた方がいいんだよな」

食後部屋で仕分けの続きをしながら、スキルに思いを馳せる。

コモンスクロールの《加工》は星3だが、かなりの量がドロップするため同じ星3の中でも価格が安く、手に入りやすい。遠からず星数が改訂されそうと言われている。

コモンスキルだけあってステージIでは扱えるのはレア素材まで。

サポートコースの職人科ではこれがないと実技に差し支えるので、二年生での収得を唯一許されているスキルだ。

けれど二年度でコモンスキルの《加工》をとるか、三年でレアスキルを取るか悩ましいところなんだそうだ。

二年度で《加工》を選択すると三年度でのスクロールは全額自費になるからだ。二年度で《加工》を取らずにいるとその分割り引いてくれるらしい。

例え《加工》であっても、二年度から制作できることを選んで少しでも腕を磨くか、三年度まで待ってそれぞれの専攻する職の技術スキルを得るか。

職人としての腕を磨くのに近道はなく、どちらも一長一短なんだと一年度の担任が言っていた。あの先生職人科の先生だったけど、一年度は共通だったから。

サポートコースは二年度でスキル取得が許されているが、唯一医薬科の治療師専攻だけが卒業までスキルが得られない。

治療師系のスキルは単呪文から技術、知識、職業とあるのは他のスキルと変わらない。

知識か職業スキルがあれば良いのではと思うのだが、実はそれだけでは不十分なのだ。

元看護師だった探索者が、単呪文の《外傷治療》を手に入れたのだけど、そのスキル効果が他より高かったことが発端だったと習った。

　治療系に限らず、どのスキルもスキル以外の知識は必要だ。だから俺たちはさまざまな武器を使った鍛錬や戦闘訓練をするし、職人科も技術を学ぶ。

　同じスキル保持者でも効果が違うことを解明するため、さまざまな研究と検証がされた。特に医学知識がどの程度効果に差が出るか、医大生や現役の医者などにスキルを与えて検証したらしい。

　で、結果は現役の医者の効果が一番高く、万全にスキルを使いこなすにはダンジョンスキルだけでなく、ちゃんとした医学知識が必要だと実証された。

　医薬科が迷高専の中で終業年数が六年と一番長いのは、後半の三年間は提携大学の医学部や薬学部に通うことになるからだ。

　定員数も治療師専攻が最も少なく二年度で二十人、四年度に半数の十人に減り、五年度以降はさらに半数の五人となる。六年度まで残ったとしても、スクロールの少なさからスキルを手に入れられるのは一人かよくて二人だという。

　せっかく六年もかけて卒業しても、スキルが手に入らないのはどうなのかと思う。

　とはいえ現状治癒系は、単呪文スクロールでさえドロップ率が低いことと、高額すぎていくつも用意できないという理由もわかる。

　少ないスキルを、より高い効果が期待できる人間に与えたいというＪＤＤＳの方針もわからないではない。

そのため補塡というか医薬科だけは、スキルを得られなかった時の道が用意されていた。提携大学に編入して、医者や薬剤師を目指せるようになっているのだ。

だからか早い段階でスクロールを諦めて大学に編入する生徒がおり、四年度以降は定員数を切ることが多いのだそうだ。

そんな難関をクリアしてスキルを手に入れた者は、卒業後はＪＤＤＳの病院に勤めることになる。

スクロールの費用は奨学金のような扱いになり、スキルごとに設定された年数勤務するか、全額返済で契約解消できる。

レアの単呪文《状態異常治療》でも、病気の知識があるものが使えば、癌などの病気に効果があるという。そのせいで《キュア》のスクロールは単呪文でありながら別枠、超高値で取引される。

これ一つドロップすれば、当分遊んで暮らせるという〝探索者のドロップしてほしい品ランキング1位〟だ。

最後に発見された《キュア》のスクロールは億近い金額で、大手企業に落札されたらしい。スクロールのインフレ度が半端ないな。

こんな高額のスクロールを買い込んでいたら赤字になりそうだが、ＪＤＤＳは制覇したフィールド型ダンジョン内に作った治療施設で採算がとれている。そこに行けば超高額だが現代医学では治療不可能とされる病が治る可能性があり、利用者は絶えない。

医者と違って免許もないし、医療従事者の行う医療行為と違って法律や保険制度のような決まりの範囲外にあるため、個人で請け負う探索者もいる。

資格がないならと治癒系スキルの使用を、医者や看護師のような免許制にしようとした動きもあったが、探索者として活動しているスキル保持者からすれば、そんな免許を取得するために数年単位で時間を取られるのは迷惑な話だ。

そもそも治療系スキルは、探索活動中におった怪我を治すためのものだろう。治療院とかの使い方がメインじゃあない。

結局スキル使用に制限をかける難しさから流れ、スキルの治療は〝現行の医療行為にあたらない〟ということで保険医療の範囲外になっている。

そのせいというわけじゃあないが、数年前《キュア》スキルもちが暴利を貪った事件や詐欺事件が巷を騒がせた。外国ではスキルもちが誘拐される事件などもあるらしい。

スクロールを国が強制接収する法案もあったらしいが、買取金額が低すぎてお話にならないレベルだったらしく流れた。当たり前だよ、強制接収ってどこの独裁国家だって話だ。政治家って何考えてるんだか。

どっちにしろ治癒系スキルを手に入れようと思ったら、個人だろうと企業だろうと自身でドロップするかオークションで高額落札するしかない。

ドロップしてもＪＤＤＳの簡易鑑定にかけて治癒系だと知れると、お偉いさんが出てくるんだとか。

バレずに習得するには鑑定系のスキル持ちがその場で調べて、取得するしかない。
あ、俺にも可能だわ。スクロールがドロップすればの話だけど。
鑑定系スキルは治癒系ほど少なくないから、そうやって手に入れている探索者もいる。
やはり探索において安全マージンの確保は重要だから。

[TIPS]

スキル分類

第一種分類　スキルを複雑さ、複合性によって区分した分類。

単スキル	単一の呪文、アーツが使用できる。 ex 《光》《スラッシュ》《サンダーバレット》《加工》など
技術スキル	ある系統の技術、魔法の扱いが上手くなり、 修練によって単スキルを覚えることが できるようになる。 ex 《剣術》《槍術》《鍛治》《水魔法》など
知識スキル	ある系統の知識を得て、修練により系統のスキルを 覚えることができるようになる。 ex 《剣技の知識》《鍛治の知識》《水魔法知識》など
職業スキル	技術と知識の両方を兼ね備えたスキル。 修練による単スキルの取得が早い。 ex 《剣士》《鍛治師》《水魔法師》など

第二種分類　スキルを効果内容によって区分した分類。

コンバットスキル	武器を使用して戦うためのスキル。
マジックスキル	魔法を使用することができるようになるスキル。
クラフトスキル	ダンジョンドロップを加工して 物を作り出すことができるスキル。 ex 《加工》《鍛治》《細工の知識》《彫金師》など
能力強化スキル	使用者の能力を強化するスキル。 ex 《暗視》《鑑定》《罠感知》など
サポートスキル	治療やバフ、デバフなど 他者に影響を与えるスキル。 ex 《怪我治療》《治療師》《付与師》《筋力上昇》など

4 ダンジョン単独制覇と新学期

裏山ダンジョンアタック五日目の春休み最終日、明日は始業式なので夜には向こうに戻らなきゃならない。

今日の入学式に出席するのは、新入生と新二年度生だけで三年度生以降は出席義務はない。

五層到達までにかかった時間は、一昨日は八十分、昨日は六十分だったが、今日はさらに短縮できた。昨日の九層での多対単戦闘で結構レベルアップしたんじゃあないかと思う。

五層の中ボス、ジャンピングワラビーは復活していなかった。インターバルは四十八時間以上か。できればもう一回やっときたかったな。

今日は十層のボスを倒して終わりになるだろう。昼には帰らなきゃならないからその先を探索している時間はない。

この四日間で俺の身体能力はかなり上がった。今日ボスを倒せばさらに上がると思う。

六層以降も駆け抜けたいが、モンスターがリポップしており、昨日の帰り道より時間がかかってしまった。けれど《サーチ》のおかげで不意打ちはなく、戦闘も手こずることはなかった。

そして十一時前には十層の石の扉前に到着した。ここのボス戦でこの春休みの探索を終えることになりそうだ。

少し休憩を取ってから、ボス戦の準備をする。バックパックは扉前に置き、避けておいたハウンドウルフの牙を取りだす。鉄の楔を用意しようとかと思ったけど、よく考えたらレア素材のハウンドウルフの牙の方が丈夫じゃないかと思い至った。

ベルトポーチの中のポーションを確認し準備は完了だ。扉を軽く押すとその後は勝手に開いていく。開き切ったところでハウンドウルフの牙を、竹割鉈の背で打ち込んだ。

腰に刺していた刺身包丁をとり、両手の武器を握りしめる。

ライトを打ち上げようとしたが、その必要はなくポッポッと灯がともり暗闇を払っていく。

五層の中ボス部屋より広い空間で、等間隔に松明のような灯りが設置されていた。松明にしてはかなり明るいのだが、こういう不思議はダンジョンにはありがちなので、気にしても仕方がない。

そして正面のほぼ中央には白地に黒い縞柄の、牛ほどのサイズの白虎がゆっくりと立ち上がりこちらを睨んでいる。

「ギャワオオォォ……」

叫び声に物理効果があるのかと思うほど、肌にビリビリっときた。

だがこいつに勝って、俺は力を付ける。

今回はこっちから行かせてもらう。俺は白虎に向かって走る。正面ではなくサイドへ、横から足の一本もいただくつもりで勢いそのまま突っ込んでいく。

「シャアッ」

白虎は予備動作もなく横にはねた。避けながらも俺めがけ前足を振るってきた。

ギャンッ！　っと竹割鉈と白虎の爪が競り合い、嫌な音を立てる。

「いつもと逆のパターンだな。たまにはありだろ」

追う側での戦闘は経験がないが、俺は避ける白虎を追いかける。

どれくらい追いかけっこをしていただろう。かなり身体能力が上がったはずだが、流石に息がきれてきた。呼吸を整えるために、白虎から距離をとる。

俺の攻撃は何度か届いた。奴の後ろ足にはいくつかの浅い傷と一つの深い傷。

持ち上げた片足から血を流しながら、かなり動きの鈍くなった白虎と睨み合う。

「そろそろ終わろうぜ」

大きく息を吸い白虎に向かってダッシュ。だが直前で右に飛び白虎の攻撃を躱す。

そのまま逃げると見せかけ、腹の下へ滑り込む。

「ギャワオオォォ」

初めの雄叫びとは違う、悲鳴のような叫び声を上げる白虎。

それは腹部を竹割鉈と刺身包丁で切り裂かれた痛みによるものか、攻撃を喰らった悔しさかはわからない。跳ねて逃げようとしたが、力が入らなかったようで、ガクッと崩れ落ちうずくまる。

「楽しかったぜ、じゃあなっ」

言うなり飛び上がり、刺身包丁を白虎の延髄にぶっ刺した。

「ギャオォ……」

尻すぼみの叫びに合わせるように、白虎の身体から力が抜けていく。そして黒い粒子に変わっていった。

「よっしゃあっ！」

十層ボスを倒し、思わずガッツポーズをとった。

そのまま後ろに倒れ込んで、大の字になって呼吸を整える。どのくらい闘っていたのか、戦闘中は時間感覚が狂ってわかりにくい。時計を見るとなんと三十分近く闘っていたようだ。

白虎はレア以上のモンスターで脅威度が高いはず。

ただダンジョンボスは同種のモンスターとはサイズが違う場合があり、レアリティーも違うケースが報告されている。

当然大きさによって脅威度が違うし、取得経験値も違えばドロップのランクも変わってくる。《モンスター鑑定》スキルでもないかぎり、だいたいはドロップのランクで見分けるんだけどな。八層にレアモンスターでも強いハウンドウルフが出てたからエピックの可能性が高い。こいつはどれくらいなんだろうか？　俺が倒せたんだから小さい方じゃないかな。

「ふう」

落ち着いたところで、ドロップの回収だ。疲れの残る重い身体を無理やり起こす。

「よいしょっと。武器とか装備があればいいんだけど」

ボスのドロップは最低二つ、ジャンピングワラビーの時も腹袋と魔核だった。

それは皮と牙に見えたが、迷宮道具ってこともある。鑑定のお時間です。

【エピック・アイテム】《白虎の皮》
【エピック・アイテム】《白虎の牙》

白虎……うん、英語じゃホワイトタイガーだな。ていうか二つとも素材かあ。素材も迷宮道具も一律アイテム枠なんだよな。

できれば武器当たりが欲しかったけど、そううまくはいかない。俺の物欲センサーが邪魔をしたか。

けど白虎の牙は武器の素材になるはずだ。ハウンドウルフの牙より大分良いものが作れるはず。ボス戦では稀にレアリティー上のドロップが出ることがあるが、両方エピックなのでそれはなさそう。白虎はエピックモンスターだったようだ。

出来立てダンジョンの効果で二つとも上ドロップでことはないと思う。あの白虎がハウンドウルフと同じとは思えない。

牛サイズのモンスターだったからか、広げてみるとかなり大きかった。

「これ一枚でコートが作れそう。でも虎縞のコートって大阪のおばちゃんみたいかな」

クルクルと丸めてジャンピングワラビーの腹袋に……さすがに入らないか。バックパックの方に入れるか。刺身包丁も回収、回収っと。

「ああっ、また先欠けてるぅ」

刺身包丁は白虎の延髄に負けたようだ。爺ちゃんごめん。でもエピックモンスターによく通用したな。

いつの間にか奥の扉が開いていた。もう戻らないといけないが、せっかくだからちょっと覗いていこう。

扉の向こうは下り階段ではなく通路になっていた。

「階段じゃない？」

と言うことは……

通路を進むと、先には装飾過多な両開きの石の扉。

このダンジョンは十層、深度1の脅威度は初級で広さは狭、難易度Hのダンジョンで間違いなかったようだ。

さっきの白虎はダンジョンボスになるのか。ダンジョンボスの部屋の奥にはコアルームがある。扉を開ければそこはバスケットコートがマルっと入りそうな円形のホールで、天井全体が発光しており、眩しいくらいだった。

そして部屋の中心には「帰還オーブ」によく似た球体が台座の上に鎮座していた。似ているけど大きさは倍以上で、光を吸収するような漆黒。なんかボーリングの球っぽい。

「……ダンジョンコアだ」

その見た目は【迷宮指標】に記載されているとおりの形状だ。

ダンジョンコアへと、恐る恐る近付いていく。

「えっと、制覇するとダンジョンを存続か消失かを選べるんだよな」

春休みの探索が終わるまで、ダンジョンをＪＤＤＳへの報告を待ってもらう約束をした。明日には父さんが最寄りのＪＤＤＳに連絡することになっている。

けれど……

「敷地内にダンジョンがあるのって、近所からも色々言われるかもだし、消失させた方がいいかも」

裏山ダンジョンを全て探索したわけじゃないし、宝箱も探していない。隠し扉とかもどこかにあるかもしれない。

もったいない。もったいないけど、裏山ダンジョンの入口はうちの敷地の中にある。

新規発見されたダンジョンはＪＤＤＳ専任探索者か、依頼を受けたクランがまず調査に入り、それが済むまで周囲は立ち入り禁止になる。

その間自宅から一時撤去を余儀なくされる。多分畑も立ち入り制限の範囲内だ。

調査が済んで裏山ダンジョンが一般解放されたら、うちの敷地を分断するように道とか設備を造られてしまう。

最初は「敷地内にダンジョンって便利ぃ」とか思ったけど、一般の探索者が出入りすることになったら、家の方の用心も悪くなりそうだ。家だけじゃあなく、畑やハウスも荒らされる可能性がないわけではない。

敷地内にダンジョンができたことで、地元住民とトラブルになった話は枚挙にいとまがない。

ダンジョンが敷地内に出現していいことばかりではないことを、十分承知している。連休や長期休みは帰ってきてここでレベルアップしようと思っていたけど、家族にトラブルは不要だ。

俺は目の前にあるダンジョンコアにそっと手を触れた。すると頭の中にアナウンスが響いた。

『モフィ＝リータイ・ダンジョンが単独制覇されました』

どこから発せられているのかよくわからない。いや耳から聞こえているわけではないので、発せられているというのも違う？

このアナウンスはダンジョン内にいる人間全員に聞こえる。ダンジョンのどこにいても聞こえるらしい。

ただ、ここから先の内容はダンジョンコアに触れている者限定なのだとか。

『制覇者は次の選択肢から選んでください』

そしてアナウンスは続く。

『一つ、存続を選択。ダンジョンは現状で固定、以降成長することはありません』

これは学校のある大三校ダンジョンや、ＪＤＤＳの各種施設が作られているダンジョンがそうだ。存続ダンジョンはそれ以上成長しないし、モンスターの出現傾向の変化がなくなり、ドロップ率が低下する。だが、間引きを行わなくてもスタンピードを起こさない。

『一つ、消失を選択。開放中のダンジョンゲートが消失します』

消失を選べばダンジョンはなくなる。

『一つ――』

あれ、三つ目？　選択肢が存続と消失以外にもあるのか？　そんなの習ってないぞ。

『――運営を選択。ダンジョンマスターとなり、このダンジョンの主としてダンジョンを運営します』

「はあ？　運営？　ダンジョンマスター？　なんだそれ！」

三つ目の選択肢なんて聞いたことがない上、ダンジョンマスターってなに？　思わず大きな声で突っ込んでしまった俺は悪くないと思うんだ。

『選択を確認しました。私はモフィ＝リータイのダンジョンコア。マスター、以後よろしく』

「……え、あ、俺選んじゃったの？　エエェぇ？　どうしよう……」

俺、ここのダンジョンマスターになっちゃったかも。

『かもではありません。あなたは正真正銘（しょうしんしょうめい）、モフィ＝リータイ・ダンジョンのマスターです』

あ、やっぱり俺、ダンジョンマスターになってました。

◆　◆　◆

「とりあえず、何をどうすればいいんだろ？」

そう呟（つぶや）くと返事が返ってきた。

『ダンジョンマスターの権能（けんのう）をお受け取りください』

ダンジョンが制覇された時の〝アナウンス〟はコアルームに到達した探索者だけでなく、ダンジョン内にいる全ての探索者に聞こえるから、聞いたことのある探索者は大勢いる。耳で聞いているかどうかはよくわからないけど。

選択肢云々（うんぬん）の部分はコアに触れている者限定だが、選択が終われぱその内容も全体にアナウンスされる。

存続と消失のどちらを選んでも、アナウンスからおよそ一時間後に、ダンジョン内にいる探索者は外に強制排出されるので、一時間はそれに備える時間だと言われている。放り出している荷物の回収とか、戦闘中なら終わらせるとかだ。荷物を回収し損ねると二度と取り戻せない。なにげに親切設計だ。

アナウンスの時点で、戦闘中以外のモンスターは何処かへ隠れるのか、以降モンスターとエンカウントしなくなる。アナウンスがモンスターにも聞こえているのだろうと言われているが、確かめようはない。

戦闘中のモンスターも逃げ出すことがあるが、時間までに戦闘が終わらなければ途中退場だ。まあ一時間も戦闘が続くのって高ランクダンジョンの中ボスくらいしかないだろうけど。でもあと少しで中ボスを倒せるってところで強制排出になれば、それまでの戦闘が無駄になる。

今のアナウンス……アナウンスなのか？　アナウンスじゃなく会話っぽいけど。コアと会話なんて聞いたことがない。それをいえば〝運営〟自体聞いたことがない。

そもそも〝運営〟なんて選択肢は迷宮指標に記載されてないし、習ってない。もしかしてIDDOが隠匿している情報だったりする？　ちょっと背筋に冷たいものが走った。

『〝運営〟の選択肢は、ダンジョンを単独制覇した場合のみ提示されます』

俺の心を読んだように説明をしてきた。

そういうことか。え？　今までソロ制覇したものはいないってこと？　いや日本ではそういうのは個人情報だからオープンにされていないが、アメリカとかではニュースとかで報道されてるよね？　ソロ制覇者それなりにいるし。

『選択肢は通常初回制覇時のみ提示されます。一度選択されたダンジョンを再び選択し直すことができるのは〝ダンジョンマスターの権能〟を持つものがダンジョンコアまで到達した場合です』

なんだか色々情報過多なんだけど。

もしかしてニュースで見たアメリカのソロ討伐者って、マスコミやポーターがいたからソロ扱いされなかったのかな。

それとも最初から最後までソロでないとダメってことかも。

大抵何度か挑戦してから、ソロでアタックしたりしてるからかも。

未制覇ダンジョンを最初っからソロで踏破した奴は……もしかして俺が世界初？

この情報ってＪＤＤＳに売ればすごい金額に――『ダンジョンマスターの権能をお受け取りください』

色々考え込んでたらさっきと同じセリフを繰り返してきた。

「え、あ、さっきも言ってたな。権能ってどうやって受け取るんだ？」

若干パニクっている自覚がある。説明された内容をおうむ返しのように繰り返してるし。

うん、考えるのは後にしてとりあえずその権能とやらを受け取ることにしよう。

『コアに接触してください』

言われるままに再度目の前のダンジョンコアに手を触れる。

『モフィ＝リータイマスター、カノウ・ヤマトを認識しました。ダンジョンマスターの権能を譲渡します』

そのアナウンスが終わった途端、ダンジョンコアが金色の粒子に変わっていく。

「わっ！」

金色の粒子が渦を巻きながら立ち昇ったと思ったら、俺目掛けて突っ込んできた。

スキルスクロールを開いた時に似た、それのもっと強い何かが俺の中に入ってくる。

「うぐっ」

頭痛と胸を締め付けるような苦しさが一気に押し寄せ、アナウンスが頭の中でガンガン響く。

『マスタースキル《念話M》を付与。マスタースキル《倉庫》を付与。マスタースキル《魔物辞典Ⅰ》を付与。マスタースキル《層転移》を付与。マスタースキル《コア吸収》を付与。マスタースキ――』

アナウンスは俺の頭痛を悪化させ、最後まで聞き取ることができず、俺は意識を手放した。

◆　◆　◆

ペシペシと頬を柔らかいもので撫でられるというか、叩かれている。

重いまぶたを持ち上げようと試みるも、目を開けるのすら億劫に感じるし、身体がだるいしなんか重い。

ざりっ。

「いって」

頬をザラついたもので擦られた痛みに、思わず目を開けた。

「にゃあ」

重いと思ったら胸の上に白いモフッとした何かが乗っていて、俺の顔を覗き込んでいる……ように見えるのは気のせいではなさそうだ。

重い身体を無理やり起こすと、俺の上に乗っていたと思われる白いモフッとした何かが、ぴょんと飛び上がり地面に着地した。

「にゃあ。マスター、お目覚めですかにゃ」

白いモフッとしたものはお座りすると、右前足を上げてそう語りかけてきた。

そこにいるのは白地に黒の虎縞の子猫。猫に詳しくはないがアメリカンショートヘアかサバトラかという感じの子猫。いや額の模様が猫というより……

じっと見つめているとコテンと首を傾げる。か、かわいいな。

「よかったですにゃ。現地時間で四十八分五十六秒間意識を消失しておりましたにゃ。権能は無事受け取られたようですにゃ」

権能……

「もしかして、お前ダンジョンコアか？」

「はいですにゃ」

子猫が喋っているという事実に、普通なら驚愕どころの話ではないはずが、なぜか目の前のそれが何者なのか理解した。

おかしな語尾の子猫は返事をすると、今度は俺の膝の上にぴょんと乗ってきた。

「ボディがないとマスターを守れませんので、ボス個体と融合しましたにゃ」

喋る子猫はダンジョンコアだった。いや、すでにコアは俺と同化しているから、ここにいるのはコアの意識とダンジョンボスのボディを持った〝ガーディアン〟だ。

子猫の口で日本語が発音できるのかと思ったが、子猫に見えるが子猫じゃあない。白虎だから子虎とかそういう意味でもないぞ。

権能を譲渡され、知識の補塡がされたことで理解してしまう。今まで聞いたことも見たこともなかった事象が、事実として腑に落ちてしまった。

子猫サイズなのは俺がダンジョンボスを倒してさほど時間が経っていないためだ。というか猫じゃなくて虎だ。

ダンジョンボスは雑魚モンスターと存在のあり方が違う。

倒したダンジョンモンスターが再び湧くことを一律にリポップとよんでいるが、雑魚モンスターは毎回別個体のモンスターだ。それは中ボスも同様で、正しくはリポップではなくポップなのだ。

だがダンジョンボスは同一個体というか、倒されても個体情報はダンジョンコアに保存されており、身体を構成するリソースが満ちるとリポップできる。このリソースが満ちるまでの時間がボスのリポップ時間というわけだ。異なるサイズが存在するのは、このリソースの量によるものだったらしい。

そのことを知ってるやつはいない、というかその情報は一般に公開されていない、かな。

ダンジョンボスを倒してもコアを放置する場合もある。

それはダンジョンボスを周回して経験値とドロップを稼ぐためだ。だが現れたダンジョンボスが同個体か別個体かなんて、わからないし確かめようもない。

個体情報といってもあくまでもそのダンジョンボス個体の構成、レベルとか使えるスキルとか、強さみたいなもので、記憶等は保存されない。

そして今日の前の子虎だが、今使えるリソースだけで急ぎ身体を作ったため、子猫サイズなんだ。

完全体としてリポップするにはリソースを補充する時間が全然足らない。緊急事態としてリソースをかき集めるには……マスター権限が俺に移っているためできなかったのだ。

「当分そのサイズでいてくれ」

「わかりましたにゃ」

……なんだろう、このあざとい感じ。

「その〝にゃ〟っていう語尾、わざとだろう」

「にゃにゃっ！」

なんですとっ！　と言わんばかりのポーズをとる子虎。

「おかしいです。日本という地の人間は猫形態で〝にゃをつければ萌える〟と……あの情報は間違いでしたか」

「何ぶつぶつ言ってる。てかそれどこ情報だよ。ダンジョンコアはどこからそんな情報を得てるんだ！」

思わず突っ込んでしまった。

「まあいい、今後のことだ」

俺は怪しい子虎――ダンジョンコアの意識とダンジョンボスのボディが融合したが、権能を俺が受け取ったことで、ダンジョンコアの権限を失っている。

現在の子虎はダンジョンマスターのガーディアンという位置付けになる。

ダンジョンコアの権限はなくとも知識を持っており、ダンジョンマスターのガーディアン件アドバイザー兼助手という立ち位置なんだ。

何かと属性の多い子虎が誕生したな。まあそんな子虎と今後のダンジョン運営について話し合うことになった。

結果は次のとおりだ。

一つ目、しばらくの間出入口を封鎖する。封鎖すれば竹林の下のゲートは消え元の崖に戻るし、家族にはダンジョンを制覇して消失したと言おう。

ダンジョンが無くなったらＪＤＤＳへの報告も必要なくなるし、いろいろ手間が省けるからな。

二つ目、ダンジョンを開放する以外の方法でリソースの入手手段を考える。

ダンジョンは中で生物が活動することでリソースを得ることができる。それはモンスターでもいいが、人間が中に入って活動してくれる方がより多く得られる。

ダンジョンリソースを得るためには現地人を呼び込む必要があるが、それについてはおいおい考える。なんせ明日から新学期だからここを離れなければならないのだ。

そしてここで一般には知られていないだろう事実！　ダンジョンマスターには他のダンジョンコアを吸収することで莫大なリソースを得ることができるのだ。

権能を受け取った時、さまざまなスキルがインストールされたが、その中に《コア吸収》というのがあった。

これはダンジョンマスター専用のスキルの一つ、他のダンジョンコアを吸収し、自分の力というかリソースにできるのだ。

とはいえ、今すぐどこかのダンジョンに行って、コアまで到達なんて無理だけど。

放課後や休日に何処かのダンジョンに潜ってこれをやることにする。

学校に知られたらうるさいが、知られずに行動できそうなスキルがダンジョンマスターにはあった。

そして便利スキル《倉庫》だ。腹袋のようなマジックバッグはあるが、ストレージのようなスキルは発見されていない。これはマスター専用で迷宮魔力さえあればいつでもどこでも出し入れ可能で、中のものをリソースへ変換することもできる。

試しに今日のドロップを全部入れてみた。

「おお、便利。一気に身軽になった」

そんな風に喜んでいる場合じゃなかった。いいかげん帰らないと、予定の帰宅時間を過ぎている。

帰ろうとして残念というが、困ったことが一つ。

「ガーディアンはダンジョンコアを守護しますにゃ。コアはマスターと同化しましたにゃ。ガーディアンの仕事はダンジョンマスターの護衛ですからついていきますにゃ」

モンスターはスタンピードを起こしたときだけ受肉してダンジョン外に出る。普段は自ら外に出ることはないし、無理やり外に出すと黒い粒子に戻る。

だが、ガーディアンだけは別だ。ガーディアンは個として存在するため、外に出てもリソースに還元されない。

　あとその特性からコア、じゃなくてダンジョンマスターから遠く離れられないようになっている。スタンピードでもダンジョンボスだけは外に出てくることがないのはそういう理由だった。

　だからダンジョンマスターである俺のガーディアンとして、俺が外に出るなら一緒に外に出てくるのだ。とりあえず今の子虎状態なら、野良猫保護したってことで誤魔化せるかな。

「外に出たら喋るなよ」

「大丈夫ですにゃ。念話がありますので、声に出さなくともお話しできますにゃ」

「その語尾ずっと続けるつもりなのか」

「え？　可愛くないですかにゃ？」

　キュルンとした目で俺を見上げるコア……じゃなくてガーディアン。

　こいつ狙ってやってやがるな。

「とりあえず出るわ。今日中にアパートに戻らないと明日に差し支える」

「わかりましたにゃ。お供しますにゃ」

　新たに手に入れたマスタースキル《層転移》で、一層のゲートまで転移した。

　このスキルは自身のダンジョン以外だと、行ったことのあるダンジョン内の階段もしくはゲート付近の、いわゆる安全地帯に転移できる超便利スキルだ。

帰還オーブと使用感は変わらず、誰かに見られたとしてもゲート付近なら帰還オーブを使ったように見えるだろう。

そして俺はダンジョンの外に出た。

腕に子虎を抱えたまま。

「お兄ちゃん！」

外に出るとひなが駆け寄ってきた。

「よかった。お昼には戻ってくるっていってたのに、なかなか帰ってこないから……」

「悪い、心配かけた」

「ほんとだよ。え？」

ひなの視線が俺を通り越して後ろをびっくり目でみる。

俺もひなの視線を追って振り返ると、たった今出てきたダンジョンのゲートが消えていた。

「ダンジョンの入口……きえちゃった？」

「ああ、それで遅くなった」

びっくり目を、さらに見開いて俺を見るひな。

「そ、それって、もしかして」

「うん、制覇したんだ」

「お、お兄ちゃん」

絶句して固まるひなの手を引いて、急いで家に戻る。予定より遅くなっているが、列車の時間を遅らせれば、今日中にアパートへ戻れる。家族に説明もしないと。

実家の居間にいくと全員そろっていた。どうも心配をかけたようだ。

俺は裏山ダンジョンが十層しかなく、制覇したことを伝えた。

最初は皆俺の無事と、ダンジョンが無くなったことで危険がなくなったと喜んでくれた。

「もう入り口がないのだからＪＤＤＳにも報告の必要もないし」

「そうなのか？」

遅くなった昼食を掻き込みながら、説明すると父さんが聞いてきた。

「うん。もう入口がないから、そこにダンジョンがあったって言われてもわからないからね」

「そうだなあ。勝手に入って勝手に制覇しましたなんていったら、大和が罰せられるんじゃないか？」

爺ちゃんの言葉に皆頷き、ダンジョンのことはＪＤＤＳには知らせないことになった。よかった。

「ところでお兄ちゃん」

「ん？」

「その子猫、なんなの？」

「にゃあ」

ひなが俺の膝の上から離れない子虎を指さす。

「あ、ああ。誤(あやま)ってダンジョンに入り込んだのかな。親猫は見当たらなかったから、もしかしてモンスターにやられたのかも……」

とっさに考えた嘘の説明をしたが、家族は信じたようだ。

「じゃあじゃあ、うちで飼う？」

ひなが子虎に手を伸ばすと、「にゃ」と一鳴きしてその手をよけた。

「むー」

口をとがらせつつ、さらに追いかけると子虎は俺の肩に駆け登る。

「お、おい」

「えー、お兄ちゃんにはなついてるのに、なんでひなをいやがるの？」

「ひな、大和(やまと)は食事中なんだから、あとにしなさい。大和もその子猫降ろしたら？」

母さんはそういうが、子虎は床におろしてもすぐに膝上に駆け上がってくる。

ひなが口をとがらせたまま、一旦は引き下がったが、その眼(め)は子虎にロックオンしたままだった。

「ねえ、名前は？　名前つけようよ。白いしヴァイスとかどう？」

子虎が俺の顔を覗き込む。

「なんでドイツ語なんだよ」

「だって、かっこいいじゃん」

妹がちょっと厨二病くさい件。

「ちょっと変わった模様ね、その子。サバトラかしら？　何かとの雑種？」

ばあちゃんが小虎を見て猫種を推測するが、そもそも猫じゃあないから当たるはずもない。

俺がじっと子虎を見ると、子虎も俺を見返してきた。

「……タマ」

「にゃあ」

「ええ、何そのネーミングセンス」

あきれ顔で俺を見るひな。そして子虎に向かって。

「ヴァイスがいいよね。ねーヴァイス」

しかし子虎はひなを無視をして顔を洗う仕草をする。いい加減膝から降りろよ。

「むー、じゃあタマ」

「にゃあ」

自らタマと呼んでおきながら、驚愕に目を見開くひなの顔がおもしろくて、みそ汁を吹き出しそうになった。

「うそ、そんなはず。……タマ？」

「にゃあ」

再度呼ぶと返事をするようになくタマ。

「タマだな」

「タマね」

「タマじゃろう」

父さん、母さん、爺ちゃんがそういうと、ひなが悔しそうな顔をして名を呼ぶ。

「タマ」

「にゃお」

子虎の名はタマに決定した。

家族には聞こえていないが、子虎は大和に告げていた。

『マスター、名前をいただき恐悦至極にございますにゃ』

と。その瞬間、俺の頭の中に〝ネームドモンスター〟についての知識が浮かびあがった。

主に与えられる、またそれ以外にも特殊なケースで名を持ったモンスターは〝ネームドモンスター〟と呼ばれ、通常と異なった力を持つ。

コアの意識とダンジョンボスが融合したというだけで、十分特殊なのだが名前を付ける事でさらに力をもつ。

〝ネームドモンスター〟はその名が広まれば広まるほど力は増すのだ。

「まあ、お前の名前が広く知ら占められることはないだろうけど」
　ぼそっと呟いた言葉はタマには聞こえたようで、にゃあと一鳴きした。それは肯定か否定かどっちなのかわからなかった。

◆　◆　◆

『お兄ちゃん、タマが、タマがいなくなっちゃった』

　電話の向こうからひなの焦（あせ）った声がきこえた。

　食後あわただしく家を出た俺は、最寄りの小さな駅ではなく特急の止まる駅まで父さんが車で送ってくれた。

　そしてようやく座席に落ち着いたと思ったら、ひなからチャットアプリにコメントの嵐が。

　ピロン。

［おにいちゃん］

　ピロン。

［タマが］

　ピロン。

［たまが］

ピロン。

［タマがいない］

ピロン。

［どこかに］

ピロン。

［いっちゃった］

……一言書いて送信するな。まとめて書けよ。

それと知ってるし。ガーディアンは俺から離れられないんだから、俺と一緒にいる。姿を見せずにマスターに引っ付いていられるスキル《シャドウハイド》というのがあってだな。ダンジョンマスターの陰に潜んで守るんだそうな。

これはガーディアン特有スキルだ。

俺はせっかく座った座席から立ち上がり、連結部へ移動してひなに電話をかけ、今ここ。

「ひな、あせるな。知ってる」

『え、なんで知ってるの？』

「俺のボストンバッグにもぐりこんでた」

帰省時の荷物はバックパックとボストンバッグの二つ。母さんが冬物から春夏の服に入れ替えてくれていたボストンバッグの中を確認するため、開けっぱなしにしていたら中に潜り込んで寝ていた……ということにした。

『ええ〰〰』

「とりあえず戻ることもできないから連れてく」

『お兄ちゃん、寮ってペット禁止だよね。どうするの？』

「今期から寮出てアパートに引っ越したからなんとかなる。もう切るぞ」

『あ、お兄ちゃ……』

ひなが喋っていたが、通話終了をタップする。

スマホの通話を切り電車の連結部から席へ戻ろうとすると、ピロン、ピロン、ピロンと続けてまたもチャットアプリの着信音が鳴った。

待受の通知をチラリと見て、マナーモードにしてからポケットに携帯をしまった。ひな。着拒にするぞいい加減。

座席について車窓から外をなんとなく眺める。帰省してからかなり慌ただしかったな。

班の〝灯り係〟にされたせいで、戦闘に参加できず成績が落ちた。というか戦闘できなくてレベルが上がらなかったから周りが上がっていくのに俺は据え置きという状態で、戦闘力だけでは進級すら危ぶまれた。

だけどそれもこの春休みで状況は一変した。エピックモンスターをソロ討伐した今の俺は学年最弱からは程遠い。

電車の窓から外の流れすぎる景色を眺めながら、今度はこれからのことについて考えを巡（めぐ）らせる。

予定より遅くなったが、アパートに無事着いた。食器類や調理器具を実家から持ってこようと思っていたこともすっかり忘れてしまっていた。

「母さんにメールして送ってもらおう」

それまでは百均（ひゃくきん）で間に合わせるか。余分（よぶん）な出費だけど温存（おんぞん）しているドロップを売ればお金は手に入るだろう。今日手に入れたドロップはマスタースキルの《倉庫》に収納してある。他のダンジョンに行ったときに取り出して売るつもりにしている。

アパートの鍵を開けて、玄関すぐにあるはずのスイッチを探す。

引っ越した後も寝に帰るくらいで、生活用品はなにも増えていないから、殺風景（さっぷうけい）なものだ。布団が隅（すみ）に畳（たた）んで積んであるだけで他は備（そな）え付けのものしかない。

夕食用に婆ちゃんが弁当を作ってくれたので、途中のコンビニで二リットルペットボトルのお茶だけ買ってきた。

「荷物片付けるのは後にしてシャワー浴びるか」

「狭い部屋ですにゃ」

足元から小虎姿のタマがにゅうっと現れる。

今までのように独り言を呟いたつもりが、返事が返ってくることに（内容は合致（がっち）して無いけど）なんだかこそばゆいというか不思議な感じがする。

一応契約内容にペットに関する項目はなかった。ペット連れの探索者なんているわけないからだろうけど。

まあ大丈夫だろう、不在時に留守番させるわけでもないし、ガーディアンは糞はしないし爪とぎもしないから。

「ダンジョンの中の方が快適に過ごせますにゃ。ダンジョンに生活の場を作ってはいかがですかにゃ」

マスタースキルの《層転移》は自分のダンジョンならどこでも、自分のじゃないダンジョンなら行ったことのある層の階段とゲート近くに転移できる。ダンジョン外からも迷宮魔力があれば転移できる。ここへ戻ってくる手段がないから、行ったら行ったきりになるので無理な話だ。

ダンジョン内へ転移するスキルであって、ダンジョン外へは転移できないのが残念だ。でも、一度でも訪れた層なら転移できるのはいいな。そんなことを考えながらシャワーを浴びるため、タオルや替えの下着をなどを出していく。

「そういえば、ダンジョンゲートって室内に設置できないんだよな」

シャワーを終え、夕食のお弁当を広げながらタマに問いかける。

「大地に接触していなければ、無理ですにゃ」

とはいえこの〝大地〟の定義が曖昧ではある。

大三校ダンジョンのゲートは現在ＪＤＤＳ迷高専ビルの一階にある。元はビルの外壁に出現したのだが、その後改装して室内に取り込んだそうだ。ゲートが出現した時は、水道だか電気だかの工事のため地面が掘り返されていた時だったらしい。

ダンジョンは地球上に存在しているわけじゃあない。ダンジョン異界説があるが、あれはほぼ正しかった。

地球上にないならじゃあどこに？　と言われてもそれはわからない。ダンジョンマスターの知識にないからだ。

ゲートだけを地球上につないでいる。誰がなんのためにとかそういうのもわからない。ただ、ダンジョンマスターやコアには〝ダンジョンを運営してリソースを集め、ダンジョンを大きくする〟という使命だけがあるのだ。

このシステムを作った何某が、運営するダンジョンマスターにも、ダンジョンに入る探索者にも教える必要はないと思っているんだろうな。

コアに至ってはそういうものと疑問も持たないようだ。

弁当箱を洗い終わって、持ってきた荷物を整理することにする。嵩張らない魔核や牙と爪は持ってきている。昨日までにドロップした毛皮は嵩張るので実家に置いてきた。後日宅配で送ってもらうつもりでいる。

明日の学校の準備もしないと。教科書も電子書籍にしてほしいよな。去年は寮の一件があって、結構な数の教科書をボロボロにされた。図書館で借りれたから再購入せずにすんだけど。

今年は寮を出たから、気をつけるのは教室を離れる時だけど、それも解決した。学校にいる間《倉庫》に入れておけばいい。

明日の午前は一時限目が始業式、二時限目はスキル構成の授業だ。この授業でスクロールの配布があり、午後の実践授業は取得したスキルの実地テストになる。すでにスキルを持っている俺にはスクロールの配布はないかもしれない。なくっても全く問題ない。すでに大量のスキルを所持しているからな。

放課後に図書室のPCで、日帰り圏内にあるダンジョンを検索しよう。特に裏山ダンジョン（モフイ＝リータィ）で出た、もふもふモンスターが出るダンジョンだ。放課後や土日に探索して、手元にあるドロップを紛（まぎ）れ込ませて売れるようにしたい。

「売れたらちょっと良い武器買いたいな」

「武器ならダンジョンにトレジャーボックスを設置すればいいですにゃ」

武器のことを口に出したら、タマがそう提案してきた。

「あれってランダムだろう。何が出るかわからないじゃないか」

そう、トレジャーボックスの中身はダンジョンマスターやコアでも指定できない。選べるのはレアリティーと種類のみ。種類は魔核（モンスターコア）、装備品、スクロール、ポーション、アイテムの五種だ。

装備品には武器（ウェポン）、防具（アーマー）、装飾品（アクセサリー）などがあり、アイテムには迷宮道具やモンスター素材までが含まれる。

レアリティーと種類の組み合わせで必要リソースが決まるのだが、当然レアリティーが上がるほど消費するリソース量は増える。

装備品を設定しても、武器防具装飾品のどれが出るかは決められないのだ。

「理想は刀だが、刀のドロップ率は超低いし。まだ剣や槍が出ればいいけど、攻撃魔法が使えない俺にマジックタクトとか、格闘武器のグローブやナックルとか出ても使えないからな」

「ハズレは倉庫に放り込んでリソースに戻せばいいですにゃ」

「戻しても使ったリソースを全部回収できるわけじゃないから、赤字じゃん」

生み出した時の八割くらいのリソースしか回収できないので〝欲しい武器が出るまで繰り返しトレジャーボックスを設置〟なんてやるとリソースが目減りする。

今ゲートを閉じているから、リソース増やしにくいんだよ。

マスタースキルの《倉庫》はある意味無限収納である。どれだけでも入れられるし、時間経過もないファンタジー小説などに出てくるお役立ちスキル。腹袋はじめ、アイテムバッグに時間停止機能のあるものは見つかっていないし、容量も限度がある。

ただあまりダンジョン外では使えない。出し入れに迷宮魔力を消費するからだ。

ダンジョンマスターになったことで、俺の身体には迷宮魔力、身体能力上昇やスキルを使うために必要なあれだ。その迷宮魔力、長いから魔力でいいだろう、それが体内に貯蔵されるようになった。

魔力はダンジョンに入れば誰でも体内に取り込んでいる。レベルアップすればその量は増えていくが、ダンジョンマスターの貯蔵量はランクSS探索者だって目じゃあない。

何せダンジョン外でスキルが使えるほどなのだから。

そう、ダンジョン外でスキルが使えるんだ。ダンジョン外からダンジョン内に《層転移》できるってことはそういうこと。これはバレるとやばいことになる。

ま、使えると言っても無制限じゃあない。魔力は使うと減るし、なくなれば補充するまで当然使用不可になる。

完全に枯渇するとタマにも影響が出るから注意しないと。

魔力を補充するにはダンジョンに入ればいいだけだ。どこのダンジョンでも構わないので、そこはありがたいな。毎日学校へ行くだけで補充できる。

万が一の時は《倉庫》のドロップを魔力に還元すればいい。勿体無いけど。

この《倉庫》はリソースだけじゃあなく魔力にも変えることもできる。よそのダンジョンドロップでも可能なので、売値の安いドロップなんかはそうしてもいいかと思っている。

「あ、もうこんな時間じゃねえか。とっとと寝よ」

「にゃあ」

ドロップを選別するのはまた今度だな。明日の準備も終えたし寝るか。

◆
◆
◆

朝はアパートの斜め向かいのコンビニで、サンドイッチとコーヒーを買ってイートインコーナーでかき込む。

バス停が近くて助かるな。ここからバスがやってくるのが見えるので、それからでも十分間に合う。

アパートの俺の部屋の斜め上、二階の部屋のドアが開き、迷高専の制服を着た女子が出てきた。

「あれって、新井さんか」

新井さんがコンビニの前を足速に過ぎて行った。俺が乗るつもりのバスより、一本早いので登校するんだろうな。

サンドイッチひとつじゃあ物足りず、おにぎりを買い足すために立ち上がった。

悠長におにぎりを食べていると、結構時間が経っていたようで、俺が乗る予定のバスがやってきた。

「あ、やべ、バスがきた」

口をもぐもぐと動かしながら、コンビニから飛び出しバス停に向かって走る。すでにバスは止まって乗客の列を飲み込んでいた。

咀嚼しながら走ると呼吸困難を起こすかも？　なんて思ったがレベルが上がった効果か、いつもより身体が軽いことにちょっと驚く。そういえばダンジョンの外で走ったりとかしてなかったな。

裏山ダンジョンで倒したモンスターの数は、昨年一年間の授業で倒したモンスターの数を軽く超えていた。

「体力測定、いいとこ行くかも」

最後尾に並ぶ前に口の中の物を飲み込めた。さすがにバスの中でもぐもぐはちょっと。

バスには迷高専の学生と、ＪＤＤＳ職員が多い。まあ、このバスがダンジョン周回コースを走る奴だからな。

ＪＤＤＳ迷高専ビルは大三校とＪＤＤＳ支部と共同なので支部に勤める職員もこのバスを使っている。ここから少し離れているけど日本五大ダンジョンの一つ、大阪ダンジョンが終点だから探索者も乗っている。

探索者は大きさはまちまちだが、似たようなケースを背負っていた。あれはウエポンケースだ。

武器を持ち歩く際、鍵付きのウエポンケースに入れなければならない。でないと銃刀法違反で捕まる。

武器が容易に取り出せないことで、一般人の心の安寧に役立つのだ。

ちなみに購入するとそこそこいい値段がするが、迷高専生はケースを格安でレンタルできる。四年度以降学校以外のダンジョンへ行くこともあるから。

「次は、第三迷高専前、第三迷高専まえ～」

あ、次降りなきゃ。でも俺が降車ボタン押さなくても誰かが押してくれた。

◆　◆　◆

「――であるからして、貴君（きくん）らのより一層の精進を期待する」

普通の高校とは話の内容は違っても、校長の話が長いところは一緒だ。

ようやく始業式が終わり、この後はスキル構成と三年度の選択カリキュラムの申請だ。と言ってもほとんどの生徒は、この春休み中に決めているので提出するだけだ。

普通教科は数クラス合同で授業を受けるため、大学みたいな大人数が入れる教室もある。

三年度生の迷宮学は二クラス合同になるので四十人、二クラスで一般高校の一クラスと同等の数になる。

教室は二クラスを物理的に分けられるよう、真ん中がパーティションで仕切ることができるようになっていた。これって企業の会議室の仕様なんだって。

運動場にあたる鍛錬（たんれん）場はダンジョン二層にあり、そこでの始業式が終われば各自教室に戻るため、バラバラな方向に歩きだす。

一年度生と二、三年度生の探索者コースと商業コースは一層にある校舎。同じ一層でもサポートコースの医薬科は、ＪＤＤＳの治療院に近い場所。探索者コースの四年度生以降は二層の武術棟の中に教室があり、職人科と研究科は二層の工房棟に教室があるため、結構あっちこっちに散らばっている。

この後はスキル構成の授業で、スクロールの配布がある。その後は各自実践カリキュラムの申請だ。

実践カリキュラムは戦闘スタイル別に組まれているので、剣士を目指すなら剣技、槍使いを目指すなら槍技という風に分かれる。

だいたい希望は決まっているのだが、このスクロール授与で志望を変えるものもいるのだ。

魔法スキルとか手に入れられたら、そっちに行ったりな。

この初回に貰えるスクロールは、コモンとレアの身体強化や単呪文や単アーツスキルで、職業や知識のようなレアリティの高いスキルは入っていない。それはいずれ自分で手に入れないといけないのだ。

探索者コース二年度の教室は、教室棟の二階だったが今日から三年度生の教室なので一階になる。メンツは変わっているが知った顔、元クラスメイトも結構いた。

今この教室にはＧＨの二クラス合わせて三十九名いるから、教室にいる人数は二年度の時の三十人より多くなる。

一応クラス分け表も張り出されるが、すでにクラス章を受け取っているので自分がどのクラスかはわかっている。あれを見にいくのは誰が何クラスになっているのか知るためだ。三年度から一クラスの人数が減ったのと、成績でクラスが分けられるかクラス分け表は成績表でもある。見なくても学年最下位の俺はHクラスだけどな。

とはいえ普通科やサポート科に転科したやつを除いてだ。自主退学したものもいる。

座席表を見ると俺は最後列だけど隣が一つ空いていた。

春休み中に転科を決めたものが一人いたようだ。いや自主退学かも。席順は当然二年度最後の進級試験の成績順なのだが、一名少ないことで俺が最後尾だ。二年度の最下位だったわけじゃないのに、転科した連中がいなくなったことで俺が最下位みたいになってしまっている。

二年度の俺の班は成績があまりよろしくなかったようで、俺を含め六人中四人がこの教室にいた。

教師が来るまでは皆席を立って思い思いに話しているが、俺は席についてタブレット端末を操作していた。カードリーダーで学生証を読み込ませ、カリキュラム申請の画面を開くとパスワード入力の画面が現れる。

「あれ、なんだ鹿納。教室間違えてるんじゃないか。商業コースの教室はここじゃないぜ」

高橋が俺を見つけてギャハハと笑う。

そんな笑い方する奴、まじでいるんだって驚いたよ。て言うかお前らもGクラスで大して変わらないじゃねえか。

俺はそんな高橋たちを無視して、カリキュラム選択画面を開く。

「おい、無視かよ」

「最下位くんは耳も悪くなったんじゃないのか」

そんな風に鈴木も揶揄ってきたが、ちょうど教師が入ってきたため、高橋たちは慌てて席に戻った。

「ほら、席につけ。出席とるぞって、席が埋まってるから全員出席だな」

点呼を省略しやがったのは今年度Hクラス副担任になった三田だった。その後ろにGクラス副担任の佐山。

副担任というが、実際は教師じゃない。教師の資格を持たない探索者で、高校教師としてではなく、探索者関係の担当という立ち位置だ。三田は指導教官からちょっとランクアップしたようで、班担当からクラス担当になったようだ。

二人ともスクロールの入った箱を抱えていたので、生徒の視線が箱に集まった。

「新学期最初の授業はお待ちかねのスキルスクロールの配布だ」

その言葉に教室内に歓声が上がる。狭山の方は箱を置くと慌ただしく教室から出て行った。

「何が当たるかは運だ。運も実力のうちというから何が当たっても文句はなしだぞ」

そう、スクロールのドロップは運だ。ドロップするかどうか、何がドロップするか。ダンジョンによって傾向はあるが、過去統計を取ったがそこに明確な定義は存在しない。

結果、探索者本人の運によると言われている。

そりゃあ設置する方でも選べないシステムだからな。トレジャーボックスの内容だけではなく、モンスターのドロップ配分も同じで種類とレアリティーしか選べないんだから。

ドロップに関してはレアリティーと種類との他に、種類別のドロップ率も設定する。何がドロップするかダンジョンマスターにもわからないのだ。

「すでに習っていることだが、取得できるスキル数は無制限じゃあない。レベルアップすることでその上限は増加することはわかってはいるが、むやみやたらに取ればいいというものじゃあない」

三田が指導員っぽいことを言っている。

「今日取得したスキルを中心に、今後構成を組んでいくもよし、自分の理想を追いかけるもよし、その判断は探索者個人の自由だ」

それをスキル構成の授業で学ぶのだ。スキルによっては互いに効果を打ち消したり、弱体化させてしまう組み合わせもあるから。

だがそうやって得たスキルが使えないスキルだった場合はどうするのか。

そのためのアイテムがちゃんと用意されていた。ダンジョンは至れり尽くせりなのだ。集客がダンジョンの成長のきもだからな。

「スキル構成に失敗してもやり直しは可能だ。まあ、金はかかるがな」

あまりうまいとはいえないジョーク、ジョークか？　一部の生徒から笑い声も上がっているからジョークなんだろう。

《スキル消去》の迷宮道具を使えば、構成のやり直しができる。この迷宮道具の効果はスキルを一つ選択して消せるというもので、一回きりの使い捨てだ。

コモン星1でありながら需要があるから、オークションに出されるので価格はピンキリ。ドロップしても皆二、三個は手元に残すからだな。

いらなければ消せるから、最初のスキル構成の授業で生徒に配るスクロールの中には、役に立たないゴミスキル手前のスクロールが混ざってる。

全く役に立たないわけじゃあないな。スキルを使う練習にはなる。それと自分の魔力の限界を知ることにも役に立つ。

スキルを使うためには魔力が必要だが、その貯蔵量や消費した分の吸収速度などは個人で違う。レベルアップすることで貯蔵量も吸収速度も上がるが、いきなり実戦で試すのではなく、事前に確認してしかるべきだ。

これから数日は手に入れたスキルを使って、自分の限界を知ることになる。

今の俺には無意味だけど。

今回与えられるスクロールは生徒には内容を教えず、くじ引きのように引かせる。

もっともらしく「自分の欲しいスキルでなくとも、それを活用できるようになるため」とか理由をつけているが、本当はそんなことじゃないってことは皆わかってる。

三田は二つの箱を教壇の上に、さらに一つの箱を教壇の下においた。そして上二つの箱の中を混ぜるようにかき回す。

「箱は二種類、左右のどちらの箱を選ぶのも自由だ。まずは一番杉野から」

「はい」

スクロールを引くのは成績順。Gクラスの一番から、当然俺は最後だ。残り物には福があるというから、まあ、自分を慰めてみた。

今日になって気がついたんだが《アイテム鑑定》がステージⅣに上がっていた。いつの間に熟練度が溜まったのかと思ったけど、どうもダンジョンマスターになったことで数字付きスキルのステージが上がったようだ。《ライト》も取得した時はステージⅠだったが、今はⅣくらいかな。

その《アイテム鑑定》だけど、ステージⅣになったことで対象に触れなくとも鑑定できるようになった。

距離の制限はあるけど、席から教壇までなら有効範囲だった。

学校側が用意したスクロールを鑑定すると、最初に教壇の上に置いた二つの箱の中にレアスクロールが半分くらい。下の箱にはコモンスクロールしかなく、しかも星が少ないものばかりのようだ。何が"運"だ。よく言うぜ。あたりの数が操作されたくじ引きじゃねーか。

Gクラスが引き終わったところで、三田が下に置いてあった箱の中身を投入し混ぜる。

『スクロールの数が現地人の数より多いですにゃ』

陰に潜んでいるタマが念話で語りかけてきた。

二クラス三十九名。Gクラス二十名が引き終わって、Hクラスが十九名だがスクロールは残り十九本あればいいのだが、下の箱に二本残っている。どうも混ぜるときに三田はわざとあの二本を残したようだ。

その二つを鑑定してため息が出そうになった。

『うーん、下の箱の中に残ってるというか、残している二本がなあ。運を使って選ぶっていうコンセプトだから、最後の俺にも選択肢があるってしたいんだろうけど』

そう、俺もスクロールをひけるようだ。

順にスクロールを引いていき、とうとう最後の俺の番がきた。選ぼうにも箱の中にはスクロールは一本しかない。下に残した二本はどうするんだろう？

俺が立ち上がると、三田はからの箱を片付けるふりをして残りの二本を箱に入れた。

そういうことか。他の生徒は自分のスクロールに興味津々（きょうみしんしん）で、もう誰も教壇に注目していない。

どうも最初から仕込んでいたようだ。

なんせ下に避けていたスクロールは二つとも《ライト》のスクロールだったのだ。すでに俺が持っているスキルだ。

すでに持っているスキルのスクロールを開いたらどうなるのか。

熟練度としてステージが上がるが、熟練度の関係ないスキルなら特に変化はない。ただただもったいないだけだ。

こんな仕込みをしてくるなんて呆れてものが言えない。俺は最初から箱に残っていたスクロールを選ぶ。しかしこのスクロールは《暗視》だった。これが残ったのは仕込んだわけじゃなくって偶然なんだけど、それって俺の運が悪いってことなのか？

「鹿納、それでいいのか？」

「残り物には福があるって言うから」

俺はお前の茶番に乗ってやらん。ちらりと三田を伺うと、ちょっと悔しそうに顔を歪めた。最後のスクロールが何かはわからないらしい。

席に着くと三田が皆に告げる。

「お前たちにとって初めてのスキルだ。まあ一人違うのもいるが、さあ、開けていいぞ」

三田の言葉に生徒は一斉にスクロールをほどく。教室の中に光の粒子が舞い踊る。

あちこちから悲喜様々な怒声が踊る。

「やった！　ファイヤーアローだ」

そう叫んだのはトップで引いた杉野だった。

「俺ストーンバレット！」

「畜生！　聴力強化かよ」

「俺、罠察知、やり～」

そんな喧騒の中、高橋が俺の方へとわざわざやって来た。

「お前何だった？　俺は～、サンダーボールだぜ」

攻撃魔法の単呪文スキルで、コモンの呪文は射出速度の速いバレット系が星5、次に射出速度はバレット系より劣るが、命中率の良いアロー系が星4、大きい分当てやすいものの速度の遅いボール系が星3と評価されている。コモン星3の《サンダーボール》の有用性は他の属性より一つ抜きん出ている。雷属性が副次効果で若干のスタンが発生するからだ。こいつ、いい引きしてやがる。

高橋が優越感の滲んだ笑みを俺に向ける。

「……暗視だ」

「はっ、暗視か、よかったじゃねえか。結構有用スキルだぜ。ライトとは相性最悪だけどな！」

その言葉にクラスの中の数人が笑う。三田も笑っていた。俺が二つあった《ライト》を避けたが、何を引いたのかまでは分からなかったが、スキル名を聞いて溜飲を下げたか。

しかし高橋の言葉は間違いでじゃあない。《暗視》があれば《ライト》は必要ない。《ライト》を使えば《暗視》は役に立たない。どちらかは死にスキルだ。

三田にとって予定していたものとは違うが、せっかく二つのスキルを得たのに俺が得たのはどちらも〝暗いダンジョン内で視界を得る〟という同じ効果をもたらすスキルだった。

最初のスキルは求めるものではなくランダムで与えることで、今後どのようなスキル構成を立てるかという授業の主旨も含まれる。そしてこの二つをとることは最悪の構成なのだ。

持てるスキルには限度がある。まだまだレベルが低い下クラスの学生は、初期に毛が生えた程度の保持数だろう。俺のスキル枠が一つ無駄になったことで、クラスの少なくない連中が喜んでいる。

まさか教官にまで喜ばれるとは。そんなに恨まれるようなことだったのか？　あれは。

周りの嘲笑を受けながら、俯き顔を隠す。

悔しさに歯噛みしているように見えるかな。まさか俺がほくそ笑んでいるとは思わないだろう。俺は今手に入れたスキルを、有効に使う手段を思いついた。

教室の扉が開いて、皆がそちらを注目する。

「遅くなりました。ちょっと手間取って。もう配布は終わったんですね、それじゃあ……」

Ｇクラス副担任の佐山が戻ってきた。今取得したスキルを登録するよう、端末から入力する方法の説明を始めた。

その横で三田が残ったスクロールと箱を片付け始め、狭山と入れ替わりに教室から出ていく。扉を閉めるため振り向いた瞬間、俺の方をみて口元を歪めた。

せっかく《ライト》を二つ用意したのが無駄になったが、《暗視》だったことで満足したってところか？

あーもー、なんだかなあ。

『でもマスター。暗視はレアスキルでサンダーボールはコモンスキルですにゃ。マスターの方がいいスキルですにゃ』

そうなんだよな。タマの言う通りレアリティだけで言えば《暗視》の方が《サンダーボール》より上だ。星はあくまでも人間側、ＪＤＤＳが探索における有用性とか使い勝手とか需要があるとかから総合で判断しているものだ。《ファイヤーアロー》も《聴力強化》もどちらもコモンスクロールでトレジャーボックスの設定は同じ。必要リソースも同じだ。

口元が緩まないよう気をつけながら、端末から《ライト》と《暗視》の二つのスキル名を入力をする。

《暗視》はＲ☆☆でコンバットスキルの中の【能力強化系スキル】と言われる部類に入る。

光源のないダンジョンを探索するには、有用性は高いものだが効果は自分だけ。あれ、よく考えたら最後の最後にレアが残ってたし、本当に残り物に福があったのかも。俺が《ライト》を持ってさえいなければ、絶対飛び上がって喜んでいたはず。

佐山が「入力を終えたらカリキュラム申請と、あと相談がある者はその申請も今しておいてくれ」と説明を加える。

今日から一週間の間に担任副担任と生徒の三者面談が行われる。保護者なしの教師と教官と生徒の三者面談だ。

そこで今後の戦闘スタイルとか、カリキュラムに無理がないかとか個別の指導も入るが、その前に副担に相談時間もとってもらえる。

俺はHクラスなので三田になるから、相談なんてしないけどな。二年度で奴に相談しても無駄だってことは嫌というほど思い知ったから。

迷高専の担任は一般教科の教師で、高校の教員免許と探索者免許を持っていないとなることができない。とはいえ最低のFランクでいいので、採用が決まってから免許をとってもいいらしい。

しかし指導教官や副担任は、高校の教員免許が必要ない。高校に限らず教員免許を持っていればなおよしという感じだが、探索者ランクがD以上の現役の探索者か元探索者だ。

担任が一般の高校としての、副担が探索者としての教育担当になっている。

三田は教員免許を持っておらず、ランクDの現役探索者だ。教師というより指導員なので、先生と呼ばずに教官と呼ぶ。

引退してようが現役だろうが、探索者が迷高専の教官を二年以上務めると、JDDSから希望するスクロールやアイテムを優先的に回してもらえるというメリットがある。オークションよりも格安で手に入るのだ。

給料もちゃんと出るので一時的に探索をやめて教官になるものや、生徒同様休日にダンジョンに行ったりして探索者活動を続けている者もいる。

中には引退したが、スクロールを手に入れて復帰を狙っていたり、教官を続けて手に入れたスクロール等を売りに回すものもいる。

三田は引退を考えていた現役探索者で、今年が教官二年目だったか。教官をして有益なスキルを手に入れ探索者として復帰する予定らしい。

この副担任だが、当然Aクラスの担当の方が教官としての適性も探索者ランクも上のものがつく。

Hクラスの副担任というだけでその能力がJDDS側からどう思われているか、自ずと知れるだろう。

過去に担任にもなれる教員免許持ちがHクラスの副担任につくこともあった。

放課後の一般教科の補講も受け持ってたし、商業コースに近い体制だったことで、三年卒業を視野に入れて指導しているんじゃないかと言われていた。

学校側は否定してるけど、実際ＧＨクラスはほぼ三年卒。下位の成績なんだから当然か。

今回三田がＨクラスの副担なのは、前年度の事件のせいじゃないかと元班員のなかで囁(ささや)かれていた。

そんなことは俺にはどうでもいいが、そうだとしても俺の責任じゃないからな。

記入するスキルは二つ、本当はもっとあるしマスタースキルだってあるけど、もちろん学校には内緒だ。

裏山ダンジョンで《アイテム鑑定》を手に入れ、取捨選択がやりやすくなったと喜んだけど、ダンジョンマスターになるとスキル取得限界が……ほぼ無いと言っていい。

なんてチート。

そして普通のスキルとは別にダンジョンマスター専用スキルがあって、これはドロップスクロールでは手に入れることができないものだ。

スキルには数字がついているものがあるのは習って知っていたが《Ｍ》がついているものをマスターになって初めて知った。一般スキルとマスター用では能力が違うものに《Ｍ》がついている。

そもそもダンジョンマスターしか持ちえないものにはついていないみたいだ。

俺が今使えるダンジョンマスタースキルは《念話Ｍ》《倉庫》《魔物辞典Ｍ》《魔物鑑定Ｍ》《層転移》《コア吸収Ｍ》の六つ。ダンジョンマスターレベルが上がればスキルも増えるようなので楽しみだ。

それ以外にスクロールで手に入れたスキルが五個。

《ライト》《アイテム鑑定》《マッピング》《サーチ》《暗視》の五つ。

スクロール配布で手に入れた《暗視》は身体強化系のR☆☆で実は高橋の《サンダーボール》よりレア度は上だったりする。ああもう、ニヤつくのを抑えにくいな。


午後の授業は、自分が得たスキルを試すために当てられる。

商業コースにスキル付与はないし、サポートコースのスキル付与は専攻によって時期が違う。そもそも戦闘向きのスキルじゃないから、鍛錬場で使うものじゃあない。

上クラスと呼ばれるAからDクラスまでは実践授業として三層以降に降りて行くため、他のクラスの副担任も付き添いで借り出される。

そのため下クラスのEからHクラスは鍛錬場で自習となる。

自習と言っても教官がつかないだけで、担任が監視としてついている。魔法の呪文系スキルを得たものは魔法スキルが使える練習場などに行き、取得スキルを試すのだ。

俺は担任に許可を取り、一人ダンジョン外施設の図書室へいくことにした。俺の取得した《暗視》は明るい鍛錬場では使えないから、できることがないので「図書室で自習したい」と言ったら許可された。

昼食後はすぐ図書室へ移動して、ＰＣでＪＤＤＳのダンジョン情報を検索している。

図書室にはＪＤＤＳのデータベース検索用で専用サーバーにしか繋がっていないＰＣがある。一般は有料なのだが、迷高専生はタダ。こういうのが使えるのも迷高専に通う利点だな。

学校のダンジョン外施設は一般高校として必要なさまざまな施設と、探索免許がなくとも入れるような事務所関係とかもある。図書室はオンライン設備が必要なため外施設にあるのだ。でもここの図書室はＪＤＤＳの施設も兼ねているから一般にも有料開放されている。入れる場所は一部区別されているし。

このＰＣでＩＤＤＯ加盟国のダンジョン情報が調べられる。踏破層数や層マップ、一般探索者が入れるダンジョンの場所、出現モンスターの種類などが閲覧できるのだ。

マップや出現モンスターについてはほぼ有料コンテンツだけど。迷高専の生徒はこの有料コンテンツを一部無料使用できるのだ。

有料コンテンツは迷高専ではコースや学年、一般ではハンターランクによって制限がかかる。探索者コース三年度生は一般開放されているダンジョンの低層の地図が閲覧でき、Ｈランク探索者より閲覧範囲が広いので、学生のＩＤを使った。

Ｈランクだと閲覧できるのは一層の地図だけ、以降は有料だ。

「近場のダンジョンで……裏山ダンジョンと同じ、獣タイプが出るダンジョンは……」

ドロップを売るには、同じモンスターが出るダンジョンじゃあないとな。

そこへ潜ってさも今倒して来ましたよというフリをして、換金しようと思っている。

早く爺ちゃんに包丁代を渡さないとな。

「小爪リスは出ないがラビットとツインテールキャットは出るのか。こっちはハウンドウルフ……うーん」

一番良さそうなのは五大ダンジョンの一つでもある大阪ダンジョンだ。第二候補は東大阪か生駒ダンジョンだな。

「東大阪は制覇禁止ダンジョンで、生駒ダンジョンは消失推奨ダンジョンか」

制覇禁止ダンジョンとは現状未踏破層のあるダンジョンで、国とＪＤＤＳが成長させる方針で決定しているダンジョンだ。東大阪ダンジョンのドロップは武具作りに有益なのだ。同じく鉱石がドロップする堺ダンジョンも制覇禁止ダンジョンだな。

消失推奨ダンジョンは、制覇した探索者に報奨金を出して消失を進めている場合もある。

まあ、とりあえずは一番近いし大阪ダンジョンに行ってみるか。

武器は刺身包丁と竹割鉈でもいいけど、現地でレンタルするかな。

無料で閲覧できる大阪ダンジョンの情報を、プリントアウトして図書室を出た。

大阪ダンジョンの浅層は円形のフィールド型ダンジョンなので、地図と言っても大したものは載っていない。階段の場所とポップモンスターの名前くらいだ。

午後の授業の出席は取れているので、早めに帰宅しても問題はない。

「今から行けば十五時前には向こうに着くか。寮じゃないから門限ないし、終バス近くまで探索できるかな」

そのまま学校に戻らず、ビルを出てバス停に向かった。

駅のトイレで私服に着替え、装備を入れたバックパックを背負う。

どこに持っていたかって？　そこは《倉庫》を使ったのさ。昨日何度くらい開けられるか試してみた時に、探索用のバックパックと防具を収納しておいたのだ。

さっきまで大三校ダンジョンの中にいたので、魔力プール量は満タンだ。そして大阪ダンジョンに向かっているので、十回は開けられる。

あと、少量ならタマに荷物を持たせることもできる。

ハイドするときに荷物を持ってもらうと、その荷物ごと影に沈むことができた。

タマがダンジョン外で《シャドウハイド》が使える訳は、俺と同様ガーディアンボディは魔力貯蔵量が多いからだ。さらに小型化で消費を抑えている。万が一不足した場合は俺から魔力を譲渡することができる。これは双方向でタマから俺に譲渡することもできるのだ。

お互いがお互いの外付けバッテリー役をしているみたいな感じかな。

《シャドウハイド》自体はタマの魔力だけじゃなくって、俺の魔力も使うらしい。

なんでタマ自身の魔力じゃなくって俺のを使うんだよと思ったが《俺の影》だから俺の魔力がいるんだとか。まあ出てこられて他人に見られても困るからいいけど。

[TIPS]

大和の所持スキル

《念話M》
ダンジョンコアやガーディアンと念話ができる。それ以外とは不可。

《倉庫》
容量無限、時間経過なしの異次元収納。
収納したものを《リソース》に変換することができる。

《魔物辞典M》
モンスターの情報が画像付きで解説されている。
ダンジョン内にモンスターを配置するときはこの中から選択する。
ステージⅠ マスターランクアップで項目数が増える。そのほかにも増やす方法あり

《魔物鑑定M》
モンスターを鑑定できる。
マスター専用スキルのため、設定されているドロップ率も見れる。
ステージⅢ Ⅰ:種族名　Ⅱ:レアリティー　Ⅲ:ドロップ率

《層転移》
自身のダンジョンであればどこでも、よそのダンジョンはゲート付近と踏破階層の階段（安全地帯）に転移できる。ただしダンジョンマスターになってから行ったことのあるダンジョンの階層のみ。
ステージⅡ Ⅰ:自身のダンジョンのみ　Ⅱ:訪れたことのあるダンジョンの安全地帯　Ⅲ:指定したマーキングポイント

《コア吸収M》
制覇したダンジョンコアを吸収することで様々な恩恵を受けることができる。

《光》
C☆
光を灯すスキル。
ステージⅠ Ⅰ:光は術者に追従　Ⅱ:追従、固定の選択が可能　Ⅲ:任意で動かすことが可能

《アイテム鑑定》
R☆
アイテムの詳細な効果を見ることができるスキル。
ステージが上がったことで、触れていなくとも自分から五メートル以内のもののレア度と名称が見えるようになっている。
ステージⅢ Ⅰ:種類と名称　Ⅱ:レアリティー　Ⅲ:ステージ　Ⅳ:非接触

《マッピング》
E☆☆☆
ダンジョンがオートでマッピングされる。
ステージアップでマッピング範囲が拡大する。
ステージⅡ Ⅰ:範囲半径1m　Ⅱ:範囲半径3m　Ⅲ:範囲半径5m

《サーチ》
E☆☆
周囲の生き物や罠を探知するスキル。索敵範囲は半径30～50メートル。通常は方向と距離をなんとなく感じるだけが、マップ系スキルを持っているとアイコンがマップ上に記される。
ステージⅡ Ⅰ:モンスター　Ⅱ:生物　Ⅲ:罠

《暗視》
R☆☆
暗闇でも物が見えるようになるスキル。

5 ドロップを売ろう

バスに乗って三十分ほどで、大阪ダンジョンビル前に到着した。

五大ダンジョンの一つである大阪ダンジョンは、大三校ダンジョンと同様に入口を建物内に取り込む形で施設を建築してある。スタンピードの際には、封じ込めも行えるようになっているらしい。

十階建ての大阪ダンジョンビルにはＪＤＤＳの窓口だけではなく、更衣室やショップの他にもいろいろあるので便利ではある。受付などは二階にあり、ビルの玄関とダンジョンゲートはどちらも一階にあるが繋がっていないのもスタンピード対策だ。

エスカレーターで三階の受付フロアに上がる。午後の中途半端な時間なので、人影は少なかった。日帰りの探索者は朝一から潜るからな。大阪ダンジョンの浅層は日帰り探索の初心者が多く、中堅どころは十層以降をメインに活動する。

ここは手続きをするカウンターの数が多い上、空いているからさほど待たずに手続きができた。俺は受付で入ダン申請と武器を借りる手続きをした。

素材の買取窓口は二階なので行きと帰りの階が分けられている。

「探索予定は半日、武器のレンタルはコモンロングソードでよろしいですか？　防具は必要ありませんか」

「防具は持参してます」

係員に免許証をＩＣカードリーダーに差し込むよう指示される。

「では四階Ｃルームの二百四十六番のロッカーをご使用ください。武器は貸出窓口で免許証を提示してください」

レシートのような感熱紙に、更衣室のロッカーナンバーが印字されたものを渡される。

ＩＣチップ内蔵の探索者免許証は受付で手続きすることで、ロッカーのセンサーに翳せば該当するロッカーが解錠される仕様になっている。一つ一つの鍵はないのだ。

レンタルも窓口で手続きを済ませば、受け渡し窓口で免許証を提示するだけでいいのだ。剣を受け取ってから更衣室へ向かうことにした。

コモンロングソードは新人鍛治師がコモン素材を使って作ったもので、まあ習作だけどれっきとしたダンジョン武器なので、コモンモンスターにちゃんと通用する。何より一番安いのだ。

着替えを終え、ほとんど空のバックパックを背負って一回までエレベーターで降りる。ダンジョンの入り口手前には改札が設置されており、免許証を読取部分に翳せばゲートが開く。

電車の改札に交通系ＩＣカードを翳して通るのと同じだ。けれど免許証のデータを読み込むことで誰がダンジョンに入って誰が出てきていないのかが、ＪＤＤＳ側に把握されるのだ。

少し下り坂になった通路を二十メートルほど進むと一層の草原フィールドにでた。

周りに誰もいないことを確認して、《倉庫》からジャンピングワラビーの腹袋を取り出し装備した。

疎林と低木を交えた熱帯長草草原地帯、サバンナタイプのダンジョンだ。浅層は雨季と乾季が時々入れ替わる。地球のそれと同じ周期で巡っておらず、期間もまちまちで年に数回変わるらしい。

今は乾季で探索者は多い。雨季の雨の中を探索をしたがる物好きは少ないが、雨季にしか出ないモンスターもいるので全くいない訳じゃない。空に見えて空じゃないダンジョンの中で降る雨って、雲からじゃあないんだよな。

一層は直径一キロメートルのほぼ円形だ。ここは方位磁石が有効で、一層ではゲートが北にあるため方角の確認に持参することを推奨されている。

俺？　マッピングがあるので不要だよ。

大阪ダンジョンは十層までは同じようなサバンナフィールドが続く。一層が直径一キロで二層が直径二キロという感じで、十層までは直径が倍々に広がっていく。完全な円形と言うわけじゃないけど、面積は加速度的に大きくなっていく。

下に降りるごとに広さが増していくのは、どこのダンジョンも同じだ。

ここって下り階段には目印になる巨木（きょぼく）があるけど、登り階段の巨木は折れてて、草などで見通しが悪く遠目には探しにくいらしい。ネットの掲示板で〝行きは良いよい帰りは怖い〟という童謡（どうよう）に当てはめてた奴がいたな。

出現モンスターは各層に一種とかじゃなくって、一層から十層まで脅威度（きょういど）1から3のコモンモンスターが色々出る。けれど十層までは同じモンスターしか出ない。

出現割合は最初は脅威度1が多く、下に行くほど脅威度3のモンスターの割合が増えるようだ。そして最初は単体で出現するけど、下に行くほど複数体で出現し同じモンスターでも難易度（なんいど）は上がっていく。

脅威度1の三種、オニネズミ（オーガマウス）、サバンナ啄木鳥（サバンナウッドペッカー）、サバンナスリカータなんかは単体だと一撃で倒せるだろうけど、二体三体と集団で現れれば話は別だ。

新人のうちは三体以上で出現する四層以降は、パーティー探索が推奨されている。

ほんのちょっと先で、新人探索者っぽいのが戦闘していた。それを横目に階段を目指して走り出す。

「〈サーチ〉」

三層までは下に降りるのを優先したいので、スキルも使ってモンスターを極力（きょくりょく）避（さ）けることにした。

目印は一際巨大なアカシアの木。他の木の高さが二〜三メートルなのに一本だけ十メートルを超す木がある。根本は直径五メートルを越える極太アカシア。

根本のうろが下り階段への入り口になっているらしい。

ここからでも巨木が見えているので、迷うことなく辿り着ける。

あまり目立たぬよう、他の探索者から少し離れつつジョギングなみの速度で走るが、階段までは直線で一キロもないので五分もかからず到着した。

二層に降りて周りを見るが、広くなったことで下り階段の目印の巨木が少し霞んで見える。ここもさっさと移動して、下に降りようと駆け出した。

そして三層に到着。見た目は同じ草原だけど広さが増したせいで、一、二層よりも探索者が密集していない。

この辺りで慣らしも兼ねて戦闘をするか。レンタルのコモンロングソードを抜いて右手に持つ。一応両手持ちの剣だけど、エンカウントするまで構えなくてもいいかな。

「マスター、お手伝いしますにゃ」

影に潜んでいたタマが顔を出した。

「いや、モンスターと間違われたら厄介だし、人の多いフィールドでは出てこないほうがいいよ」

「そ、そんにゃ。ガーディアンのお仕事は、マスターをお守りすることですのにゃ」

「タマは俺がコモンモンスターにやられると？」

「万が一、いえ億が一ということもありますにゃ」

「……呼ぶまで出てこなくていいから」

「そんにゃ……わかりましたにゃ」

タマは非常に残念そうに影に引っ込んでいった。

そんなやりとりをしてたら、正面からサバンナウッドペッカーが飛んできた。

飛行型との戦闘経験はまだないんだ。飛んでる鳥を落とすには弓を持っていても、今の俺には無理だと思う。

野生動物と違ってモンスターは大概向かってくるから、攻撃を仕掛けてきた瞬間叩き斬ることで倒す。

「はっ」

向かってきたサバンナウッドペッカーに剣を振り下ろす。切れ味などない剣は鈍器のようにサバンナウッドペッカーを地面に叩きつけることになった。マジで鈍器だな。べちゃっと潰れたサバンナウッドペッカーは魔核を残して消えた。

ドロップを回収していると、《サーチ》に反応があった。今のところモンスターの位置はわかるけど種類まではわからないのだ。

単体なら問題ないけど、複数体現れる四層以降は目視で確認するしかない。

向かってきたオーガマウスに、剣を横薙ぎに振るう。グシャッと潰れるような音がしたが、勢い余って飛んでいってしまった。慌てて追いかけて草を払うと少し先で黒い粒子が立ち上がったのが見えた。おかげで場所がわかり魔核を回収できた。

竹割鉈と刺身包丁はどちらも切れるけど、レンタルの剣は切れないし、ちょっと勝手が違うな。刃物じゃなくて鈍器だよねこれ。

授業でもロングソードはほとんど使ってない。戦闘時に出番がなかったから持ってただけだ。

うーん、せっかくレンタルしたけど、刺身包丁の方が使いやすいかも。

武器を竹割鉈と刺身包丁に交換し、コモンロングソードを《倉庫》にしまった。後数回戦闘をして感触を確かめる。うん、こっちの方がいいや。

慣らしを終え下に降りる。四層へと移動した。

四層からはフィールドの様子も変化した。三層までのような平坦な草原ではなく、起伏があり一〜二メートルの崖というか段差もあって見通しは悪い。

身体能力が上がっているので、この程度はまっすぐ進めないこともない。フロアの中ほどまで進めば、巨木が見えたので下り階段にたどり着くにはさほど苦労しないだろう。

一際大きな木を目指せばいい。二層では二本の、三層では三本の巨大アカシアの根元に階段があったが、四層はアカシアではなくセコイヤの木が生えているらしい。サバンナにセコイヤ？　まあダンジョンだし。そういうものなんだということで。

四層からは複数体で現れるし、脅威度2の出現率が増えるとあった。

でも最初に遭遇したのは脅威度1のサバンナスリカータ二体だ。ちょっと大きなミーアキャットは魔核と毛皮をドロップした。

先に進むと今度は脅威度2のリトルラーテルが現れた。リトルと名が付くが実在するラーテルより大きいのだ。このモンスターの名前につく〝リトル〟に代表するサイズ表示は〝同種モンスターの中ではリトル〟なだけ。本当に小さいわけじゃあないので惑わされてはいけない。

他に脅威度2はお目当てのラビットとサバンナコヨーテとサバンナローカス。サバンナでコヨーテ……考えるだけ無駄だな。サバンナローカスはでっかいイナゴ。昆虫系モンスターは大きいとちょっと気持ち悪いな。

十層までの出現モンスターはコモンのみなので、手こずることもないかな。裏山ダンジョンの九層でやったような、モンスターを集めるようなことはしない。他の探索者もいるからその心配はないか。

その後数回モンスターと戦闘したのち、駆け足で五層へ降りる。

いろいろ出るのはいいけど、肝心のラビットとはまだ二回しか遭遇していない。

一応ドロップ率の確認もしたいので、十匹くらいは倒したいな。

五層でラビットを十匹倒そうとしたが、ラビットだけと遭遇するわけじゃないので、そうそう数が揃わなかった。十五匹遭遇してうちラビットは三匹。ドロップは魔核のみでドロップ率はわからない。

「あ、そういえば、あれがあったんだ」

使ったことのないマスタースキルの存在を思い出した。

鑑定系の一つである《モンスター鑑定M》だ。《アイテム鑑定》のモンスター版だけど、通常のモンスター鑑定と違い、マスタースキルなところはモンスターの名前だけでなく、設定されているドロップ率なんかも見られる。最初から鑑定すればよかったんだよな。

走り寄るラビットを倒す前に鑑定してみた。

【コモン・ラビット】【魔核７０％・装備品０％・スクロール１％・ポーション５％・アイテム１４％・なし１０％】

レアリティと種名、その後にドロップの割合が出た。

竹割鉈をラビットの首めがけ振り下ろす。首に一撃を食らったラビットは、ドロップ率１４％のアイテムである毛皮を残した。

ラビットのドロップはほぼ魔核で、ハズレが一割もある。装備品は０％で、スクロール１％って、絶対出ない気がする。

竹割鉈と刺身包丁で問題なく戦えている。刀身が短いので、長いコモンロングソードを借りたんだけど、無駄になったっぽい。この二つでエピックモンスターだった白虎（タマ）と渡り合えたんだから、大阪ダンジョンの十層程度は問題なく通用する。

今後のことも考えて刀身の長いロングソードをと考えたけど、俺の今の戦闘スタイルは長さより切れ味の方が欲しかったみたいだ。

ラビットの毛皮を回収して、腹袋に押し込む。コモンモンスターだからドロップ率が魔核に偏ってるのか、大阪は全体がそうなのかな？　十一層からはレアモンスターになるから十一層まで行って調べてみるかな。

十層の中ボスはどうせ倒されてるだろうし、十一層からは出現モンスターが入れ替わる。十一層以降の情報は有料だったので何が出るかまでは調べてない。

ここは五大ダンジョンと言われるだけあり、出現してから十年以上経っているけど最下層がどのくらいか見当もついていない。最終到達層は四十五層で、四十五層のボスを倒せていない。ここって攻略を進めているクランがないからね。

大阪ダンジョンのボス部屋は、広いフィールドのやや端っこにある。

裏山ダンジョンと違ってボス部屋だけでなくフィールド混在タイプだ。裏山ダンジョンみたいに階段降りたら中ボス部屋だと楽なんだけどね。

脅威度下級、広さ狭、深度5でダンジョンランクは〝D（仮）〟である。ちょっとダンジョンランクがあてにならない件。

ドロップ率を確認できたので、ラビットを探し回るのをやめて下に降りることにした。帰還オーブを使うには十層まで行かなきゃならないので、あまりモタモタしていられない。

まあ辿り着かなかったら《層転移》で帰ればいいんだけどな。

八層以降は脅威度3のモンスターの出現率が増える。グリーンハミングバードとサバンナジャッカル、そしてツインテールキャットだ。

サバンナコヨーテのドロップ率はラビットと同じだった。

サバンナローカスとグリーンハミングバード、ツインテールキャットとサバンナジャッカルもドロップ率が同じだった。

【コモン・サバンナローカス】【魔核６５％・装備品０％・スクロール３％・ポーション５％・アイテム１７％・なし１０％】

【コモン・ツインテールキャット】【魔核６０％・装備品１％・スクロール５％・ポーション５％・アイテム１９％・なし１０％】

魔核が少し下がってアイテムが上がっている。装備品とスクロールは出る気がしない、っていうか実際出てない。

八層になると草の高さが伸び、さらに見通しが悪くなった。草に隠れてモンスターが襲ってくるんだろうけど、《サーチ》があれば丸わかりだな。

戦闘をしながら十層を進み、到着した時には結構な時間が経っており空腹感も襲ってきた。

ボス部屋の扉は開いており、中には誰もいなかった。

「やっぱり倒されてるか」

この十層ボスのポップはまる二日だそうだ。ポップ時間が近くなると扉前で〝待ち〟をする探索者がいるとか。

誰もいなかったけど、一応帰還オーブに手を翳し、《層転移》を使って裏山ダンジョンへ転移した。

「はあ、やっぱりここが落ち着きますにゃ」

タマが俺の影から現れ、くぃーっと伸びをする。

俺が転移したのは裏山ダンジョン十層のボス部屋だ。

マスタースキルの《層転移》は今のところ自分のダンジョン以外は訪れたことのある層しか転移できない。これはマスターになってから訪れたことのある層なので、裏山ダンジョン以外は大三校ダンジョンの一、二層だけだ。

今回の探索で大阪ダンジョンの十層までが転移可能になった。

裏山ダンジョンでゆっくり夕食をとって、今日売れそうなドロップを整理する。

大阪ダンジョンでドロップしたのは大半が魔核だけど、そこに裏山ダンジョンのドロップを混ぜるつもりだ。

夕食のメニューはコンビニおにぎりとお茶なので、ゆっくりとか言いつつすぐに食べ終わってしまった。ちょっと野菜不足だから、帰りに千切りキャベツでも買って帰ろう。

じゃあ荷物整理するか。ジャンピングワラビーの腹袋を外すと、ドロップが足元に散らばった。これを種類別にざっと分けていく。そこに《倉庫》から取り出したラビットとツインテールキャットのドロップを足す。

数を調節するため、今日手に入れた魔核の半分を《倉庫》にしまってリソースの足しにすることにした。

「マスター、すぐにリソースに変えますかにゃ」

「うーん、非常用に一応温存で」

「わかりましたにゃ」

魔核はサイズごと、爪牙はモンスターごとでジッパーパックに小分けして、毛皮はビニール紐でまとめて括る。

魔核を半分にしてもドロップ数は六十を超えた。

「魔核以外の数が多いかな、まあドロップ運がよかったってことで」

整理が終わったものをバックパックに詰め込んで、《倉庫》に収納する。

時計を見ると二十一時を回ったところだった。五時間ちょっとで八十体ちょっとを倒したことになる。まあコモンモンスターばっかりだから、大した経験値にはなってないだろうな。

二十二時に出ることにして、もうちょっとここでゆっくりするか。

「マスター、ここを改装して居心地よくするといいですにゃ。コタツが欲しいですにゃ」

「コタツは電源がないから無理」

ふと実家の倉庫の奥に放置された、豆炭コタツのことを思い出した。あれはもう使えないだろう。てか、タマはこたつを知ってるのか、そっちに驚くよ。

「けどこれからここで過ごす時間が増えるし、座るところとか欲しいよな」

カーペットとかクッション、いやソファとか欲しいかも。アパートにベッドすらないのにな。

「倉庫に放り込むくらいにゃらたいして魔力を使いませんにゃ」

「確かに十回くらいは出し入れできるけど」

「外で魔力が不足した時は魔核から吸収すればいいですにゃ。私はそうしてますにゃ」

なんだって？

タマは小虎サイズで魔力消費を抑えているとはいえ、ダンジョン外で活動すると体内魔力を消費する。俺の影に潜んでいる時は消費は抑えられるそうだが0じゃあない。不足しそうな時は《倉庫》内の魔核を使っていたようだ。

「なんか数が減ってるなって思ったが、リソースに変換してるんじゃなくてタマが使ってたのか」

「同じような物ですにゃ」

いや、一言言えよ。

「でも外でも魔力が補充できるのか」

「マスターだけですにゃ。誰でも使えるようになる訳じゃありませんにゃ」

マスタースキルの《コア吸収M》を使えばコアからリソースか魔力を吸収できる。モンスターコアだからコアには違いない。

「俺のマスター知識にそんな情報はなかったぞ？」

「ダンジョン運営に必要な知識ではないですにゃ。普通ダンジョンマスターはダンジョン外に出ませんからにゃ」

外に出ない？　それってダンジョンマスターは引きこもり？　えーっと？

そんな疑問に答えがあるわけもない。時間はもっと有効に使うべきだ。

ちょっとボス部屋の改造をすることにした。ダンジョンマスターは元コアルームを居住空間に改装するものなのだ。

だけどコアルームだけだとちょっと狭い。広げるにはもっとマスターとしての力を上げ、リソースも必要になる。

と言うわけで、コアルームより広いボス部屋を居住空間にすることにした。中にパーテションのように壁を作っていくつかのスペースを作る。あまりやりすぎるとリソースを使いすぎるので少しずつだ。

まずは横二メートル縦三メートルの広さを五十センチほど隆起させ、芝生状の草を生やす。

これをベッドがわりにして寝転ぶ。草がクッションになってふかふかで寝心地がいい。

次は洗面器サイズの小さな泉。あふれた水を下の窪みで受ける二段構造にして、下は洗面や手洗いに使えるようにした。

トイレも欲しいけど排泄物の処理をどうするかなんだよな。

「排泄物は〝底なし沼〟に捨てるようにすればいいですにゃ」

底なし沼か。ダンジョントラップの一つである底なし沼は、そこに嵌まったものはなんでもとかして吸収する。初期の迷宮指標には底なし沼はオブジェクトタイプのモンスターと書かれていたけど、鑑定すると〝罠〟は〝罠〟と表示されるため、モンスター説は否定された。

ダンジョンにとって底なし沼はリソース回収効果のある罠だ。

便器の下に小さい底なし沼を設置すれば、トイレ問題は解決である。排泄物からはリソースは回収できないけど。

とりあえず床の形を便器型にすれば、すぐに使え……あ、トイレットペーパーがなかった。今度持ってこよう。

ダンジョンによっては泉や川が流れているところもあるし、温泉が沸いているところもある。今の俺では作れないが、マスターレベルが上がったら風呂がわりに作るのもいいな。

そんなこんなでダンジョンボスの部屋を快適空間へ改造していたら、思っていたより時間を食っていた。慌ててバックパックを背負い、刺身包丁と竹割鉈とジャンピングワラビーの腹袋を《倉庫》にしまって、コモンロングソードを装備する。毛皮を入れた手提げ袋を持って大阪ダンジョンの一層へ転移した。

コモン星1の魔核はオーガマウスとサバンナウッドペッカーのもので一つ百円、七個で七百円にしかならなかった。半分《倉庫》だし仕方ない。

コモン星2の魔核は一つ二百円。サバンナスリカータとリトルラーテルの分が七個で千四百円。

ラビットとサバンナコヨーテの魔核が星3で一つ三百円になる。六個千八百円だった。

コモンの魔核は元々安いからリソースに回したんだから、そんなもんだろう。

コモン星4のサバンナロ一カスとグリーンハミングバードは十二個で四千八百円、まあまあかな。

そして星5のツインテールキャットとサバンナジャッカルが四個で二千円。ツインテールキャットの魔核は増やしてない。魔核だけで八千三百円か。

皮の価格はリトルラーテルとサバンナコヨーテが星2で二枚で四千円。

ラビット、ツインテールキャット、リトルラーテルが星3で持ち分足して九枚二万七千円になった。

ツインテールキャットは魔核は星5だけど、皮はラビットと同じ星3だ。大きさはツインテールキャットの方が大きいのに、人気がないので評価が同じだ。コモンの皮は性能的に差がないから柄とか手触りとかで評価されるんだ。

猛獣系の爪と牙、鳥系の爪と嘴、昆虫系の大顎や鋏角は星単価が同じで魔核の倍くらいの買取価格だった。鳥系の羽と昆虫系の翅も爪とかと価格はそう差がなかった。

そんで合計金額が四万八千七百百円になった。惜しい、五万円までもうちょっとだったか、もう少し毛皮足してもよかったかな。

でも一日というか半日の稼ぎとしてはいい方だろう。

裏山ダンジョンのドロップで嵩増ししてなかったら、半分くらいになってたかな。浅層が初心者向けな訳だ。ある程度戦えるならもっと下に行くな。

大阪ダンジョンのドロップは半分以上魔核だったもんな。

魔核のドロップ率よくって６０％だから当然なんだけど。武器しかレンタルしなかったけど、防具もレンタルしたら完全に赤字だったな。

職員が差し出したタブレットには、買取品一覧の横に金額が表示されており、売却するものにチェックをつけ、同意のサインをするようになっていた。

タッチペンを渡され合計金額表示の下にある署名欄へサインをしてから、職員へ返却する。

タブレットにタッチペンでサインすると、自分の字じゃないみたいに見えるよな。

合計金額から税金一割とコモンロングソードの一日レンタル料四千円を引かれて、四万三千八百三十円となった。

金額だけで見れば、免許を取ったばかりの初心者探索者が半日で、しかもソロでの稼ぎとしたらいいほうだけど。実際の討伐数が八十四体だけど、魔核六十個のうち半分の三十個を温存して追加は十二個。ドロップなしも六回で計算上は、一時間に十体以上倒したことになる。

初心者にしては多いドロップ数に胡乱な目を向けられたが、自分は迷高専の学生だといえば納得された。まさかHクラスだとは思わないだろうけどな。

制覇されていない大阪ダンジョンだけど、魔核以外のドロップ率はかなり低い。

もうちょっと魔核以外がドロップしても良さそうに思うけど。

すでに制覇されて成長しない大三校ダンジョンは、もっとアイテムが出ないけどな。

ほとんど使わなかったコモンロングソードを返却し、着替えて外に出るとちょうどバスが停留所に入ってきたので、急いで向かった。

バスに揺られながら明日以降の予定を考える。

明日の金曜日に一日学校へ行けば、その後は土日なので探索に二日間使える。新学期が始まったばかりだから補講はないので、心置きなく遠出しよう。

ラビットとツインテールキャットが出るからここに来たけど、もっと稼ぐならレアが出る十一層へ行かないと。でもいくら帰りは帰還オーブを使えるとしても、十一層まで降りる時間がそれなりにかかるなあ。

日帰りで二日通うつもりで近い大阪ダンジョンにしたけど、改造ボス部屋で泊まれば夜営も楽ちん、安心して休めるから泊まりでも問題ない。次は生駒ダンジョンへ行こう。スキップゴートやビープシープはどちらもレアのモンスターなので、魔核や毛皮の単価が高く、大阪ダンジョンより稼げると思う。

武器はレンタルせずに刺身包丁と竹割鉈のままでいいから、明日ＪＤＤＳの事務所でウエポンケース借りようかな。

真っすぐアパートに帰るつもりだったけど、小腹が空いたのでちょっとコンビニによることにした。

ホームセンターへ行って、一泊できるようにいろいろ買い物したほうがいいな。探索者専用品はお高いので、一般のキャンプ用品で間に合わそう。幸い軍資金はある。

バスから降りると目の前のコンビニに入る。普段使ったことのない買い物カゴを手に取って色々物色することにした。

◆　◆　◆

大阪ダンジョン浅層で初収入を得てご機嫌だった翌日の金曜日、午前の座学の授業中のことだった。

『マスター』

『どうした？』

『リソースが不足しておりますにゃ』

タマが念話でそう告げてきた。ホワイトタイガーという脅威度9のダンジョンボスモンスターを素体にしたガーディアンで、大きさは牛ほどもあるのだが、最初はリソース不足で、現在はリソース節約のため猫サイズだった。

リソースを使えば元のサイズにもなれるのだけど、それだと邪……ゲフンゲフン。ダンジョン外では差し障りがあるというかリソース節約のために、猫サイズでいてもらっている。どうゆう体組織構成なんだろうな。

ダンジョン外では猫サイズの方がいろいろ消費を抑え、猫のフリもできるというだけではなく、猫スタイルが存外気に入っているようだ。

この会話はダンジョンマスタースキルの《念話M》を使用しているから、周りには聞こえない。

ダンジョンマスターとダンジョンコア、ガーディアン間で使えるスキルだ。

さらに《シャドウハイド》というガーディアンスキルで、マスターである俺の影に潜んでいるから姿も見えない。

『昨日ボス部屋の改造にリソースを使いすぎたか』

『それだけではないですにゃ。ダンジョンは改変中であってもある程度モンスターを配置するのですが、現在ポップを中止しておりますにゃ』

ダンジョンリソース。それはダンジョン内にモンスターだけでなくドロップやトレジヤーボックスを生み出し、ダンジョンの構造変化を起こして成長させるために必要なエネルギーだ。

リソースを得るためには生物がダンジョン内で活動する必要がある。

世間一般で論じられている迷宮魔力と名付けられたそれは、実は解釈が間違っている。〝ダンジョンを維持するためのエネルギー〟であるリソースと〝スキルを使うためのエネルギー〟である迷宮魔力を同じと考えている。

『ダンジョンを維持するためのエネルギーは、ダンジョンに入った生物が死ぬことで得られるのではないか？』という疑問はダンジョンが出現した頃から論じられていた。

ダンジョンは〝命〟を欲している。そのためにモンスターを配し、呼び込んだ人間を襲っているという『ダンジョンは探索者の命で賄われている説』は初期の頃ならわかるが、現在では成り立たないことが立証された。

存続ダンジョンでの探索者の死亡が激減しているのにも関わらず、モンスターは沸き続けるためこの説は否定されている。

反対に『モンスターの命が必要』と言う説も出たが、これはエネルギー的な釣り合いが取れないと言うことで否定された。

その説はモンスターを生み出すエネルギーより、死んだときのエネルギーが多くないと採算が取れないのだけど、モンスターはドロップを残すことから、モンスターの命はドロップへと換算されるとしたら、どうしても合わないと言う。

仮想の数値でそこまで計算する数学者とか学者ってすごいよな。学会で発表された計算式は、俺にはチンプンカンプンだったよ

まあ、いろいろ論じられているが今もこのダンジョンエネルギーに関しては解明されていない。

ダンジョンエネルギー＝魔素とする説もあるが、それも大間違いである。

ダンジョンにはリソース、魔素（経験値的なもの）と迷宮魔力（MP的なもの）の三つがある。さらに数種類のエネルギーの存在を提言している学者もいるけど、二つのエネルギーを基本理論としているので噛み合わない。

魔力はダンジョン空間内に自然に存在する、いわば空気みたいなものだ。ダンジョンも多少作り出してはいるが、どちらかといえば〝空間に当たり前に存在するもの〟でリソースとは別物だ。

確かに探索者やモンスターの命もリソースに還元されるから、全くの間違いじゃあない。生物の死により得られるリソースもあるが、生物がダンジョン内で活動することでリソースが生産される。

ダンジョン内にいる生物の思考エネルギーからも、微量のリソースは得られる。なんてクリーンエネルギー。

どうやって生み出されるかって仕組みまでは知らない。ダンジョンマスターは〝作られる〟ことは知っていても仕組みについての知識はなかった。車の運転はできても作る

ことはできないみたいな感じ？

リソース生産の対象は、人間だけでなく動物でもモンスターでもよかった。

なので入口を閉鎖してしまって生物が入ってこないうえ、モンスターのポップを中止するとダンジョンリソースは増えない。そこに昨日改装に使ったことで裏山ダンジョンはリソースが不足してしまったようだ。

ポップを中止したのはあまり長期にモンスターを放置すると、モンスター同士の殺し合いが起こり、強い個体や変化する個体が出てしまうからなんだが。

しかし不足は如何ともし難い。休眠状態にすればリソースは消費されないが、それだと休憩に利用できなくなるし。

『とりあえず、モンスターポップを１／１０で、再開するか』

これは一層あたりの最大ポップ率の１０％で、と言う意味だ。問題が起これば狩りに行くことにしよう。

『それと当分売れそうにない小爪リスの魔核をリソースに還元する』

もったいない気もするが、コモン星１の魔石じゃあ一個百円だし。

他のモンスターは近場に出現するダンジョンがあるから、売却する予定なので置いておくが、小爪リスは近辺のダンジョンにいない。これで少しもつかな。毛皮以外実家に置いてこなくてよかった。

『焼け石に水、というレベルですにゃ』

日本の諺、よく知ってるな。

『じゃあ小爪リスの素材も全部還元する』

いずれ何処かに《ゲート》を設置して探索者を呼び込めるようにしたいとは思っている。そのために簡単には制覇できないくらいの層と構造にしたい。俺にたった五日で制覇されるようなままではとても解放できない。せめて二十層以上にして、層ごとの広さも大きくしなければ。

そうするには全然リソースが足りない。リソースを得るためにリソースを使わないといけないとは、ダンジョン経営は自転車操業だなあ。

今日の放課後は買い物をして、明日の土曜の朝生駒ダンジョンへ行く予定にしていた。けれど予定を変更して今日の授業が終わり次第生駒に行くことにしよう。

リソース補充のためドロップを手に入れるというより、制覇のための足掛かりだ。近いうちに生駒ダンジョンを制覇するために、今回の探索でできるだけ深い場所に《層転移》できるようにしたい。

予定が決まり、意識を授業に戻す。

「最終層のダンジョンボスを討伐しただけでは制覇ではない。その先にあるダンジョンコアに触れて〝存続〟か〝消失〟を選択した時点で制覇とされる」

確かに最初の選択肢は〝存続〟だ。間違いじゃあないけど。

「〝存続〟を選択したダンジョンは成長しなくなる。松下、〝存続〟ダンジョンの特徴は？」

　指された松下が立ち上がる。

「えっと層数はそのまま据え置き、中ボスは出るが最終層にダンジョンボスは出なくなります。あとモンスタードロップはあるがトレジャーボックスは出現しなくなります」

　これはダンジョンコアが機能を停止するからだけど、そんなことは口に出さないよ。

「他には、杉本」

　松下が座り、今度は杉本が立ち上がる。

「モンスタードロップの確率が低下します」

　ダンジョンボスが倒された時点で、リソース回収のためにドロップ率が一時的に下方修正される。しかし〝存続〟を選択した時点でダンジョンコアが機能停止するため、ドロップ率が低いまま固定されてしまうのだ。制覇済みダンジョンのドロップ率が低いのはそういう理由がある。

「二つ目の選択肢が〝消失〟で、これを選んだダンジョンは消えてなくなる」

　無くなったと思われていだけで実はダンジョンゲートが消失しているだけ。ゲートが出現している場所から消えるが、本体のダンジョンが消えたわけじゃない。ダンジョンは休眠期に入り、時間が経てば別の場所に新たなゲートを作るのだ。

　この新たなゲートの設置までの時間はまちまちで、数時間の時もあれば数年の時もある。場所も近くだったり、他国だったりとさまざまだ。

今までは新しいダンジョンが現れたと思っていたけど、実は〝消失〟を選択されたダンジョンのゲートが、別の場所で開いただけ。

そんなわけで〝消失〟させても世界中のどこかで新たなダンジョンの入り口が生まれるから、正しくは〝ゲートの消失〟なのだ。

事実と異なる内容の授業を受けるのは、けっこう苦痛だな。一人脳内ツッコミしてるけど、試験でミスりそうだ。

世間では知られていない選択肢は〝運営〟だけじゃあなかった。選択肢は他にもあったんだ。

誰がダンジョンを制覇するかにより選択肢が変わる。

二人以上の集団で制覇――〝存続〟と〝消失〟の二択。

ソロで制覇――〝運営〟が増え三択。

俺が裏山ダンジョンで提示された選択肢だ。

そしてダンジョンマスターが制覇した場合〝吸収〟が増え四択になる。

ちなみに〝吸収〟するとそのダンジョンは〝消滅〟する。リソースに変えられるので復活することはない。

そしてこの〝制覇条件〟だけど、単にダンジョンボスを倒した時のことではなく、そのダンジョンの初回踏破が条件だ。一度でもパーティーで未到達層へ行けば、ソロ扱いされない。俺のように最初から最後までソロじゃあないとダメだ。だからソロ討伐者がいないのかもしれない。

現在ＩＤＤＯに確認されているダンジョンは、世界中で数千個以上あるそうだ。でも全てのコアがダンジョンゲートを出現させているわけではないので、ダンジョンの総数は実は不明だ。ちなみに日本は他国より群を抜いて数が多い。

ダンジョンコアがどこで生まれて、なぜ地球にゲートを出現させるのか。

ダンジョンコアの権能を得て、ダンジョンマスターとなった俺にもそのあたりの情報はない。無論タマにもだ。

そんなことを考えていたら、午前の授業が終わった。

午後は昨日に引き続きスキルの実践（じっせん）。あー、やっぱ早退して生駒ダンジョンへ行こうかな。

クラスメイト同士で模擬戦闘をして、スキルの使用練度を上げるというのもできるけど、まともに俺の相手をしてくれる奴はＧＨクラスにはいないんだよな。ＥＦクラスにもいないけど。

その言い方じゃあ上クラスにいそうに聞こえるが、彼らは実戦でスキルを使う授業に一足先に入っている。さすが上クラス。午後の授業は実践授業で下へ潜るので鍛錬（たんれん）場にはいない。

この辺り見込みのあるなしで学校側の対応が異なるところが、通常の学校とは違うところだな。待遇（たいぐう）に平等はない。

午後も出席をとったあとは、自習という名の放置、いや自由行動と言っておくか。自習だからといってサボるような奴はこの学校にはいない。何かしら自己研鑽に励んで、少しでもレベル上げに努める。ダンジョン内で行動するだけで経験値を得られるのだから。

俺もダンジョンマスターになったことで理解した。ダンジョン内で何かしらの行動をすると、ダンジョンリソースを発生させる。このリソースを発生させる行為が経験値に当たり、レベルアップ効果をもたらす。

モンスターをリソースに戻すと、より多くの魔素を得られる。

魔素はリソースを発生させた際に生じる副産物のようなものだ。それを取り込むと肉体と精神に作用し能力を向上させる。

ただその向上した能力を発揮するにもスキルを使うにも、ダンジョン内に漂う魔力が必要になるため、ダンジョン外というか魔力のない地球上では発揮できない。

俺やタマのように体内に魔力を貯められれば外でも能力が使える……はずなのだけど、俺自身の魔力貯蔵がまだ少なくてですね、そのあたりの有象無象に比べると雲泥の差ではあるけど、連発すると枯渇しちゃうので肉体レベルよりマスターレベルを上げる必要があるんだ。電池かわりに魔核から魔力を吸収すればいいけど、今は魔力よりリソース優先だから。

タマはリソースも魔力に変換できるらしいけど、今の俺には無理。

皆が鍛錬しているのを横目に、今日も一人学校を出る。学校のダンジョン外施設には、通常のＪＤＤＳ業務を行う窓口もあるので、まずそこで武器登録、刺身包丁と竹割鉈を自身の武器として登録した。

刺身包丁は殺傷能力があっても日用品、竹割鉈はホームセンターとかでも取り扱うものなので、正式なウエポンケースじゃあなく簡易ケースで持ち歩ける。

ダンジョン黎明期にはバットや鉄パイプ、バールやスコップとかを武器にしていた探索者も多かった。

持ち歩くには物騒だし、探索者のフリして暴挙に出る奴もいたことから、今はそういうのも鍵付きの簡易ケースに収納することを推奨されている。

これ、学生だとタダで貸してもらえるのだ。手続きを終えたらいつものバス停ではなく、駅に向かうバスに乗るためビルを出て歩き出す。

生駒ダンジョンは、生駒山上遊園地近くに二ヶ月ほど前にできたばかりのダンジョンだ。

遊園地のおかげで交通の便は悪くはないけど、遊園地側は近くにダンジョンがあるのはよろしくないと、早々と結論を出した。

遊園地でダンジョンを管理経営するという話もあったそうだが、色々論じた結果リスクが大きいとなったそうだ。

遊園地は小さい子供も来るからな。

で、なるべく早く踏破して消滅させる方向となったものの、このダンジョン人気がないのである。

出現後すぐの調査という名のスタートラッシュ（ダンジョン出現後のドロップ率が高い時期を指す呼び名）が終わって、一般に解放されたのがひと月前なのだが、探索者が増えなかった。

消失許可が出ると、喜んで突っ込んでいくクランもあるのだけど、ここは手間の割にリターンが少ないと早々に諦めたらしい。

なんせ洞窟型に思えたけど、実は迷路型で罠がいっぱいある。五層までは命に関わるような罠は少ないけど六層以下は罠の凶悪さが増し、攻略を阻むらしい。

スタートラッシュが終わり、魔核以外のドロップもさほど出ないとなると上級者は見向きもしなくなる。

現在は五層以下を中堅どころが細々と回っているとか。ただ中ボスが武器ドロップすることがあるとかで、ボス目当ての探索者もいるようだ。

迷路型はトレジャーボックスの出現率が高いから。でもそのトレジャーボックスも罠付きなので、罠系のスキルがないと厳しいっぽい。

昔はダンジョンが出現すると、ゲートを隠すように建物を急いで建てたりしていたが、消失させると無駄になるので今は存続させた、もしくは存続予定のダンジョンにしか建物は造らない。

プレハブ小屋を建てたりした時期もあるけど、最近はもっと簡単にすぐに設置できるようになった。

ダンジョンゲート前に、コンテナハウスを設置するだけだ。

ゲートコンテナと呼ばれるそれは、中に改札が設置されている。改札を入り口部分に合わせるよう、整地するだけなので、ほぼ一日で設置が終わる。

そして必要に応じて各種コンテナハウスが周りに設置される。ゲートコンテナと並んで設置される受付コンテナは当然だが、ドロップ買取所、ロッカールーム、武具レンタルなどなどコンテナハウスの種類は多岐にわたる。

ダンジョンの規模や利用探索者の増減によって、コンテナを追加も撤収も自在に適宜対応できる優れものだ。コンテナハウスは横に広げるだけじゃなく、上にも増設できるしね。

そしてダンジョンが制覇されれば、これらのコンテナハウスはまた次のダンジョンへ移動させることができ、使い回しが可能なので経済的でもある。

生駒ダンジョンのゲート前は、そんなコンテナがひしめいていた。

バックパックには装備のほかは荷物を持っている風にカムフラージュするため、嵩張るが軽いものということでタオルとかを詰めてみた。

夜営に必要な細々したものは《倉庫》に入れたので、あとでボス部屋へ転移した時に出せばいい。

見た目より軽いバックパックを背負って、生駒ケーブルに乗った。時間的に空いててよかった。平日午後という中途半端な時間のせいか、今から遊園地に行く人もダンジョンに行く人もいないのだろう。

総合受付のあるコンテナハウスへと入っていく。

「帰還予定は四月十二日で二泊三日の予定ですか？」

「途中で出てくるかもです。連続してかどうかは様子を見ながら」

俺の言葉に入ダン管理担当の人が、少しほっとした顔をした。

迷路型ダンジョンをソロ探索、しかも探索者免許をとって一ヶ月たっていない新人に、ダンジョン内泊は危険だと思ったのだろう。

寝るときは裏山ダンジョンに転移するけどな。

「ここ生駒ダンジョンには専用宿泊施設はありませんし、ケーブルの最終時刻は二十時九分ですから注意してくださいね」

ケーブルは一時間に一～二本しかない。一応遊園地の駐車場の一角に、テントを貼ることもできるようになっているけど、有料になっている。宿泊施設がないのも不人気な理由かな。

手続きを済ませたらロッカーコンテナで着替え、ゲートへ向かう。

バックパックを背負いなおして免許証を改札に翳すと、ピロンと電子音が鳴り改札が開いた。

ゲートから数メートルも進むと、ダンジョンの壁には発光苔がちらほら見かけ始めたけど、他に灯りはなくほぼ真っ暗だった。

生駒ダンジョンの壁は土を塗り固めたような人工的な感じがする。洞窟タイプではなく穴を掘ったような坑道タイプでもなく、地下道とか古いトンネルのような感じだ。

俺は早速《暗視》スキルが役立つ場所に来たようだ。

「タマ、出て来ていいぞ。他の探索者は灯りを持ってるだろうから、近づくとわかるだろ」

《サーチ》の範囲より、探索者が使用する光源の届く距離の方が長いと思う。早く《サーチ》スキルのステージが上がるといいな。

「わかりましたにゃ」

タマも暗視能力があるので、これくらいの暗闇は全く問題ない。

「じゃあ一層のマップは大体頭に入っているから、下り階段を目指すぞ」

「モンスターが出たら戦っていいですかにゃ」

「うーん、できれば俺に倒させて」

「わかりましたにゃ。ピンチの時はお助けしますにゃ」

背負っているバックパックの中からジャンピングワラビーの腹袋を取り出し装着する。タオルと救急セットを詰めてあるがかなり軽い。一応他の探索者と出会った時のための、見せる用の荷物は必要だ。

「じゃあ行くぞ」

「はいですにゃ」

生駒ダンジョンは一層に脅威度2のリトルドッグが出る。一層に脅威度2のモンスターが出ることで、ここのダンジョンランクは裏山ダンジョンより上になるな。

リトルと言いながら中型犬くらいの大きさの茶色の犬型モンスターが、通路を曲がった少し先にいた。

暗闇だが、鼻が効くので俺たちの接近を察知したようだ。

【コモン・リトルドッグ】【魔核70%・装備品1%・スクロール2%・ポーション2%・アイテム15%・なし10%】

刺身包丁を手に走りながら《魔物鑑定M》を使ってみた。なかなか渋い配分だな。でも1%とはいえ装備品ドロップがあるのは大阪よりはいいのか。

魔核以外のドロップ率が低いところが、消失決定の理由の一つかもしれない。

と思考しつつ接敵即断決定で、リトルドッグに向かって駆け寄るが直前で右にステップしつつ首に刺身包丁を振り下ろす。頭が綺麗に胴とさよならしつつ黒い粒子に変わった。刺身包丁の切れ味良すぎじゃないか？

そしてカランと魔核が落ちた。

「70%だしな。10%の確率でドロップなしだから、魔核があるだけまだマシか」

拾った魔核をジャンピングワラビーの腹袋にしまい、先へ進む。

下り階段に到着するまでに十二匹のリトルドッグに遭遇した。

ここは層に一種類のモンスターしか出ないタイプだ。楽と言えば楽だろう。

ドロップは魔核が九個、毛皮が一枚、爪が一個、ハズレ一。ちょっと引きが悪いかも。

一時間ほどで二層への下り階段に到達した。一応五層までの地図を図書室で調べられたので、PDFをダウンロードしてスマホに送ってある。

二層も全く同じ雰囲気だが、ここからは罠がある。二層の罠はスリップアンドスネアだ。

足元にゲル状の物質が湧いていて、それを踏むと転倒するスリップ。

足元に突起があり、足を引っ掛けて転倒するスネア。

どちらも転倒するだけの罠だが、戦闘中とかに引っ掛かると危険だ。転倒時の打ち所が悪ければ命も……まあ、スリップアンドスネアにかかって死んだなんて絶対嫌だし、末代までの恥になりそう……子孫いないから俺が末代だった。

よくよく観察すれば発見できるけど、灯りによってはさまざまな影が作り出され見分け辛くなる。ダンジョンは足元にばかり注意していられる場所でもないし。

俺の場合《暗視》は《ライト》より視界がよかったので、見つけられないということはなかったんだが。

「そこにスネアがありますにゃ」

子虎状態で視線の低いタマが先に発見してくれるので、全部避けることができたよ。

このタイプの罠は位置固定なので、《マッピング》にマーキングされるから、次からはタマがいなくとも大丈夫だ。いや自分で見つけなきゃ経験にならないんだけど。

二層に出現するモンスターも鑑定してみた。

【コモン・リトルコヨーテ】【魔核65%・装備品2%・スクロール3%・ポーション3%・アイテム17%・なし10%】

リトルドッグより若干大きいかな。いや個体差かも。リトルコヨーテは黄褐色の犬型モンスターだ。脅威度もリトルドッグと同じ2。魔核のドロップ率が5%減ってその分他が増え装備品スクロールポーションが1%ずつ上がってた。1%って誤差範囲って気がする。

大阪ダンジョンは魔核ランクでドロップ率の配分が同じだったけど、そういうところも違いがあるんだ。

「モンスタードロップはモンスターごとで設定できますにゃ。層数が多くモンスター図鑑のページ数が多いダンジョンほど、まとめて指定するコアが多いですにゃ」

数が増えれば個別に指定するのは面倒だからな。ここは層に一種しか出ないし、そういうわけか。

動きはドッグもコヨーテも変わらない。ゲームで言うなら色を変えただけのグラフィック使い回しな感じのやつみたいな？

二層でのドロップは八匹倒して、魔核が五個、皮二枚、そしてハズレ一。

途中三人パーティーの探索者に遭遇したが、横道に隠れてやり過ごした。こっちは灯りなしだから、向こうには全然気付かれなかったと思う。

そして一時間ちょっとで三層へ降りる階段を発見。まあまあ順調である。

三層に出るモンスターはリトルリカオン。

リトルばっかりだが、ドッグ、コヨーテ、リカオンとまた色違いだった。よく見れば顔つきが違うか？

リカオンは黒と茶色のまだら。微妙に身体能力が上がっている？

リカオンの脅威度も2だったかな。けれど魔石ランクが1、2、3、と上がっていくから強くなっているのは確かだ。

【コモン・リトルリカオン】【魔核60％・装備品3％・スクロール5％・ポーション

【5%・アイテム17%・なし10%】

魔核のドロップ率が5%減って他がちょっとずつ上がっている。この調子でいけば下へ行けば行くほど装備品のドロップ率が上がるのか。

罠を避けながら迷路を進んでいく。《マッピング》とダウンロードした地図と照らし合わせると、間違えてたりすることもあった。

「よし！」

三層もあと少しで下り階段というところで、九匹目のリトルリカオンが黒い粒子に変わる。そこにはスクロールが残った。

「5%のスクロールドロップだ。何かな何かな～」

「楽しそうでよかったですにゃ」

若干退屈しているタマだが、そろそろ戦闘させてやるか。ま、それは置いておいてスクロールの鑑定だ。

【コモン・スクロール】【スラッシュ】

確かC☆☆スキルだ。刃系武器の単アーツスキルの中でも下の方で、技術や知識スキルを取得すれば早めに覚えることができる習得難易度低めなやつ。

刃のある武器を振るうと、不可視の刃が武器のリーチの1・5倍の距離まで伸びるというスキルだ。初心者探索者では役に立つスキルではある。剣、槍、斧等の刃系武器で使用できるけど槌やフレイルなどの打撃系武器では効果が発動しない。

コンバットスキルは最上位の職業スキルやその下の知識スキルを取得できれば、スラッシュのようなアーツスキルはスクロールを使わなくとも取得できて使えるようになる。剣術はレア、剣技の知識はエピックなので、こんな浅層の脅威度2のモンスターからドロップする事はない。

できれば剣術か剣技の知識あたり欲しいところだけど、最終目標は刀技の知識か刀士の職業スクロール。

今は遠距離攻撃手段があってもいいかと思う。でもスラッシュって、剣の長さの1・5倍くらいの不可視の刃なんで、刃渡り二十八センチの刺身包丁の長さが1・5倍になったくらいじゃ中距離とすらいえない。

コモンモンスターは相手に、現状なんの問題もなく戦えている。脅威度4以上のレアモンスターの出現は、生駒ダンジョンでは七層のスキップゴートからだったか。当分刺身包丁と竹割鉈が通用しない層はないと思う。

爺ちゃんの刺身包丁代を稼ぐという喫緊の課題が、このスクロールで解決するかも。

「今すぐ必要っていうほどのスキルでもないし、とりあえずは保留だな」

スクロールをジャンピングワラビーの腹袋に収納し、探索を続けることにした。

三層には穴(ホール)の罠が増えた。落とし穴と言うほどのものではなく、深さ十センチほどの凹(へこ)みといったものだ。踏み抜くと足を挫(くじ)いたり、運が悪けりゃ骨折することもある。穴の部分は微妙に色が違い、これは暗い通路内では《暗視》でも見つけにくいのだけど、視線の低いタマはなんなく見つけていく。ありがたいが俺の訓練という意味では微妙……。

四層へ降りる前に少し休憩をとる。三層でも二度ほど他の探索者をやり過ごした。今のところ階段へ直進している俺は、トレジャーボックスを探す探索者とは移動範囲が違うのであまり遭遇していない。

《倉庫》からスポーツドリンクを取り出し、一口二口流し込む。ダンジョン内であれば《倉庫》を使う方が断然便利なので、昨日コンビニで買った飲み物や食べ物は全部そっちに仕舞(しま)い込んである。

「そういえば、タマはそのサイズでの戦闘は初めてだよな。どんな感じ？」

途中何度かタマに任せたのでちょっと機嫌が治った。なりは小さいが素早い動きで相手を翻弄(ほんろう)して、爪でリトルリカオンを切り裂いていた。

「マスターとの一戦では何もできないうちに終わりましたが、コモン程度に遅れは取りませんにゃ」

小さい分小回りが効くようだ。もともとトリッキーな動きをするホワイトタイガーだが、本来脅威度9のエピックモンスターだからな。あとで調べて脅威度の高さに驚いた。

どうも生まれたてで本調子じゃなかったらしい。ラッキーだったよ。

「この調子で私も強くなっていきますにゃ」

「あ、そうか。タマもレベルアップするんだっけ」

「はいにゃ。力をつけてマスターをお守りしますにゃ」

意気揚々と歩く子虎の姿が、萌えそうだが中身が語尾に「にゃ」を付ける変なガーディアンと知っているせいで半減しているぞ。

三層の戦利品は十一匹中魔核六個、皮二枚、牙一個、スクロール一個、そしてハズレ一だ。

ペットボトルを《倉庫》に戻す。《倉庫》はダンジョンのどこかに存在するのかと思ったが、どうも次元の違うどこかの空間のようで、時間経過がないというか、こっちの世界と時間的なつながりのない、次元の異なる謎空間らしい。

時間が経過していないのではなく、こちらの時間経過とは関係なく、次に開いた時は前回開いた直後に開いているということらしい。まあ理屈はともかく、冷えたものは冷えたまま、食べ物の賞味期限も気にしなくていいのはありがたいよね。

休憩を終え階段を降りる。四層ではリトルウルフ、灰色の狼が出た。ここに来て色違いだけでなく、目に見えてサイズが大きくなった。

【コモン・リトルウルフ】【魔核55％・装備品4％・スクロール7％・ポーション

7%・アイテム17%・なし10%】

《魔物鑑定M》では同じコモンだが、ＩＤＤＯの設定する脅威度は3という事で今までのモンスターより一つ上になる。魔核ランクは星4。

モンスターの脅威度の上がり方でダンジョンの深さを推測することができるが、たまにイレギュラーなダンジョンもあるので絶対ではない。

そしてダンジョンマスターのいるダンジョンは、複雑な設定が可能なので必ずイレギュラーダンジョンになる……とは限らない。怠惰なダンジョンマスターなら初期設定から変更しないし、ダンジョンコアによっては設定を組み替えるのもあるらしい。結局推測するだけ無駄ってことだ。

裏山ダンジョンは出来立てホヤホヤで基本のまま。まだいじれるほどリソースが溜まってない内に制覇してしまったから。

ここは裏山ダンジョンよりモンスターの脅威度の上がりが遅いので、十層以上はありそうだ。

ダンジョンランクは下から2番目のG（仮）だったな。

裏山ダンジョンは最低のHランク。だから制覇できたんだけどな。十層以上だったら今頃俺はどうしてたのかな。

ま、そんな仮定は考えなくていいか。

四層では落石(ロックフォール)の罠が増えた。上から拳大の石が落ちてくる。これも当たりどころが悪ければ大きな怪我となる。

ここに来て足元だけでなく頭上にも注意と言いたいところだが、ロックフォールのスイッチは床にあった。

よく見れば少し色の違う石のようなぽっちがあり、それを踏むと頭上から石が落ちてくる。

全力疾走(しっそう)で駆け抜ければ石にあたらずに進めるのだが、その先にスリップがあったりするので注意が必要なんだけど。俺の場合は……。

「そこにスイッチがありますにゃ」

タマは優秀なスカウトだった。

ダンジョンに入ってから《サーチ》を使いっぱなしだけどステージはまだ上がらない。《サーチ》で罠を見つけるには熟練度が足りない。ステージを上げようと学校でも使ってみたけど、Ⅱに上がって生物探知ができるようになると、生徒が多すぎて気持ち悪くなって使うのやめたんだ。

四層でも一度他の探索者を察知して道を変えた。でもそのせいで道を間違えちょっと回り道をするはめになった。

迷高専の学生で無料ダウンロードできる地図は四層までだった。有料というわけじゃなく、五層以降の地図は作られていなかったんだ。

地図作りを専門にやる一般クランもあるんだけど、消失推奨のダンジョンは浅層しか作られないことが多い。

地図は歩合制なので購入者が多ければ多いほど儲けになるが、消失推奨と決まってしまえば、そう遠くないうちに購入者がいなくなる。手間暇かけて、儲けが少ないものを作る奴はいない。

ここも五層以降は作られていないのはそういうわけだ。

五層以降は自作しなければならないと言っても《マッピング》スキルがあるから作るというか、歩くだけだけど。

「そこにスネアがありますにゃ」

おっと、踏むところだった。危ない危ない。

モンスターを倒し、罠を避け、行き止まりにあたれば引き返し、ようやく五層へ降りる階段に到着した。

リトルウルフとは八回遭遇したが、うち二回はタマに譲った。ドロップは魔核五個、皮一枚、爪一、そして初のポーションドロップ。ローヒールポーションが一本でた。

これで俺の手持ちのポーションはローヒール二本と毒消し一本になった。

ここは五層に中ボスが出るのだけど、誰かに倒されてるかな。さっきの探索者とか。

いや倒してたら転移オーブで戻るから違うか。

階段を降りながら、そろそろ夕食の時間だなあ、どこで食べようかななんて考えてた。

「ボス部屋しかないタイプだし、他に誰もいないみたいだからここで食べてもいいかな」

五層に降りると二十メートルほど伸びる通路の先に、閉まったままの扉があった。

ラッキーだ。誰にも倒されていないというより、もしかしてポップしたばかりかも。

「私も大きくなって戦いますにゃ」

扉の前でタマがそう告げてきた。

中ボスは二、三層下に出現するモンスターと同等か、出現したモンスターより脅威度が1から2上のモンスターが出る。魔核の星で言えば三個上だな。

四層のリトルウルフが脅威度3だから4か5、星で言えばレアの星2あたりのモンスターだ。開示されている情報ではここの中ボスは脅威度5の静電気羊、英名はスタティックエレシープとなっていた。

タマが本来の姿だと脅威度9なので瞬殺（しゅんさつ）しそうな気がする。まあいいか。

「わかった。じゃあ扉開けるぞ」

俺が石の扉を軽く押すと、あとは自動で開いていく。

今回はドアが閉まったとしてもタマがいるので問題なし！

中ボス部屋はドーム型の広い空間なのは裏山ダンジョンと同じ、違うのは最初から明るかったことか。

等間隔に松明（たいまつ）のようなものが壁際にあり、真ん中に超大型犬サイズのモンスターが一匹鎮座していた。

【レア・スタティックエレシープ】【魔核30%・装備品20%・スクロール20%・ポーション10%・アイテム20%】

ハズレがない。さすが中ボス。さす中、いやさすボス？　ボスは複数ドロップすることがあるので期待してしまうな。

「メエエエエェ」

立ち上がった途端に雄叫び？　を上げると、スタティックエレシープの身体にパリパリっと電気がまといつく。そして頭を下げたと思ったらまっすぐこちらに突っ込んできた。

なんとなく触るとやばい気がして、横に飛びのいた。タマもスタティックエレシープを挟んで俺と反対側に飛び退いている。

「あれって静電気っていうより、かなり放電してるように見えるんだが」

刺身包丁も竹割鉈も持ち手は木材だ。木は乾燥してたら電気通さないんだっけ？

「行きますにゃ」

二の足を踏んでいた俺より先に、タマが前に出た。前に出るというか身体がずずずっと巨大化した。

「ギャワオオォォ……」

タマがスタティックエレシープに向かって叫び返すと、スタティックエレシープが「ベェッ！」っと鳴いて飛び上がり、纏っていた電気が霧散した。

タマの雄叫びってスタン効果があったんだな。そういえばびりびりとした感電とは違った感触があったような。

って、そんな場合じゃない。硬直しているスタティックエレシープに駆け寄り、竹割鉈を首めがけて振り下ろす。

しかしスタティックエレシープが「ヴェェッ！」と首を巡らせ、渦を巻いている頑丈そうな角に当たるよう合わせてきた。

竹割鉈はガキンと弾かれるが、間髪入れず右手の刺身包丁を振り下ろす。そのときにはスタンの効果が切れていたようで、後ろに跳ねて避けられた。

が、その避けた先にはタマが待ち構えており、タマの前足がスタティックエレシープの喉元に突き刺さった。

「ヴェエエェ……」

断末魔の叫びをあげて、スタティックエレシープが黒い粒子に変わっていく。

「タマ、あっけなさすぎるわ」

せっかくの中ボスだが、俺はダメージを与えられずに終わってしまった。おまけに角に弾かれた竹割鉈が大きくかけている。

「ドロップですにゃ」

その図体で「にゃ」はやめろや。子虎の時の可愛い声じゃなくておっさん声だぞ。

しかし大きくなると声がおっさんに変わるんだな。


【エピック・武器】《エレホーンソード》

【レア・アイテム】《スタティックエレシープの毛皮》


「おお、エピックの武器でた。これ上アイテムだ」

鞘から抜いてみると、刀身の質感は剣というか刃がない刺突剣のようだ。スタティックエレシープの角のネジネジはそのまま、渦巻きパンみたいにグルグル巻いていたのを真っすぐ伸ばした感じ。刀身だけで一メートル以上ありそうだ。刃はないけど。

「それは雷属性ですにゃ。剣に雷を纏わせることができるはずですにゃ」

だからその姿で「にゃ」は……もういいや。

「どうやって使うんだろ」

スイッチのようなものは見当たらないし、多分あれだな。

「魔力を剣に流せばいいと思いますにゃ」

やっぱりそうくるか。まあお約束だな。

イギリスのSクラス探索者が、炎を纏う大剣を持ってるって話は有名だ。あれはどこ

かのボスドロップだったはず。

「って言われてすぐにできるもんでもないな。後で練習しよう」

もう一つはスタティックエレシープの毛皮か。これでコートとか作ったら雷属性のコートとかできるのかな。

雷属性の武器はわかるけど、防具ってどんな効果があったっけ。

ドロップを拾って腹袋の中に押し込んだ。

「じゃあ、裏山ダンジョンで休憩するか。タマ転移するから影に入って」

「承知しましたにゃ」

しゅるんと子虎サイズになったタマが、俺の影に沈んだのを確認してから《層転移》で裏山ダンジョンのボス部屋へ移動した。

昨日コンビニで買ったサンドイッチとコーヒーを取り出しかぶりつきながら、休憩用に何を買い揃えようかとボス部屋を見回す。

暖かい食事が取れるように、まずはカセットコンロを買おう。電気がないから電子レンジや電気ケトルは無理だが、お湯を沸かしたりラーメンを作ったりはできるだろう。野菜とかも《倉庫》に入れておけば腐らないから冷蔵庫入らずだし。

飲水以外に使える水が欲しいな。洗面台、いや流しかな。手洗いができるように小さな泉を作ったけど、これを大きく広げるか？

鍾乳洞の段々畑のような水たまり、リムストーンプールっていうんだっけ？　あんな感じで上から綺麗な水が下に流れるようにして、用途別に使えるようにすればいいかな。

一番上は綺麗なまま、二段目は水汲み用、三段目で洗い物用と手洗い用、洗面用も別にする。

排水はまた一箇所に集め、そのあとはトイレ下の底なし沼へ流れるようにすれば汚水処理も問題なし。そこに不要になったゴミも放り込めるな。手洗い場ができれば石鹸もいるか。

今はリソース不足だからこれ以上の改装はできないけど、計画だけ立てておこう。リソースのご利用は計画的に。

食後のお茶も飲み終わり、今日の収穫を整理する。

タマはその辺りに寝そべっているのだが、タマ用のクッションも置いてやろうか。

ジャンピングワラビーの腹袋を剥がすと、中身がバラバラとあたりに散らばる。それを種類ごとに仕分けをしていく。

魔核は星1、星2、星3、星4と層ごとで違った。

魔核をジッパーパックに詰め、毛皮をビニール紐でくくり、手提げ袋に詰めていく。

毛皮は脅威度2のリトルコヨーテより脅威度3のリトルリカオンの方が安かったりする。

性能的には差がないのだけど、リカオンのまだら模様が今ひとつ人気が薄いせいだ。

今の相場っていくらくらいなんだろう。ラビットがコモン星3で三千円だったから同じくらいかな。スタティックエレシープの毛皮は温存しよう。

爪と牙もそれぞれ数個はドロップしたが、コモンモンスターの爪と牙は魔核よりは高額だといってもやっすいからなあ。

ボスドロップとポーションは売らないので、他は《スラッシュ》のスクロールが一本。

半日の稼ぎとしては上等ではないだろうか？

「スクロールは使わないのですかにゃ」

仕分けしたドロップをバックパックに詰め直しているとタマが声をかけてきた。

エレホーンソードを手に入れたけど、あれは刀身……いや角身一メートルを超えているので、攻撃有効範囲が二メートル近くになるはず。

さっきドロップしたエレホーンソードを鞘から抜いて観察してみる。

「あ、これ刃がないレイピアみたいな刺突武器だから、無理だったわ」

スラッシュは刃がないと発動しない。エレホーンソードじゃあ使えなかった。

「うーん、やっぱりスラッシュは売る方向だな。今のところ取得するかどうか悩むようなスクロールは売りに回すことにしよう」

今は売ってお金にしたい。爺ちゃんの刺身包丁の件もあるし、ボス部屋にももっと色々置きたい。

特に布団だな。今日は掛け布団がわりに毛布を用意はしたが、下は草を生やしただけだから柔らかいと言っても限度があるし。今後のことも考えて今日の収益でちょっとお高めのキャンプマットを買ってもいいかも。

そんなこれからの夢を夢想していたが、今日はもう少し進んでおきたいので、生駒ダンジョンに戻ることにする。

一層に転移したほうが問題が少ないのだけど、また最初から五層まで降りるのも面倒くさいので、そっと四層へ転移する。

五層のボス部屋前の方が夜営をする探索者が多いはずだ。ボス部屋しかない層なら、モンスターの襲撃の心配をせず休めるから。

五層の階段に近づく前に、タマには隠れてもらい、〈ライト〉を灯した。

そして階段を降りると案の定、二組の探索者が夜営の準備をしていた。

一応ペコリと頭を下げて、そのまま通り過ぎようとすると。

「ソロでこの先を進むのか？　中ボスは誰かが倒したばかりみたいでいないが、六層からは罠の殺傷度が上がるぜ」

バックパックから夕食だろうか、色々取り出していた探索者が声をかけてきた。

「そうですね、ちょっと見て無理そうなら帰還オーブで帰ります。忠告ありがとうございます」

こういう夜営場所で一緒になった時、情報交換することもあるし、全く接触しないというのもある。そこはそれぞれだ。

片方のパーティーは後者のようで、こっちの二十代後半の探索者は俺にアドバイスをくれるいい人……いやトレジャーボックスを奪い合う相手を減らしたいだけかも。

ふとそんな考えが横切った。善意に裏がある風に考えるって俺、他人を信じられなくなってないか？　いやでも日本だって探索者キラーや、ドロップ泥棒はいるから。

用心するに越したことはない。

中ボス部屋を突っ切って階段を下り、六層へ降り立った。

六層は五層までと少し雰囲気が変わった。床や壁が均らされた感じから、若干ゴツゴツした感じの荒い岩壁になっている。これは壁面にぶつかるだけでも怪我しそうだな。

たかが壁が少し変化したくらいと思うだろうけど、この凹凸のせいで罠のスイッチが判別しにくくなる。

《サーチ》のレベルを上げるため、ダンジョンに入ったら積極的に使っているんだけど。学校では人が多くて《サーチ》は使いにくいけど、《マッピング》は使いっぱなしでもいいかな。うん、来週から登校したら《マッピング》と《アイテム鑑定》も使いまくればいいんじゃね。そうしよう。

五層からは地図がなかったので、下り階段を探しながら慎重にいく。

「マスター、遅いですにゃ」

おい、そこの猫！　いや虎！

トントンと罠のスイッチを器用に避けてはねるタマ。ありがたいっちゃあありがたいのだが。俺はタマの後を忠実に追いかける。

「おっと」

ちょっとバランスを崩して思わぬ場所に足をついてしまった。そのままわざとバランスを崩し、床にたおれこむと頭上を石礫が通り過ぎ、壁にビシビシシッとぶつかり砕け散る。

六層には石礫の罠が増えた。壁面から勢いよく飛んでくるストーンバレットは、床下から五十センチほどには飛んでこないので、こうして床に伏せることで回避できる。

「いて」

時々壁面にぶつかって砕けた破片が飛んできて、顔に当たったものの、殺傷能力はない。レベルアップは頑健さも上がるので、飛び散った破片程度では傷つかない。

「大丈夫ですかにゃ。〈ペロペロ〉」

石礫の破片より、タマの猫化特有の舌の方が痛い。

「舐めてくれなくていいぞ」

〝舐めときゃ治る〟というのは唾液に雑菌があるから逆効果だ嘘だという説もあるが、タマの〝ペロペロ〟には治癒効果がある。唾液云々は全く関係なく、スキルだから。

舐めることについて実際どこかの大学で〝唾液に細胞をつなぎ合わせて傷を塞ぐ効果がある〟ことを発見したらしいから、その効果がむっちゃいいみたいなスキル？

だがタマの〝ペロペロ〟はちょっとざらついてひりっとするのだが、傷がつくわけじゃあないんだよ。いや大型のタマに舐められたら傷ができそうな？

迷路型で地図がないというのは、なかなか大変だ。俺の場合は《マッピング》があるから、行き止まりでも戻りさえすれば別の道を選べるし、印付けも必要ない。

探索者によってはスプレーペンキで壁面にマークを描き残す。

この時自分たちだけにわかるような、暗号というほどではないけどローカルルールを設定していたりする。

例えばちょうどここの壁に矢印が書かれていた。矢印は進行方向に向けて描くことが多いので、下り階段を示している可能性が高い。単純に考えたらそうなんだけどパーティーによっては「この先行き止まり」だったりもする。

他の探索者パーティーは商売敵でもあるので、親切に教えてやる必要はない。それどころか惑わせてやろうと、あえて真逆の描き方をしたりもするから、他人がつけた印は当てにしてはいけない。

描かれたこの印、数日から長くても数週間で消える。

最近ではダンジョン側がこうした探索者の印を真似て、壁面に印を描くダンジョンが現れたという報告がある。検証中らしい。

うん、成長するからね、ダンジョンもダンジョンコアも。

六層からは初登場の一種とは別に、四層までに出現したモンスターが二種類ほど現れた。三種類のモンスターは単体から数匹単位で出るようになり、探索難易度が上がった。

六層初は脅威度3のヘッドバットゴート。頭突き（ずつき）をかましてくる山羊（やぎ）だが、大きさは大型犬ほどある。


【コモン・ヘッドバットゴート】【魔核50%・装備品5%・スクロール9%・ポーション9%・アイテム17%・なし10%】


魔核のドロップ率が50%に減って、アイテム以外がじわじわ上がっていく。

最初のヘッドバットゴートはアイテムである毛皮をドロップしてくれた。毛足が長くカシミアっぽくて手触りがいい。

防具とかに使うより、一般向けの用途（ようと）に使われる方が多い皮だ。毛を刈り（かり）取って糸や布に加工したりもできるらしい。おかげで一般の服飾（ふくしょく）用の需要があるから結構お高く買い取ってもらえるそうだ。もの的にはカシミアの上位互換（じょういごかん）な感じかな。

ヘッドバットゴート以外は一層のリトルドッグと二層のリトルコヨーテがでた。

ドロップはヘッドバットゴート八匹で魔核四個、角一本、皮二枚、ハズレ一。

リトルドッグ四匹は魔核二個と皮二枚、リトルコヨーテ四匹は魔核三個とローヒールポーション一本だ。結構な稼ぎである。

ドロップ率3%のポーションを引き当てたのは結構運が良いのではないかと思う。

まあローヒールポーションはポーションの中じゃ出やすい方だけど。

七層への下り階段を見つけられず、二十二時を超えたあたりで今日の探索を終えることにする。この先は層踏破にもっと時間がかかりそうだ
「タマ、帰るぞ」

「了解しましたにゃ」

タマが影に沈んだのを確認して《層転移》で裏山ダンジョンのボス部屋へ移動した。

今日はここで寝て、起きたら一度外に出よう。ここまでのドロップを売却してしまって二日目以降の探索に向けて身軽にした風を装う。

ソロなんだからそんなにたくさんドロップを持ったまま探索できないんだよ、表向き。

中級以上の探索者は深く潜るため、持ち帰るドロップの取捨選択をする。もったいないけど持てる荷物には限りがあるし、突然戦闘になって、荷物が邪魔で動けませんでした、なんてことになるようじゃあ、探索者としてやっていけない。

裏山ダンジョンのボス部屋に戻って、ジャンピングワラビーの腹袋を外す。

寝る前にドロップを仕分ける。ここでも魔核を半分リソースに回すことにした。

装備を外して、寝巻きがわりのスェットの上下に着替える前に、さっと濡れタオルで身体を拭く。今度レンジで蒸しタオル作って入れておくか。

寝床の芝生の上に横になると、タマが通常サイズになって俺の横に寝転んできた。結構フッカフカである。

ボス部屋の気温は二十五度くらいにしてある。温度湿度も調節できるなんてエアコンいらずで楽でいいや。

翌朝、エレホーンソードは《倉庫》にしまい、ドロップを詰めたバックパックを背負った。毛皮を詰めた手提げ袋を持って一層に転移する。ゲートの手前に出たが、ちょうど改札を通って入ってきたばかりの探索者パーティーと鉢合わせた。

流石に不人気と言ってもそれなりに探索者は来る。特に土日は兼業探索者もやってくるのでどこのダンジョンも探索者の数が何割か増しになる。

ただし彼らは地図のある浅層しか探索しないことが多い。攻略や未到達層踏破が目的ではないから。

国は専業探索者だけでなく、普段は他の仕事をしつつ休日だけという兼業探索者も推奨している。

たとえ浅層だけの活動であっても、スタンピードの発生を抑止できるから。

国はより多くの探索者にダンジョンへ入って欲しいと思っている。スタンピード抑制だけが理由じゃない。税金も納めてほしいのだ。

探索者として稼いだ金は、通常の収入とは別計上で年末調整とかも別になる。ダンジョン税は普通の所得税とは累算されない。

兼業探索者の場合、探索者としての収入は別途確定申告をする必要がある。なかなか大変だけど装備品や交通費、探索中の食事から宿泊費とか全部経費になるから、ちゃんとしたクランとかはやってるそうだ。

俺もそのうち、レシート保存したりしてやることになるのかな。

実家は自営業になるので、母さんがそのあたりちゃんとやってるから、俺の分も頼んでみてもいいかも。

おっと、そんなことより売却だ。改札を通って出てきた俺を見て、昨日の受付担当さんが少しほっとした顔をした。

心配されてたみたいだな。探索者が少ないし顔覚えられたかも。

買取窓口に素材を出して、スクロールは簡易鑑定を依頼しておく。

査定待ちの間に遊園地へ行く。中に入るんじゃなくて入り口前に出る移動販売のお店が目的だ。

遊園地の入り口前には移動販売車が並ぶのだ。探索者だけでなく遊園地のお客も購入するので、結構な台数がある。

定番のパンやクレープ、たこ焼きとかのお手軽系から、きっちりとした弁当まで。俺はカレーの匂いに惹かれて朝からカレーを食べることにした。

日本のじゃなくってインド……でもなくてスリランカカレーだって。

ライスの周りにちょっとづついろんなものがのってた。旨し！

スリランカカレーを堪能した後は、お昼用に別のお店でサンドイッチを購入してから戻った。うん、レシートはまとめてジッパーパックに入れておこう。

査定は終わっており、総額は二万六千円、税金引いて二万三千四百円だ。

スクロールは定価の買取ではなくオークションに出すことにしたので、金額に含まれていない。

今回の探索は〝六層まで行きました。五層のボスはいませんでした〟の程でスタティックエレシープの毛皮は出さず、ドロップした武器も隠している。

ボスドロップとポーションを半分残したら大阪の半分か。裏山ダンジョンドロップの嵩増ししてないからこんなものか。

裏山ダンジョンと同じモンスターは、七層にスキップゴートと九層にビープシープが出るので、そこでようやく手持ちのドロップが売れる。

スクロールの簡易鑑定を依頼していたので料金は千円。同時に二つ以上出すと二つ目以降は半額の五百円になるものの、どっちにしろ有料だ。

「スクロールはコモン星2の剣士系アーツ《スラッシュ》でした」

鑑定証明書を差し出される。

「えっと、じゃあオークションに出したいんですけど」

「取得されないんですか？」

受付嬢に意外そうな顔をされた。まあ免許とって一週間ちょっとの新人探索者だ。

普通はスキルが一つでも欲しい時期だと思う。

「あ、借金があるんで先に稼ぎたいんだ、です」

「そうですか。今回は受け付けますが、無理な探索はやめてくださいね」

それでなくとも人気薄な生駒ダンジョンで、怪我人や死人が出れば評判が落ちて探索者が減ってしまうことを心配してるのだろう。

ＪＤＤＳ職員は無謀な探索者に注意喚起することはあっても、止めることはしない。

オークション出品の手続きに思ったより時間がかかってしまった。

[TIPS]

モンスターランク

レアリティ	脅威度	星の範囲	モンスターの例
コモン	1	1～2	ステップウィーゼル、 リトルトゥーススクワーレル
	2	2～4	ラビット、リトルドッグ、 リトルコヨーテ、 リトルリカオン
	3	4～5	ツインテールキャット、 リトルウルフ、 ヘッドバッドゴート
レア	4	1～2	スキップゴート
	5	2～3	ジャンピングワラビー、 ビープシープ、 スタティックエレシープ
	6	3～4	ジャンピングカンガルー
	7	4～5	ハウンドウルフ
エピック	8	1	アンゴーラブル
	9	2	ホワイトタイガー
	10	3	
	11	4	ファイトカンガルー
	12	5	

6 生駒ダンジョン、二日でどこまで行ける？

さて、じゃあ今日も頑張りますか。

土日の二日間の探索で十層まで行きたいと思っている。

申請は昨日済ませてあるので、改札を通って中に入る。他にも探索者がいるから、《層転移》を使わず六層までダッシュで移動だ。

低層はポップが早いようだが、他にも探索者がいるから一、二層はエンカウントはなしで三、四層で数回あったくらいなので二時間ほどで五層へ到着した。

「なんか切れ味増してるような？」

刺身包丁と竹割鉈を鞘に収めずに、抜き身のまま《倉庫》に入れる。腰にさすよりこっちの方が咄嗟の時に持ち替えやすい。

ここから武器をエレホーンソードに交換した。せっかくドロップしたんだから使ってみることにした。

大阪ダンジョンで借りたコモンロングソードは、コモン素材の中でも星数の少ない素材が使われているので、コモンモンスターにしか通用しない。

大阪は十層までコモンモンスターしか出ないから、ああいう低価格な武器のレンタルがある。ここは七層からレアモンスターが出るし、多分十層のボスはエピックモンスターの可能性が高い。なのであの手の武器は七層以降のモンスターに対しては、やや威力不足になる。

今日は六層以降を探索するので、安い初心者向けの武器を借りても使えない。

あれ？　そういえば刺身包丁は玉鋼で作られた業物だけど、竹割鉈はその辺の大量生産品なんだよな。よくエピックモンスターのホワイトタイガー相手に通用したな。

「マスターの持つ武器は魔素を吸収してますにゃ」

んん？　もしかして……

【コモン・武器】《竹割鉈》
【レア・武器】《刺身包丁》

ダンジョン武器になってる！　しかも刺身包丁の方はレア！

「相当数のモンスターを倒すことで現地人だけでなく、その身につけているものもレベルアップ、というのですかにゃ？　していますにゃ。ものは生物のように必ずというわけではありませんが、そちらの刺身包丁とやらは親和性が高かったようですにゃ」

竹割鉈はそこまでではないから、コモン止まり……いやホワイトタイガーやジャンピングワラビーには刺身包丁の方をメインで使っていたからか。

全部の武器がダンジョンアイテム化するわけじゃないのか。そうだったら学校で貸し出されているポリカーボネート製の盾とか、アーチェリー用の弓とかも軒並みダンジョンアイテム化してるはず。

道理で切れ味よくなってるわけだ。このままもっと使い込めばさらにレアリティが上がるんだろうか。

それはまた今度ということで、今はエレホーンソードを腰に佩く。

昨日の探索では下り階段を見つけられなかったので、今日はマッピングの済んでいないエリアを探索する。さすがに六層は浅層よりエンカウント率が高い。一応タマにも三回に一回は譲っている。

モンスターと戦い、罠を避けながら一時間ほどで下り階段を発見した。

さあ、ここからはまた手探り状態だ。他の探索者が少ないので稼げそうかな。頑張って稼ごうっと。

意気込んでみたものの、地図がないのでやはり時間がかかる。他の探索者は五層の中ボス部屋に戻れるよう、だいたい六層あたりまで引き返すことが多いようだ。いや七層からはレアモンスターが出るからかな。そのレアモンスターが裏山ダンジョン六層に出たスキップゴートなんだよ。

裏山ダンジョンでは六層で単種出現だったけど、九層では他のと一緒だった。ここはリトルコヨーテとリトルリカオンも出るから似たような……いや単体で出るからこっちの方が楽だな。

【レア・スキップゴート】【魔核45％・装備品5％・スクロール10％・ポーション10％・アイテム20％・なし10％】

探索者の訪れることが少ない層は魔核以外のドロップ率が高い傾向にあると言われている。客寄せのためにダンジョンコアも考えてるんだよ。ここも魔核のドロップ率が半分を切った。アイテムのドロップ率が20％と高めだけれど装備品はやっと5％。低すぎて雑魚モンスターから装備品がドロップしていない。

客寄せも必要だが、あまり強い探索者にきて欲しくないダンジョンコアのジレンマが見えるようだ。

でも5％以下でスクロールとポーションドロップしてるから、期待はしてる。頼むよ生駒ダンジョンコア。

それにしてもエレホーンソード、よく刺さるわ。さすがエピックウエポン。刺突武器ってあんまり得意じゃないけど、なんとか扱えているのはレアリティーの高さによるところが大きいな。

今まで刺身包丁も鉈も斬りつける立ち回りだったのが、ここにきてちょっと戦い方を変更することになった。

スキップゴートは脅威度4のレアモンスターだけど、コモンとレアの間には強さに隔たりがある。とは言ってもすでに戦闘経験のあるスキップゴート相手に、さほど苦労はしないだろう。

なんて考えてましたが、舐めてましたごめんなさい。ここのスキップゴートは裏山ダンジョンと違って戦いにくかった。

七層では落とし穴の罠が増えたせいだ。

スキップゴートはこのピットフォールのスイッチを踏んで発動させて、自分はスキップというかジャンプして避けて逃げるのである。

距離を取られるだけではなく、不意に現れた穴を避けつつ攻撃を仕掛けるとなると、攻撃が当たらないというか躱されるというか。

その辺はタマの方が対応力が上だった。まあ元エピックモンスターだし。戸惑なくピットフォールを飛び越え、スキップゴートに逃げる余裕をあたえず一撃で屠る。

そうして八匹目のスキップゴートを倒したあと、スクロールがドロップした。

「よし！　罠感知キタ――！」

思わず叫んでしまった。罠の多いダンジョンでは罠系と言われる《罠感知》《罠解除》《罠無効》などが出やすい。ちなみに後者に行くほどドロップ率は低くなる。《罠感知》はR☆☆だ。

それだけじゃなく、スキップゴートに梃子摺らされていたところにスクロールドロップだ。テンションあがるのも仕方ないだろ。

「これとサーチが合わされればもう無敵じゃね？」

スラッシュの時と違ってすぐに取得を決める。

「罠感知などなくとも私がちゃんとお知らせしますにゃ」

「いやいや、わかってて避けるのと、わからずに避けるのでは安心感が違うからね」

そんなやりとりもしたが、七層ではトレジャーボックスを一つ発見、中はローヒールポーションだったが。

いやこれも当たりではあるんだけど、ローヒールポーションばっかりだから、つい別のポーションを期待してしまったのは仕方ないと思う、うん。

下り階段を見つけるまでに二時間かかったので、遅めになったがここでようやく昼休憩をとることにする。

今朝買ったサンドイッチは、さすがにコンビニのサンドイッチの倍の値段するだけあって、なかなか美味しいがボリューム不足だった。

場所代とかもあるだろうから、あそこの移動販売車はどこもお高め、観光地価格なんだろう。

トイレも済ませたし、頑張って八層の探索を始めようか。

下に降りるに従って、だんだんと広くなるのはどこのダンジョンでも同じだ。

そして罠も凶悪になっていくが、《罠感知》のおかげで罠にはかからず進むことができている。

この階には落とし格子の罠が増えた。

これに引っかかるとかなり厄介だ。馬鹿正直に真下で受けるとさすがに重傷を負う。けれどポートカリスの下敷きになるやつは、どんくさすぎて探索者に向いてないと思う。発動させてもポートカリスで負傷するやつはまずいない。この罠の凶悪なところはそこじゃないのだ。

落ちた格子に道が塞がれることにある。そう、落ちる前に前に進めれば問題ないが、後ろに逃げると先に進めなくなり、回り道を強要される。

さらにこのポートカリスは、近くで解除を待つこともできない。

その場で待っていても解除されないのだ。仕方なく別の道を行くが、結局行き止まりだったり、先に進めなくって、回り回って戻ってくると解除されている。

解除されるまでの時間はまちまちなので、どのくらい離れていればいいかというのはわからなかった。

今の俺にはわかる。罠に設定されている距離以上離れれば解除されるのだ。

そりゃあ時間はまちまちだな。探索者の移動距離ではなく直線距離だから。

ここで前を行くタマが、罠を作動させた。

ガラガラガラガラッと音を立てて、俺の目の前でポートカリスが落ちる。

「……おい」

「申し訳ないですにゃ」

格子の向こうでタマが申し訳なさそうに言うが、本当にそう思ってるのか疑問だ。

そのままタマは格子の隙間をするりと潜り戻ってくる。

猫サイズのタマに格子は意味をなさないが、俺は通れない。仕方なく別の道を行くと、曲がった先は行き止まりだったが、トレジャーボックスを発見した。

「回り道してよかったですにゃ」

自慢げに言ってくるタマ。そのドヤ顔なんか鬱陶しいぞ。

中身は解麻痺ポーションだった。

ソロの場合、麻痺してしまったら動けないから、アンチパラライズポーションを持ってもすぐには使えないと思う。

麻痺は徐々に解けるから、少し動けるようになったら使うって形かな。麻痺自体に殺傷性はないけど、麻痺している時にモンスターがやってきたら、言わずもがなである。

ソロには使い勝手の悪いポーションだけど、探索には必要なポーションだ。

そんな感じで回り道をすることもあったが、九層への下り階段を見つける頃には、二十時になっていた。

【レア・かち上げ羊】【魔核４５％・装備品５％・スクロール１０％・ポーション１

0％・アイテム20％・なし10％】

八層では脅威度4のかち上げ羊とリトルリカオンとリトルウルフが出た。

ライズアップシープはスキップゴートと同じドロップ率配分だった。これ以上魔核のドロップ率下がらないのかな。

ライズアップシープ七匹を倒し、ドロップは魔核三、毛糸束二、肉二で、なんと肉が出た。

【レア・アイテム】《ライズアップシープの肉》

肉はアイテム枠なんだ。いやドロップ率20％なんだけど、七匹中で毛糸束と合わせるとドロップ率超えてるよね？

ドロップのアイテムには食用可能なものがあり、しかも美味かったりするらしい。好事家が高額で買い取ったりもするらしいけど、如何せん賞味期限が短いのだ。

肉の場合不思議な葉っぱに包まれており、レアモンスターだと一キロから二キロ前後の塊でドロップする。そして冷蔵しようが冷凍しようが一週間で腐る。腐り始めるのではなく、突然腐るから「まだ食べられるかな」なんて悩む必要がなく食中毒の心配もない。

俺は《倉庫》があるから、入れておけば腐らない。腐らないよな？

「大丈夫ですにゃ。肉ならタマも御相伴に預かりたいですにゃ」

普段は食べないが、ドロップ食材は食べるらしいタマ。これはリソースとして取り込むことができるからだ。

ダンジョン外の食品は魔素も魔力も含まれないから、取り込んでもエネルギーにならないため進んで食べようとはしない。

そもそもモンスターは受肉した場合を除いて、エネルギー補給を消化管からしてないから。消化管があるのかと言いたいが、種類によっては腸とか肝臓とかの内臓のドロップもあるらしいからな。

裏山ダンジョンに戻って早速調理……というわけにはいかない。やはり調理器具を買い込む必要がある。

羊肉の料理ってジンギスカンかラムチョップくらいしか知らないけど、ラムは子羊か？

塊肉なんて厚切りステーキくらいしか調理できないなあ。薄くスライスするには百均ショップで購入した包丁では切れなさそうだし。お肉屋さんは専用スライサーがあるから薄切りできるんだよ。今度ちゃんとした包丁とまな板も買ってこよう。

タマが食べる分くらいは刺身包丁で切ればいいんだが、さすがに刺身包丁で料理はしたくないなあ。なんていうか、モンスターを斬った包丁で切った肉を口にしたくないというかね……

俺が食べないならそれでもいいけど、せっかくドロップしたお肉なんだよな。

肉はまた今度にしてコンビニのサラダと焼肉弁当を夕食にした。口が肉になってたんだもん。

夕食を終えたら八層の探索を続ける。

ライズアップシープ以外はリトルリカオンとリトルウルフも頻繁に現れ、片っ端から倒していった。

九層へ降りる階段を見つけた時点で、裏山ダンジョンに転移する。八層では他の探索者を見かけなかったから、心置きなく転移した。今日の探索はここまでだ。

翌朝の朝食にはコンビニおにぎりを食べた。多めに買ってあったつもりだったけど、残りが少なくなってきた。今日の帰りにまた買いに行こう。

生駒ダンジョン探索最終日の今日は、十五時には撤収する予定だ。

日曜の午前中は九層の探索に費やした。

この層の罠は転巨石だった。この罠は罠というより仕掛けだな。スイッチとかはなく勝手に転がってくる。

少し傾斜のある通路を上の方から定期的に、ではなく不規則に転がり落ちてくる。最後は壁面にぶつかって砕け、黒い粒子に変わる。ある程度身を潜められる隙間が通路のそこかしこにあるので避けることはできるが、なんせ不規則に転がり落ちてくるので通路を進むのに時間がかかった。

おまけに九層の登場モンスターがビープシープだった。

タイミングを図っているときに、ビービー煩く鳴いてモンスターを集めたりする。近くにいたリトルドッグとリトルウルフが集まってくる前にだまらさないと、と思って戦闘に突入。

戦闘しやすい場所に移動して、ビープシープを倒したと思ったらリトルドッグとリトルウルフがやってきてローリングボールダーのタイミングを測り直しになった。どこのアクションゲームだよもう。

ビープシープがありがたいようでありがたくない。

けれどスクロールがドロップしたんだからありがたいのか。

【レア・スクロール】《裁縫》

あんまり嬉しくはない。でも技術スキルの《裁縫》はレア星3なのでそこそこ高額取引されるスクロールではある。

「調理だったら習得したんだけどなあ。裁縫は別にいらないかな」

寮を出てアパート暮らしに変わったことで、食事は自分で用意しなければならない。

このところコンビニかスーパーの惣菜ばかりなので、ちょっとは自炊するべきなのだ。

簡単なものは作れるけど、もう少し料理ができた方がいいと思うんだ。今後ボス部屋で料理することもあるから。

出ないかな《調理》のスクロール。

そんな物欲センサーが邪魔をしたわけじゃあないと思う。スクロールがドロップしたんだから。

【レア・スクロール】《魔法強化》

うーん、微妙。欲しいっちゃ欲しいスキルではあるんだけど、魔法スキルは《ライト》以外取得してないからな。《ライト》じゃあ強化しても光量が増えるくらいだし。

「これも取得保留だな」

ようやく十層へ降りる階段を見つけた時には十二時を回っていた。

階段を降りると真っすぐな通路が二十メートルほど続いており、突き当たりには石の扉が鎮座していた。

「ここまでは誰も到達していないのかな」

もしかして俺が初？　ＪＤＤＳの情報サイトには有料コンテンツでも十層のボス情報はなかった。

九層の罠とビープシープのコラボは厄介だからかな。それとも制覇するため情報を売らずにいるとかもあるか。

昼食をとりに裏山ダンジョンに戻ってしまうと、不在にした間にボスを取られたら嫌なので、ボス部屋の前で昼食を取ることにする。

「さて、じゃあボス戦に向かうか」

コンビニの菓子パンと、コーヒーで軽めの昼食を済ませ、トイレも済ませておく。

邪魔な荷物は置いていくとして、ボス戦の前にポーションを確認しておこう。

ローヒールポーション四本、解毒ポーション一本、解麻痺ポーション一本だ。結構増えたな。

武器はエレホーンソードと刺身包丁を装備するとして、竹割鉈もすぐに取り出せるように、腰に差すのではなくカバーを外した状態で《倉庫》にしまった。

「ここは俺一人にやらせてもらっていいか」

五層の中ボス戦では、何にもできずにいるうちにタマに瞬殺されたから。

「危険と判断しましたら加勢しますにゃ。ガーディアンがマスターの危機を見過ごすなんてあり得ませんにゃ」

そこは譲れないとばかりに物申すタマ。

甘いかもだけど、危なくなったらいつでも助けてもらえるとなったら、ちょっと気持ちに余裕ができる。

探索者として成長するためには如何なものかとも思うけど、ダンジョンマスターになっていろいろと手に入れた後では今更かも。

父さんたちにもらったリザードシリーズのボディプロテクターのベルトを締め直し、ボス部屋の扉に手を当ててそっと押すと、あとはゆっくりと勝手に開いていった。

万が一の時はタマがいるから、ここも楔をかます必要はない。

ボス部屋は真っ暗だけど今の俺は《暗視》スキルがある。ドーム状の空間の中央に鎮座するモンスターが見えた。

中ボスがゆっくりと立ち上がると、ドーム状の壁面にぽつ、ぽつ、ぽつと、等間隔に設置された松明が灯っていく。

電気や日光に劣るその灯りは、揺らぐことで却って視界が悪くなる。

文明の力に囲まれて育った身に、原始的な明かりはありがた迷惑である。《暗視》も意味なくなるし。

「ブモオオォォォ……」

そこにいたのは立派な角を持った……牛？　けむくじゃらでちょっとハイランド牛を彷彿させる見た目。大きさは通常の牛の1・5倍はありそうだ。

【エピック・アンゴーラ雄牛】【魔核30%・装備品20%・スクロール20%・ポーション10%・アイテム20%】

牛で間違いなかった。全身のドレッドヘアーがふさふさすぎて、体型がわからないし顔が見えなかったが、魔物鑑定で〝雄牛〟と出ていた。

アンゴーラブルは鼻息荒く、前脚で地面を数回かくと、頭をというか角を俺に向け突進してきた。

こんなの食らったら一発アウトである。

闘牛よろしく突進してくるアンゴーラブルを、直前でよけざまに切りつける。しかし手にしていた武器はエレホーンソード、斬撃効果のない武器だったわ。こっちは突き攻撃しないと。

一瞬でも気を抜けばこっちが吹っ飛ばされる。そんな緊張の中、何度目かの突進を避けようとした時、アンゴーラブルが今までと違う行動をとった。

横に避けた俺を追うように頭を捻ることで、角が迫ってくる。攻撃を繰り出しかけた手を引き、咄嗟に胸の前で武器をクロスさせた。

ギャギャギャィー――ンと神経を逆撫でするような音を立て、エレホーンソードと角がつばぜり合う。その勢いにクロスさせた刺身包丁までがキシキシと軋みをあげた。

力比べに負けたのは俺の方だった。エレホーンソードが手から弾き飛ばされ、右手の武器を失った俺は一旦距離を取る。アンゴーラブルから視線を外さず、けれどエレホーンソードの行方を追うと、アンゴーラブルのすぐ後ろに落ちた。

かなりエレホーンソードとの距離が開いてしまった。

「ブルルルゥ」

なんとアンゴーラブルがエレホーンソードを後ろ足で蹴飛ばして、さらに遠くへ推しやった。

「武器を奪ったと思ってんだろ。甘いな」

《倉庫》から竹割鉈を取り出し、右手に刺身包丁左手に竹割鉈の二刀流になった。

「こっちのがしっくりくるんだ、残念でしたっ！」

意識しないと斬りつける攻撃をしてしまうので、刺突武器のエレホーンソードでもつい斬り付けてしまっていたから、ドレッドヘアに阻まれていたんだよな。

突進を待つのではなく、こちらから突っ込み直前でフェイントを混ぜて切りつける。

何度目かの竹割鉈の一撃が、アンゴーラブルの角をメキョッと折り飛ばした。

「ブヒュルルルアァ……」

角を折られた痛み、ではなく屈辱に怒声をあげた？　前足で地面をかいてさっきまでより、がむしゃらに突っ込んできた。

相手の突進の威力を削げば、攻撃力を削ぐことができるし、角の折れた右側を狙うことで奴の攻撃手段を減らせると踏んだが、そううまくはいかない。

何合も切りつけては離れるを繰り返すが、攻撃が浅くトドメには至らない。

アンゴーラブルめがけ何度目かの竹割鉈の振り下ろしが、残った角で受け止められた。

角に絡め取られた竹割鉈に、さらに力を込めアンゴーラブルの頭を動けないように押さえつけるつもりが、アンゴーラブルの方も力尽くで回避しようとする。ブルの角と竹割鉈の力比べは、バギャンッと鈍い音をたて折れた竹割鉈の負けだ。

それだけではなく、竹割鉈を折るほどの力は俺の身体を宙に浮かせた。

一瞬の浮遊感。宙に浮いて回避行動の取れない俺に向かってアンゴーラブルの角が迫る。

「ギャワオオォォォ」

巨大サイズで控えて様子を見ていたタマが吠えた。俺に向かってカチ上げようとしていたアンゴーラブルが止まる。タマのスタンで助けられ、その停止した隙に体制を立て直し刺身包丁を落下の勢いを乗せ首元に振り下ろした。

切り落とすには至らずとも刺身包丁は深々と首に食い込んでいる。

「ブゥボオオホオォォォ……」

先ほどとは異なり、苦痛を訴えるような、雄叫びにならない声を発するアンゴーラブル。刺身包丁に力を込めながら後ろへ飛ぶように距離を取る。

ブシャァァと首元から勢いよく吹き出す血は、地面に落ちる前に黒い粒子に変わっていく。

そこに止めとばかりにタマが猫パンチを頭に当てると、アンゴーラブルの頭部は胴体と泣き別れて俺の方に飛んできた。

「おっと」

転がる頭を避けたけど、恨めしそうな目をこちらに向けて止まった。けれど切られた首から黒い粒子に変わっていき消滅した。

頭部を失ったアンゴーラブルの身体も、首から黒い粒子に代わりながらゆっくりと崩れ落ちた。

「はあぁぁ……」

身体から力が抜けて、その場に座り込む。

「くそー、タマなしじゃあまだ無理なのか」

「タマなし……」

「……いや、そこだけ繰り返すなよ」

タマの援護があってなんとか勝てたってところか。戦闘中は時間の感覚が狂う。アドレナリンのせいか短く感じたが、実際は三十分以上かかっていたようで、どっと疲れが襲ってきた。

左手の中の折れた竹割鉈を見る。握りしめ過ぎて手が開かないし、力比べをしたせいで左腕がブルブル震えていた。

本当にタマを倒せたのは幸運以外の何者でもなさそうだ。

少し落ち着いたところで折れた竹割鉈の刃とエレホーンソードを回収する。次にドロップの回収だ。

【エピック・アイテム】《アンゴーラブルの毛皮》加工方法により特殊効果発現

　んん、鑑定結果が……あ、《アイテム鑑定》のステージが上がったのか。鑑定結果に説明が増えてた。

【エピック・装備品】《ブルマント》アンゴーラブルの革製マント／回避力上昇効果あり

　さすがエピック装備。なんと回避力上昇という特殊効果付き。装備しない手はないんだが……

　このマント表面は牛革感そのままの茶色なんだが、裏面が目の覚めるような赤だった。形は闘牛士の纏うソレだ。

　丈が腰あたりまでしかなく、マントというかケープみたいだ。人前で着るのはちょっと恥ずかしいかも。

「でも、これでこのダンジョン踏破だ」

　喜びいっぱいに開いた奥の扉を見る。

「下り階段ですにゃ」

先に向かっていたタマが振り向きながら伝えてきた。

「え？」

「まだ下がありますにゃ。アンゴーラブルはダンジョンボスではなかったですにゃ」

できたばかりの裏山ダンジョンと、すでに二ヶ月以上経っている生駒ンジョン。

俺はなんで十層だと思ってたんだろうか。どうもタマはダンジョンボスではないことを知っていたようだ。

頭の中でアンゴーラブルがニヤリと笑いながら「いつからこのダンジョンが全十層だと思っていた？」なんて告げてくる幻が……

「ちくせう……」

そうだよな。自分でも十層以上あるだろうって見当つけてたよ。

くっ。さすがに今日はこれ以上の探索は無理だ。

十一層に転移できるように階段を降りてから裏山ダンジョンに転移した。

身体の節々が痛むので、ローヒールポーションを飲んでみた。あんまりおいしくはないが、痛みが引いていった。

しばらく休憩してから、売りに回すドロップを選別する。

五層で他の探索者に出会っているし、七層までのドロップは売ってもおかしくないよな。

本当は九層のビープシープまで含めたかったけど、今回は七層まで行ったってことで。

タマと合わせて土日で総討伐数は八十三体。コモンモンスターだけで六十四体か。

ソロの一日半の討伐数としては多そうだけど、金曜の半日分が三十一だからこんなものだろう。

九層のビープシープも裏山ダンジョンのドロップがあるから入れたいところだけど、次に回すかな。来週末もまた来よう。

あと売るのはっと。ポーション類は温存するとして、問題はスクロールだな。

レア星5の《魔法強化》は、いつか取得するかもで温存確定だな。

クラフトスキルの《裁縫》だけ売りに出すか。オークションだと戦闘スキルの方が高額落札されやすい傾向にあるけど、レア星3だからそこそこいい値段がつくはず。

昨日スラッシュをオークションに出したところだし、いくつもスクロールを出すのは目立ちそうだからやめておくか。九層のビープシープからのドロップだし。

そんな感じでドロップを仕分けて詰めていく。魔核や爪牙はさほど幅をとらないのだけど、今回皮の他に毛糸束もあるからかなり嵩張るな。

皮だけでもリトルシリーズ四種にヘッドバッドゴート、スキップゴートと全部で六種ある。リトルシリーズは爪と牙を、ゴートは角をドロップした。

ゴートの角は結構大きく嵩張る。けど角は爪牙より高額買取なので売りだ。山羊や羊系のモンスターは毛糸束もドロップする。既に糸に紡がれてねじりパンみたいな形に加工されている。なんか不思議な感じがするけど、肉だってブロックに加工されているんだからアリなんだろう。

毛糸束と皮で手提げ袋二つがパンパンになった。

今回は見送ったライズアップシープとビープシープの毛糸束、高額で買い取られるらしいから早めに売りたいな。

来週末にもう一度来ることにして、その時は〝十層まで行きました〟てことで売っ払おう。

エレホーンソードを《倉庫》にしまうと、バックパックを背負い、手提げ袋を両手につかみ立ち上がる。

「タマ、帰るぞ」

「承知しましたにゃ」

タマは俺の影に沈む。これでタマはアパートに帰るまでは出てこない。

「忘れ物はないな、じゃあ〈層転移〉っと」

生駒ダンジョンの一層入り口に転移する。今回は中途半端な時間だからゲート近くには誰もいなかった。

査定の数が多くて受付で驚かれた。昨日とは別の人なんだけど。

ダンジョン武器ではない竹割鉈と刺身包丁でのレアモンスター相手は無謀に映ったようだ。刺身包丁はすでにレア武器なんだけどね。

七層以降に挑むならもう少し良い武器をレンタルするか、購入を考えた方が良いとアドバイスを受けた。内緒のエピック武器があるんだけど、内緒にしないほうがよかったかもしれない。

次に来た時、五層ボス戦して武器ドロップしたことにするかな。

買取品を査定してもらっている間に着替えを済ませる。風呂に入りたいな。

今回の売却合計八万九千六百円になった。税金を引かれて八万六百四十円。

あれ、もうちょっといくと思ったんだが、スキップゴートのドロップを足したけど、ほとんどコモンばっかりだったからかな。

三日間の収入として十万円は初心者探索者にしては高額ではないだろうか。でもこれでも爺ちゃんの包丁代に届かない。どんだけ高級な包丁だったんだよ。

帰りの電車の中で明日からのことを考える。

授業が終わったら学校から生駒ダンジョンの十一層へ転移して、毎日ちょっとずつ攻略を進めよう。

よくて一日二時間ほどしか探索できないだろうけど、レベルアップできるしドロップをリソース補充に当てるにはいいだろう。

問題は学校のどこから転移するかだな。

ああ、そういえば週明け面談があるんだった。うっとおしいなあ。

せっかく気分良くアパートに向かっていたのに、嫌なことを思い出してしまった。

けれど考えてみれば、これであのウザ面子（めんつ）から距離をおけると思えば、少しは明るくなれる。

そう思うと気分が浮上し、足並み軽くコンビニの前を通り過ぎてから、夕食を買い忘れたことに気付き慌（あわ）てて引っ返した。

両手にいっぱいのレジ袋を持ってコンビニを出た。

『マスター、外を見てみたいですにゃ。出ても良いですかにゃ』

「うーん、アパートまでの短い距離ならいいか」

夜だし猫に見えるからいいかと、許可を出すと影からにゅっと現れた。

俺の横をトコトコと歩きながら、興味深げにあっちこっちをキョロキョロ見回していた。

急ぐ必要もないのでゆっくりと歩いていたら、突然タマが暗闇（くらやみ）に紛（まぎ）れて影に沈んだ。

「鹿納（かのう）くん？」

声をかけられ振り向くと、バスから降りてきた新井（あらい）さんが俺を見つけて声をかけてきた。

「こんばんわ新井さん。学校帰り、じゃないか」

制服じゃあなく私服だった。

「こんばんわ、ちょっと面会に、あ、それ、ウエポンケースですよね。日曜も学校で鍛錬ですか？」

俺の持つウエポンケースを見て聞いてきた。

土日も学生に鍛錬場は開放されている。その辺りは普通の学校が土日に部活をするのと似たようなものだ。

新学期が始まったばかりだから、俺が普通免許を持っているなんて思わないよな。

「いや、ダンジョンに行ってきたんだ。俺もう誕生日来たから普通免許取得したんだ」

「え、一般試験受けたんですか？」

なんとなく新井さんは、無理して明るく振る舞っている感じがした。

前回同様、泣きはらした顔をしているのを誤魔化そうとしているのか。

アパートまでの短い距離を、会話で埋めようとするかのよう。

「……なあ、悩み事ってさ。全然関係ないやつに話すと楽になるって聞いたことがあるんだ」

言ってしまった。いくら同じ学校の同級生とはいえ、さすがに踏み込みすぎか。たまたま同じアパートに住んでいるというくらいの縁しかないのに。

俺の対人嫌悪症、どこ行った？

それまで明るく振る舞おうとしていた新井さんが、俯いて黙り込む。

少し前の自分と被るものを感じた。誰にも相談できなくて鬱々としていた頃の。

「……私、弟がいるんです。入院中でお見舞いに行ってきた帰りなんですよね」

彼女自身、誰かに聞いて欲しかったんだと思う。そんなタイミングで俺が声をかけたからだろう、ポツリポツリと話を続けた。

四年前両親と弟の家族四人で、父親の実家に行った帰りのことだった。

悪質な煽り運転にあい、四人が乗っていた車が横転事故を起こした。

すぐ病院に運ばれたものの母親は亡くなり、弟は脊椎損傷の重傷をおった。

父親は弟のためにハイヒールポーションを購入したが、外傷は直ったものの脊椎損傷の治癒には至らなかった。

その後母親の生命保険金を使って治療師の魔法治療を受けたが、これも効果がなかったそうだ。

ＪＤＤＳの治療院ではなく、多少価格の安い自営の治療師を頼ったのが悪かったのだろうか？

そうではなかった。この治療師がニュースでも取り上げられた詐欺師だったのだ。

元々医療知識がなく治療効果も低くそこまでの重傷者の治療はできなかったのだが、それを隠して荒稼ぎしていたそうだ。

治療師は捕まったものの、お金はほとんど取り戻せなかったらしい。

金は失ったのに弟は治らないまま。そこで彼女は自分が〝治療師になって弟を治す〟と迷高専に入ったそうだ。

元々成績は良かったため、サポートコースの医薬科に進学することができた。

「けれどＪＤＤＳで押さえてる《治療》のスクロール数はわずかで、昨年の卒業生には三人にしか与えられなかったそうです」

医薬科があるのは三校から五校まで。三校で三人ということは一校一人ってことか。

「今年スクロールが入手できなければ、来年はスクロールがないかもしれないと、三年進級前に先生が……」

その場合も考慮して進路を考えるように告げられたそうだ。そして新学期早々、教師から状況は変わらないと告げられた。

一月で治療系のスクロールが大量にドロップするはずもない。オークションだとJDSが出せる金額には限りがあるから、競り負けるだろうし。

話しながらぽろぽろと涙をこぼす彼女を、階段前の段差に座らせ買ったばかりのお茶を渡した。

水分補給したほうがいい気がしたんだ。彼女は数回瞬きをしてお茶と俺を見比べ、少し戸惑いを見せたが素直に受け取ってくれた。

ハンカチとか差し出せない自分が情けないな。

父親は現在少しでも収入を得るため、単身赴任という形で国外におり、弟は父方の祖父母が世話をしてくれているのだそうだ。高齢の祖父母に寝たきりの弟の世話は負担になっているだろうに、いつも自分を労う言葉をかけてくれるのだとか。

車イスの弟を見て、自分はスキルを手に入れられるのだろうか、弟を治すことができるんだろうか、いっそ進級を諦めて弟の介護に入った方がいいんではないかと、考え出したら止まらず不安になったそうだ。

俺は自分が恥ずかしくなった。意識していたわけじゃないが、自分は学校中で一番不幸なつもりでいた気がする。

たかがいじめくらい、彼女の置かれた境遇に比べれば屁のようなものじゃないか。

「父も〝また治療が受けられるように稼ぐ〟って頑張ってるのに、私が弱音吐いてちゃダメですよね」

「……いいんじゃね？　弱音吐くくらい。俺だって学校やめようかって考えてたことあるし」

少し驚いたような顔を向けてきた。

「いやだって、毎年何人も中途リタイヤしてるし、三年度で卒業するやつもいるだろ？」

あれ、何で言い訳してるんだろう？

「ダンジョン学でトップをとるくらいだから、目標目指して頑張ってるんだと思ってました」

そんな会話も終わりを告げる。彼女は涙を拭い立ち上がった。

「鹿納君、ありがとう。話を聞いてくれて。クラスメイトや頑張ってる家族に弱音は聞かせられなくて」

クラスメイトは少ないスキルを奪い合うライバルだから、弱みを見せられない。母は

すでになく、支えてくれるはずの家族は皆それぞれの場所で奮闘(ふんとう)している。

クラスメイトがライバルってところは同じだけど、俺は支えてくれる家族がいる。

「俺でよかったら、いつでも聞き役になるよ」

少し赤みが引いた目を微笑みの形に細めた。

「おやすみなさい」

「ああ、おやすみ」

就寝の挨拶をかわして階段を登って行った。

俺にも妹がいる。ひながそんな目にあったら……そう考えた時、父さんが頭を打って気を失っていた光景が浮かんだ。打ちどころが悪かったらどうなってたろう。

「スクロールか」

今回三日の探索で三つのスクロールを手に入れることができた。

《外傷治療(ヒール)》はコモンで《状態異常治療(キュア)》はレアだけど、どちらも個人取引されることが多くオークションには出ないんだよな。

それに一流と呼ばれる探索者は安全のため、効果が低くとも取得する。俺もいずれ手に入れたら取得するつもりでいる。

この調子で探索を続ければ、いずれ手に入るだろうとは思っているし、今は無理だけどリソースが余るようになれば裏山ダンジョンでスクロール出しまくることもできる。

俺が使うより医療知識のある新井さんの方が効果が高い。だったら……

考えながら部屋に入り電気をつけると、タマが出てきた。

「我々の発生機序（きじょ）は生物としてのそれとは異なるため、よくわかりませんが」

「何だよ」

「あれは〝番候補（つがいこうほ）〟ですかにゃ？」

「バッ、何いって、まだ二回しか喋ってないんだぞ！」

唾（つば）を飛ばして、もっともらしい否定理由を叫ぶ。

「む、体温上昇に心拍数上昇。マスター、体調不良ですかにゃ？」

「違うわ！」

ハーハーと荒い息を吐きながら、しれっと顔を洗う仕草（しぐさ）をする子虎に向かって叫んでいる自分が、ちょっと恥ずかしかった。

あとがき

この度は本作品をお手に取っていただきありがとうございます。

この作品はプロットを作ってから連載版をカクヨムに投稿するまで、結構な年数がかかっています。

思いついた設定を書き殴ったのは、今から5年近く前だったか。別作の書籍化作業中切羽詰まってきた時に〝他の話が書きたくなる病〟が発症した結果ですね。

その後2019年8月に一万文字ほどの短編としてなろうに投稿、続編の短編Ⅱを翌年6月になろうに投稿しましたが、どちらも〝他の話が書きたくなる病〟が発症したせいです（笑）。

そんな短編を連載版に書き直し、カクヨムとアルファポリスに投稿したのは昨年の秋でした。短編Ⅰに該当する箇所だけのつもりが、カクヨムで意外なほどPVが伸びたため続きを投稿し今に至ります。

なろうの短編も他サイトの方も全くPVが伸びず、反応も少なかったのでカクヨムでの反応がなければこんなに続いてなかった作品でした。

時期的にカクヨムコン6が開催されていたので応募したのですが、結果は特別賞を受賞し書籍化に至った次第です。この本が出来上がったのはひとえに応援してくれた皆様のおかげです。ありがたいことです。

物語を作るのが好きで、中学生の頃から漫画を描いて細々と創作活動していましたが、同人活動から足を洗って十年以上経った頃、モンスターハンターフロンティア猟団メンバーにネット小説の存在を教えてもらったのです。

そこから小説を書き始めるまでは一年もかかっていないかも。文章を書く勉強などしたことがない私の作品が本になるなんて、当時は想像もできなかったことです。

本作は書籍化にあたり、かなり手をいれました。ＷＥＢ版一章は短編時の〝設定てんこ盛り〟を移植したせいで、説明ばかりな文章だったのですが書籍版は読みやすくなったのではないでしょうか。

くろでこ先生の素敵なイラストもついて、良い感じに仕上がったのでは？　と自画自賛しております。

ぜひこの作品を皆様に楽しんでいただけたら幸いです。

琳太

とても楽しく
描かせていただきました！
よろしくお願いします!!

■ご意見、ご感想をお寄せください。……………………………………………………………

ファンレターの宛て先
〒102-8177　東京都千代田区富士見2-13-3　ファミ通文庫編集部
琳太(りんた)先生　くろでこ先生

FBファミ通文庫

学校(がっこう)に内緒(ないしょ)でダンジョンマスターになりました。

1800

2022年1月28日　初版発行

◇◇◇

著　者　琳太(りんた)
発行者　青柳昌行
発　行　株式会社KADOKAWA
〒102-8177 東京都千代田区富士見2-13-3
電話 0570-002-301（ナビダイヤル）
編集企画　ファミ通文庫編集部
デザイン　アフターグロウ
写植・製版　株式会社スタジオ205プラス
印　刷　凸版印刷株式会社
製　本　凸版印刷株式会社

●お問い合わせ
https://www.kadokawa.co.jp/（「お問い合わせ」へお進みください）
※内容によっては、お答えできない場合があります。
※サポートは日本国内のみとさせていただきます。
※Japanese text only

ISBN978-4-04-736904-7 C0193

定価はカバーに表示してあります。

俺だけレベルが上がる世界で悪徳領主になっていた

著者／わるいおとこ
イラスト／raken

本格派戦略ファンタジー、開幕！

異世界を舞台にした戦略ゲームでランキング1位となった男はゲームの運営によってゲームの世界に転生させられてしまう。しかも自分はプロローグで死んでしまう悪徳領主、エルヒン・エイントリアンになっていた！　果たしてエルヒンは死の運命を回避することができるのか!?

FB ファミ通文庫

16年間魔法が使えず落ちこぼれだった俺が、科学者だった前世を思い出して異世界無双

著者／ねぶくろ
イラスト／花ヶ田

第2回ファミ通文庫大賞優秀賞！

生まれた時から魔法が使えず落ちこぼれと言われてきた貴族の少年、ロニー。彼は十六歳の誕生日に偶然、科学者だった前世の記憶を思い出す。そして好奇心から魔法の謎を科学の力で解明したいと思い立った彼は、弟ヨハンの手を借りて研究を開始するのだが……。

FB ファミ通文庫

エイス大陸クロニクル
～死に戻りから始める初心者無双～

著者／津野瀬 文
イラスト／七原冬雪

最強初心者の勘違いVRゲーム年代記!

友達を作らず、オフライン格闘ゲームばかりプレイしていた伊海田杏子(いかいだきょうこ)。彼女はある日意を決してVRMMORPG『エイス大陸クロニクル』をプレイしてみることに。ところがログインした彼女が降り立ったのは、何故か高レベルのモンスターがひしめくダンジョンで――!?

ミストトレインガールズ
～霧の世界の車窓から～

著者／日日日　川添枯美
イラスト／himesuz

少女達と霧の世界へ――。

謎の霧に包まれ、魔物が跋扈する世界――各国の精鋭による連合軍『特鉄隊』は世界中に張り巡らされた謎の線路を伝い霧と魔物の調査を続けていた。そんなある日、未知の路線シヴェリア鉄道が発見され、魔導列車ミストトレインによる探索が行われることになったのだが……!?

FB ファミ通文庫

斧使いのおっさん冒険者イチャエロハーレム英雄譚

著者／いかぽん
イラスト／蔓木鋼音

斧の力で報われない人生が激変!?

報われない人生を送ってきた斧使いのおっさん冒険者ダグラス。彼はある日ダンジョンで仲間に裏切られて命を落としそうになる。そんな時、神話級の力を持った斧を手に入れることに。斧の力で彼は窮地を脱した後、美少女たちに惚れられ、誰もが羨むような英雄への道を歩み始める。

放課後の図書室でお淑やかな彼女の譲れないラブコメ2

既刊 放課後の図書室でお淑やかな彼女の譲れないラブコメ

著者／九曜
イラスト／フライ

泪華と静流の恋の行方は——。

瀧浪泪華(たきなみるいか)に好意を寄せられつつも答えを出せずに悩む真壁静流(まかべしずる)。静流の姿を見かねた壬生奏多から「自分の感情に誠実であればいい」とアドバイスを受け、少しずつ泪華に気持ちを伝えはじめる。そんな中、蓮見紫苑(はすみしおん)と一緒に帰っているところを同級生の直井恭兵(なおいきょうへい)に見つかり……。

友人に500円貸したら借金のカタに妹をよこしてきたのだけれど、俺は一体どうすればいいんだろう

著者／としぞう
イラスト／雪子

ワンルームドキドキ同棲生活!!

白木求（しらぎもとむ）のアパートに突然押しかけてきた宮前（みやまえ）朱莉（あかり）。「兄が借金を返すまで、私は喜んで先輩の物になります！」と嬉しそうに宣言する。突飛な展開に戸惑う求だったが、そんな彼を強引に言いくるめ、朱莉は着々と居候の準備を進めていく。当然朱莉のほうには目的があり——。

わたしを愛してもらえれば、傑作なんてすぐなんですけど!?

著者／殻半ひよこ
イラスト／ハム

お姉さん妖精と、甘々同棲生活!?

売れない高校生作家・進太朗が大作家の父が残した家で才能を授けるという妖精りやなさんと出会った。彼女に唇を奪われた瞬間、素晴らしい小説のアイデアを閃くが、進太朗は執筆を拒否！　りやなさんは涙目で進太朗にそのアイデアの執筆を迫ってくるのだけど――!?

FBファミ通文庫

むすぶと本。『外科室』の一途

著者／野村美月
イラスト／竹岡美穂

大人気学園ビブリオミステリー！

本の声が聞こえる少年・榎木（えのき）むすぶ。駅の貸本コーナーで出会った１冊の児童書は“ハナちゃんのところに帰らないと”と切羽詰（せっぱつ）まった声で訴えていた。恋人の夜長姫（よながひめ）（＝本）に激しく嫉妬され、学園の王子様の依頼を解決しながら、“ハナちゃん”を探し当てるのだけれど……。

ファミ通文庫